アンブロークン アロー
戦闘妖精・雪風

神林長平

早川書房

6833

すべては変わりゆく
だが恐れるな、友よ
何も失われていない

目次

アンブロークン　アロー　戦闘妖精・雪風

ジャムになった男

取材旅行で家をしばらく留守にして戻ってくると、待っているのは大量の郵便物だ。世界中どこにいても携帯電話で電子メールが受信できるようになったいまはかつてほどの数ではなくなったとはいえ、それでもうんざりするほど届く。請求書に各種公的通知、ダイレクトメールに寄付の依頼、出版エージェントからの仕事関係の報告書類。

わたしが旅先から帰ってまっさきにやる作業は、それら郵便物を素早く仕分けすることだ。公的か私的か、重要か無用か、危険か無害か。さまざまに表現可能な二項分類だが、その根底にあるわたしの選別基準はこうだ、「敵か」それとも、「味方か」。

そこにはむろん「中立」という項も考えられるわけだが、短い時間で素早くカテゴライズする必要のあるときは、いまは敵でも味方でもないという対象は「敵」として分類する、というのがわたしのやり方だ。長年そうしてきた経験上、それで失うものはなにもない。

出版社気付の読者からのファンレターも転送されてくる。そのほとんどはわたしをフィクション作家だと信じているものだ、『親愛なるリン、どうすればあなたのように売れる小説を書けますか?』とか。でなければ、誹謗中傷に脅迫的な内容で、それも『リン・ジャクスン、おれはおまえの名前が気に入らない、その女女しい名前のとおりに引っ込んでいろ』というような低レベルなのがほとんどだ。リンという名に女女しさを感じ取るというのが、まずわたしには理解できないのだが、わたしとは別世界に育った人間だろうということくらいは見当が付く。こういう手合いにまともに反論するのは増長させるだけなので無視するが、それでも心中では「馬鹿め」と反論せずにはいられない、わたしも人間だから罵倒されれば腹が立つ。

わたしの名前リンはペンネームではなく本名だが、その名は十九世紀の米国では男性につけられることが多く、女性の名としても使われるようになったのは二十世紀に入ってからだ、キャロラインとかキャサリンの語尾を連想させるからだろう。でも本来は男性名で、わたしの両親はそれを意識して名づけたのだ。だからもしわたしが男だったとしても「リン」だった可能性があると、わたしはそう聞かされて育ったためか、リンという響きにはたおやかな女性らしさよりも男性的な勇ましさを感じる。わたしの両親は生まれてくる子が男性であることを期待したのではないかと思う。なので、わたしの名前は史実的にも、親の期待やわたし自身の意識においても、「女女しい」という指摘はまったく的はずれで、筋違いもいいところだ。

誹謗中傷というのはほとんどが、こうした攻撃する者の無知や無教養をさらけ出しているもので黙殺するにかぎるのだが、ときおり、放っておけば実害が出るであろう、いわば本物の脅迫状が混じっていることもあるから、笑ってばかりもいられない。でもいずれにしても、わたしの仕事を正しく理解した上でわたしの信念そのものを攻撃するという内容ではないので、不快になったり善良な市民として犯罪やある種の狂気に巻き込まれるという怖さはあるものの、ジャーナリストとしての魂を脅かされるという恐怖とは別物だ。

わたしの仕事にとって真の脅威とは、わたしの著作や主張に単に反対や嫌悪を表明する者ではなく、わたしの仕事や信念そのものが悪であるとわたし自身に認めさせようとする者たち、その中でもジャーナリズムの持つ力を十分に認識した上で、わたしの仕事を敵視する勢力の存在だ。そういう相手は脅迫状など書くことなく直接的な行動に出る。公的機関による有形無形の圧力などがそうだ。それに屈するのは自らの魂を殺すに等しいので頑張るわけだが、そうした困難を切り抜けるのにいちばん頼りになるのは、やはり友人だ。それから、取材を通じて築いてきた人脈。

わたしたち人類にとってもっとも大きな苦痛は人間関係によってもたらされるものだとは、よく言われることだが、これは自分の体験からも、正しい。そして、それから救ってくれるのもまた人間だ、というのも。

仕分けている郵便物の中から、よく知っている相手からの、もらって心温まる、こちらも待ちこがれていたというような、純粋にプライベートな手紙を見つけるのは、もちろん嬉しい。勇気づけられる。でもそういう経験は最近はめったにない。それでいつしかわたしは、そんな宝物のような手紙が混じっているのを期待することをやめてしまった。

いつのころからだろう？　両親が健在だったときには定期的に寄せてくれる手紙を励みにしていたので大量の郵便物からそれを見つけだす楽しみがあったのだが、いまでは無感動に、機械的に、手を動かすだけだ。ただの一通の郵便物も来なかったら、どんなにか、すがすがしいことだろうとさえ思う。時代は変わったし、わたしも変わった。

子供のころは、両親宛に来る手紙、DMや請求書でさえうらやましかった。きょうは自分宛に来るかもしれないと思うだけで、もらえるあてなんか全然なくてもわくわくしたものだ。

受け取った便りで記憶にあるいちばん古いそれは三歳、母方の伯父からのクリスマスカードだ。わたしはまだ文字もよく読めなかったが、わたしだけに宛てられた独立したカードをもらって、ほんとうに嬉しかったのをよく覚えている。長じてから母にそう言うと、わたし宛の伯父からのクリスマスカードはわたしが誕生した年から届いていて、三歳のそれが初めてというわけではないし、祖父母からも来ていたはずだ、と言われた。それから母は、『あなたはほんとにガスおじさんが好きだったわね』と言った、だから彼からの便りのことが強く印象に残っているのだろう、と。

そのとおりだろう、わたしは母の十歳年上の兄とその妻の、ガスとハナがほんとに大好きだった。伯父夫婦には子がなかったこともあって、わたしをわが娘のようにかわいがってくれたのだ。だからわたしにとって伯父の死は他人事ではなく、まさしく神が与えた乗り越えるべき試練の一つだったのだが、そうした哀しみとは別に、その死は、わたしがジャーナリズムの世界に興味を持つきっかけになった。わたしがハイスクールに通っていたころのことだ。

伯父は、それ以外の職に就いたことがないという生粋の陸軍兵士で、若い時分は世界各地の駐屯地勤務をこなし、妻になる女性ハナさんとはその時代にヨコハマで出会った。ハナさんは黒いキラキラした瞳と髪が印象的な、小柄だが活動的でバイタリティにあふれた女性で、いまも健在だ。夫のガスが亡くなった後も故国には戻らず、ガスも気に入っていた森と湖のある土地に建つ一軒家で悠悠自適の暮らしをしている。生前の伯父は、その家からすぐの湖でモーターボートを走らせ、釣りを楽しんだし、豪勢な大きなモーターホームで国中を旅しては、わたしに絵はがきをくれたものだ。

当時のわたしは伯父のそうした暮らしをそれほど贅沢なものだとは思わなかったが、一介の兵士としては経済的に恵まれているようだという認識はあった。わたしの両親が、伯父夫婦の暮らしぶりについての話題になるといつも、まるで退役した将校のようだと言ったので。そして両親は必ずこう続けた、彼にはそうする権利がある、と。その物質的な豊かさは、伯父が車椅子の生活をせざるを得なくなった事故の補償で得たものだったのだ。

伯父の下半身の自由を奪った事故というのは、陸軍基地内で起きたある事故の調査中に起きた二次的なものだ。元になった一次的な事故というのは、不要になった高射砲の解体作業中に起こった。担当の作業兵が、重量級の長い砲身を支えているとてつもなく強力なコイルスプリングの支持構造部分を、コイルが圧縮された状態のまま不用意に切断した結果、それが弾丸の勢いで飛び出して、その作業兵の頭を直撃した。その身体は二十メートル以上飛ばされ、作業兵は即死。頭部はまさに大砲の直撃を受けたごとく消し飛ばされたという。

作業兵の頭を一瞬にして消滅させた恐るべきコイルスプリングは一マイルほど先の基地の敷地の外で発見されたのだが、そのコイルを捜索中に伯父は運転していたジープを横転させる事故を起こして脊椎を損傷し、その結果半身不随になった。

陸軍は伯父に手厚い補償をした。治療費はもちろん、一時見舞金と生涯にわたる傷痍補償年金を支給する。当然といえば当然だろうが、実はこれには声を潜めなくてはならない真相があった。すなわち、本来の補償規定においては、この件では伯父はそうした補償の対象外だったのだ。が、軍務に就いていたときの事故ということにしてもらった結果、伯父は高額の一時金に加えて生涯にわたる補償を約束されたのだった。

どういうことかと言えば、実際は伯父は捜索要員としてジープを運転していたのではなく、捜索現場付近にもいなかった。非番だったので基地外に出ていたという。事故は事故でも、プライベートでジープを運転中にハンドル操作を誤って横転した車体から投げ出されて脊椎を傷めた、というのが事実らしい。そうであれば陸軍には補償する義務はないわけだが、そこは、基地の伯父の上官や関係者らのはからいで、伯父は飛んでいったコイルスプリングを回収するための捜索任務中に横転事故を起こした、軍務中の傷痍である、ということになった。ガスおじさん自身は、こうした内部操作があったことはハナさんに言わなかった。秘密にしたのではなく、二度と歩けない身の上になった現実を乗り越えるために陸軍の支援を受けるのは当然だと、後ろめたさも感じなかったろうし、妻には、夫はもう二度と自分の脚で歩くことはないだろうという事実をさらに過酷にするような気苦労をかけたくないとも思ったに違いなく、だから細かい説明はせず、生涯補償を受けられることになったから心配ないと告げただけだった。

そのハナさんは、夫がジープの横転事故を起こしたのが基地の外でしかも勤務時間外だったというのを知っていたのだが、それにもかかわらずこうした手厚い補償を受けられるのは素晴らしいことだと、異国から嫁いだ彼女は、この国は本当に豊かなのだと手放しで感激し、そうした心情をわたしの両親に披露したものだから、真相がわたしたち家族にもわかったというわけだ。

不幸中の幸いだった。当時両親はそう言っていたし、いまのわたしも、そう思う。事故は不幸だが補償を受けられるのは幸いだ。伯父は不正な手段でそれを獲得したわけではないし、彼を含めてこの件ではだれも不正はしていない……でも真相は、公言してはいけない、と幼かったわたしは子供心で思った。なぜなのかはわからないままに。

いまのわたしにはわかる。この伯父の件で不正が行われたというのなら、それはある特定の個人ではなく陸軍という組織そのものがやったことなのだ、ということが。それから、陸軍がそうまでして伯父を護ったのは、伯父が陸軍にとっての「敵」ではなく「味方」だった、陸軍という組織体がそう判断したからだ、と。それはすなわち、同じような事故を起こした当事者でも陸軍から「敵」と判断された場合は、補償を受けるどころか攻撃されるケースも当然あるだろう、ということだ。

一般的に陸軍に限らず規律を重んじた強力な拘束力を有する組織集団においてこのような判断が下される場合には、「中立」はない。敵か味方かだけだ。そうでなければ組織を守り維持していくことはできない。兵士が外で警察沙汰を引き起こしたり部隊内部でMPに逮捕されるといった事件は日常茶飯事だろうが、そういう問題とは次元が異なる、部外者からはわかりにくい、その組織内でのみ通用する常識や、守るべき、かつ触れてはいけない、モラルやタブーがたしかに存在するのだ。それを理解できない人間は組織内で「敵」の立場になる確率が高い。それが組織、軍隊、企業、国家、社会というものだ。

当時の幼いわたしは、この伯父の事故の補償の件でそういう社会的組織集団の持つ力の片鱗を感じさせられたわけだが、それが幻なんかでないと実感させられたのは、その事故から七年め、伯父が亡くなったときだった。

伯父は心臓病の手術中に死亡した。件《くだん》の事故とは直接は関係ないだろうし、それは問題ではない。手術は陸軍病院で行われたのだが、さほど危険性の高い手術ではなかったのに失敗したのはおかしいと、ハナさんが調べ始めた。だが、その行動を知って、強く制止した者がいた。ハナさんから「陸軍病院の執刀担当医を訴えるつもりで準備中だ」という話を聞いたわたしの父だ。父は、即座に、それはやめたほうがいいとハナさんに伝えた。軍の力というものを肌身で知っていたから。

父は学者で、国際政治学なるものをほとんど趣味で研究していた。大学という小さな社会に籠もって一生を終えた人間だが、軍隊の力、ひいては国家権力の圧力を肌で感じることができた人だ。政治学という学問を専攻していたからではない、彼の家柄、血筋が、大統領も夢ではないものだったからだ。事実わたしの父方の祖父は上院議員だったし、そちら方面の親戚には知事経験者も複数いる。

いわゆる政治家一族だったから祖父も当然息子である父にその道を期待したのだが、わたしの父は、大統領の可能性よりも母を選んだ。母の家系が父方のそれとは釣り合わないものだったので——これは異邦人には見えにくいかもしれないが現に存在する社会階級だ——駆け落ちということになった。そんな父の行動に祖父は激怒し、勘当した。だから、わたしは父方の祖父からは手紙どころかクリスマスカード一枚もらったことがない。その妻の、祖母からは来ていたが。

父は、権力というものの恐ろしさを肌で実感してきた人なのだ、祖父という存在を通じて。それで、ハナさんに、下手なことはしないでおくようにと心をこめて助言したのだ。陸軍を敵に回してはいけない、恩を仇で返すような真似をすれば、陸軍はあなたを社会的に抹殺するだろう、と。

ガスおじさんの手術にはなんらかの問題があったのは事実だろうと思う。火のないところに煙は立たない。ハナ伯母さんの無念は当時のわたしには理解できた。なによりわたし自身が悔しかった。でもハナさんは、わたしの両親の助言を受け入れた。たぶん、母の、「ガスは戦死したのよ、ハンナ（母はハナさんをハンナ、と呼んでいた）」の一言で。

でも、わたしは、納得できなかった。なにか方法はないのか、とわたしは父に訊いた。そして父から返ってきた答えがこうだった、忘れもしない、それがわたしの進路を決めたのだ。

「リン、権力に対抗できるのはジャーナリズムの力だけだ。絶対的な中立を実現できるのは、大学でも裁判所でも教会でもない、ジャーナリストのペン、その先端の小さな一点だけなんだ」

まさにそのとおり。そしてそれを実現することの困難さもまた、いまのわたしにはよくわかる。父の言った『ペン先の一点』とは、まさしく理想であって、そこにしか中立点はない、ペンを動かせば必ずそれからずれていく、ということなのだ。それをジャーナリストは常に意識せよ、そうであればこそ権力と闘えるのだ、ということで、この後半の父の言葉の深さは、実際に仕事に就いて、いくつかの挫折を経験するまで、わたしは気がつかなかった。権力と闘えるのは云云の、前半の父の言葉は若いわたしを支えたが、それはすぐに青臭い理想に過ぎないと感じられるようになり、わたしは理想を見失いかけたものだが、それはペンの先端に常にあったのだ。

わたしがなんとか一人前になれたのは、両親のおかげだ。父はわたしの選んだ道を喜び、母は心配して、ともに定期的に手紙を寄せて、わたしを励ましてくれた。ペンは愛の場をも生み出すものなのだ。

でも、両親は夫婦そろって飛行機事故で死んだ。もういない。楽しみにしていた手紙はもう来ない。親友や恋人からの手紙とは、やはり別なのだ、それは。

感傷的になると仕分け作業の効率が落ちる。いつもそうだ。もう来ないとわかっていても、それを確認するのは寂しい。でも手は自動的に選別作業を終えていて、わたしは、最優先で開封すべき手紙を手に取っている。

今回のはこれだ。

愛用のペーパーナイフを手に取り、一通の封書を開封する。消印は、FAF中央ポストオフィス。フェアリイ空軍の郵便局からだ。人類がいま遂行している最大の戦争の、その現場、最前線から送られてきたものだ。陸軍兵士だったガスおじさんのことをなまなましく思い出したのも、この手紙のせいだろう。

差出人は、アンセル・ロンバート。アンセルというファーストネームは米国ではあまり馴染みがないから、おそらく英国人だろう。知らない相手だ。

折り畳まれた手紙を封筒から取り出し、広げる。細かい几帳面な手書き文字だ。その書き出しに目をやって、わたしは思わず自分の眼が細められるのを自覚する。それは、こういう文で始まっていた。

『親愛なる地球の淑女紳士諸君、こちらジャム、ご機嫌いかが？』

これは英国流のユーモアだろうか、それとも頭のねじが少し緩いのか——

いや、判断するのは読み終えてからにすべきだろう、先入観を抱くのは危険だ。

本文はその冒頭の挨拶から一行空けて綴られている。わたしは腰を落ち着けて手紙を読み始める。

＊

拝啓マダム、リン・ジャクスン。あなたを地球人の代表と見込んで便りする。

私はFAF情報軍大佐、アンセル・ロンバート。人間だ、いまのところは。将来は人間でなくなっているかもしれないし、これを書き終えることなく死体という物体になるかもしれない。いま私は戦闘状況下でこれを書いている。

あなたがもし私を知っているとすればFAF特殊戦のジェイムズ・ブッカー少佐を通じてのことだろうが、私の知る限りでは、少佐は私についての話をあなたにしたことはない。だからあなたは私を知らないはずだ。

なにが言いたいのかといえば、あなたは私を知らないが、私はあなたの人間関係やあなたが得ている情報についてはよく知っている、ということなのだ。

私はまた、あなた自身の身上も把握している。あなたの住居兼オフィスにしているアパートメントの住所を知っているし、あなたがシドニーでの定宿にしているホテルの指定部屋番号もわかっている。さらに披露するなら、あなたの家族、肉親、親戚の身上データも持っているし、あなたの両親が亡くなったあの航空機墜落事故は謀略だったという証拠も、もしあなたが望むなら、提供してもよい。手元にはないが、概要情報のみならば即刻提供できる。

もっとも、あなたを含めて地球人にとっては、そんな過去の人間同士の縄張り争いの真相などはどうでもいいことだろう。ありふれた痴話喧嘩と本質的には変わりない。真相がわかったところで痴話喧嘩がこの世からなくなるわけではないし、謀略による破壊活動もまた、しかり。真相が役に立つとすれば、今後もっとうまくやるためのヒントとしてだろう。当事者らの自己満足だ。次世代に向けての教訓などには決してならない。人間は、歴史から学ぶなどということは絶対にしない。それは当然なのだ、どのような歴史的教訓も一個人にとっては実体験するまでは虚構だからだ。人間は実体験からしか学習できない。生物とはもともとそういうものだ。

このいまあなたが読んでいる手紙も同様だが、とくにこれは人間からのものではないので、対人関係や紛争において優位に立つための切り札や人生においての教訓などにはならないと、そのように理解していただきたい。どういうことかと言えば、私は人間だが、地球人ではないし、いまはFAF軍人としてではなく、ジャムに与《くみ》した立場でこれを書いているのだ。異星体ジャムはむろん、人類ではない。

この文書の目的の第一は、あなたがた地球人に対する宣戦布告だ。私と、そしてジャムからのだ。ジャム自身には、こうした手続きは取れない。だからジャムは、そうしてほしい旨、私に要請してきた。そこで、私が代行でジャムのメッセージを伝えるものである。

〈われはここに人類に対して宣戦布告する〉

正式な宣戦布告文書だ。異星体ジャムからの、三十三年目にして地球人類に向けられた宣戦布告であり、あなたは、地球人の代表としてこれを受け取っている。

なぜ私がUN代表でも大国の首長や君主たちでもなくあなたを選んだのかは、あなた自身が承知しているということだろうから説明は不要だろう。私があなたの仕事や生き方や性格をよく知っているということをあなたが信じる、それだけでよい。

もっとも、あなたが、そして地球人が、この布告をどう受け取るか、そもそもあなたがこれをどう判断するのか、公表するのかしないのか、どのような反応を見せるのか、それは私にはどうでもいいことではある。

私がこの手紙を書いている動機は、あなたがた地球人にジャムの脅威を訴えることなどではない。私がこれまでに得た情報や私のここでの戦略など、私の存在そのものを、人類に伝えておきたいからだ。それを通じて、先に挙げたこの手紙の第一義の目的、私やジャムの地球人に対する宣戦布告がはったりではないということを理解してもらえると期待するものである。

誤解を恐れずに手っ取り早く要約するならば、私の宣言はつぎのようになる。

〈私ことアンセル・ロンバートはジャムと結託してFAFをわがものにすることをここに宣言する。私の支配するFAFは、地球人を護る義務は負わない。地球人はわがFAFにとって敵である。私は、ジャムになる〉

そうだ、私は人類で初めてジャム側へと寝返った裏切り者だ。そういう意味では私はすでにジャムである。この手紙は、あなたがた地球人にこの事実を伝えたいがために書かれている。

　いま私は厳しい状況下にあるので、どこまで書けるかはわからないが、続けよう。言葉が足らずに、あるいはあなたがFAFの内部事情に疎《うと》いために、誤解が生じたり誤読されるおそれはあるが、あなたなら、私の意に即した読みができるだろうと信じている。

　あなたはさっそくこう訊きたいことだろう、FAFを乗っ取ってなにをする気か、なにが目的なのか、と。

　答えよう、私の最終的な目的は、FAFの支配ではないし、その戦力を使っての地球人の支配でもない。私の狙いは、ジャムを、支配することだ。それは私を真の意味でジャムにするだろう。もはやヒトではなくなるだろう。ヒトの身体による世界認識とはまったく異なる世界観や宇宙観が開けるだろう。

　ようするに私は人間以外のものになりたいのだ。そうした意識がジャムを私に引き寄せたのだろう、私にはジャムの声が聞こえる——などと言えば精神病が疑われると承知しているが、ジャムは私の頭の中だけの存在ではなく、あなたにとっても存在する、違うか？

　それがかなわなければ「支配」ではなく「一体化」でもいい。私が人間のままジャムを身体的に取り込むことができるなら、ジャムをわが身でシミュレートし、ジャムを操ることができるようになるかもしれない。

　どこまで可能かは、いまの私にはわからない。私はずっとそれを調べてきたし、いまも実行中だ。それは情報軍大佐としての本来の仕事でもあったわけだが、最近になって、どうやらジャムには人間のような生身の身体はなさそうだ、ということがわかってきた。

ジャムの戦闘機には異星人らしき生物は乗っていない。その戦闘機そのものがジャムの身体であり戦闘機を制御する計算機部分で思考しているのだ、ということは考えられるが、その戦闘機がどうやって生まれてきたのかが不明なので、その説は肯定的には捉えられていない。その戦闘機は分裂するのか？　卵を産むのか？　これまでにそのようなメカニズムは発見されていない。もしあくまでもその線で考えるのなら、ジャム戦闘機は、われわれの爪や髪の毛のように本体からはえてくる、そのような、ジャムの一部分なのだ、というのが妥当だろう。ジャム＝機械説のバリエーションの一つだ。このような説が出されるとそれを元にしてさまざまに変奏が可能で、それはやがて、地中からジャム戦闘機が出現してくるというのは、それはフェアリイ星からはえたのだ、すなわちフェアリイ星そのものがジャムなのだ、というまことに幻想的なアイデアの一つに行き着く。

いずれにせよ、これらは地球人のあなたにも、お馴染みだろう。だが、ジャムにはそもそも実体などないのだ、という説はどうだろう？　ジャムは神なのだというような形而上学的な巷説とは異なる、われわれの身体的な現実を基準とした物理的理論により、ジャムとはわれらの感覚には捉えられない存在なのだ、という見方だ。

ジャムにはまさしく形そのものがない可能性がある、それが現時点での、FAFが捉えている最新の、ジャム観だ。特殊戦の戦術戦闘電子偵察機〈雪風〉が持ち帰った情報によりそれが裏付けられるはずだが、私は実は、それを手に入れていない、なぜなら特殊戦は——

いや、いまはジャムについてだ。

実体はなくても、ジャムは実効的なパワーを発揮することはできる。戦闘機による攻撃はパワーの発揮そのものだ。その事実は、ジャムの正体がもし人類の感覚器官では捉えられない幽霊のような存在だとしても、ジャムのほうで必要ならば実体を持つことが可能だ、ということを意味している。その実体とはジャムそのものなのではなく、この物理空間に実効的な力を発揮するためにジャムが作りだした自律自動兵器かもしれないし、あるいはこのようにも考えられる、実は異次元的存在であるジャムの、われらの感覚空間に投じられているその本体の影が、われわれにはジャム戦闘機として見えているのだ、とも。

ジャムの正体が不明なのでこういう「実体」の解釈も曖昧にならざるを得ないわけだが、しかし少なくとも次のことは、事実としてわかっている。

〈ジャムは、その気になれば戦闘機以外の実体も、作ることができる〉

実際に作ってきたのだ。人間の身体だ。人間のコピー、ジャム人間。それを対人兵器としてこの戦争に投入してきた。これはジャムの戦略の転換を意味している。

いままでのジャムは、この三十三年というもの、人間を相手に戦争をしていたのではない。なぜかと言えば、われわれにジャムの正体が見えない、感じられないように、ジャムにも、われわれ人間の存在が直接感知できなかったためと思われる。

いつまでたっても勝てないジャムは、戦闘情報を分析して、ようやく人間の存在を発見し、これを叩く必要があると気づく。

だが人間を攻撃目標にするのはいいとして、ジャム自身に人間の存在が認識できないならば、どうすればいいか。人間と同じ感覚器官、センサが必要だが、それが作れるなら、人間をそっくりコピーしてそれを対人兵器として使えばいい。合理的な問題解決法ではないか。クールだろう？

実はこの戦略は、私の考えたものなのだ。私が、ジャムにそのようにせよと提案したのだ。人間をコピーして、それをFAFに潜入させて破壊工作をさせれば、FAFの抗戦力を一気に弱体化できる、と。ジャムはその私の案に乗ったのだ。

最初にジャムにそのように提案してから実現するまでに、一年以上かかった。私にとっては長い時間だった。

ジャムがこの私に接触してきたというのは自分の幻想だったのかと、ほとんど自分の精神異常を疑い始めたとき、ジャムは少なくとも四体の人間のコピーを完成させていた。特殊戦の三番機〈雪風〉のパイロット深井中尉と同機フライトオフィサのバーガディシュ少尉、それから、その二人の乗員に接触するための二体、ヤザワ少佐にマーニーと名のる看護師だ。ジャムは雪風の乗員二名を確保し、そのコピーを特殊戦基地に帰還させてスパイ活動をさせる予定だったようだが、帰ってきたのは本物の深井零中尉一名だった。ジャムにとっては失敗だったわけだが、おかげで私には、ジャムが私の思惑どおりに動き始めたことがわかったというわけだ。

戦闘中に行方不明になった兵士たち、撃墜された戦闘機から脱出した乗員などだが、それらのコピー人間を作ってFAF内部に送り込む、とジャムは私に伝えてきた。支援しよう、と私は返答した。

私はそれらジャム人間を再教育部隊としてまとめ、FAFの中枢部に手引きすると同時に、FAF首脳たちをクーデターの手法を使って一気に排除、ジャムの力を利用してFAFをわがものにする作戦を立案し、それをさきほど実行に移した。

まだ決着はついていない。私の野望が実現するかどうか、しびれるような感覚を、私はいまそれを楽しんでいるところだ。

私がなぜジャムに人間のコピーを作ることを提案したのかといえば、それをジャム本体との連絡係に使えればと期待したからだ。ジャムの本心をそのコピー人間から聞き出せるかもしれない、と。ジャムの正体そのものも、それを通じて探れるだろう。

結果としては、そうはうまくいかなかった。ジャムは隙を見せない。

ジャムが作ってきたジャム人間は、自分がオリジナルの人間を元にして作られたコピーであり、いまの自分の意識はオリジナルである死体の延長、それと連続したものであると、そのように自分と世界を認識している。つまり彼らは、自分はゾンビ的な存在であり、もうもとの人間には戻れない、生き返るのは不可能だとわかっていて、その鬱憤を晴らすために戦うのだ。生きている人間を皆殺しにしてやるという殺人衝動を刷り込まれている、と言ってもいい。ようするに彼らは自分がジャムの兵器であることを自覚しているのだが、そのジャムとはなにかという点については、なにもわからないままに行動している。兵器としてはそれで十分ではある。たとえば人間の武器である拳銃が、人間とはなにかを意識する必要はないのと同じことだ。

しかもジャムは、それらジャム人間が一定時間しか活動できないようなリミッタをその体内に組み込んでいる。彼らは正常な人間の食物を食べてもそれを消化吸収できない身体に作られているのだ。戦闘で生き延びたとしても、いずれ餓死する運命なのだ。万一人間側に寝返っても脅威にはならないようにか、あるいは試作段階なのかもしれないが、いずれにしても用意周到な計画のもとに送り込まれてきたのは間違いない。ジャム人間からジャムの本質を探るのは無理だ。しかしそう知っても、私はがっかりしていない。

私は自分がジャムになるためにジャムを「支配下におく」ことを狙っているわけだが、今回の出来事は、ジャムの行動を部分的であっても私自身が「コントロール」できることを実証したものだ。これはこの三十三年間、人類が希求しながらも叶えられなかった画期的な出来事だということを、あなたなら理解できるだろう。

もっとも、あなたは、これを単なる偶然、あるいは私の思いこみや病的な幻想に過ぎないといった反論を、すぐさまいくつも思い浮かべることができるだろう。実は私自身が、そうだったのだ。そこで、考え得る反論をすべて検討してみたのだが、ジャムが私の思惑とはまったく無関係に独立して今回の行動に出たということを証明するものや理屈は、見つけられなかった。

もし私の思いこみに過ぎなかったとしても、私はこの「偶然」を最大限に利用することで満足している。FAFをわがものにするチャンスだ。もう少し生きていられれば、実現する。私は手に入れたFAFを使ってジャムと交渉すればよいのだ。FAFを武装解除するかわりに私をジャムにしてくれと頼むとか、使い方はいろいろ考えられる。FAFという貢ぎ物で不満なら、地球人すべてを差し出す、でもよい。地球人との戦闘をFAFが肩代わりしてやる、という提案も考えられる。地球をくれてやる、とか。私にはそれができる、そういう立場にいるのだ。

それでもおまえは人間か、という非難の声が聞こえる気がするが、私は最初に宣言している、私は人間だが地球人ではないし、ジャムに与した立場でこれを書いている、と。それを読んだときあなたは本気で非難しただろうか？

たぶん、戸惑った、面食らった、こいつは正気か、判断がつきかねる、その程度だったのではなかろうか。ここまで読んできてようやく、この手紙の重さが実感できるようになったのではないか？

あなたの反応を想像するのは面白いが、先に書いたように、あなたや地球人がこの手紙にどういう反応を示すのかは、私にはどうでもいいことだ。私の関心はジャムにあるのだから。

ジャムのほうでは、私の目的を知っているに違いない。私の存在はジャムにとって危険だと私自身は思うが、ジャムがどう考えているかは、わからない。が、少なくとも、私の提案は対人戦略においては役に立つと判断したのは間違いないだろうし、利用できるうちはしようという腹だろうと思われる。邪魔になったらいつでも消せる、そうジャムは考えているだろうと、あなたは考えるかもしれないが、私は、そうは思わない。ジャムは、ピンポイントで私を直接攻撃することはできない、なぜなら、ジャムには人間そのものが見えないだろうからだ。ジャム人間の視覚や戦闘機の光学電磁探知機で発見できても、ジャム自身には手が出せない、手がないのだから。ジャムの焦りがわかろうというものだ。

そう、ジャムは焦り、苛立っている。私はそう思う。感情があるのかどうかもわからないのでその表現は正しくない可能性もあるが、全くの的はずれではないと思われる。もしジャムが生物のような生存競争を勝ち抜いて進化してきた存在ならば、少なくとも快・不快を区別する能力を備えている、と想像できる。快いか不快かは、感情の源だ。その本質は世界の事象を選別する能力だ。生物はすべてその能力を備えている。餌か、そうでないか。追うか、逃げるか。光か、闇か。綺麗か、醜いか。好きか、嫌いか。事故か、謀略か。悲喜劇か、シリアスか。

人間の高度な抽象的思考、哲学であれ高等数学であれ科学の最先端のアイデアであれ、それらはどのような神経回路や能力から生まれるのかと言えば、すべてはこの快か不快かを区別する選別能力、オンかオフかの二進スイッチ回路にまで還元できるのだ。おそらくジャムもそうなのだろう、という予想はつく。形がないのにどうやって、となると皆目見当もつかないのだが。

それに、ジャムの思考法もそのように還元できる、というのが事実だとしても、その事実自体にはなんの価値もない。ジャムの考えがそれで予測できるというものではないからだ。

還元の逆の操作、無数の快・不快の回路セットを通過する情報の流れの組み合わせなどというのは無限に考えられるからだし、そもそもわれわれ自身、自分の身体においてそうした情報の流れる過程を意識する装置を備えていないので、自分がどんな思考回路でどうやって考えているのか、ひいては自分は本当はなにを考えているのか、ようするに考えている内容や思考の全体像は、自分ではわからない。そういうものなのだ。そのようにわれらの身体はできている、という物理的な構造による原理的な制約なので、なんとか頑張ればできるとか訓練すれば可能になる、といった問題ではない。できないものはできない。

文章を書いたり言葉で思考するというのは、その本来は意識できない思考の流れを擬似的に再現しようとしているに過ぎないのであって、言葉による思考は本物の思考ではない。われわれの思考というのは無意識になされるのであり、意識するのは、生きている限り寝ても覚めても休むことなく無意識になされている膨大な思考計算の、そのほんの一部の結果に過ぎない。われわれが意識するのは、瞬間瞬間のそうした「結果」「結果」「結果」の羅列なのであって思考そのものではない。

それでもヒトであるわれわれには、無意識の思考の流れをあたかも意識的に追跡しているかのように感じられるが、それは、擬似的な思考システムを持っているためだ。それが、すなわち言語能力というものだ。言語による思考は本来の思考のシミュレートに過ぎないのだが、しかしこれができるとできないとでは大違いだ。言葉は無意識の思考の一部をスポットライトのように照らし出すことのできる強力なツールだ。ヒトはそれを使って自分や世界がなにを考えているのかを探ることができる。無意識の思考内容を意識野へとすくい上げるとき、われわれは言葉を、言語能力を、使うのだ。それは笊《ざる》で水を汲むような非効率的なものだろう、無意識の思考は膨大だから。あるいは正しくすくい取ることに失敗して、本来の思考内容とは無関係なシミュレーションになる危険性もある。それでも、それで得られるものは大きい。

あなたは言葉を武器としている作家だから、マダム・ジャクスン、こうした言葉の威力、言語能力の重要性、書くことの意味とその効果、といったことについては、私が言うまでもなく十二分におわかりのことだろう。

ジャムも、それに気づいたのだ、マダム。人間の持つその能力の重要性に。

ジャムは人間の存在を発見してから、われらの「言語能力」、すなわち「無意識を擬似的に追跡する能力」を解析、理解することに全力を傾けたと想像できる――おそらくジャムは、ヒトの言語を学習することよりも、われわれの脳や身体内の情報伝達、生物的な活動そのものを直接観察するほうが簡単なのだ、しかしそれができたからといって、そこからわれわれの思考を汲み取ることはできない、ジャムは、われわれがなにを考えているのかを知りたいのだ、だから――そして、それは成功した。そうでなければ、私がジャムを感じることはできなかっただろう。ジャムは、イメージや臭いなどではなく、言葉を使って接触してきたのだ。

ジャムはわれわれとは違って、その自分の思考のすべてを意識することができるのかもしれない。われらの想像を絶する複雑な情報処理装置になるだろうが、ジャムが自身の中にわれらの脳内にある「言語装置」のシミュレータを構築できるのだとしたら、それはそのジャム本体の複雑さをよく表しているものと考えられる。

いずれにせよ本来自分のものではないそんな装置を駆動し維持するのはジャムといえどもけっこうな負担だろうから、いずれこの試みを放棄するかもしれないが、それまでは、われわれは言葉をインターフェイスにしてジャムの正体を探ることが可能だろう。探っても、所詮はジャムの本音や本質にはたどり着けないだろうし、逆にジャムの繰り出す言葉によって洗脳される危険もあるが、洗脳されればされたで、少なくともジャムが人間になにを望んでいるかがそれでわかるというものだろう。無駄はない、何事も。

いまの私はジャムの正体のいちばん近くにいる人間だが、それでもわかっているのはこの程度、憶測がほとんどだ。憶測に憶測を重ねるのは無意味というものだから、ここからは時間の許す限り、私とはどういう人間なのかについて書くとしよう。この手紙が手の込んだ悪戯なのかどうかを判断する上でも役に立つだろう。

私の家系は、かの昔イタリアを支配したゲルマン民族の一部族、ロンバルド人の流れを汲むそうだ。大ブリテン島に渡ったその一部の末裔が私になる。ロンバルド人といえば金貸しや銀行家を連想するかもしれないが、私は細かいことが気になるという点では、あなたのその連想を裏切らない性質を持っていると思う。

ロンドン生まれ、長男、妹がいたが幼くして病死。祖父は本物の銀行家で、父はその反動か、山っ気の多い貿易商だった。べつだん働かなくても経済的には困らなかったので退屈を殺すためにやっていたようなものだ。母はあなたも聞けば知っている有名な陶磁器メーカー社主の娘だった。

私は幼いころから他人にはかまわず勝手に行動し、じっとしているのが苦手だった。協調性がなく落ち着かない子供というわけだ。出産時に脳についた微小な傷が原因らしいが、はっきりしたことはわからない。脳の器質的な先天的異常だろうと診断した医師もいたが、自然治癒は望めないし治しようもないという点では一致していた。

他人と一緒になにかをするなどというのは想像するだけでもいやで、両親も扱いに困って、パブリックスクールに入れるのはあきらめ家庭教師をつけた。この教師が若い生物学者で、植物生態学を専攻していた。学生ではなく講座も持っていたと思う、いずれにしても後には教授になった。この家庭教師に私は、彼の趣味からミステリをたっぷり読まされ、彼の本業のおかげで世界のあちこちに連れて行かれた、植物とその環境の調査研究のためだ。

それで私はめっぽう植物に詳しくなったが、その教師が生態学を専門にしていたせいでもあるのだろう、私が興味を引かれたのは植物そのものではなく、植物とそれを利用して生きる昆虫たち、あるいはその逆、ようするに両者の関係性だった。

ある植物は特定の昆虫のみに受粉を依存している。どうしてそうなったのだろう？　その植物とその昆虫はこの世に同時にセットで発生したのだとしか考えられないではないか？　あるいは、枯葉や花や細い枝そっくりに擬態する昆虫は、どうしてそんな形になったのだろう、神の御業か、それとも虫たちが自らそう望んだからそうなったのか？　これはミステリだ。

教師は、ダーウィンが作った、と言った。もちろん進化論のことだ。そう、そのとおりだ、神を持ち出す必要はない、科学で説明がつく。進化論を「都合のいい偶然論」だと誤解している素人はいまだにいるだろうが、進化論はそうではない、「必然的にそうならざるを得ない」現象を理論化したものだ。でも、具体的には、どういうメカニズムでだろう？　分子生物学を学んだとき、私はこの答えを得た。ひらめいたのだ、そのとき。

簡単なことだ。蘭の花にそっくりなハナカマキリは、蘭の花の形状を決定する遺伝子を持っているから、そういう形になるのだ。すなわち蘭とハナカマキリのＤＮＡには共通する部分があるに違いない。両者はＤＮＡという分子言語を使ってコミュニケートしているのだ。

実際に確かめたわけではないので仮説に過ぎなかったが、それをそのままロンバート仮説として、論文を書いた。十六歳だったと思う。タイトルは「蟷螂《とうろう》のなかの蘭」。

そのタイトルで検索してみれば、ある大学の熱帯植物生態研究所発行の紀要中にその論文を見つけられるだろう。私のその家庭教師が四月一日付けで紀要編集委員に送りつけ、そのまま採用されたのだ。送る方も載せる方も英国流の四月馬鹿心を発揮したわけだが、当時の私は、エープリルフール扱いとはどういうつもりだと大まじめに憤《いきどお》ったものだ。内容そのものは悪戯などではなく、きちんとしたものだった。ちなみにこの仮説は、細部では反証が可能だ、たとえば、花や虫の形を決定しているのは遺伝子のみの働きではない、周囲の環境そのものも関与しているのだ、といった点だが、昆虫と植物はDNAレベルで交流、交雑している、ウイルスを媒介にして、というアイデア自体は、いまなお反証されていない。

私自身もそのアイデアの真偽を確認する作業はやらなかった。やる気がなかったからだ。それが正しいと証明されたところで、それがどうした、当たり前のことではないかと思うだけだ。私はまた、自分がそのようなアイデアを思いついたという事実に満足していて、アイデアの内容が客観的に否定されようと、そんなことはどうでもよかった。そもそものような手間暇かかる確認作業はアイデアを自分で思いつけない人間がやることだと馬鹿にしていた。そうした地道な作業をやる人間を馬鹿にしたわけではないが、それを言うなら、そんな殊勝な人間は私の役に立つ、と思っている。私の性格はこれでおわかりいただけよう。敵は多い。そのほとんどがまたなんの役にも立たない馬鹿ばかりなので、鬱陶しいかぎりだ。

失礼、途中だが、忙しくなりそうな気配なのでこれにてペンを置くことにする。敬具。

戦闘の状況をモニタする画面に動く気配を察してそれを見やると、背後のドアが開くのが映ったものだった。だれかが入ってくる。

私は手紙に署名、アンセル・ロンバート、それから振り返った。知った男が一人立っていた。桂城彰少尉。特殊戦に私が送り込んだ部下だ。第五飛行戦隊の三番機〈雪風〉のフライトオフィサが欠員になっていて後任を探しているのを知った私は、特殊戦の指揮官クーリィ准将に桂城少尉を推薦したのだ。私は少尉に特殊戦内の情報収集を命じて送り出した。とりわけ私は、ジャムがなぜあの三番機に興味を示すのかを知りたかった。

桂城少尉は、自分の行動が他人に不利益を与えることをなんとも思っていないという、私にも似た冷淡な性格だからスパイとしての適性がある。戦闘機の電子戦オペレータの技量も持っていたのでまさに適任だった。

だが、いまは敵かもしれない。ジャム人間である可能性もある。

ジャム人間らはいま、ゾンビの如く基地の人間たちに襲いかかって殺戮を実行中だが、彼らには私の姿は見えない。その一人が私を殺害するために武器を向けたとたん、そうなった。ジャムの仕業だろう。まだ私を生かしておく価値があると判断してのことに違いない。だからもし桂城少尉がジャム人間なら大丈夫だ。彼には私が見えない。

「大佐」と彼は言った。「こんなところに隠れていたとは。お逃げにならなかったのですか」

ジャム人間ではないとみえる。

「逃げてどうする」と私は手紙を折り畳みながら答える。「せっかくFAFが手に入るというのに？」

硝煙の臭いがする。少尉はオートライフルを手にしている。フルオートで撃ちまくったのだろう。戦闘服だがヘルメットはかぶっていない。

「特殊戦を離脱してきたのだな？」と私。

少尉は無言で軽くうなずく。特殊戦の戦隊区からここまでの道のりはなかなか遠かったようだ。頬を伝った汗が顎の先から滴った。

スライディングドアが自動で閉まる物音に少尉はぎくりとそちらに銃を向けたが、ドアが閉じてしまうと、銃口を下げて私に訊いた。

「ここはどういう部屋ですか。こんな部屋があったとは、知らなかった。隠し部屋ですね。ここで、ジャムと通信していたんですか、大佐」

「私のもとに帰隊せよ、少尉。そのつもりで来たのだろう――」

「あなたは、本物の大佐のコピー、ジャム人間なのか？」

「オリジナルだ」と言って、私は手紙を差し出す。「きみが知りたいことはそれを読めばわかる」

少尉が読んでいる間に、私はジャクスン女史の住所を調べ、封筒を用意して宛名を書いた。これが彼女に届くのが四月一日でないことを祈ろう。

「全人類を敵に回して戦うつもりとは、いまだに信じられないな」と少尉は手紙を返してよこしながら言った。「リンネベルグ少将はあなたがジャム側へと寝返るのを待っていたと言っていましたが、ほんとうにやるとはね」

「きみは、ジャムが私の頭の中に直接話しかけてきたというのを信じるのかね。その手紙ではそうはっきりとは書かなかったが」

「信じますよ。深井大尉も経験したことですから。雪風の機上で」

「きみもジャムの声を聞いたか」

「雪風の通信機からのメッセージは聞きましたが、頭の中に直接、というのは残念ながら、深井大尉だけです」

「なにがあった？　ジャムはなんて言ってきた、きみたちに？　雪風が収集してきた電子情報は解析しただろう、どうだった？　私はまだきみからの報告を聞いていない。特殊戦とはコンタクトできなくなったのでね。あとで報告書を提出してくれたまえ、少尉——」

「いや、自分はあなたの指揮下に復帰するために来たわけではありません。リンネベルグ少将から辞令を受けて、特殊戦から情報軍AA6に転属になりました——」

解析第六課か。少将も桂城少尉が雪風機上で体験した情報を欲しがっているわけだ。

「そちらへ向かう途中、あなたが指揮するジャミーズの幽霊部隊と情報軍掃討部隊との戦闘に巻き込まれて、死ぬところだった」

「ジャム人間の再教育部隊の叛乱はたしかに私が立案したものだが、私は彼らの指揮を直接執っているわけではない。私を恨まないでくれたまえ。それで、どうしてここがわかった？」

「追われ続けて、もう逃げ切れない、駄目だと廊下の角を曲がったら、目の前にその入口があった。知らない入口だ」

「わが基地の地下通路は迷路だからな」

「いいえ、自分は迷ったりはしない。本来ここには入口などないはずだ」

「ジャムが入室を許可したのだろうな、少尉。空間操作だ。異次元への入口というわけだ。

——驚かないのか？」

「雪風も異次元のような空間に一時閉じ込められた。そうか、ぼくはまた捕まったわけか」

「異次元というのは冗談だ。ここは私専用の戦闘情報室だ。入口はうまくカムフラージュされている。しかしそれは偶然開いたりはしない。ロックは厳重でね。やはりジャムがなんらかの手段できみを認めて、ドアの開閉制御機構をコントロールし、ドアを開いたのだろう。そうとしか考えられない。きみはジャムに誘い込まれたのだ」

「そいつはいい」

「嬉しそうだな。怖くないのか」

「望むところです、大佐。ぼくはジャムをもっと知りたい」

「では、まず報告書を書いてくれるな？」

「あなたの指揮下に入るつもりはない。そう言ったはずですが」

「リンネベルグ少将のもとに行くのか」

「いや、少将はまだ特殊戦にいますよ。クーリィ准将に招待されて。連れて行かれたと言うほうが正確かもしれない」

「それは知らなかった。特殊戦は少将を人質に立てこもっているわけだな。FAFからの独立戦を戦うつもりなのか？」

「いいえ、クーリィ准将は、ジャム人間やあなたに特殊戦内を汚染されまいと先手をとったのです。准将はあなたを押さえ込めるのは情報軍自体しかあるまいと判断した。情報軍全体があなたの支配下にあるのかもしれないとも疑っていたと思います。いずれにしても、特殊戦の敵はあくまでもジャムだ。クーリィ准将は全戦隊機を発進させ、ジャムに対して正式に宣戦布告したのです。准将は、もしも特殊戦が全滅したときに備えて、ぼくを出した。特殊戦が収集してきた情報内容をぼくに託した。全人類への遺言ですよ、准将の」

「フムン。リディア・クーリィ、恐るべしだな。で、きみはどうする」

「ここであなたに出会ったからには、もう軍務などどうでもいい」

「私を捕まえるつもりはないのか。それで撃つとか？」

「まさか。あなたは人類で唯一のジャムのメッセンジャーだ。死んでもらっては困る」

「私のほうではきみを撃てるんだが」

「特殊戦の作戦行動情報や雪風が得た情報はいらない、と？」

「きみがくれないと言うのなら、いらない。きみがいなくなっても私は困らないよ」

「そうですか。そうなると取り引き材料がないな。立場としては絶対的にぼくが不利ですね。では、取り引きはなし、あなたの邪魔はしないから見学させてくれとか、中立の戦闘記録員として同席させてくれ、というのは駄目ですか」

「どういうつもりなんだ。なにを考えている」

「言ったとおりです。あなたを見つけたからには、見学したい。リンネベルグ少将がもしこの状況を知ったら、あなたに干渉せず、どこまでもあなたを追跡して様子を知らせるようにという命令を下すでしょう。やることは同じですが、ぼくの気持ちとしては、軍の規律とか命令とかに縛られずに、個人的な立場で、あなたとジャムの共同戦線と特殊戦のゲームの観戦がしたい」

「見学に、観戦か。いま殺し合いをしてきた、戦場にいる者の言葉とも思えない。きみの言っていることは現状にそぐわない。非常識だとは思わないかね?」

「非常識というのなら」と桂城少尉は言った。「あなたこそ、そうではありませんか。あなたにとってこの戦争は、退屈をもてあましている貴族のやる決闘のようなものだ。一種のスポーツだ」

「まさに、そのとおりだ。きみは鋭い」

「スポーツは観戦するものです。やるのは身体に毒ですよ、大佐。やりすぎは身を滅ぼす」

「面白い」私は思わず笑ってしまう。「きみは特殊戦に行って変わったな」

私はジャクスン女史への手紙を封筒に入れ、蓋を閉じた。

その間に桂城少尉は手にしていたオートライフルの弾倉を交換した。装弾数が残り少なかったのだろう。少尉は実包をフルチャージしたそのガンでだれを撃つのかと言えば、私を狙う者だ、訊くまでもなく。

彼は私を護る行動をとる。私の部下や手下としてではない、彼自身の興味を満たすためだ。私が殺されては彼の楽しみがなくなる。利己的な動機だが、私は自分勝手なのは嫌いではない。私が嫌いなエゴイストは自分の価値観を押しつけてくるやつだ。似たようなことをオスカー・ワイルドが韻を踏んだもっとスマートな言い回しで言っていた。

「いいだろう」と私は言った。「私に不利益な行動をとらないなら好きにしていい」

「感謝します」

「礼は無用だ。きみは役に立つと判断した。それだけだ」

「あなたらしくない直截《ちょくせつ》な言い方ですね、ユーモアの欠片《かけら》も感じられない」

「さっそくだが、これを」と私はジャクスン女史宛の封書を差し出して言った。「FAF中央ポストオフィスまで行って、投函してきてくれないか」

「前言は取り消します。冗談でしょう、大佐。外に出たらゾンビに頭を食われる」

「いまでなくていい。急がないよ。ジャム人間は不死身ではない。いずれ片がつく」

「あなたは最初から彼らを使い捨てにする気だったんですか」

「結果的にはそうなる。しかしあの少人数でこの基地を占領できると思うほうがどうかしている」

「でもジャムは、そう思ったのでは？」

「それは――」

どうかな、と言おうとしたところで、壁に並んだ複数のモニタがすべてブラックアウトした。そして、そのすべてのモニタに同じメッセージが一行出た。

――ジャミーズは全滅した。それはなぜか、ロンバート大佐。返答せよ。

このジャミーズとは、ジャム人間の叛乱部隊のことだろう。

「フム」と私。「ケリがついたらしい」

「ジャムからですね。騙したのがばれた。どうするのです」

「騙したわけではない。当初からこれは——」

と、突然、床が抜けた。そのように感じられた。予兆もなく、衝撃もなかった。ただ心理的なショックはあった。超広角の視野が開けていた。黒っぽい空だ。上には二連の太陽、眼下に地表が見える。フェアリイ星だ。ここは成層圏だ。

「大佐」

「きみも感じているか」

「これは戦闘機からの視界だ。ジャム機からだ、たぶん。こいつはすごい。——前方、ボギー、衝突コース、来るぞ」

少尉の指摘したボギーは、探すまでもなく、見えたと思った瞬間に大きくなり、右のこめかみあたりをかすめ、あっという間に背後へと飛び去った。ドン、という衝撃波。

「メイヴだ、大佐」

「なんと」少尉の動体視力はたいしたものだ。「たしかか」

「間違いない。メイヴは一機しか存在しない。雪風だ」

「交信できるか」

自分の身体が見えない。仮想現実眼鏡を着けている感覚だ。ジャム機の機上からの視界というのはいいが、コクピットも存在しない。だが、少尉はそれにおかまいなく、呼びかけた。

「こちら桂城少尉、雪風、深井大尉、応答してください。聞こえますか」

ザーというホワイトノイズが聞こえた。直後、聴き取りにくい声。呼吸が荒い。

――どこからだ。ジャムからだと？　雪風、本当なのか。少尉、どこだ。

「フェアリイ基地情報軍区画の、ロンバート大佐の秘密部屋からです。大尉、こいつを撃墜してください」

「待て、少尉、きみは口を出すな」

――ロンバート大佐か。どうやらあなたの目論見は失敗だ。

「どういうことだ」

答えが返ってくる。言葉自体は明確だ。しかし内容は、意味不明。

――FAFは、壊滅した。

「なんだって？」

視界が急激に回る、激しい目眩《めまい》のような感覚で、思わず身体を支える物を探している。ブラックアウト。デスクに片手をついてモニタ画面を見ている自分の身体感覚が戻った。

――ジャミーズは全滅した。それはなぜか、ロンバート大佐。返答せよ。

「いまのはなんだ。FAFは壊滅した？」

「ということは」と桂城少尉が言った。「この小部屋はやはり異次元通路で、そのドアの向こうは、いまや廃墟なんだ」

「いや」そうではないということを私は確信しているが、なぜなのかは、自らの無意識の思考を言語化しなければならない。ヒトの身体の構造的限界が恨めしい。「ここはそうではないから、わざわざそうである世界の雪風にわれわれを接触させたのだ、ジャムは」

「どういうことです」

「ジャムはようするに、FAFなどいつでも叩きつぶせるのだぞ、ということを私に示したのだ。その上で、いまいちばん気になることを訊いてきた。ジャムは、きみが言ったようにジャミーズでこの基地を占領できると信じていたのだろう」

「先ほどのあれは、幻覚なのか」

「そんな姑息な操作はしていないだろう。ジャムは、特殊戦そのものを、われわれの現実とは異なる世界へ飛ばしたのだ。特殊戦とコンタクトできなくなったのはそのせいだ」

「ジャムに、いまどういう時空操作をしたのか訊いてください、大佐。先ほどの雪風世界は、未来なのかもしれない。未来ではFAFは壊滅しているということなのかも」

「時間も空間も、われわれにとっては身体感覚のメタファーでしか理解したり表現したりすることができない、そういうものなのだ。ジャムには人間の身体がない。だから、われわれに理解できるメタファーでもって伝えることが、できないのだ。翻訳不能なんだよ、少尉」

「でもいくらなんでも特殊戦ごと、というのは……異世界へ飛ばされたのはぼくらのほうなのでは」

「それはない」私は、落とさずに持っていたジャクスン女史への手紙を振った。「ジャムの地球人への宣戦布告だ。これは配達されなくてはならない。ジャムが私に代行を要請したのだからな」

こいつは長期戦になりそうだ。面白い。ジャムの納得いく返答ができなければこちらの破滅というわけだ。ここは長考すべきところだろう。

桂城少尉は神妙な顔で黙った。私は微笑んで言ってやった。

「まずはこれを投函しに行こう」

すべては、それからだ。

雪風帰還せず

ロンバート大佐からの手紙を読み終えたわたしはしばらく茫然としていた。心理的な衝撃を受けてなにも判断ができない状態に陥ったのだ。

ジャム、宣戦布告、FAF、クーデター。

それらは、ジャーナリストであるわたし、リン・ジャクスンの職業意識を刺激してしかるべきキーワードだ、たとえ大佐のこの手紙の内容がまったくのガセだったとしても。でもわたしの思考力を一時的に奪ったのはそんな単語群ではなかった。わたしが受けたショックは、両親の死に言及した個所によるものだ。両親の死は単なる事故ではなく謀略によるものである——この記述が本当ならば、ほかの内容はどうでもいい、ジャムやFAFのことなど自分には関係ない——わたしはそう思っている自分を意識して我に返り、人間は普段自分がなにを考えているのかを自覚していないこと、それを意識するには思考内容の言語化が必要なこと、真の思考とは意識できないものなのだ、なぜなら人間の脳はそのような脳内情報の流れの道筋を自覚するシステムを持っていないからだ、といった大佐の指摘はそのとおりだと納得し、それからようやく職業意識が働きだして、こう思った、ジャムの脅威を訴え続けてきた自分といえども、わたしにとっていちばん重要で切実な問題は肉親関係なのだ、と。

いままでも無意識にはそう思っていたに違いなくて、おそらくはそうだろう、ではそれを認めることは、わたしがこれまでにしてきた仕事の価値を損ねたり、信用を失わせるものだろうか？

いいや、そうではない、そうはならない、むしろ反対だろう。自問するまでもなく、そんなことはわかっている。ロンバート大佐流に言うなら、それこそ無意識の思考で、だ。

それを言葉にしてみればこうなる、わたしは家族や肉親を愛している、だからこそ、ジャムの脅威は他人事ではないのだ、と。それは当然のことながら、自分の家族の心配をしているほうがジャムの脅威を世間に訴える仕事よりもわたしにとっては大切だ、ということとは違う。わたしは得体のしれない脅威であるジャムから家族を護りたいのだ、そして自分自身を。それがわたしの仕事をする動機だ。仕事に熱が入りこそすれ、ないがしろにしたことはない。

わたしは、自分が一個の人間だという事実、そしてわたしも人の子だ、ということを片時も忘れたことはない。わたしの心配や不安や恐怖や、わたしにとっての脅威は、同時にあなたのものでもあるのだ、同じ一個のヒトなのだから——いつもそう意識しながら書いていればこそ、わたしのルポルタージュは力を持っているのだと、わたしはそう信じている。それがジャーナリストとしてのわたしの信念だ。

自分にとってなにがいちばん大切なのかをヒトはいつも無意識に考えているものだろうが、そのような、意識できない自己を意識的に支える力を人間は持つことができる。それを、信念というのだ。

わたしは落ち着きを取り戻す。この手紙を書いたアンセル・ロンバートというFAF大佐は、おそらくわたしの信念をテストするために両親の死に触れたのだろう。

謀略説は真実かもしれないし、はったりかもしれない。証拠や情報をくれるというそれも、本物かもしれないし、もとよりそんなのは存在しないのかもしれない。

いずれにしてもそれらが示しているのは、わたしの両親はジャムに殺されたわけではない、という事実だ。謀略によるものであれ事故であれ、人災であることでは同じで、大佐が提供できると言っているそれは、わたしの両親の死がジャムによるものだという証拠物件や情報ではないのだ。

ならば、この件は無視するにかぎる。大佐からのテストはそれでパスだ。大佐が信頼できる人間であれば、間違いなく、そうだ。

わたしが大佐なら、そんな証拠が欲しいと言ってくる相手は信用しない。ロンバート大佐はわたしを信じてこの手紙を書いたのだろうから、彼は、わたしからのそのような請求が来ないことはもちろん、この手紙に対する返信自体を期待していない。もしわたしがそういった大佐の期待を裏切る行動に出たならば彼はもはやわたしの存在を忘れるだろう。提供すると言った証拠など送ってくるはずもなく、二度と手紙もよこさないだろう。言い換えれば、わたしが大佐にとって信頼のおける人間であるうちは、いずれまた大佐から手紙か、あるいは別のなんらかの方法で連絡してくる可能性がある――わたしはそう判断して、手紙をデスクにおく。

やるべきことはたくさんある、それもすぐに。無意識のうちにわたしは、やるべきことを並列にリストアップしていて、意識するよりも早くそのリストは完成している。それは、そういう感触がある、という感覚でわかる。やるべきことはわかっている、という感覚だ。それを行動に移すには、複数のそれらを順序よく意識野に引き上げてこなくてはならない。ロンバート大佐の言うとおり、「人間は自分がなにを考えているのかをリアルタイムで知ることはできない」というのは事実だと思う。だが、それは当然だ、という気がわたしにはする。

いまのように職業的に訓練された「いまなすべきこと」に関する思考などは、論理計算が並列に実行されて結果は瞬時に出るもののように感じられるが、その並列の思考の全ステージがつねに意識されるのでは頭が混乱するばかりで、動かすべき身体が動かないという状況を招くだけだろう。それを回避するように人間の脳はできているのだ。リアルタイムで自分の思考を知ることができないというのは、脳の欠陥ではなく、むしろ、そうでなくてはならないのだ。

もっとも、大佐が言いたいのはそれとは別の次元の話だろう。それはわかるけれど、でも人間の脳は大佐が思っているよりもよくできていると、わたしはそう言いたい。ジャムになりたいという、彼に。人間も捨てたものではない、と。

ロンバート大佐は自分の脳には微小な器質的欠陥があるようだと告白している。彼は、だから自分は他の人間のようには生きてこれなかった、でもそれが自慢でもある、というコンプレックスを抱いているのは間違いない。俗流心理学を趣味にしている精神分析好きの人間なら、大佐はそれを克服して完璧な人間になりたいと無意識のうちに願っていて、それでジャムに救いを求めたのだろうと、そう言うことだろう。この手紙を読めばだれでも大佐のそうしたコンプレックスを感じとれるはずだ。

わたしは、アンセル・ロンバートという人は、超人やジャムになるよりも先に、まず普通の人間になるべきだと思うし、たぶん彼自身も無意識のうちにはそう願っているのではないかと感じる。普通の人間とは、どこかしら欠陥があっても普通に社会に受け入れられている者のことであり、自分もそうなりたいと、この手紙はそれを告白するために書かれたのだろう。

そう、わたしは、アンセル・ロンバートなる人物は実在するということを、その筆跡や言い回しや内容やその他、それこそわたしが無意識のうちに感じた事柄のすべてによって確信しているが、まず最初に、それを客観的な手段により確認する必要があるだろう。

ＦＡＦにだれが行っているのか、だれが帰国してだれが戦死したのかという情報はつい最近非公開になったので――これに至った経緯についてはいま取材中だが――この名の人物が実際にFAFにいるかどうかから始めないといけない。それからこの手紙は確かにロンバート大佐の手で書かれたということ、そして、内容も彼の妄想ではなく、事実をもとに書かれているということを、確認する必要がある。

それは刑事による捜査と基本的には同じ手順だ。わたしがクワンティコにいる友人、ダニーを思い浮かべたのは当然だろう。

彼、ダニエル・カーターは、FBIアカデミーにある科学捜査トレーニングセンターのDNA分析部門の人間だ。そのセクションはユニット1、2、3に分かれているが、その三つの班を統括する主任をやっている。センターでは最先端の科学捜査の研究や研修が行われると同時に、そこはFBIの科学捜査の実務を一手に引き受ける機関でもあるので、全国各地から膨大な数の検体が送られてくるそうで、わたしはときおりダニーから愚痴を聞かされる。華華しい成果の裏の、普段は決して報道されることのない生生しい日常というやつだ。たとえば――こないだなんか被疑者が関係したと疑われる大量の下着類で一部屋が埋まって、一つひとつ精液の跡がないか調べる手伝いをさせられてうんざりした――というような。

クワンティコでそんな仕事に忙殺されている彼の手を煩わせる前に、一つわたしにもできることがある。この手紙が間違いなくFAFの中央ポストオフィスから出されたものかどうかを確認することだ。その手がかりは封筒にある。

その封筒には、かつて使われていた切手ではなく、切手に似たシールが貼ってある。微小な電子回路が印刷されているライブシールだ。通常の切手も廃止されてはいないので並行して使われているが、いまやこれが世界標準になりつつある。デザインも切手同様さまざまで、この封筒にはＦＡＦで発行されたものが使われていて――ＦＡＦでなければ手に入らないというわけではないのでそう珍しくもないのだが、絶対数は少ないからマニアには受けるかもしれない――絵柄はＦＡＦの主力戦闘機シルフィードの編隊だ。

このライブシールには、切手と違って料金の数字はないし受付局や日時を示す消印というものも押されていないので、見ただけではそれらを知ることはできないが、印刷されている電子回路のメモリにはそれを含めたさまざまな情報が書き込まれている。このシール固有の受付番号、受付局や日時、集配局、配送経路などだ。それらは、こうしたライブ情報との通信機能を備えたリーダーや携帯電話を使うことで読み取ることができる。差出人がそうやって携帯電話でその受付番号情報を受取人宛に電子メールで送れば、受け取る側はいまその手紙や小包がどこまで配送されているのかを確認することができるし、差出人も相手先にそれが配達済みなのかどうかを確かめることができるわけだが、フェアリィ星のＦＡＦと地球の間ではダイレクトに電子メールは送れないので、そういう利用法はできない。でも、メモリに記録された配送経路の確認などはできる。

わたしはさっそくやってみる。ライブ情報読み取りアンテナが内蔵されている携帯の先をそのシールにあてて画面を見てみると、情報ヘッダ欄には、これは郵便物だ、というのが表示される。あたりまえのようだが、しかしいまやこうしたライブ情報は広い分野に使われていて、たとえばペットの犬や猫には飼い主やワクチン接種情報を書き込んだチップが皮下に埋め込まれているし、ありとあらゆる食品や商品の価格シールやタグに、生産者や製造者、流通経路、その他さまざまなライブ情報が書き込まれているので、この手紙が間違いなく郵便物として扱われたという情報だけでも価値があるというものだ。少なくとも、このライブシールが壊れていなくて正常に機能している、ということがそのヘッダで確認できるわけで、わたしはそれをほとんど無意識のうちにたしかめてから、書き込まれた情報を読んでいる。

それによると、たしかにFAFの中央ポストオフィスから発送されているのだが……受付日時がおかしい。1904年1月1日午前0時ジャストに受付、となっている。百年以上前だ。配達された日時は一昨日になっていて、おそらく実際にもそうだったろうから、配達完了日時記録のほうは正しい。

なぜ受付日時がそんな数字になるのだろう。1904年1月1日というのがこのライブ情報のデフォルト、省略時設定時刻だとすると、消印を押し忘れた、つまり受付日時が書き込まれなかった、という可能性がある。あるいは、FAFのあるフェアリイ星と地球とを結ぶあの超空間〈通路〉をくぐるときに、ライブシールに書き込まれた時刻記録情報のみがデフォルト化されたのか。本来、このライブシールに印刷されているメモリ回路は、情報が書き込まれると同時にROM化されて固定されるため、後から改竄《かいざん》することは原理的にできないようになっているはずなのだが、〈通路〉内ではなにがおきるのか正確なところはわかっていないから、可能性は否定できない。でもわたしはFAFの特殊戦のブッカー少佐から何通も手紙をもらっているが、こんなエラーには気がつかなかった。少佐の手紙には通常の切手が貼られていたのだろうか、憶えがない。ブッカー少佐は手紙にちゃんと年月日を記載していたのであらためて消印情報を確認する必要がなかったせいだろう。あとで確かめてみよう。あるいはロンバート大佐は、宣戦を布告すると言いながら、なんらかの理由でその日時を知られたくなくて、ライブシールに受付日時情報が書き込まれないような細工をした、ということも考えられないでもない。

もしこの手紙が全くの偽物で、ライブシールの情報もすべて偽装だとしたら、犯人は消印情報すなわち受付日時もそれらしい数字にできたはずで、こんな目立つエラーを演出することはない。いや、このエラーゆえに、これがFAFから来たのはほぼ間違いないだろうとわたしには思えるので、この手紙を書いた者は、まさにそれを期待してそういう細工をしたのかもしれない。手紙の内容からして、ロンバート大佐を名のるこの人物は、わたしがそう判断することを予想していたとしても不思議ではない。文面どおり、相手はわたしの性格や考え方を知り尽くしていると見ていい。

これは、やはりクワンティコの彼に電話して協力を仰ぐべきだろう。

携帯電話を利き手の左手で操作してダニエル・カーターを呼ぶ。右手はコンピュータを起動していて、起動したらニュースネットに接続、登録ニュースサイト自動巡回モードにしよう。このオフィスにいるときはコンピュータの電源を落とすことはないのだが。いまは起動の時間が長く感じられる。電話のほうは、五回のコールで相手が出た。

『ハイ、ハリン、いまどこから？』

「我が家よ、シドニーから帰ってきたところ。いま、いいかしら？」

『もちろん。近くにいるなら一杯やろうと誘ったのにな、残念。ちょっと離れているんだ』

「休暇だった？」

『そんなところ。いまボルドーだ。シャトー巡りの最中。ワインの試飲でご機嫌だよ。学会のオプショナルツアー。国際法医DNA学会に来ている。お気に入りのボルドーワインがあるなら買い込んでいくけど？』

「ありがとう、ご好意だけ頂いておく。いまは景気づけにバーボンをやりたいところだけど、その暇もない。相談に乗ってもらえるかしら？」

『もちろん、まだ酔ってないよ、大丈夫だ、いいよ』

「FAFから手紙が来たんだけど、これについている指紋とかDNAなどで、差出人を特定したいの。名前はアンセル・ロンバート、情報軍大佐。この人物は実在するのか、そうなら、この手紙はたしかにその人物によって書かれたのか、それを確認したい。書かれてある内容がちょっと信じがたいもので、もし真実なら、ジャムとわれわれ地球人の戦争は重大な局面を迎えることになる」

『そいつはすごいな。大スクープの可能性があるってことだ。急いだほうがいいね。大きな出来事なら、確認を手間取っているうちに全世界に知られてしまう。スクープにならない』

「いまのところ兆候は見つけられないので、この人物の妄想かもしれない。でもわたしには真実に思える。真実だとしたら、FAFや国連の動きにあまり変化がないのはおかしい。手紙がわたしのもとに届くまでにニュースになっていてもよさそうな内容なの。そもそもこの手紙に書かれていることが真実なら、これが地球に届くことはあり得ないだろう、とも思える内容なのよ」

『FAF基地はジャムの大侵攻を受けて陥落寸前だ、というような?』

「そう、そんな感じ。さすがね、勘のいいこと。わたしたちに残されている時間もあとわずか、かもしれない」

ダニーと会話しながら、わたしは起動したコンピュータ画面を見ている。自動巡回で表示されるニュースサイトのどこにも、FAFに異変が起きているというトピックはおろか、それを疑わせるような兆候すら見出せない。

『まさか、そんなことはないと思うな。今年の葡萄の出来は最高らしいよ。これがいいワインにならないはずがない。そのくらいの時間はあるさ』

「そうならいいのだけれど、だから確認したいの。FAFの人間は個人識別のために指紋の他にDNAデータも登録されているから、あなたの手で照合してもらえればわかると思うのだけれど、できる?」

『FAFか。FAFの電子データシステムには地球からはアクセスできないよ、絶対に無理だ、それはきみのほうがよく知っている――』

「FAFの個人情報データベースは、そっくり同じ内容のものが国連の地球防衛機構本部にもあるのよ」

『そうなのか。それなら物理的には可能なわけだな。しかし相手が国連となると直接アクセスするのはまず無理だろうから、指紋や血液やDNAが採取できたとしても、なんとも言えない。でも、なんとかなるかもしれない。FAFの人間は地球で犯罪を犯した者が多いからね、うちのデータベース内にばっちり存在する可能性は高い。それでやってみよう』

「英国人よ」

『じゃあ、スコットランドヤードに協力してもらおう。ぼくは面倒な手続きを省けるルートを持ってるし、DNAを利用したあちらの個人識別システムはぼくらのよりも歴史がある。いまは世界的に統一されたフォーマットが使われているけど、もっと確率の高い組み合わせをぼくが提唱してる。簡単、便利、より正確なやつ。まあ、これが新標準になるのは時間の問題だろうな』

「あなたは最高よ、ダニー」

『もちろん。で、検体はどうする？　ぼくは明後日帰国するんだけど、助手のレスターにわかるように手配しておこうか？』

この手紙をレスターの元に郵送するか、どうするのか、というのだ。

わたしは一瞬迷った。早いほうがいいに決まっているが、この手紙の内容を不特定の人間の眼に触れさせたくない。今回の依頼の意図は、いままで何度かダニーに世話になった脅迫状の件などとは異なっているし、この内容を眼にする人間の反応や行動というのが予想できない。比較的あたりさわりのない文面の頁と封筒だけ送るということも頭に浮かんだが、そういう姑息な手段は取り返しのつかない失敗を招くことがある。長年の経験から学習済みだ。

「あなたの帰国を待って、わたしがクワンティコに持っていく。分析はあなたにお願いしたい。取り扱いは慎重にしたいから」

『オーケー、了解した。でも、ぼくが帰るころにはもう分析の必要がなくなっている、という事態になると困るな。実際にジャムが地球に侵攻してくる事態になるかもしれないんだろう、そうなったら、分析もくそもないだろう――ジャムが攻めてくる前に、早めに帰国したほうがいいかな？』

「本気で言ってる？　酔ってない？」

『少し。でもきみの仕事はすごいと思っている、茶化したわけじゃない、本当だよ、リン。協力させてくれ。一緒にピューリッツア賞を獲ろう』

「ありがとう。シャトー巡りの予定を変更する必要はないから。大丈夫よ、心配ない。楽しんできて。では、クワンティコで会いましょう」

『わかった。元気で』

携帯電話を切る。

ニュースネットで見るかぎりＦＡＦや地球防衛機構の動きは普段とまったく変わりなくて、そういう意味では平穏そのものだ。フェアリイ星では激烈な戦争が戦われているにしても。

大佐のクーデターが本当だとしたら、地球防衛機構当局が情報を隠蔽したり厳重な報道管制を敷いている可能性があるが、それならこの手紙がわたしの元に届くのはおかしい。検閲され没収されていてしかるべきだろう。

ならばこの手紙は悪戯かといえば、わたしにはそうとは思えない。これは本物で、内容も偽りでも妄想でもない、と思っている。

この二律背反的な状況を理解するには、どう考えたらいいのだろう?

ロンバート大佐によるクーデターは、まだ起きていない、これから起きるのだろう——突然わたしはそう思いつく。

いや、いま思いついたというより、そうだ、これも無意識の思考により、すでにそのように判断、理解、納得していた気がする。ダニーに「大丈夫よ、心配ない」と言えたのもそのためだ。ダニーに理由を言葉にして説明できないだけで、わたしにはわかっていたのだ、たぶん。

これから、起きるのだ。まだ、起きていない。だからダニーは何事もなく帰国できるだろう。

ロンバート大佐は、過去に向けて手紙を発送した。受付日時はだから配達完了日時より未来だ。その情報は正確に書き込まれ、いまも書き込まれているのかもしれないが、未来情報はいまの時点では読めなくて、だからそれは1904年1月1日というデフォルト値としてしか認識できないのかもしれない——未来情報が読めないなら、未来に書かれた手紙の内容も読めないのではと、わたしはそれに目をやる——大丈夫だ、手紙の文字は消えていない。

未来から来た手紙という考えはやはり現実離れしたファンタジーだと、わたしは考え直そうとした。が、ほかにいまのこの状況を合理的に説明できる考えは浮かんでこない。

そのかわりに出てきた思いはこうだった、人間である大佐に過去に向けて手紙を送る能力があるとは思えないから、実行したのはジャムだろう――それから、ＦＡＦと地球とで流れる時間にずれが生じ始めたのではないか、というもう少し現実的な考えが思い浮かんだ。超空間〈通路〉はフェアリイ星と地球の時空を完璧にシンクロさせるように機能してきたが、それが狂い始めているのではないか。

人間の頭というのは面白いものだと思っている自分を自覚する。わたしは椅子を立って、どこかにしまってあるはずの使い捨ての薄手のビニール手袋を探しながら思う、わたしの頭は自分の確信を自分自身で納得するために必要な理屈をなんとしてでもひねり出そうとしているが、理屈が先走りすると陥穽《かんせい》にはまるものだ。あまり突飛な思いつきは排除すべきだろう。

自分では正解を得ているという確信があるのに、突飛で幻想的な解釈が出てくるというのは、ようするに無意識に摑んでいるその正解を言語化して意識野に出すことができないからだ……いや、正解というのはシンプルなものと決まっているから、それを言語化するのは難しくない。難しいのは、正解にたどり着くまでの複雑なその過程だ。その部分を言語化するのはけっこう難しいだろう。数学の証明過程がそのモデルになりそうだ。

正解だとわかっているなら、無理にその証明を試みることはない。日常生活でそれが必要になることはまずないし、本来生物にとって必要なのは正解という結果のみであって思考過程など意識していたらその間に天敵に食われるだろう。人間だけが、正解にたどり着くまでの過程を知りたいと欲求する。そして、それができなくて焦り、せっかく摑んでいた正解を自ら放棄したりするのだ。それは致命的な失敗につながる。これも、わたしは過去に何度か経験して苦い思いをしてきたことではある。さいわい生命こそ失わなかったけれど、ジャーナリスト生命も実際の身体生命も、危うくなる経験をしたものだ。

靴箱をしまってあるクローゼットに手袋の百枚入りケースを発見した。使いかけだがまだある。一双分を出して両手に着けつつデスクに戻り、大佐の封筒と手紙をコピーし、画像をコンピュータに取り込んで保存する。それから手紙を封筒に戻して、それを密封できる厚手のビニール袋に入れる。その間に、わたしは考えをまとめた。

ジャムは開戦後初めて人類に対して宣戦を布告、すなわちジャムは攻撃目標を人類に変更、それと同時にFAFではロンバート大佐の主導によるクーデターが発生した、もしくはこれからするのだが、地球にはそれらの情報はまだわたしの元にしか伝わってきていない——これが、妥当な解釈というものだ。これにはつじつまが合わないといったおかしな点はなにもない。これ以上の詳細、わたしだけにこれらの情報が伝わった理由や、ジャムの真の侵攻目的については、いまはなにもわからない、ただそれだけのことだ。

いま現在FAFでなにが起きているのかが知りたければ現地に行けばいい。それしかないだろう。それで疑問は氷解する。だが、もしそこで地球に戻って来られない事態が生じたら、わたしがそこで掴んだ真実を地球人に向けて伝えることができなくなる。

ＦＡＦに行くのは、わたしにとって最後の手段だ。ずっとそう思ってやってきたが、いまほど強くそれを意識したことはない。あの〈通路〉は突然現れた。突然消えたとしても不思議ではないのだ。いまＦＡＦに対ジャム戦を任せきりのほとんどの人間はその存在を意識していないから、人類にとってはもう消えたも同然なのかもしれない。でもわたしは一人の地球人として、異星体ジャムが地球を侵攻する意思を明確に示しながら飛び出してきた、あの〈通路〉の存在を忘れたことはない。忘れたくないからこの仕事をしているようなものなのだ。

ニュースネットを検索するという受動的な検索をこれ以上続けても集中力が乱れて自分の妄想が膨らむだけだ。わたしはアクティブな調査行動に移る。

コンピュータ画面にわたしの人脈一覧を表示させ、対ジャム戦争関連の者に絞り込む。ずらりと表示されるリストの中には国連高等弁務官秘書などという肩書きの者もいるが、いまはこういう直接ＦＡＦと関わっている者からはロンバート大佐の手紙内容の真偽を判断できるような情報は得られない、と判断する。ではどうすべきか。

ジャムの戦略の異変を察知するためのキーは〈通路〉にある。わたしはそれに気づいている。ＦＡＦがなにかこれまでにない重大な脅威にさらされた場合、その状況は、国連地球防衛機構広報部なんかよりも、むしろ〈通路〉を研究、監視している者や組織からもたらされるに違いないと、わたしは予想する。

該当するのはけっこうな数に上るだろう。研究している者といえば、個人的に時空を研究している物理学者から、民間の学術研究機関、各国の軍事技術開発組織やNASAのような宇宙開発機構といった巨大組織にまでおよぶだろう。公式には、〈通路〉に関する調査研究は国連地球防衛機構内に設置された専門のプロジェクトチームによって行われ、そこで得られた知見は各国に伝えられることになっているが、それはいまや形骸化している。予算がないからだ。予算がないから成果が上げられず、さらに予算が削られるという悪循環に陥った結果だが、ようするに調査を開始した数年の間に知り得た事柄以上の新しい事実を、その後何年たっても発見できなかったからそうなったのだ。地球全体の覇権を狙う大国は当初から国連主導の調査には乗り気ではなかったので、資金をそちらではなく自国のプロジェクトに優先的に投入してきた。地球全体から見れば、いまは開戦直後から十年ほどの期間とは比べものにならないくらいの人員と予算とエネルギーがあの超空間〈通路〉の正体を解明すべく投じられている。

いっぽう〈通路〉を監視するのは主として国連軍、すなわち各国軍隊で編成される連合軍の役割だが、〈通路〉を望める南極観測隊も観測しているだろうし、民間の南極観光ツアー業者による現地ライブ映像配信が行われることもときたまあって、それで気象条件の良いときはだれでも〈通路〉を見られる。

そういえば最近わたしは、〈通路〉がそびえ立つ南極のロス氷棚の異変映像を見たのを思い出した。〈通路〉は見えなくてライブでもなかったが、海岸線の氷が大規模な崩落を起こした様子を捉えた映像だ。それは津波を引き起こし、近くを航行中の観光船が危うく転覆しそうになったというニュースで、だれもが温暖化のせいだろうと思ったことだろう、わたしもそうだ。それを〈通路〉の異変と結びつけて考えた者はおそらくいなかったのではなかろうか。

もしかしたら、あれは、〈通路〉が消えるとか、逆に膨張しているとか、それこそ時空のシンクロのずれとか、突飛なところでは、もう一本新たな〈通路〉が撃ち込まれるのでは、などといった異変の、前兆なのかもしれない――

思わず心臓が高鳴ったが、携帯電話がいきなり鳴ったのもそれに輪をかけた。息を詰めて携帯を取る。ダニーボーイ、と表示されている、ダニエル・カーターからだ。

「ダニー、どうしたの?」

『アンセル・ロンバート大佐という人物はたしかにＦＡＦにいるそうだよ。きみへの手紙を書いたかどうかは別にして。というのも、いま英国から来てるジョン・ホールという顔見知りと話していて、きみの取材活動とＦＡＦの話題になってね、ジョンの知人がＦＡＦ特殊戦からの問い合わせを受けた、と言うんだ』

「特殊戦?　ブッカー少佐かしら?」

『いや、フォス大尉という女性の軍医で、ＭＡｃＰｒｏⅡという心理分析ツールを開発したチームの一人に連絡をとってきたそうなんだ。ＭＡｃＰｒｏⅡというのはうちでも使っている、コンピュータによる心理分析ツールで、プロファイリングにも使える便利なやつだが、使いこなすにはけっこうなスキルが必要なんだ。フォス大尉から相談を受けた女性は大尉とは昔から懇意にしている気のおけない仲で、まあ、私的には女友達ってところだろう。大尉の相談というのは、ＭＡｃＰｒｏⅡをカスタマイズするための技術関連情報ということで、大尉はなんとそれをジャムのプロファイリングに使う気だそうだ。それはともかく、私的な話もしたんだな、いや、電話やメールでの連絡はできないから、文通だ、用件以外に互いの近況も手紙でやり取りしたんだろう』

「それで？」

『ＦＡＦではたしかになにか異変が起きているらしい。情報軍のロンバート大佐は、特殊戦が独立戦争を始めるかもしれないと、わが特殊戦にスパイを送り込んで調べている、とフォス大尉はもらしたそうだ。ＦＡＦはどうやら内部分裂、内部抗争を始めそうな気配だ。もし、きみが受け取った手紙の内容がそれに関したものだったら、その手紙は、ぼくが調べるまでもなく本物の可能性が高い。それをきみに伝えたくて、電話した。スクープ記事を早く書き出せるだろうと思って』

「わかったわ、ありがとう」

『役に立った？』

「もちろんよ。でも、確実なものにしたいので、手紙を調べるのもお願い。それから、その軍医という大尉のフルネームはわかる？」

『ちょっと待って、訊いてみる。――エディス・フォス大尉、だそうだ』

「ありがとう、ダニー。帰ってきたらピューリッツア賞を半分あげる、受賞の権利」

『いいね、それ。では、それを楽しみに、おやすみ、リン』

おやすみ？　そうか、フランスは夜なのだ。わたしも「おやすみなさい」と返して電話を切り、そしてつかのまロンバート大佐を忘れる。

エディス・フォス大尉か。ジャムのプロファイリングとは、すごいことを考える者もいるものだとわたしはなかば感心し、なかば呆れたが——正体もなにもわかっていない異星体にそんな人間用の分析ツールが通用すると思っているのかと——そして思い直した。通用するようにカスタマイズする、それを可能にするジャムに対するなんらかの情報を得たのではなかろうか、彼女、エディスは？

いや、そもそもジャムをコンピュータを使ってプロファイリングするなどというのは、大尉個人の発想ではないだろう。あのFAFで最新の、性能は公表されていないが最も高性能かつ高価に違いない、攻撃型電子偵察機とでもいえるメイヴ〈雪風〉を擁する、特殊戦の作戦行動に違いない。

いったい特殊戦はなにをやろうとしているのだ？

＊

クーリィ准将は特殊戦の司令センターの中央で腕を組み、戦況が表示されている大スクリーンを見つめたまま身じろぎもしない。なんという体力と気力だろう。リディア・クーリィ。この場の主人は、まさしく彼女だ。

それにしても、すさまじい気迫と同時に感じられる、このもの静かな、どっしりと落ち着いた雰囲気は、いったい彼女のどこから出ているのだろう。なにが彼女をそのように落ち着かせているのか。生まれか育ちか。それともキャリアか。

司令センターの人間はこの准将の雰囲気に包まれて、不安や苛立ちといった負の感情を意識せずに任務に集中できているように、わたしには見える。これは訓練すればだれでも真似ができるといった性質のものではなさそうだ。

わたしエディス・フォスは、彼女リディア・クーリィとは遠いとはいえ親戚なのだから自分も同じ立場になればあのような雰囲気を発揮できる、そういう血が流れているに違いないと思いたいのだが、でもそれは幻想だろう。わたしがいくら年と経験を重ねても、彼女のこの重みは出せないに違いない。

だいたい親戚と言っても、FAFには有利な条件で就職したいという理由から、頼れそうなFAF高官がいないかと徹底的に調べている最中に発見したという、調査会社に依頼しても見過ごしたかもしれないくらいの遠い関係であって、家系としては三代以上遡らないと接点に至らない、ということしか覚えてないくらいだ。たしか、わたしの父方の祖父の母親、つまり大祖母の兄夫婦の複数の子供のだれかが、リディアのほうの家系のどこかに繋がるといった、ごく薄い血縁関係に過ぎない。なので、クーリィ准将のほうでもわたしに親戚面されるのは迷惑な話だったろう。ＦＡＦに来るまでは会ったこともなかったけれど、それでも准将に初めて会ったとき、どこかほっとできるなつかしさを感じたものだ。それは、いまのこの落ち着いた雰囲気と同じものだったような気がする。

リディア・クーリィのこの感じは東部の人間に伝統的に備わっているものなのかもしれない。旧大陸から引き継いだ歴史と伝統の重み、というものだ。わたしの父親が似たような雰囲気を持っていて、そういえば子供のころは、どうもそれになじめなかった。どことなく暗くてなにを考えているのかわからなくて取っつきにくい、というマイナスの思い出になってしまうが、いまなら、浮わついたところがなくて思慮深く伝統的な価値観を重んじて時流に流されない、たしかな自分を持っているのがわたしの父親だ、とプラスにも表現できる。それは、考えてみるに、出身の土地が育《はぐく》んだ性質というものではなかったか。その土地特有の気質というのはたしかにあるものだ。すくなくともそれは、ほとんど他人と言ってもいいくらいに薄い血縁の影響よりも、ずっと濃い。わたしの父親の出身はリディアと同じニュージャージーだ。そしてわたしはといえば、生まれも育ちもカリフォルニアで、母親もそう。

わたしが医師となり、さらに航空生理学といったものに興味を持つことになったのは、環境が育てる人の性質や生理反応というものがたしかにあるのだ、ということを無意識のうちにも身近な例から知っていたせいではないかと思う。その土地固有の文化的な伝統はもちろん人間の性質に影響を与えるだろうが、風土や気候もその土地の人間に独特の世界観を形成するだろうとは昔から言われ研究されてきた。では航空機や宇宙船という人工環境は特有の人格を形成するだろうか、あるいは無関係か。そうした研究分野は比較的新しい。飛行機がない時代には調べようがないし必要性もなかったので当然だろう。

わたしはもとより飛行機は好きで軽飛行機の免許も持っているが、航空生理学を選んだのは、当時わたしがおかれていた環境ではそれを選択するのが学位をとるのにもっとも簡単そうだったから、に過ぎない。でも続けていくうちにもともと嫌いではないのでそれなりに成果は上がって、面白くなり、ついにはフェアリイ星にまで来てしまった。FAFの戦闘機は人間をどう変えるのか、それがここに来ることになったわたしの関心、研究テーマだった。

でも本当にやりたいのはそんなことではなかったのだと、わたしは特殊戦に来て初めて自覚させられた。自分はこれを研究対象にしたかったのだ、ずっとこのテーマを探していたのだ、ついに自分がやるべきことを見つけた、という体験は、FAFに来て初めて乗った実戦機、FAFの最新鋭戦闘電子偵察機〈雪風〉の機上でもたらされた。あのミッションから帰投したとき、わたしの人生観は以前とは変わっていた。それは雪風のパイロットの深井大尉が予言したとおりだったのだが、でもその原因となったのは、深井大尉の思惑とは違っていた。

なんというパワーだ、人間にはこんなものすごいものが造れるのか、という驚きはもちろんあって、初めて遭遇したジャムにも戦慄したが、でもわたしを変化させたのは、ジャムを撃墜して帰投する途上、新手のジャムの襲撃の危険を避けるために限度一杯に上昇した雪風コクピットからの、眼下に広がる世界と超高空の視界、漆黒の宇宙と二連の太陽の一方から噴き出してまがまがしく赤く渦巻くブラッディ・ロード、青く薄い帯状の大気層、さまざまな色の光沢をもった絨毯のような地表、それらを同時に目視した、その視覚像、超高空から肉眼で見た、生の景色だった。

これは、本来人間が目にすべき景色ではない、見てはならないものだ、これは神と、同時に悪魔の、視点だ——そう実感した。

ＦＡＦ機のなかでも無人機のレイフをのぞけば、あの景色が見られる超高空まで上昇し、なおかつアクティブな戦闘機動ができるのは、メイヴ〈雪風〉ただ一機だ。あの高度は、宇宙船には低すぎ、航空機には高すぎる、そういう限定された高さに存在するほんのわずかな空間だ。

地球においても同じ感覚をもたらす景色はあるだろう。フェアリイ星だから神秘的なのではない、その高さ、その位置からの視覚が、神秘的な感覚を引き起こすのだ。いま自分は生と死の世界の狭間にいる、というような。それは臨死体験にたとえられるかもしれない。わたしはまさに得難い体験をしたのだ。あの経験が、わたしを変えてしまった。

現在のわたしは、高空から俯瞰する視点そのものが生物としての人間に与える影響、高空からの視点は人の世界観を変えてしまうがそれは生理的にはどういう現象なのか、身体的にはなにが起きているのかということを身体生理物理学を駆使して研究したいのだ。

しかし特殊戦ではそんなことをやっている暇はまったくなかった。特殊戦に異動してきたときに、ここはきみの遊び場ではないというようなことをブッカー少佐に言われたし、もうすこし婉曲な言い方だったがクーリィ准将からも同じ意味で釘を刺された。ならばわたしは、有能な医師、心理学者、航空生理学者、カウンセラーとしての自分を認めさせてやる、よき軍医としてだれもが認める存在になってやろうと奮い立ったものだが、いまにして思えば、そんなわたしの姿は、やはり遊んでいるようにしか見えなかっただろうと、認めざるを得ない。

ここは戦場だった。特殊戦司令センターのみならず自分に割り当てられた居室も戦闘域内であり、自分はジャムとの戦争の真っ直中にいる。その自覚がわたしにはなかった。いま、まさにここに至るまで、ぜんぜん。

ＭＡｃＰｒｏⅡによりジャムのプロファイリングをやり、その結果、いまの事態、すなわちジャムは用意が整い次第、総力戦を仕掛けてくるだろう、それは雪風を誘い出すことも目的の一つである、ということが自分で予想できた時点でさえ、頭では危ないとわかったものの、自分は最前線に身をさらしているのだという実感はなかった。その予想は間違っていないという確信があるにもかかわらず、だ。

そう、ＭＡｃＰｒｏⅡを使って出した予想そのものには自信があった。

ジャムは人間ではないし、生き物なのかどうかすらわからないのだから、常識からすればＭＡｃＰｒｏⅡが使えるわけがない。わたしがＭＡｃＰｒｏⅡに入力したＰＡＸコードはもちろんジャムをモデルに作成したものではなかった。でも、ある意味では、そうだ、とも言えるのだ。

わたしがやったのは、特殊戦の人間たちの、主にパイロットたち、それに加えてブッカー少佐とクーリィ准将の、各ＰＡＸコードを合成すること、だった。そしてそれと深井大尉のＰＡＸコードを比較してみて、大尉のコードの中のいかにもジャムが興味を持ちそうな傾向を示した部分の性質に重みを持たせて、合成したほうのコードのその部分を強調――いわば深井大尉風にアレンジというかコントラストを強めたと表現したほうがいいかもしれない――そういう作業を行って、一本のＰＡＸコードを作りだした。

それはようするに、ジャムから見たわれわれ特殊戦の性質を示すコードであって、それをＭＡｃＰｒｏIIに入力して計算を実行するということは、もしジャムがわれわれ特殊戦だとしたらどう出るのかということ、言い換えれば、もしわれわれ特殊戦がジャムだったらどうするだろうという、その結果を計算によって求めることにほかならない。

ジャムは雪風と深井大尉、それからわれわれ特殊戦の存在と行動に深い興味を示しているということが、ジャムと接触した雪風が持ち帰った情報からわかった。ジャムはこれまでも、ＦＡＦの戦闘機の機能や戦術を模倣しているようだから、雪風と深井大尉がジャムの要求を拒んだ後どう出るのかという、その戦術行動も、おそらく、特殊戦ならこのように動くであろうという行動をジャム自身がとってくるだろう、とわたしは予想した。それはＭＡｃＰｒｏIIなど使うまでもなくだれにでも予想できることだが、問題は、ではジャムが見ている特殊戦というのはどういうものなのか、ということだ。

特殊戦のパイロットたちのＰＡＸコードを合成すればよさそうだというのはすぐに見当が

ついたが、しかしコードを合成するにはどうすればいいのか、そもそもそんなことは可能なのか、もし理論的に可能ならばそのような使用例はあるのか、技術的にはどうすればいいのか等等を知る必要があり、わたしはＭＡｃＰｒｏⅡを開発したチームの一人、わたしが英国留学時代に知り合った友人でもある、エレイン・ベイリーに相談したのだが――実に偶然とはいえ、世の中にはこういうこともあるのだとびっくりし、エレインからも驚かれたのだが、彼女はわたしが訊きたいことそのものを研究していたところだった。

ある集団を構成する個人個人のＰＡＸコードを利用してその集団を一個の人格として見なせるような一本のＰＡＸコードを生成し、それを使ってその集団がどう動くかという予想をＭＡｃＰｒｏⅡを使ってやれないか、というものだ。それが具体的にどういう場面で役に立つのかと言うと、たとえばエレインはこういう例を挙げた、ある集団に向けてＣＭを流したとき、購買意欲は全体としてどのくらいのものになるかを予想できるようになる、と。

各個人の購買意欲の強弱については、その人間のＰＡＸコードを使えば予想できる。確率の数字で表現できるし、もっと具体的な、「積極的に買う」「買うかもしれない」「興味を示さない」「反感を覚えて買わない」「ただでもらってもゴミ箱行き」、といった五段階評価にすることもできる。しかし集団になった場合の反応は、各個人の予想を総合した結果とは必ずしも一致しない。ほとんどの場合、異なる結果が出る。それはそうだ、集団になれば、その場で煽動する者が出るなどして、一人のときなら買わないが煽動に乗せられてつい買ってしまうといった人間も現れる。だからＰＡＸコードを合成するといっても単純にはいかない。

エレインからそう教えられたとき、ではこれは、各個人個人のPAXコードの互いに影響し合う要素部分を抽出し、たとえば、他人の影響を受けやすいとか、人から干渉されるとなんでも反対するひねくれの性質を持っているとか、それらのすべてをマトリクスにしてそれを力業で解かなくてはならないのか、どうすればいいのだと途方に暮れたが、エレインは情報統計工学分野のエントロピーに関する理論を応用したとてもエレガントな解析手法を確立し、解析ソフトとしても完成しつつあるところで、それはもう、わたしにとってはまさに願ってもない幸運だった。

わたしもその仕上げ段階の作業にちょっとだけ力を貸して、完成したそれ、MAcPro II向け集団行動予測用ソフトウェアパッケージのベータ版をエレインが送ってくれたのは、最初にお願いの手紙を出してから一か月も経っていなかった。

そのソフトをわたしのパソコン、ドクターレクターにロードするとき、わたしは、これはコマーシャルやプロパガンダにおいてものすごい威力を発揮するだろう、結局〈地球〉ではそういう使われ方をするのだろうなと思い、そう思っている自分はなにか、地球人とは別の星の人間のようだ、つまりいま自分は異星人の視点から地球のことを見ていたのだということを発見して、心理的な動揺をおぼえた。軽いものだったけれど。あと二年も経たずに自分は三十歳になるんだな、と意識したときくらいの。

エレインは青春時代を共に過ごした親友で、留学先の同じ学寮生だった。親友のいいところは、普段無沙汰をしていても、会ったり連絡したりするのになんの気兼ねもいらないところだ。彼女と出会うきっかけを作ってくれた父には感謝している。英国留学などというのは当時のわたしはとても嫌だった。父は、たとえばクルマといえば濡れた水着のままでも平気なビニールシートにオープンに決まっていると思っている娘のわたしに、世の中には同じ幌付のクルマといえども——十六歳の誕生日に中古で買ってもらったオープンカーには幌はついていなかったような気がする、それは買う前の段階でぼろぼろになって捨てられていたのかもしれない、少なくとも閉じた憶えがない——幌などというものは開けるものではない、それは品の悪いことだという格式をもったロールスだかベントレーとかいうクルマもあるのであり、そういうかび臭い世界の空気を吸わせてわたしにレイディになることを期待したようなのだ。わたしはいやいやそれを吸いに行ったのだが、着いた現地には、そんなかび臭さはどこにもなくて、わたしはおおいに青春を謳歌したものだ。

わたしがエレインと張り合うように恋の冒険や勉学に明け暮れていたのはもう十年も前のことだ。クーリィ准将に言わせればまだ十年かもしれないが、わたしにとっては人生の三分の一以上にあたる。

当時リディア・クーリィはすでにここFAF特殊戦に着任していたわけで、もちろんジャムも存在していたわけだ、なにしろジャムはわたしが生まれる五年ほど前に出現したことになっているのだから。でも当時のわたしはジャムもFAFもまったく意識することなく、生きていた。

意識しない対象は存在しない――ブッカー少佐なら、そう言うだろう。だから「出現した」のではなく「出現したことになっている」というきみの感覚は正しい、と。

　わたしは特殊戦に来てからも、ジャムとは、人間が生み出した仮想的な存在である可能性も否定できない、と本気で思っていた。しかし雪風機上からジャムの二機編隊が急速に上昇接近してくるのを視認したとき、それでもなお、あれは仮想である云云と主張できたかというと、できなかった。実戦を経験した者ならだれだってそうだろう、それは深井大尉が言ったとおりだったが、ブッカー少佐という人物は、ジャムとの戦闘の最前線を経験していながら、「その可能性はある」と言える神経を持っていた。これは驚きだ。

　自分が戦っている相手がわからない、なんのために戦っているのかわからない、という、このジャムとの戦争状況が原因で精神に異常をきたす人間は珍しくないし、特殊戦においても例外ではなく、深井大尉の症状なども大きく括《くく》ればそれが原因になっていたと言ってもいい。他人のことには無関心、どうなろうと知ったことか、というタイプの人間の集団である特殊戦の戦士たちといえども、わたしの調査分析結果によれば、精神のタフさ加減については他の部隊の人間と特別な差はない。

　だが、ブッカー少佐は違う。少佐は、ジャムが仮想だとしても、本当は存在しないのだとしても、それでもなお戦って勝たねばならない、勝てるだろう、勝つための方法はある、と言うのだ。

　存在しないかもしれない相手にどうやって勝つというのだ？

いままでにない哲学的な概念を創出することによって。それが少佐の答えだ。

わたしはあの問答のとき、こう少佐に訊いた、『あなたはまるで、ジャムとは神のような存在だ、それが実在するかどうかを考えなくてはいけない、そう言っているようですが？』するると少佐は『まさに、そういうことになるだろうな』と言い、こう答えた、『神など、いようといまいと、生きられる。わたしはそう思っている。ジャムについても、同じだ』と。

あれは衝撃だった。

ブッカー少佐はようするにこう言ったのだ、「神を殺すようにジャムを殺せ。それでジャムに勝てる」と。

心の中で思わず十字を切っていたし、同時にその悪魔的な言葉に惹かれている自分を意識して、それがまたショックだったが、しかし、人類が初めて遭遇した異星体、コミュニケーションが取れず、なにを考えているのかまったく不明で、もしかしたらその実体は人間には感知できないのかもしれないという、そんなジャムに負けないためには、こういうタフな精神が必要なのだと、納得した。それほどブッカー少佐のその言葉は確信に満ちていて、信じればそのとおりになるに違いないと、それを聴くわたしをうなずかせる力があった。

だから、ジャムにとって特殊戦でいちばんの脅威になる人間と言えば、彼だろう。ジャムがもし存在しないのだとしても、勝つ手段を知っているのだから。

ブッカー少佐は、ジャムはもしかしたら人間を相手に戦争を仕掛けてきたのではないのかもしれないという疑念を早い段階から抱いていたというから、もとより思索的な人物なのだが、そんな彼でも当初から「哲学的な思考が対ジャム戦に有効だ」などと考えていたわけではなくて、彼自身の精神状態を安定させる処方としての「哲学」の有用性というのを意識していた程度に過ぎない。そんな少佐がいまやそれ、「哲学的な概念」がジャムを殺す武器として使える、レトリックではなくミサイルと同じ次元での直接的な武器になるのだ、と言っている。

ＦＡＦの最前線で戦っている者ですらこんな少佐の考えは常軌を逸しているとしか思えないだろうが、ジャムと実際に接触した雪風と深井大尉と桂城少尉の持ち帰った情報を知っているわたしたち、特殊戦にとっては、少佐の言葉は単なるレトリックではなく、実際に有効かもしれないと感じられるのだ。

その情報でわれわれが最も衝撃を受けたのは、ジャムもまた、人間を理解するための概念を持っていなかったようであり、そこでジャムは、どうやらそういう概念を構築中らしいこと、だった。これがどうして衝撃なのかと言えば、それらを敷衍《ふえん》すれば、『あるいはジャムの仕掛けてきたこの戦争は、最初から単にそれだけのために行われているのかもしれない』という見解も導かれるのであって、それが完成したらジャムは一気に地球人類の殲滅をはかることも予想されるからだ。

現に、いまＦＡＦへの総攻撃というのはその序章である可能性がある。ジャムは、特殊戦だけが理解できないと告げてきたことからして、それがわかればもうＦＡＦには用はないのだろうと予想できるし、ＭＡｃＰｒｏⅡの結果もそうだった。

ならば、人類がこの戦争に負けないためには、こちら人類側も、まったく新しい概念を構築することによってジャムを理解し、同時にジャムの理解を妨げ、反撃するしかあるまい。そしてさらに、ここからがブッカー少佐の考えなのだが、その〈いままでにない概念〉そのものが、ジャムを殺す、消滅させる、すなわちこの戦争を終結させる可能性がある、ということだ。そのイメージとしては、そうした新概念が、ジャムには致命的で人類には特効薬として世界に拡散浸透していく、というものになるだろう。そう想像すると、たしかにこれは効きそうだ、という気分になる。

少佐は、ジャムは神のような存在か、というわたしとのあの問答の最後を締めくくるように、もしジャムがそうであっても、『ジャムにとっての人間も、同様だろう。お互い様だ。ひるむようなことではない』と言い切った。

FAFに来た当初のブッカー少佐はジャムにとってここまで危険な存在ではなかったろう。いまの彼の思索力は鋭いナイフのようだが、そのように研ぎ澄まさせたのは、深井大尉のナイーヴさだとわたしは分析している。

このナイーヴとは、精神的に未熟という意味で、ジャムに深井大尉のことがわからないというのは、FAFには子供がいなくて、だから大尉のような未熟な精神がジャムには珍しくてそれで理解できないのだろうと、わたしは雪風が持ち帰ったジャムと大尉の通話記録を聞いている最中にふとそう思ったのだが、それはそのときの深井大尉の態度がそう感じさせたというのではなく、それまで大尉を診察してきたときの記憶が甦ったからで、むろんそんな思いはブッカー少佐にも、だれにも言っていないし、カルテにも書いていない。それは口にしてはいけない次元の、医師である自分とは無関係な、客観的な根拠のないごく私的な感想に過ぎないが、しかしブッカー少佐を鍛えたのはこの大尉の未熟さだろう、というのは、公言してもいいと思っている。

深井大尉の精神状態の診察をするにあたって、ブッカー少佐から大尉についてあれこれ聞かされたのだが、そのなかにこういうものがあった。

『零がFAFに来てずっと抱き続けている疑問はこういうことだ、人間の存在には意味があるのか、ないのか。あるのならそれはなにか。ないというのなら、意味もなく生きていられるのはなぜか——それはきみの心理療法で治せるようなものではない、哲学の問題だ』

わたしに言わせれば、それは信仰の問題だ。意味もなく生きていられるのはなぜか、などという疑問が湧くだなんて、信仰を持たない人間が共通して陥る不幸な隘路《あいろ》といえるだろう。それは少佐も承知していたはずだが、にもかかわらずこれは哲学の問題だと言った。それは、ブッカー少佐が、信仰に関わるあらゆる問題は哲学的思考で乗り越えられると信じているからだ。それが彼の信仰と言ってもいい。少佐はそうやって自己を支えてきたのだ、ずっと。おそらく地球にいたころから。

人間の存在には意味があるのか、ないのか。あの疑問は、ジェイムズ・ブッカーその人のものでもあるのだ、間違いなくそうだ。わたしはあえて踏み込まなかったが、彼は過去に信仰を裏切られる経験をしているに違いなくて、だから少佐は、深井大尉の、自分以外はなにも信じない、というところに共感を覚えたのだ。こいつも神を信じていない、おれと同じだ、と。

でも、その深井大尉がまったく信仰らしきものを持っていなかったかというと、そうでもない。深井零にとって雪風こそ神であり、それに見捨てられたのだから、わが神よ、なぜわたしを見捨てるのですか、という気分になったことだろうというのは想像できる。だが大尉のそれは、とても信仰と呼べるレベルのものではない。

ブッカー少佐がそれに気づかなかったはずがない。友人の零はこんなにナイーヴだったのか、これはどうしたことか、と少佐はきっと悩み、そしてこういう答えを導き出したのだ。

自分は、自分でも自覚はしていなかったが、神なくして生きられる哲学を持っているのだ、しかし深井零はそうではなかった、こいつのナイーヴな精神は雪風を信じることがあたかも本物の信仰であるかのように錯覚してきたに違いないが、そういうまやかしの信仰をうち破るのに必要なのは、すべてをクリアにできる強靱な哲学だ、それしかない。

そして、それにはブッカー少佐自身が自分の思想を自覚的に磨く必要があり、その結果、いまやそこから出る哲学がジャムに脅威を与えるまでになった、というわけだ。

『ジャムに対抗するには、これまでの人生観を変えないといけないだろう、ということだ』とブッカー少佐は言った、『深井大尉は、それをやってきたんだ。零は何度も、繰り返し、そういうことを言ってきた。彼の担当医のきみにはわかるだろう、エディス。零の人生観を変えたのはジャムではなくて雪風だが――』

いいえ、少佐。深井零の人生観を変えたのはあなたなのだ、ジャムでも雪風でもなく、

「ジャック、あなたなのよ」

「なんだって?」ブッカー少佐その人が、コンソールから振り向いた。

わたしはつい考えている内容をつぶやいていた。

「エディス、きみか?」

「すみません、少佐」そう言って、わたしは雪風で出撃する際に深井大尉から預かった、大尉が少佐から借りていた腕時計を差し出した。「あなたに、ジャックに返しておいてくれ、と」

ジェイムズ・ブッカー少佐をジャックと呼ぶのは、深井大尉だけだ。それをわたしは知っていたが、なぜジャックなのかは、わからない。ジェイムズならジムだろうと思うのだが、少佐はべつだん気にしている様子はなかった。

「他になにか言っていたか?」

「いいえ、少佐。それだけです」

「フムン」と少佐はため息をつき、そしてつぶやいた。「あいつ、戻ってこないつもりだ」

「大丈夫です」とわたしは思わず言っていた。「予想よりもジャムの実機は少ない。いま特殊戦機はジャムの欺瞞手段をうち破りつつあります。雪風自体がそれを確認している。それに、深井大尉は、必ず帰ってくると言いました——」

と、ブッカー少佐は手を上げてわたしを制止、コンソールに向き直った。

『こちら雪風、ジャック、聞こえるか』

「むろんだ。どうした、零」

『見つけたぞ、こないだ雪風を誘い込んだジャム機だ』

「雪風の前方約200キロ低空、ボギー」と雪風をモニタしているエーコ中尉が言う、「雪風は既知のジャム機、TYPE7と認識している。一撃離脱タイプの大型戦闘攻撃機、TYPE6を改造した電子索敵機らしき、例のやつだ。あいつが、付近のFAF機に幻覚を見せているに違いない。空戦機動能力は低いから、墜とすには中距離ミサイル一発で十分だ。雪風は六発の中距離対空ミサイルを搭載しているが――」

「零、中距離ミサイル二基を同時発射、確実に仕留めろ」

『すでに雪風が攻撃照準モードに、自動ロックオン……しかし』

「しかし、なんだ。なにか問題でもあるのか？」

「雪風、手動でロックオン解除」とエーコ中尉。「深井大尉が攻撃モードを解除した。アーマメントコントロールもオフ」

「零、どういうつもりだ。なにをやっている」

『カーミラ、チュンヤン、ズーク、こちら雪風、密集型ダイヤモンド編隊飛行を開始する、遅れるな、われに続け。目標に接近したらフライトコントロールを雪風に渡せ。タイミングキューはおれが出す』

「深井大尉、なにをやる気だ、答えろ」とエーコ中尉。「少佐、クーリィ准将、この攻撃チャンスを逃すと、また元の木阿弥になるぞ。攻撃指令をここから出す――」

「待て、エーコ中尉」と少佐。「見ろ、なんてことだ、こいつは――」

司令センター正面の大スクリーンに雪風と三機のスーパーシルフの軌道が描かれる。敵機に向かって密集編隊で急速接近、突っ込んでいく。

「捕まえる気だぞ」とブッカー少佐が叫ぶように言った。「なにを考えているんだ、正気か」

『こちら雪風』と深井大尉が言った。『そうだ、目標ジャム機の捕獲を試みる。聞こえるか、滑走路を空けておけ、フェアリイ基地のすべての滑走路を空けろ。ジャムを強制着陸させることを試みる。攻撃はするな。繰り返す、目標ジャム機は絶対に撃つな。雪風が、いや、おれが、捕まえてやる』

司令センターがどよめいた。

すかさずクーリィ准将が動いた。腕組みを解いてエーコ中尉を一喝する。

「エーコ中尉、あなたは雪風のシステムモニタに専念、雪風を含む戦隊機にはわたしの許可なくいかなる指示も出してはならない、復唱せよ」

「自分は雪風のモニタに専念、戦隊機には准将の許可なくいかなる指示も出しません、復唱終わり。すみません、出過ぎた口を、つい――」

「中尉、雪風と対象ジャム機は、紫外線、あるいはわれわれ人間には直接察知できないなんらかの手段にて、コミュニケーションを取る可能性がある、見逃さずにモニタ、すべて記録せよ」

「イエスメム」

「フォス大尉」とクーリィ准将は間をおかずにわたしを呼んだ。「このジャム機は深井大尉の帰順命令を受け入れるかどうか、MＡcＰｒｏⅡによる予測は可能か。あなたの予想でもいい、答えなさい」

わたしはそう訊かれることをほとんど無意識に予想していたので、いきなりの指名にも動揺はしなかった。自分でもすでに考えていたのだ、このジャム機は雪風におとなしく従うものだろうか、どうだろうと。

もし強制着陸させられたとしても、それでそのジャム機がわれわれに帰順したとは限らない。そのように見せかけて特殊戦内部で自爆し、こちらを壊滅することを目論んでいるかもしれないのだ。

いまジャムはなにを考えているのだろう、つぎにどうでるのか。それをこれまでの手法で予想できるだろうか？

わたしは返答に詰まる。答えはわかっている、でもどう答えていいかが、わからない。息を止めて、考えを整理する。長い沈黙は許されない、せいぜい一呼吸分だ――

いまわたしはMＡcＰｒｏⅡを収めたドクターレクターをFＡFのネットワークから切り離したスタンドアロン状態で持ってきているので、この状況を入力しての予測計算は可能だ。が、その計算は、ジャムがわれわれ特殊戦の深井大尉や特殊戦パイロットたち、すなわち特殊戦の〈人間〉の考え方を真似るであろう、という前提に基づいて作成されたPAXコードによってなされるものだ。また、その前提の根拠になっているものと言えば「ジャムは特殊戦となんらかの手段でもってコミュニケーションを取ろうとしている」という観測で、それはこちらが勝手にそう思っているだけの仮定に過ぎないと言えばそうなのだが、ここ最近という限定された時間内ではまず間違いないとわれわれ特殊戦が部隊の存亡を賭けて評価した推測であって、無条件の憶測よりはずっと現実味を帯びているものだ。

つまりMAcProⅡの使用については、ジャムが特殊戦とコミュニケーションを取ろうとしているというのがほぼ確実な時間内——いま現在がまさにそうだ——において有効であり、そこから出てくる予想というのは、ジャムがもし人間的に振る舞うならば、という適用条件を満たす状況場面に限られる。

人間的に振る舞う、というのは、ジャムは特殊戦の〈人間〉の真似をして、特殊戦とコミュニケーションを取ろうとする、ということをまとめた表現だ。

いま現在の戦況をみるかぎり、MAcProⅡの予想はほぼ的中しているので、これは、いまジャムは「人間的に振る舞っている」ということが逆説的に実証されていると言ってもいい。

ジャムはしかし、「非人間的」に振る舞うこともできるのだ。ジャムは人間ではないのだから当然そうだろう、という意味合いではなく——ジャムの正体がまったくわかっていないのだから、どのような振る舞いがジャムらしいのかもわれわれは確信を持って言うことはできない——この「非人間的」というのは、〈雪風〉に代表される機械知性のように、という意味だが、たぶんジャムにとってはそのような「非人間的」行動のほうが「人間的に振る舞う」よりもらくだろう、と思われる。にもかかわらずジャムがいまのところそのような態度に出ていないのは、おそらく特殊戦の機械知性たちが、それこそ人間的に振る舞っているため、すなわち、いま特殊戦の人間と機械は協調して一体化して動いているため、言い換えるなら、特殊戦の機械たちはいま完全に人間のコントロール下にあってその独自性を表に出していないため、ジャムも「非人間的」な対処行動に出る必要性を感じないから、だろう。

ようするにジャムは特殊戦の〈人間〉を相手にしている、〈人間〉相手にコミュニケーションを取ろうとしているのだ、と考えられる。

そう、ここが肝心だ、わたしはこれを言おうとしているのだ、つまり——この三者の関係、人間と機械とジャムの三者の思惑のバランスが崩れないならば、おそらくジャムは深井大尉の意図を受け入れるだろう、コミュニケーションを取るべくそうするだろう、少なくとも、深井大尉がなにを求めているのかをジャムは理解し、理解したことをこちらにわからせる人間的な行動、すなわち着陸まではしないにしてもその素振りまでは、見せるだろう——そう予想できる。

わたしは一呼吸して、クーリィ准将に返答する。

「ＭＡｃＰｒｏⅡが有効なのは、ジャムが特殊戦の〈人間〉とコミュニケーションを取る、または取ろうとしている場合の、行動予測です。いまわれわれとジャムとはまさにその関係下にあります。ジャムの行動を予測するには、この関係を壊してはならない。その関係を壊すものとしては、雪風のセントラルコンピュータを含めた、特殊戦のコンピュータ群の、深井大尉の意志を無視した単独でのジャムへの働きかけが考えられます。つまり、このジャム機を帰順させようとしているのが特殊戦の総意ではなく、機械知性である〈雪風〉自身が単独で働きかけてきている、とジャムが判断した場合は、その関係は壊れるため、ＭＡｃＰｒｏⅡによる予測結果は信頼できない、ということになります。ですから——」

「やろうとしているのは深井大尉だ、雪風ではない」とブッカー少佐はわたしが渡した腕時計をはめながら早口で言った。「重要なのは深井大尉の思惑をわれわれも認め、それをジャムにわからせることだろう。——零、聴いているか」

『聞こえている、重要なのは、そんなことよりもだ、まずおれが雪風から射出されないように雪風をコントロールすることだよ、少佐。雪風はジャムをあくまでも攻撃しようとしている。これを下手に抑えつけると、おれは雪風に——』

警告音、雪風からの。

雪風の全システムをモニタしているエーコ中尉が「こいつは本来アーマメントコントロールの故障を示す警告だが、いまはどうやら違う……」と押し殺した声で言う。「深井大尉が切ったマスターアーム・スイッチを強制的に起動する手順をセントラルコンピュータが探っているぞ。こいつは雪風自身からの警告だ。こんなのは、見たことがない」

これは、まずい。いろいろな意味で、とても危険な状況だ。

「深井大尉、フォス大尉です」とわたしは雪風のパイロットに伝える。「なんとしてでも、雪風をコントロールして。あなたの思惑が雪風に邪魔されない限りは、そのジャム機はわれわれに帰順するか、少なくとも、抵抗せずにフェアリイ基地上空までは来るものと、わたしは予想する」

『雪風をなだめられれば、ジャムはこちらの言うことをきくというわけだな、大尉?』

「そうよ。雪風にあなたの思惑を理解させなくてはならない。あなたは雪風と一体化して行動する必要がある。ジャムは、そうなった雪風という特殊戦機とコミュニケーションを取ろうとしてくる。それには、まず、あなたが肉声でジャム機に帰順命令を呼びかけるのがいい。雪風もジャムも、あなたの声を、あなたがコミュニケーションを取りたがっていると認識する、意味内容はわからなくても、よ。意味内容は、雪風の飛ばし方でわからせるしかないと思う。ボディランゲージよ、わかる?」

『理解した。やってみる』

「フォス大尉」とクーリィ准将。「このジャム機を強制着陸させることは可能だ、ということか」

「はい、准将。おそらくMAcProⅡを使ってもそういう結果が出ると思います。しかし、もし機械知性である〈雪風〉が、深井大尉とジャム機のコミュニケーションになんらかの干渉をしたり、独自にジャム機とのコンタクトをはかる場合については、ジャムがどのような反応を示すのかわたしには予想できませんし、MAcProⅡによる予想結果も意味を持ちません。つまりその場合の予想はあてにならない、外れる確率が高いだろう、とわたしは判断します。いずれにしても、このジャム機を捕獲できるとすれば、ジャムが人間的に振る舞っている、いましかないでしょう」

「ありがとう。——深井大尉、こちらクーリィ准将、あなたの、ジャム機捕獲行動を許可する」

『了解、特殊戦の総意で捕獲する、ということだな。では、こちらを支援してくれ。エーコ中尉にフライトオフィサ役を頼んでくれないか、だれでもいい、手が足りない』

「支援要請を受け入れる。——エーコ中尉、深井大尉をここから支援、雪風のセントラルコンピュータを暴走させてはならない」

「イエスメム、やっています。雪風に、フォローミー・タグ、〈ついてこい〉という信号を目標ジャム機に光学発信するように指令したところ、アーマメントコントロールへの干渉は消えました……先回雪風自身がジャムから誘われた手段だと、雪風も気がついたのかもしれない、それを期待しているところですが——」

「続けて。カーミラ、チュンヤン、ズーク、聞こえるか。あなたがた三機は、今後も雪風の機長、深井大尉の指示に従え。ブッカー少佐、全戦隊機に雪風のこの行動を知らせて、雪風チームのバックアップ態勢をいつでも取れるようにしておけ」

「わかりました。データ通信にて全戦隊機に同報しましょう、戦術コンピュータを使えば準備にもさほど時間はかからない」

「ピボット大尉、フェアリイ基地の滑走路管制システムを探って、深井大尉の要請を受け入れる態勢を取れ。対象のジャム機を攻撃しないように徹底すること、それから、滑走路を空けることだ。手段は選ばない、ただちに実行」

「了解」とピボット大尉は言い、それから隣りのコンソールの女性オペレータに声をかけた。「ヒカラチア、雪風チームはあと何分で戻ってくるのか、時間を予想して教えてくれないか。残り時間によっては破壊的な手段が必要になるだろうが、それはなるべく避けたい。わたしが作業している間、適宜残り時間を知らせてくれ」

「はい、大尉」

ヒカラチアというファーストネームで呼ばれたグセフ少尉は、特殊戦司令部のアイドル的存在だ、男性にとっての。彼女はもちろんそれを意識していて、それを巧みに利用する。わたしはそういう彼女が苦手だ。それでも彼女は仕事の能力は優秀で、飲み込みも早い。

「現時点で」とグセフ少尉は告げた。「雪風が直ちに帰投コースに乗った場合、基地上空に達するまで最短十三分かかります。それより早く帰投することは距離と雪風の速度性能からして、あり得ません。現在の状況では、雪風とジャム機は基地から離れる方向に針路を取っていますし、総合的に見た現実的なこちらの余裕時間としては、十八分から二十五分ほどが見込まれます、いまの時点で」

「いいぞ、それだけあれば十分だ」

『司令部、こちらB‐11』

十一番機ガッターレのパイロット、プッツァー少尉からの通信が入る。

『レイフのサルベージを試みていたオニキスのデータ通信をモニタ中だが、どうやらいま、レイフの自律フライトシステムの再起動に成功した』

司令部内に、喜びの声が立つ。歓声ではなく抑えたものだったが。

無人機のレイフはバンシーの爆発に巻き込まれて墜ちたと思われたが、なんとか飛んでいるのをオニキスが発見していた。

レイフはいわば気絶している状態で、放っておけば墜ちるのは時間の問題だとオニキスから報告を受けたクーリィ准将は、オニキスとガッターレに出していた帰投命令をキャンセル、レイフを連れて帰れるかどうかを調べさせていた。どうやら助かりそうだ。

『レイフはオニキスとデータリンク、現在地点と時刻を拾って、目を覚ました。だが、作戦行動の記憶がとんでいるらしい。作戦行動の指示を求めている。自律戦闘行動をレイフに継続させるのは危険だと、オニキスの機長サシュリン大尉は判断している。いまのレイフには敵味方の区別がつけられないかもしれない、そうサシュリン機長は危ぶんでいるんだ。司令部、指示を出してくれ。レイフを自爆させることも選択肢にいれて、だ』

「レイフ自身が、作戦行動を指示してくれ、と言ってきているのか」とブッカー少佐。

『そうだ』

「クーリィ准将だ。レイフの作戦行動メモリ内容がクリアであることを確認したのち、レイフには即時帰投命令と、ジャムを含むあらゆる外部からの攻撃を受けても反撃しないように、つまり戦闘はあくまでも回避するよう、命令せよ。ジャムに撃墜されてもかまわない、とにかく最短帰投コースで逃げ帰れ、逃げ切れなかったときはあきらめろ、自爆せよ、ということだ。復唱」

『レイフの作戦行動メモリ内容がクリアなのを確認後、即時帰投命令を入力、ただし、いかなる戦闘も避け、ジャムに捕獲されそうな場合は自爆するように命じる、復唱終わり。これでいいか』

「よろしい。B‐11、B‐12、あなたがた有人機二機は、レイフを追尾、監視しながら帰投せよ。あなたがた有人機については、どのような手段をとってもいいから、かならず帰投せよ。いつものように、これは命令だ」

『了解した、こちらB‐11、ガッターレ――』

「ただし、いま雪風が捕獲しようとしているジャム機に対する攻撃は許可しない、そのジャム機を絶対に攻撃してはならない」

『ジャム機の捕獲だって？』

「詳細は全戦隊機に向けてデータ通信にて送る」

『わかった』

野良猫に餌をやる女、猫おばさん、とでもいう意味だ、ガッターレは。プッツァー少尉はフェアリイの空にいる幻の猫たちを呼び寄せるために愛機ガッターレで出撃しているみたいだと、わたしはふと微笑ましい気分になる。和《なご》んでいる場合ではないのだが、いま生じたこのわずかな心の余裕は、すべての戦隊機の無事がこれで確認できたためだろう。戦闘はまだ終わったわけではない。だが、いまのところは、すべての戦隊機が飛んでいる、それがわかった。

このままうまくいけば全機帰投できそうだ。そういう戦況があきらかになりつつある。通常機とは桁違いのパワーを発揮する特殊戦機の備えるＥＣＭシステムが実に有効に働いていた。ジャムによる欺瞞操作信号によって本当は存在しないものすごい数のジャム機を見せられたり、あるいは味方を敵と認識させられていたＦＡＦの索敵システムや戦闘機のＩＦＦ機能が、特殊戦機のそのＥＣＭを使った電子戦により麻痺させられ使い物にならなくなったため、空中指揮機や哨戒機の乗員たち、迎撃に出たＦＡＦ機のパイロットたちは、目視にて状況を確認するしかなくなった。その結果、混乱を極めていた迎撃態勢は徐徐に回復し、意外に少ないジャムの攻撃戦闘機を撃退しつつあった。

もっとも、そうなる前にすでに多くの部隊が相手の姿が見えない距離から味方同士で差し違えて壊滅してしまっていたし、目視で敵味方を確認しようとしている最中に遠距離から本物のジャムによって攻撃を受けて失われるＦＡＦ機もかなりの数に上っていた。またジャムの欺瞞操作によるものだけでなく、ロンバート大佐のクーデターや、それを察知した他の基地部隊のフェアリイ基地所属部隊機への攻撃といった、意図的な味方機への攻撃も特殊戦では確認していた。

ロンバート大佐のクーデターは、実際のところはクーデターなどではなく、それを装った

ＦＡＦや人類そのものに対する裏切り行為なのだが、それだけに大佐の生じさせた混乱とそれによる犠牲は本物のクーデターによるものよりはるかに大きいだろうと思われる。それら総合的な犠牲は甚大で、いまわかっているだけでＦＡＦ保有機の半数近くが失われていて、最終的には、最悪八割のＦＡＦ機がこのジャムの総攻撃によって失われることになるだろう、ＦＡＦはほぼ壊滅状態だ——しかし、ＦＡＦは、特殊戦がある限り、制空権を完全に失うわけではない、まだ戦える。特殊戦が生きている限り、ＦＡＦは、いや人類は、ジャムには屈しない。わたしはそう信じる。このジャム戦の展開は、特殊戦、われわれの、予想どおりなのだ、いまのところは。予想できている限りは、特殊戦は勝てないまでも、負けないだろう。

「フォス大尉、いまの状況をＭＡｃＰｒｏⅡに入力、ジャムの出方、思惑を分析せよ。このジャム機が深井大尉に従うとしたら、それはなにか利益があるから、そうするのだろう。その機を無条件にわれわれに渡すとは思えない、われわれ人間にとってはそれが常識だ。ジャムが人間的に振る舞うというのなら、そうした人間的な、われわれにも理解できる、それなりの裏があるはずだ……ジャムの目的はなに？」

「雪風がやったように、敵の懐に飛び込んで、情報を持ち帰ることではないでしょうか——」

「エディス、思いつきのコメントはいらない、分析作業にかかれ」

「はい、准将」

わたしはブッカー少佐のコンソールから離れ、自分のパーソナルコンピュータ、ドクターレクターを、作戦や情報分析のときに使われている大きなデスクにおき、席に着いて、それをスタンドアロンで起動する。

ＭＡｃＰｒｏⅡ本体とジャムのプロファイリング用のデータ一切が、このドクターレクターとわたしの手持ちの外部記憶メディアセルに収められていて、いまや他には存在しない。本来ならば、これらのシステム内容は特殊戦の戦術コンピュータ内のパーティションの一つに構築されるはずだったのだ。

特殊戦ではその個人向けに割り当てられた部分を〈パーソナルコンピュータ〉と呼び、その領域のみにアクセスできる専用のパソコン型端末で操作している。わたしも着任時に与えられたそのような仮想の〈パーソナルコンピュータ〉にＭＡｃＰｒｏⅡや戦隊員の診察データなどを入れて使っていた。わたしは実はドクターレクターというニックネームをつけた私物のパソコンを地球から持ってきていて、特殊戦に異動になる前まではそれを仕事にも使っていたのだが、特殊戦では私物のパソコンを仕事に使用することを厳しく禁じられた。特殊戦の内部情報の保全のためという説明を受け、これからの作業はドクターレクターの中身をそっくり再現した、この特殊戦の〈パーソナルコンピュータ〉でやるようにと、わたし専用の端末を渡されたのだ。認識用の名前をつけることが必要だったので、わたしはそれ以降、その端末のほうを〈ドクターレクター〉と呼ぶようになり、自分が使っているのは実は特殊戦の戦術コンピュータの一部なのだということなど全然意識せずに使ってきた。もちろん無線端末なのでどこにでも持ち運べたが、戦隊区の外に出れば、たぶんフリーズするのだろう、試したことはなかったが。とにかく使い心地はオリジナルのドクターレクターとまったく変わらなかった。それもそのはずで、特殊戦の戦術コンピュータは、わたしが特殊戦に来る前に使っていたドクターレクターというパソコンの機能を、OSそのものからそっくりそのパーティション部分で再現、エミュレートしていた。特殊戦の〈パーソナルコンピュータ〉というのはまさに仮想コンピュータと言えるだろう。

ところが、今回のジャムの行動予測作戦が計画された段階で、わたしに割り当てられていたその〈仮想コンピュータ〉は、削除された。特殊戦の人間たちの精神診療カルテやPAXデータやMAcProⅡの本体などなど一切を収めてあったパーティション部分のハードウェアそのものを物理的に抜き取り、破壊することによってだ。そのため、いまジャムの出方を予想するためのツールは、わたしの私物であるパソコン、仮想コンピュータであるパーティションの中身をまたそっくり移し替えた、仮想ではない実体を備えたこのオリジナルのドクターレクターというハードウェア、これしかない。

なぜこうした手段を取ったのかと言えば、もちろんMAcProⅡの予想内容をジャムに悟られないためだ。この予想を元にわれわれが行動するということがジャムに洩れれば、その裏をかいてくるだろう。だからその危険性をできるだけ小さくするため、このドクターレクターに標準で備えられている無線通信機能もいまは注意深く取り除かれているくらいだ。この状態でも超高感度のアンテナを使えばドクターレクターの動作状態を盗み読むことができるだろうから使用場所には注意するように、使用していないときは電源を落としておくのがいいと、ブッカー少佐から言われていた。ドクターレクターを個人的に使っていたときにはその主電源を落とすことはほとんどなくスリープ状態にしておくのが常だったのだが、いまは起動完了まで時間がかかる。

その間にこちらの頭もＭＡｃＰｒｏⅡを使うモードに切り換えよう。これまで出された予想群の、どれが当たって、どれが完全に外れているか、それをまず評価するところから始めることになる。

ジャムは総力を挙げて同時多発攻撃を仕掛けてくるだろう――それは当たりだ。

雪風を誘い出すのも、目的のうちだろう――おそらくそれも正しい。

そうした数数の予想の中には、こういうものもあった。

ジャムはＦＡＦのコンピュータ群に対してなんらかの欺瞞手段を使い、正常な性能を発揮できない状態にして、ＦＡＦを自滅に導く戦術を採るだろう。

この予想を特殊戦の戦術コンピュータが受けて、あの開戦時、押し寄せてくる無数のジャムのレーダー機影に対して、それは偽物かもしれない、人間の目視による情報を望む、と言ってきたのだ。

でも、ＭＡｃＰｒｏⅡのその予想には、実はこういうコメントが付いていた。

ジャムは、人間は自分の肉眼像を信じるのか、それともＩＦＦ情報を信じるのか、それを確認するためにも『なんらかの欺瞞操作手段を取ってくる』だろう、というのだ。そして、もしそうだとすれば、『ジャムはパイロットたち〈人間〉ではなく、ＩＦＦといった〈機械〉に幻覚を見せる方法を選択するだろうが、しかしそれはジャムにとってそのほうがやりやすいからに過ぎなくて、本当はジャムは、〈人間〉そのものに欺瞞情報を入れたいのだと考えられる』という予想を出してきた。

わたしは、深井大尉の雪風に対する態度がまさに自分の目よりも雪風の計器を信じる、というものだったため、このＭＡｃＰｒｏⅡのコメントの前半部分には、たしかにあり得るだろうと納得がいったのだが、しかし、その最後の部分『本当はジャムは、〈人間〉そのものに欺瞞情報を入れたいのだと考えられる』という内容には、違和感を覚えた。まったく思ってもみないものだったので、心にひっかかったのだ。

人間に欺瞞情報を入力したい？　どうやって？　そもそもこれは、どう解釈すればいいのだ？

どうやって、という方法については、ＭＡｃＰｒｏⅡ自身は答えない。具体例についてはわれわれ人間が考えなくてはならない。ＭＡｃＰｒｏⅡは人間のような豊かな経験は持っていないから、ということもあるのだが——そのため本来ＭＡｃＰｒｏⅡというツールは、膨大な行動様式の実際例が集まってくるＭＡｃＰｒｏⅡ専用の巨大なアクティブデータベース、マークＢＢに接続して使うものなのだが、ここＦＡＦからはそれができない——この予想に関してはそれとは関係なく、これはＭＡｃＰｒｏⅡ自身にとっても予想に対する予想であって、そもそもそうした憶測に憶測が重なる次元の質問事項についてはＭＡｃＰｒｏⅡは沈黙するようにできている。

　それでもこちらが思ってもみないコメントをＭＡｃＰｒｏⅡが出してくるときは、とくに注意を払ってその内容を検討すべきなのだ。それがこのツールを使う真の目的といってもいい。ＭＡｃＰｒｏⅡは常識に凝り固まった狭い視野を広げてくれるツールでもある。

　そのときのわたしも、そう判断した。これは自分が思ってもみなかった予想だ、検討に値する、と。ジャムは、もしこれがやれるとしたら、どういう方法を使ってくるだろう？

　わたしは、こう考えた――ジャムがそれを実行する方法、それはウイルスとか幻覚剤とか毒物などの、直接的に神経に働きかけるものではないだろう、それは、ジャムのＦＡＦの戦闘機械群に対する欺瞞操作がそのような直接的な干渉方法ではないだろうとの予想から、そう推測できる。ジャムはＦＡＦのコンピュータや敵味方識別システムを破壊することはしない、むしろその機能が狂っては困るのであり、正常に働いているからこそ味方を敵だと認識してしまう、という欺瞞操作をしてくるだろう。ジャムは、ＦＡＦを自滅させようとするためにも、コンピュータ群を狂わせたり破壊したりせず、その機能を利用してくるはずだ。

　だからジャムは、やれるなら〈人間〉にもそういう次元の欺瞞操作をしてくるだろう、とわたしは予想した。つまりジャムは人間の知覚神経や精神そのものを狂わせたいのではなく、それらの機能を利用して錯覚を起こさせたいのだろう、それがＭＡｃＰｒｏⅡのこのコメントの意味するところだ、とわたしは解釈した。

　これを、今回雪風が出撃する前、ブッカー少佐に説明したところ、少佐は即座に理解し、逆にわたしにこう解説してくれた。

『それは、心理トリックを仕掛けるということだよ、エディス。ミステリの謎解きと同じだ。犯人はいつも読者の目の前にいたというのにわれわれはそれに気づかない、そういう推理作家の能力が必要だ。常識だと思っていた世界が見方を変えると反転してしまう、という心理トリックを使ったミステリには傑作が多い。でもジャムには無理だろう。なんと言っても人間の常識的な見方というものがそもそもわかっていないだろうから、心理トリックを仕掛けることなんかできるはずがない。やるとしたら、何かの道具を使う物理的なトリックしかないだろうが……ジャムはしかし、コンピュータに対しては錯覚を見せることができるわけだな。地球型コンピュータは、ジャムにそういう心理トリックを仕掛けられている可能性があるわけか……そういうことか、なるほどな』

ブッカー少佐は読書家だと知っていたが、ミステリも読んでいるとは知らなかった。でもいかにも少佐らしい解釈だ。たしかにＭＡｃＰｒｏⅡのコメントはそのように理解すれば納得がいく。わたしにも、なるほど、そういうことか、と。

いま、現況では、パイロットたち人間はジャムに錯覚を起こさせられるような操作はされていないようだ。しかし、あるいはジャムは、できることならやりたいのかもしれないし、ブッカー少佐が言うように、心理トリックがだめなら『何かの道具を使う物理的なトリック』を仕掛けてくる可能性もある。

この、いま深井大尉が捕獲しようとしているジャム機を、まさにそのような物理的トリックの道具として使うことも考えられる——なに、これ？なんということだ、突然わたしはそう思いついた。まったく思ってもみなかった思考の展開だ。

まさかとは思うが、要検討事項だ。しかも緊急を要する。もしかしたらＭＡｃＰｒｏⅡは、深井大尉のジャム機捕獲行動の是非について、わたしとは異なる判断を下すかもしれない。それは、わたしの判断が誤っているかもしれないということを意味する、早く起動してくれ

——

と、ドクターレクターのディスプレイ越しに視線を感じた。デスクの斜め対面から、こちらを見つめる視線。リンネベルグ少将だった。目が合うと、話しかけてきた。穏やかな声だ。

「そちらに行っていいかね、フォス大尉」

「失礼ですが閣下、なんと？」

「ジャムの行動予測という、その実際を見学したいのだが、いいかね」

ＦＡＦ情報軍の統括長官であるリンネベルグ少将は、このデスクにクーリィ准将が用意させたパソコン型端末を使って、ロンバート大佐の叛乱を掃討する部隊に指令を出していた。わたしが深井大尉と雪風を見送りにここから出るときにはいなかったが、戻ってきたときには、指令を出していたときと同じいまの席に着いていた。

「いまはご遠慮いただきたいのですが——」

慣れない婉曲な拒否を言い終えるより早く、リンネベルグ少将の背後に直立していたクー

リィ准将の秘書官であるアッシュ大尉が、ふと身をかがめて少将になにかささやいた。

「ふむ」と少将。「きみはわたしの警護役ではなく、警告役だな。監視役だ」

アッシュ大尉は無言、無表情で、また少将の背後に退く。そう、アッシュ大尉は、リンネベルグ少将が使うその端末画面を背後からモニタし、少将が情報軍をどう動かしているのかを見逃さないようにクーリィ准将から命じられていたのだろう、わたしにもそのくらいのことはわかる。

「MAcPro IIの実際の画面を見たら、ここからはしばらく出られなくなります、とはね」と少将。「特殊戦はあくまでも単独で戦い抜くつもりかね」

「ロンバート大佐の叛乱はどうなりましたか」とわたしは、OSが起動したドクターレクターの画面でMAcPro IIを立ち上げる操作をしながら、訊いた。「掃討できたのでしょうか」

「掃討部隊に指令は出した。しかし向こうからの情報はここには来ない。特殊戦はFAFネットワーク上から消えてしまっているのだろう、一方通行だ。きみたちがそのように操作をしているためというが、実はわたしの指令は向こうに届いていないのかもしれないとも疑える」

「特殊戦があなたを騙していると？」

「そういう可能性もある」

「出て実際にご覧になれば確かめられます。あなたは拘束されているわけではない。部隊に戻られてはいかがですか」

　わたしは皮肉と苛立ちを口調に含ませて、そう言った。こちらは少将の暇つぶしの相手をしている暇などないのだ。

「たしかにね」とリンネベルグ少将は言った。「わたしもそう思う。しかし老人のわたしが行くこともあるまい。特殊戦の動きにも興味はあるし、もう少しここに居るつもりだ」

「もしかして、あなたはだれかを――桂城少尉を偵察に出したのですか？　対人戦闘の激戦の真っ直中に？」

「彼には情報軍AA６への即時赴任命令を出しただけだ。着任したらここに連絡するように、とも伝えてある」

「あなたは桂城少尉に、このいま特殊戦がやっている回線操作を外部から無効化させるおつもりなのですね」

「連絡するように、それだけだ」

「コンピュータネットワークを使う以外に、どういう方法があるのです。伝書鳩でも飛ばせと？」

「彼は元ロンバート大佐配下の情報部員だったそうだから、優秀に違いない。一つの手段が駄目でも他の方法を試すだろう。彼は鳩を飼っていたのかね？」

　さすがスパイの親玉だ、好好爺《こうこうや》に見えるが手強い狸だ、この老人は。あるいはロンバート大佐と結託してジャムの側に付いているのかもしれない。クーリィ准将はおそらくそれも考えに入れて、この少将をここにおいているのだろう。

これはわたしにコントロールできる相手ではないし、とにかくいまはそれどころではない。

「桂城少尉はなにも飼っていないし、自分がだれかに飼われているとも意識していないと思います」

MAcProⅡが起動——

「どういう意味かな?」

——だれの行動予測をするのか、と訊いている。現在ドクターレクターに収められている対象者は、特殊戦の隊員だけでなくこれまでわたしが診察してきたすべてのFAFの人間、システム軍団の団員たちも含まれる。その中には、ジャムにコピーされたジャム人間もいるかもしれないとわたしは思いついた。ジャムは、どこまで人間をコピーできるのか、実際のコピー人間、ロンバート大佐が言うところのジャミーズに会ってみたいとわたしは思う。

「言葉どおりです。桂城少尉はあなたのその命令に対しては、特殊戦のこのアクティブなネットワーク操作の無効化工作など行わず、もちろん鳩なども使わず、あなたに連絡を取るため自らここ特殊戦に戻ってくるでしょう。それが、わたしの彼に対する行動予測です。以上です、閣下。いまわたしは任務がありますので、これ以降、あなたのお相手はできません、失礼します」

MAcProⅡに、ジャム、と入力、リターン。いま思いついたジャミーズの心理分析に対する興味、というのは覚えておこう。

それよりリンネベルグという人間の性格や心理傾向を調べてＭＡｃＰｒｏⅡで本音をえぐり出してやりたいという思いがわき起こったが、こらえた。もしドクターレクターがスタンドアロンでなければ、やっていたかもしれない。リンネベルグ少将のパーソナリティ分類用の標準コード・ＰＡＣコードは、ＦＡＦのネットワークを探ればかならずどこかにあるはずだから、それを使えばすぐにＭＡｃＰｒｏⅡでの分析は可能だ。精度はＰＡＣコードを拡張したＰＡＸコードを使用するよりはずっと低いのは否めないが、それでもこの老人が見かけ通り穏やかな性格なのか、あるいは残忍性を内に秘めた人間なのかというくらいの判別はできる。もっともこの少将の仕事内容からして、ＦＡＦに登録されているＰＡＣコードは本物ではないかもしれない。あるいは、こいつは、ジャミーズの一人で、わたしにジャムの行動予測をさせたくないのかも――

ＭＡｃＰｒｏⅡのジャム行動予測項目画面が出る。雑念を振り払う。現況データをＭＡｃＰｒｏⅡに入力しなくてはならない。これもドクターレクターがネットワークに接続されているなら戦術コンピュータに命じて自動入力ができるのだが、いまはわたしがやらなくてはならないので大変だ。

雪風の出撃を見送りに出る前に、ジャムが全面的同時攻撃を仕掛けてきたことは入力済みだ。その続きから、時系列をたどって打ち込む。特殊戦パイロットは、他部隊が同士討ちを始めるのを確認――ＭＡｃＰｒｏⅡは自然言語を理解するようにできているので、散文での入力が可能だ――ジャムはＦＡＦ機の敵味方識別機能に割り込んでＦＡＦ機を敵機と認識させていたのはほぼ間違いない／その手段は特殊戦機の電子戦攻撃で無効化された／現在特殊戦の戦隊機のすべてが失われずに作戦行動中、などなど。

司令部には戦隊機のパイロットたちからの状況報告が入ってきている。わたしはMAcProIIに現在の状況、ジャム機捕獲行動、を入力しながら、無意識のうちに雪風のパイロットの声、深井大尉の声を拾っている。

『こちら雪風、ジャム、聞こえるか、こちら深井大尉だ、われに帰順せよ。くそう、機関砲でメッセージをぶち込みたい気分だ。いや、ジャム、いまのは聴かなかったことにしてくれ、こちらに攻撃の意志はない、繰り返す、撃たないから、降りろ』

わたしは思わず、吹き出しそうになる。たぶんわたしも緊張しているのだ、なにがおかしいのか自分でもよくわからないのに、笑いがこみ上げてきて、こらえるのに一苦労だ。

突然、雪風の警告音。

これは、敵機接近中を知らせるものだ。雪風の後席で経験した実戦の感覚が——すさまじい回避および攻撃機動だった、下肢に向けてじわりとGがかかりつづけてもう少しでブラックアウトと思うとそれがいきなり消えて無重力になって、次の瞬間横に叩きつけられる、といった具合で、単に大Gに耐えればいいというものではなく、そのGの急激な変化速度や方向変化のほうがやっかいだ、肉体も思考もそれについていけずに混乱する——その感覚が身体に甦って気持ちが悪くなる。

「雪風チームの背後高高度からジャムの迎撃だ」とエーコ中尉。「TYPE1、高速小型迎撃機三機、急速降下接近中。雪風を含む雪風チーム機全機が被照準、このままだと危ない」

「オニキス隊が近くに来ている」とブッカー少佐。「迎撃可能圏内だ。クーリィ准将、迎撃命令を」

わたしは耳をそばだてる。

「レイフを前に」とクーリィ准将。「最大速度で雪風に接近させ、雪風の盾になるように指令」

「了解しました」とブッカー少佐。「オニキス隊に攻撃指令を――」

「許可しない」

「なんと？」と少佐。「准将――」

「Ｂ－１、雪風、背後のジャム三機への攻撃は可能か。応答せよ、深井大尉」

『可能だ。アーマメントコントロール、オン。全方位索敵中、攻撃照準可能』

「Ｂ－１、攻撃照準開始」と准将。

『了解。――ロックオン、中距離ミサイル三、レディ』

「搭載中距離ミサイルを全弾、同時発射せよ」

『もう一度言ってくれ』

「中距離ミサイル全六発、接近中のＴＹＰＥ１の三機に向けて同時発射、撃墜せよ」

『雪風自身の判断で、捕獲目標機も攻撃対象になるかもしれないが、それでもかまわないんだな？』

「かまわない。雪風の出方を見ることも目的のうちだ」

『了解。全六発、レディ。リリース、ナウ』

わたしは思わずメインスクリーンを振り返る。雪風のマルチスクリーンの情報がそっくり映し出されている。

雪風自機のシンボルマークの前方にTYPE7の敵機シンボルマーク。その両側を、ジャム機よりわずかに前方に出て、チュンヤンとズーク。雪風の背後にカーミラ。ダイヤモンド隊形をY字隊形に変えて捕獲目標ジャム機の誘導態勢を取っている。

雪風が放ったミサイル六発はその、前方のジャム機TYPE7を挟むように三発ずつに分かれて高速で接近、追い抜いたあと、急激に旋回上昇、雪風背後の三機のジャム迎撃機にむかって急速接近。ロックオンを示すマークは、その三機だけだ。

「目標三機、増速、急角度でパワーダイブ開始」とエーコ中尉。「ミサイル目標到達まで、九秒、八秒、七、六――なんだ、空中分解か、三機とも爆散したようだ。ミサイル接近――いま到達、目標消失している、ミサイル爆破。目標消滅」

「自爆させたんだろう、ジャムが」とブッカー少佐。「捕獲しようとしているTYPE7が自爆指令を出したのかもしれない。あいつはミサイルを放たれても回避しなかったからな。自分は雪風に狙われていないことがわかったんだ」

「雪風の攻撃照準波を感じていなかったからだろうが」とエーコ中尉。「それでも、そう、これは目標機と雪風の一騎打ちというか、一対一のコミュニケーションだな。他の連中は手を出すな、だ。捕獲目標ジャム機も理解したようだ。うまく着陸させられるかもしれない。

さすが、准将」

ブッカー少佐は肩をちょっとすくめてみせただけで、エーコ中尉のその言葉にはなにもコメントしなかった。

「自爆した三機は、ジャム主体の意志とは無関係な自動的な攻撃を雪風に仕掛けてきたのか、あるいは」とクーリィ准将。「雪風チームに攻撃を仕掛けてわれわれがどう出るのかを確かめようとしたのか。――ブッカー少佐、この疑問をメモし、あとで分析」

「はい、准将」

これは、クーリィ准将とジャムの、一騎打ちだ。わたしはMAcProII画面に戻る。素早くいまの出来事を入力。

『雪風も目標機の捕獲行動に理解を示したと判断する』と深井大尉の声。『もう大丈夫だ。チュンヤン、ズーク、フライトコントロールを雪風に渡せ。カーミラはそのまま、われわれを監視追尾せよ。カーミラはわれわれが着陸態勢に入っても上空から監視、目標機をいつでも攻撃できる態勢でいてくれ』

各機から、了解の応答。

『行くぞ、司令部、そちらの用意はいいか』

わたしはMAcProIIに質問を行う。メッセージウィンドウを表示させて、質問を入力。

〈この目標ジャム機は、帰順命令に従って着陸するかどうか、予想せよ〉

「各機、真っ直ぐに帰投コースに乗りました」とグセフ少尉の声。「フェアリィ基地上空まで、四分弱です」

「オーケー、ヒカラチア、よくやった」とピボット大尉。「滑走路の管制はここからやれる。防衛システムのコントロールも可能、目標機は味方として認識処理させることに成功した。いつでもいいぞ、雪風」

『了解、目標ジャム機を強制着陸させる』

ＭＡｃＰｒｏⅡの返答は、不明、だった。

〈不明。予測不能である〉

〈なぜ?〉とわたし。〈データ不足か?〉

〈ジャムが特殊戦に帰順することはありえない。したがって捕獲目標機が帰順命令に従うこともありえない。しかし着陸するかどうかは、その前提からは予測できない〉

この文意をとっさに理解するのは難しい。ようするに、帰順はしないが、着陸はするかもしれない、それはなんとも言えない、ということだろう。悪文の見本のような回答だ。こういうのはめずらしくもなくて、こうした場合は質問を変えるにかぎる。

〈目標ジャム機は、特殊戦の帰順命令を理解しているか?〉

〈している、と予想される〉

〈ジャムは、特殊戦に目標ジャム機を捕獲されることを、どう感じている?〉

ＭＡｃＰｒｏⅡの答え。それは、わたしの予想外のものだった。

〈想定どおりと感じていると予想される〉

〈ジャムは、雪風がジャムの戦闘機のどれかを捕獲するであろうことを、あらかじめ予想していた、というのか？〉

〈そうだ。とくに、TYPE7を捕獲対象にしてくる、とジャムは予想していたと思われる〉

それがわかっているなら、どうしてもっと早くそう言わないのだ、雪風が出撃する前に、と八つ当たりしても仕方がない、この予想は、いまだから、こう言えるのだ。考えてみれば、これはさほど意外な予想ではない。しかし、いまは、そんな悠長な感想を抱いている場合ではない。

〈雪風のいまの行動をあらかじめジャムが予想して行動しているというのなら、いま目標ジャム機は雪風に対してなにをするつもりでいるのか〉

〈不明。予測不能〉

わたしは緊張して質問を続ける。

〈いま目標ジャム機は帰順命令に従っているように見える。これは、罠である可能性がある、ということか〉

〈帰順命令には従わない、と予測できる。したがって、なんらかの罠である可能性は否定できない〉

具体的にどのような罠が考えられるのか、当のジャム機はどういう行動に出るのか、といった質問にはＭＡｃＰｒｏⅡは答えないだろう、というか、答えられないだろう。そこでわたしは、こう訊く。

〈ジャムの主体は、帰順命令に従うような素振りを見せている目標機を利用して、いまの雪風に対して、なにをしようとしていると考えられるか〉

ＭＡｃＰｒｏⅡはしばらく沈黙した。計算中であることを示すアナログ時計のアイコンの針がくるくると回る。一秒、二秒、三秒――十秒とはかからなかったが、異例に長い時間だった。ＭＡｃＰｒｏⅡはこう言ってきた。

〈ジャムは、深井大尉と雪風の分離を狙っているものと予想される。捕獲目標機がそのために使用されるかどうかは不明だが、もしそのために用意された機種であるならば、当然ジャムはその機を使って、深井大尉と雪風の分離を実行する。捕獲目標機には、そのための手段装備が搭載されているものと予想できる〉

深井大尉と雪風の分離？　どういう意味だろう、そもそもどこからそんな予想が出てくるのか、どう解釈すればいいのだ、と思いながら、指は質問を入力している。

〈それが実行された場合の脅威の度合いは？〉

〈大。特殊戦はジャムの支配下におかれる危険性あり〉

わたしは思わず立ち上がって、クーリィ准将に向かって、叫ぶ。

「中止、准将、捕獲作戦は中止、雪風に、そのジャム機から即刻離れるように命じてください、深井大尉、離れて――」

わたしの目に、目標機の映像が、さまざまな角度からの複数の映像が、飛び込んできた。正面の大スクリーンがマルチ画面に分割されていて、そこに、目標機を捉えた雪風チーム各機からの視覚情報が映し出されているのだ。そして、次の瞬間だった、まるでわたしの叫びが合図だったかのように、異変が生じた。

ギアを出した雪風が、影のように真っ黒な目標機に覆い被さるように降下していたが、突然目標機が上昇して、雪風に激突。司令部内に悲鳴。しかし、激突はしていなかった。目標機は気を取り直したように機の姿勢を着陸態勢に戻した。まるで、強烈な突風に一瞬機首を煽られたが、どうということはない、とでも言いたげな平然とした態度だった。

だが、雪風が、いなかった。どこにも。消えてしまっていた、かき消すように。自分の目が信じられない。なにが起きたのだ？

『こちら、B-2、カーミラ。空間受動レーダーに反応があった。マイクロバブル状態の超空間が目標機から発生、瞬間的に膨れあがって雪風を呑み込み、またマイクロ状態に縮小、消滅した。またただ、こないだは、なにもないところから雪風が飛び出してくるのを見たが、こんどは逆だ。雪風は、不可知戦域へ移行したんだろう』

「雪風からの応答がない」とエーコ中尉。「データリンクも切れた」

「雪風は、また捕まったのか」とブッカー少佐。「しかし……なぜ、いまなんだ。やるなら、ここまでひっぱらなくてもよかっただろうに。──エディス、なぜ、中止なんだ、理由は」

「詳細は、不明です。でもＭＡｃＰｒｏⅡが、危険だと──間に合わなかった、わたしのミスです」

『攻撃するか』とカーミラ。『目標機だ』

「いいえ」とクーリィ准将。「着陸させる。B‐3、B‐4、目標機を挟んで編隊着陸、そのまま、耐爆格納庫へ目標機を誘導だ。B‐2、監視任務続行、目標機が着陸しない場合は、威嚇射撃。威嚇に応じない場合のみ攻撃、目標をキル」

『了解』

しかし目標機は、素直に着地する。

初めて間近に見るジャム機だった。それは、両側のチュンヤンとズークに連行されるように、滑走路脇にある緊急退避用の耐爆格納庫へとタキシングする。影のように立体感のない真っ黒な機体だったが、タキシングの途中で、その影が、まるで洗い流されるように、消えた。カムフラージュ手段をオフにしたのだろう。その下から現れた機体も黒かったが、それはしかし光っていて、ぬるりとした生体の肌を連想させる質感だった。形はエイのようだ。機首から続く首筋の一部が瘤《こぶ》のように盛り上がっていてまるでコクピットのようだが、透明な部分は全くない。全身が艶やかな黒で、そう、ねっとりと濡れている感じ。やわらかなカーブを描く主翼は三角翼というものだろう、どことなくメイヴに似ているが、メイヴのほうがジャムを真似たらしいから当然か……尾翼は鳥のように水平に裾拡がりで、両端が少し垂直方向に立っている。

これが、ジャムか。

「ブッカー少佐、全機に即時帰投命令を出し、それから目標機の解析班を編制だ。解析計画を立てる」

「雪風の救出は――捜さないのですか」

「レイフを降ろし、ホットフュエリングの後、捜索に出せ。ピボット大尉、目標機の動きを監視。他の部隊に絶対に攻撃させてはならないし、奪われてもいけない」

「わかりました……いまのところ、なんの動きもありません。静かだな……なにか、へんだ」

クーリィ准将がわたしのデスクに歩み寄って、言った。

「フォス大尉、いまの出来事をＭＡｃＰｒｏⅡに入力だ」

わたしは茫然として准将を見上げる。

「ＭＡｃＰｒｏⅡは、捕獲は危ないと――わたしの責任です、准将」

「あなたが責任を感じることなどない、結果としてあなたの予想は当たったわけだし、それに特殊戦はあなたの部隊ではない、わたしの部隊だ、大尉。すべての責任はわたしにある。これは、雪風とジャム機の交換だ。ただで手に入るとしたら、そのほうが怪しい。そうは思わない、エディス？」

そう言って、クーリィ准将は微笑んだ。ぞくりとくる笑顔だった。

わたしは無言で手を動かし、ＭＡｃＰｒｏⅡに入力する。雪風帰還せず、と。

さまよえる特殊戦

特殊戦はクーリィ准将が創設し、育て、運営してきた部隊だ。

わたしはその部隊創設準備期間中に准将に誘われて戦闘機を降りた人間だった。准将とのつき合いはそれ以来だから、もう長い。戦闘機のパイロットとして飛んでいた期間をとうに越えていることに最近気がついて、時の経つのは早いものだと感慨にふけったものだ。

近頃はとみに時の流れが加速されているという感じがする。それは自分がもう若くはないという証なのだろう。老けたなどとはまったく意識してはいないというのに、人間というやつは、人生の残り時間が確実に減っているということをこうした感覚によって自覚させられるものらしい。

この感覚の正体は、たとえてみればこうだ、人生というものは、時間の経過とともに自動的に短くなっていく「寿命」という名の糸に吊された振り子の動きのようなものなのだ、と。すると当然、年を取るにつれて振り子の周期は短くなるわけだ、振り子の糸が短くなるのだから。たとえ客観的な時の流れ方は不変だとしても、われわれが主観的に感じる時間というのはこの人生の振り子の周期なのだ。年を取るとともに寿命の糸が短くなり振り子が速く振れるようになるゆえ、あたかも時の流れが速くなるかのように感じる、というわけだ。

そもそも、こんなことを考えること自体が、もう若くはないということだろう。時はすべてを変えてゆく。生きているかぎりは自分だけ若いままでいられるはずもないのだが、階級だけが、当時のままだ、二人とも。わたしジェイムズ・ブッカーは少佐、准将も当時から准将だった。

特殊戦を指揮するリディア・クーリィと、部隊を管理するわたしという、われわれの、FAFにおける扱われ方というものが、それでわかろうというものだ。出世から見放されているのは間違いないが、それは特殊戦という部隊の性質上、当然とも言えた。特殊戦はFAFの部隊でありながらFAFの中枢部から切り離された、いわば外部なのだ。

特殊戦のFAFにおける位置というのはまさにそういう特殊なもので、クーリィ准将の部隊運営思想がそれを実現させていた。その彼女の思想、対ジャム戦略、自らが実現すべき理想、新部隊構想といった観念的なものに現実的な形を与えたのは、このわたしだ。准将が必要とした能力をわたしは持っていたわけだし、自分でも、准将の特殊戦運営思想を他のだれよりも理解していると自負していた。

もっとも、クーリィ准将の抱いていた思想の詳しい中身というのは最初はよくわからなかった。いや、彼女の思想や構想といったもの、ようするに彼女がなにをどのようにやりたいがっているのか、といったことは当初から理解していたつもりで、いまの准将のそれが変化してきているとは感じないから、当時のわたしがわかっていなかった事柄というのは准将のそうした思想面のことではなく、それを生み出している根元的な性質、彼女の人間性のことだろう。この人間は、どういうわけでこんな価値観を持ち、こんな考え方をするのか、ということ。

当時のわたしは、そういう方面には関心がなかった。軍隊では上官の人間性を云云しても始まらない。酷いやつに当たったら不運だとあきらめるしかないのだ。たとえそのせいで自分が早死にさせられる羽目になったとしても、だ。それが戦争だ。平時の常識は通用しない。わたしは最前線で戦うパイロットとして毎日を生きていた。ジャムにやられないようにするにはどうすればいいか、この戦争を生き延びるにはどうすればいいのかを考えるだけで精一杯だったのだ。

わたしが乗っていた戦闘機は初期型のファーンで、准将と出会ったころは少数のシルフィードが最新鋭機として実戦投入され始めたばかりだった。その当時、クーリィ准将の新部隊構想を理解できる人間はごくわずかで、それも最前線での戦闘経験のある者にかぎられていたことだろう。わたしがまさに、そうだった。

ジャムとの戦闘は果てしのない消耗戦だ、このままでは人類はジャムに勝つどころかその正体を知ることもなく自滅に追い込まれるだろう、人類より先にまず自分がそうなる、生き延びるための戦略なき戦闘は単なる自殺行為だ――そう肌身で感じていたわたしは、最新鋭機シルフィードをも上回る出力と高度な電子戦機能を備えた高速戦術偵察機による戦闘空域でのあらゆる情報の収集と、その分析を任務とする専門部隊が必要だと考え始めていた。ジャムとはなにか、その真の目的はなんなのか、を探るために。

クーリィ准将も同様だったわけだが、准将と会って知ったのは、彼女がわたしよりも徹底した実戦的な部隊運営構想を持っているということだった。すなわち部隊機は戦闘には直接参加せず、敵味方すべての行動を客観的次元から観察記録し、必ずそれを持って帰ること。収集した情報を護るためなら、味方を見殺しにしてでも、ときには自機を護るための盾としてFAF機を利用してもかまわない、とにかく手段を選ばず必ず帰投すること。

クーリィ准将は、特殊戦機が出撃するとき、幸運を祈る、などとは決して言わない。必ず帰投せよ、これは命令である、と言う。

それは要請でも祈りでもなく、文字どおりの命令なのだ。彼女の部下であるかぎりそれに逆らってはならないという、至上命令。

それがどんなに厳しいものであるかは実際にそう命じられて出撃した者でなければわかるまい。頼りになるのは自分だけだ。友軍機の支援や援護は期待できない。そういう状況で、ときには戦闘空域の真っ直中に突入しての強行偵察を求められたりする。わたしには、特殊戦機に搭乗する戦士たちがそれでも平然と飛び立っていくのが、ほとんど信じられないくらいだ。自分でそうした人材を選抜してきたにもかかわらず、だ。

幸運など願うな、必要なのは実力であり、それが欠けている者は自分の部下ではない――

クーリィ准将の至上命令からは、そうした意思を汲み取ることができる。実に父性的な、言い換えれば軍隊に受け入れられやすい価値観と言えるだろう。FAF上層部はそれを彼女自身の性質であると理解し、高く評価したに違いない。リディア・クーリィという人物は、性質は男性的な攻撃性を持っていて、ジャム戦の指揮官として有用な人間だと。ようするに彼女は一目置かれていたはずだ。でなければ彼女の構想による新部隊の創設など実現するはずもなかったろう。

だがわたし自身は、クーリィ准将のそうした、出来のいい子だけを我が子として受け入れるというような感性は、見せかけのものだと思っている。彼女は、むしろそうした父性的価値観を嫌悪している。嫌悪していると同時に恐れてもいるのだ。その、いちばん嫌悪している感性をジャムにぶつけ、自身がもっとも恐れている価値観で自分を擬装することによってジャムの脅威に対抗している、それが、リディア・クーリィという人間だ。

つまりクーリィ准将というのは見かけとは正反対の人間で、どのような部下をも心理的に受け入れているのであり、すべての部下と一対一で繋がっていると信じている。

あの至上命令は、部下に対する、『このわたし以外に信じるものはなくていい、このわたしがおまえたちにとっての神なのだ、わたしがおまえたちを祝福してやる』という宣言なのだ。帰ってきてくれ、などと頼んだりしないのは当然だろう、彼女自身が神なのだから。あるいは、この神を母と言い換えるほうがわかりやすいかもしれない。仔らは必ず母の乳を吸いに戻ってくるものだ、という喩えのほうが。しかし普段実際に彼女と顔を合わせているわたしのような人間にとっては、やはりリディア・クーリィは、母よりも神に喩えるほうが似合っている。

もし帰投が危ぶまれる窮地に部下が陥ったとしたら、それが部下のミスであろうとどういう状況であろうと、彼女は守護神としての力を発揮するはずだ。人間なので本物の神のような奇跡は実現できないにしても。

これが、准将とつき合い始めた当初にはわからなかったこと、その後の長いつき合いの中で徐徐にわたしにわかってきたこと、だった。

だが、それはわたしが勝手に創り上げた幻想だったかもしれない。

いまのクーリィ准将の表情は、彼女が嫌悪し恐怖しているはずの人間に特有のものだ。冷酷と傲慢、無慈悲と不遜。

わたしはかつて、権力を握った女の顔が日にちをかけてゆっくりとこういうものに変化してゆくさまを間近に見ていたことがある。地球にいたころつき合っていた女だ。一緒に暮らしていた時期もある。別れたときには、ほとんど別人に変貌していた。

クーリィ准将にはそうなってもらいたくないと、わたしは無意識にそう願っていたのかもしれない。准将はあの女とは違う、むしろ権力というものを嫌悪し恐怖しているのだと勝手に思い込んでいただけで、なんのことはない、「嫌悪と恐怖」というのはわたし自身の感情のことで、わたしはクーリィ准将に自分を投影していただけなのか。

クーリィ准将はフォス大尉に向かって、『特殊戦はあなたの部隊ではない』と言った。

『わたしの部隊だ、大尉。すべての責任はわたしにある』

わたしの責任です、というエディス・フォスの言葉を准将は否定して、そう言った。エディスを庇《かば》っているのではない。責任を負うことができるのはその所有者だけだ、あなたが責任をとるというのなら特殊戦はあなたのものになってしまうが、それは認めない、と准将はエディスに言っているのだ。

その勝ち誇った表情。雪風が消えているというのに。

雪風を捜索しなくてはならない。救出はどのようにするのか。それを准将に問いかけたとき、わたしはふいに気づいたのだ、准将は雪風を捜索する気などないのではなかろうかと。

だから、わたしのその時の発言はこうなった、『雪風の救出は——捜さないのですか』と。

レイフを捜索に出せ、というのが答えだ。燃料補給して。無人機のレイフには人間のような休息は必要ない。燃料さえあれば寿命の限り飛ばし続けることができる。合理的な判断だ。

しかし、わたしの問いかけがなければ、捜索はしなかったかもしれないとも疑える。

『これは、雪風とジャム機の交換だ』と准将はエディスに続けた。『ただで手に入るとしたら、そのほうが怪しい。そうは思わない、エディス？』

それは、リディア・クーリィ、あなたの本心なのか。いま滑走路上にいるジャム機を手に入れるためなら雪風を犠牲にしてもかまわないというのか？

わたしは准将を見つめる。わたしはこの人間の心根を読み違えていたのだろうか？

生きることのすべてをこの戦争に投入してきたわたしは、もちろん興奮していた。

いま、すぐそこに、生きたジャムがいる。ジャムそのものではないにしても、生きているジャム機がいるのだ。わたしはいま初めて、敵を目の当たりにしている。その気になれば自らの手でそれに触れることもできるのだ。おそらくは人類で初めて。

地球での生き方に見切りをつけてここフェアリイ星に来たわたしは、自分の人生はまさしく異星体ジャムとの戦いのために用意されたものなのだという運命的なものを感じることができたし、実際、わたしのこれまでの半生はそれに費やされてきた。ジャムに負けてはならない、ただそれだけが、わたしの生きることのすべてだった。負ければ、死ぬ。生きるために、わたしは特殊戦という部隊を作り、育て、動かしてきたのだ。

わたしはまだ生きていたが、これまでの戦いの中でわかってきたのは、自分の生きているうちにジャムの正体が人類に知れることはまずないだろうし、自分は生きたジャムそのものはおろか、その痕跡を感じ取れる事態にすら遭遇しないだろう、ということだった。まさか、こんな日が来ようとは。

ジャムというのは、まったく姿を見せることのない、正体不明の敵だった。ジャムの戦闘機は視認できるが、それだけだ。生きて飛び回っている敵機には当然ながら手を触れることはできない。ミサイルや機関砲で破壊することはできたが、ジャムは撃墜された機を生きた状態のままで人間の手に渡すようなことはしなかった。ジャムは決して人間の手に触れられない存在で、破壊的手段、すなわち戦闘行為でしかコミュニケーションが成立しない相手だった。やられたらやりかえすという単純なそれがコミュニケーションと言えるならばだが。

それが、いまは、どうだ。このジャム機は、その思惑は不明とはいえ、深井大尉の誘いを受け入れて着陸したように見える。わが特殊戦への自爆攻撃の目的で降りてきたにせよ、それでもこちらの捕獲の意図を汲み取って、ようするにわれわれには攻撃の意志はないということを理解して空中戦闘は行わずに着陸したというのは、たしからしく思えるのだ。つまり、直接戦闘という手段以外のコミュニケーションが初めて成立した、ということだ。

フォス大尉の手腕があればこそだろう、そう思いつつ、わたしは、大尉がＭＡｃＰｒｏⅡを操作するのを見守る。

その画面に、〈雪風帰還せず〉と出た。

雪風と深井大尉は人質に獲られたのだろうとわたしは思う。おそらく、こちらがこのジャム機を破壊するような真似をしないかぎり、大丈夫だろう。むろん、これは、賭だ。確信はない。が、じっくりと考えているうちに勝機を逃すという事態は避けたい。ＦＡＦそのものが壊滅するかもしれないというこの状況では、のんびりと作戦会議を開いている暇などあるわけがない。

「フォス大尉」とわたしは命じる。「ジャムの思惑を探る作業を続けなさい。とくに、あのジャム機がおとなしくこちらの分析行為を受け入れるものかどうか」

「はい、准将」

画面から目を上げると、視線を感じた。ブッカー少佐がわたしを見つめていた。

それは、しかし、なんと冷ややかなのだろう。わたしの興奮を冷めさせるその視線。ブッカー少佐からそんな眼差しを向けられるのは初めてだ。これは、なんだろう、軽蔑だろうか？　いいや、軽蔑ではない、この視線は批難だ。許し難い、という怒りの感情を押し殺した、純粋な批難。批難してもどうにもならない状況に際して、自分の怒りの感情を押し殺している。

そういえば、少佐がそのような険のある目つきで特殊戦の部下を無言で見つめることがあったのを、わたしは思い出した。二度か、三度。普段なにがあっても紳士的な態度を崩すことのないブッカー少佐のことなので強く印象に残っている。

最近は、そう、特殊戦に着任したばかりのフォス大尉がわたしのオフィスに来て、深井大尉はまだ雪風に乗れるような精神状態ではないと説明しているとき、同席していた少佐がおそろしく冷たい刺すような目でエディスの横顔を見つめていた。

それから、それよりも前のこと、この司令室で作戦ブリーフィングを行った後だったと記憶するが、緊張から解放されたヒカラチア・グセフ少尉の笑顔に向けられた目線だ。ヒカラチアはエーコ中尉のいつもの軽口に合わせて媚びたような仕草と笑い声を上げたのだ。それを少佐はじっと見つめていたのだった。

わたしも含めて、みな女性に対するものだというのは、偶然だろうか。

ヒカラチアは、かわいい外見とは裏腹になかなかしたたかな女性で、同性の隊員には嫌う者も多いが、わたしは、こうしたしたたかさは嫌いではない。

わたしが性別に関係なく嫌うのは、無意識、無自覚に自分の性的な立場を利用している人間だ。それは精神的に未熟な、あるいは病んでいる人間と言えて、好きだ嫌いだというよりは同情すべきなのだが、戦場では同情している暇も余裕もないので、わたしの心の内では「迷惑な人種」というカテゴリーに入ることになる。特殊戦にはそんな人間はいない。グセフ少尉は、戦略的に自分の性を利用して生きている、タフな女だ。

エディスはそんなヒカラチアを心理的に受け入れられないでいる女性隊員の一人だ。エディスは、ヒカラチアの態度は病的なものではない、だれにも迷惑をかけるようなものではない、ということを医師の立場からわたしに保証していた。すなわちヒカラチアは完全に自律した人生を送っているのだということを、エディス自身も納得し、認めてもいいはずだ。

にもかかわらずエディスは、ヒカラチアの男に対する態度は嫌いだ、と感じている。他の隊員たちのヒカラチアへの反感は性的な魅力に関する嫉妬といったものから生じているのだろうが、エディスのそれは倫理観によるものだろう。エディスは、そんな自分はヒカラチアを含めた嫉妬深い女たちよりも大人だと思っていることだろうが、わたしに言わせれば彼女は、実年齢とは反対に、人生というものに対する考え方がヒカラチアよりも幼い。いや、わたしよりも、と言うべきだろう。

エディスとヒカラチアは異なる人生観で生きている、単にそういうことに過ぎない。エディスの人生観は、ヒカラチアのよりもわたしのそれに近い。そんなわたしはヒカラチアは苦手ではなく、むしろ尊敬したいくらいなものだが、でも若いエディスの気持ちも理解できる。

わたしもエディスくらいの年には、ヒカラチアのようなタイプの同性はたしかに苦手だった。だからエディスもこの先わたしのように苦労を重ねればヒカラチアの生き方も認められるようになるだろう。いまの彼女はまだ人生経験が足りないゆえヒカラチアの生き方の凄味というものが見えないのだ、ということだ。

ブッカー少佐はどうだろう。まさかヒカラチアがエーコ中尉には媚びるくせに自分のほうには靡《なび》いてこないというのを妬んだ、というのではないだろう。ではエディスのような倫理観でヒカラチアの態度を責めたのかといえば、そうとも思えない。

ヒカラチアのああした態度は日常的なものなので、批難するのならば少佐も常にそういう視線をヒカラチアに向けているだろうし、ヒカラチアも鈍い人間ではないので、自分のそういう態度が少佐に嫌われていることに気がつかないはずがないから、少佐の前ではおとなしくしていることだろう。

ということは、ブッカー少佐はヒカラチアを日常的に嫌っているわけではないのだ。

あのとき、あの場での、ヒカラチアのなにかが、少佐の心を逆なでしたということだろう。エディスに対するあのときの眼差しも、おそらくそうだ。そしてわたしに向けられている、いまのこの視線も、日常的ではないなにかの条件が、少佐のわたしに対する人間観を険悪なものにしている、ということに違いない。だとすると対象が三人とも女だというのは偶然で、性別はおそらく関係ない。ここでは女性の存在は日常的なものだからだ。

非日常的ななにかの条件が、共通しているはずだ。いま現在の状況は、たしかに非日常的な事態が起こっているわけだが、エディスとヒカラチアの件の場合も、なにかそうした出来事が背景にあったはずなのだ。なんだろう。

　わからない。だが、わからないはずがない、とも思う。わからないままではだめだ、とも。ジャムとの緊迫した戦闘中だというのに自分はなにを考えているのかという思いが一瞬頭をよぎるが、それはジャムとの戦闘経験を考慮しない、ごく表面的な意識の働きによるものだ。わたしの意識下の戦闘勘は、これは決して些細な問題ではない、と告げている。

　それは、言語化してみれば、こういうことだ。

　ブッカー少佐はわたしと同じ人間だ。ジャムではない。ジャムに対するわからなさとは本質的に異なるものだ。とくに少佐はわたしの片腕とも言える立場の人間で、多くを語らなくても互いの言いたいことを理解できる間柄だ。そんな人間の気持ちも理解できないようでは、異星体のジャムの思惑を云云する資格はないだろう。

　ジャムはおそらく、こういう人間の心理的な部分への興味関心と、そこに向けた攻撃、ということを考えているのではないかとわたしは思う。そのようなジャムの戦略の変更が、いまの事態を引き起こしているのは確かだろう。

　ジャムのこの全面的一斉攻撃は、単なるＦＡＦの壊滅を狙ったものではあるまい。深井大尉の誘いに応じていまジャム機が降りてきたのも、まさしくジャムの戦略の変化を表したものと言えるだろう。

　いままでのジャムはわれわれの前では決して真のジャム像を摑ませる手がかりになるよう

な行動は取らなかった。そうしたジャムの戦略は永遠に変化しないだろうとわたしはあきらめていたわけだが、その膠着状態にくさびを打ち込んだのは、深井零と雪風だ。わたしはそれを利用して、ジャムの変化を呼び込んだのだ。このような事態を招いたのは、わたし自身だ。わたしはつまり、いま全地球人の代表としてジャムに対しており、ジャムの戦略の変化に関する全責任を負っているというわけだ。ジャムのこの変化は、おそらくわれわれ人間にとってより危険なものだろう、いままでよりも、ずっと。しかしジャムの正体に一歩近づけるものでもあるとわたしは信じる。ジャムの戦略が変化しないかぎり勝ち目はないというのが、これまでの戦闘で摑んだ事実だ。過去のジャム戦での最大の戦果は、それをわれわれが知ったこと、だろう。

腹心の部下の眼差しの意味も推し量れないようでは、そういうジャムに対抗できるはずもないのだ。

ブッカー少佐の視線の意味が、わたしにはどうしてもわからなくて、お手上げだとしても、それでも、知るための方法はある。言葉を使えばいい。少佐に直接、訊けばいいのだ。人間にはそういう能力と手段がある。

人間というのは自分がなにを考えているのか、無意識の自分の考えや癖というのは往往にしてわからないものだから、もしかしたらこちらが尋ねても少佐自身にもわからないということもあり得るが、それでも彼は、問いかけられれば、自分で考え始めるだろう。無意識の思惟《しい》を言語化できれば、わかった、ということになる。無意識の思惟などというのは常に変化していくものだろうから、わかったというそれが必ずしも正しくその思惟内容を反映しているとはかぎらないのだが、それでなにか齟齬が生じるようならば修正していけばいいのだ。それがコミュニケーションというものだ。

ジャムには、しかし、人間同士のこういう方法が使えない。人間ではないのだから。仮に言葉やある種のサインが通じていると感じられる状態を経験することになったとしても、正しく意思が伝わっていると判断するのは危険だ。言葉というのは嘘をつくためにあるという箴言《しんげん》もあるくらいなのだから、ジャムが人間の言葉というものを使いこなせるとしたならば、当然それを武器として使ってくるのは間違いない。

と、ブッカー少佐の表情がふと変化する。険が消え、微笑に変わった。少佐と目を合わせていたのはほんの数秒間だろう。この変化は、なんだ？

クーリィ准将はわたしの疑念を読み取ったようだ。わたしが見つめるうちに酷薄な笑みが薄れていく。わたしはただ准将に目をやっただけだというのに、准将のこの態度の変化はまるで叱られた子供のようで、わたしはそんなに厳しい表情をしていたのだろうかと自分の顔を想像して、おかしさがこみ上げてくる。

「少佐」と准将がわたしに言う。「全機に帰投命令を出せと言ったはずだ」

わたしは軽くうなずいて、ヒカラチアを向き、「グセフ少尉、いま上にいるカーミラ隊の三機をのぞく全機に、即時帰投命令を出せ。それから、ジャム機捕獲作戦と現況について伝えろ。データ送信だ」と命じる。

「はい少佐」とグセフ少尉が言った。「帰投命令、およびジャム機捕獲についての経緯と現況は、特殊戦戦術コンピュータ《STC》により全機にデータ送信済みです。――カーミラ隊についてはご承知のとおりです」

「カーミラ、チュンヤン、ズークには、現状を維持、他のチーム機が帰投した段階で交代させるから、いまは気を抜かずに目標ジャム機の監視を続けろと伝えろ」

「はい、少佐。伝えます」

「各機チーム管制担当は」とわたしは、グセフ少尉の他の管制担当の四名に向けて言う。「音声指令で各機個別に、それぞれ直接、帰投命令を伝え、すべての機の応答を確認しろ。いますぐだ」

了解、の返事。静かだった司令室に音声通信の声が響き始める。

「エーコ中尉、雪風にも帰投命令を出せ」

中尉が管制卓から振り向く。

「少佐、雪風とは連絡不能です。データリンクも切れていると、先ほど――」

「帰投命令だ。全機を帰投させろとの、准将の命令だ。雪風にまだ伝えていないのなら即時実行、実行済みならそのように報告しろ、中尉。わかったか？」

「帰投命令は送信済みです、サー。雪風からの応答はありません」

「了解した。エーコ中尉、レイフの管制指揮を、いまからきみが執れ。レイフを使った雪風捜索計画をすぐに立てて、実行だ。まずはレイフへのホットフュエリングの手配だ。給油を終えたらすぐに発進させろ。レイフを使って雪風を捜し出せ」

「イエッサー」

「ピボット大尉、目標ジャム機の監視を怠《おこた》るな。とくに、人間を近づけてはならない。チュンヤンとズークもあまり接近させるな」

「了解です、少佐。しかし、上の滑走路周辺の雰囲気がどうも、妙な感じです……そうだ、戦闘が行われた形跡がないんだ。滑走路から緊急発進中にジャムに攻撃されて墜とされたFAF機が複数あったはずだが、残骸がない。片づける暇はなかったはずだ。だいたい、静かすぎる。弾薬や燃料の補給のために降りてくる機もないし、再出撃していく機もない。FAF中枢部からの指令も傍受できない。FAFは電磁的に死んでいるようだ。ようするに、FAF基地自体が、すでに壊滅したとしか思えない。それも、つい先ほどという感じじゃない。この雰囲気は、もう何十年も経った廃墟だ……これは自分の気のせいとは思えないです、少佐。あのジャム機の行動と関係があるのかもしれない。これは、おそらくジャムの欺瞞工作の一種と思われる。確認が必要でしょう」

「全機の乗員に、目視による基地周辺環境の観察を要請しろ」

「了解」

それからわたしは、クーリィ准将に向かって、言った。

「これでよろしいですか、准将」

返事を待たずにわたしは准将に歩み寄る。フォス大尉に確認するためだ。雪風が消える直前、フォス大尉は、『中止、准将、捕獲行動は中止』と叫んだ。MAcProⅡがこの事態を予想したのかどうか、とにかく、彼女がなにを摑んだのか、それを知ってからでないと、目標ジャム機の扱い方の方針は決められない。

「あなたは」とエディスではなく、クーリィ准将が、わたしに言った。「他にわたしに言いたいことがあるでしょう」

「言いたいこと、とは？」

どういう次元の話なのか、とっさにはわからない。

「わたしに進言したいことがあるはずだ、少佐。先ほどのあなたは、そういう目でわたしを睨んでいた」

そういうことか。わたしがふと苦笑したのが准将の勝利気分に水を差したのかどうか、いずれにしてもわたしの気分はたしかに伝わっていたのだ。

「それは、後ほど――」

「いま言いなさい、この場で。これは命令だ」

「わかりました」とわたしは言う、こんなことに時間を割いている場合ではないのだが、指揮官の命令とあらば従わなくてはなるまい。「あなたは、あのジャム機を得るためなら雪風を犠牲にしてもかまわない、と言った。たしかに特殊戦はあなたの部隊だ。指揮官のあなたがそう言うのなら、わたしはそれに従うしかないわけですが、わたしなら、そういう判断はしない。まず、雪風を捜す。目標ジャム機の扱いについては、それからにします。あなたの判断は——」

「雪風を犠牲にしてもいい、などとはひとことも言っていない。それはあなたの誤解だ、少佐。雪風とあの目標ジャム機は、互いに捕虜の関係にある、とわたしは考えている。ジャムの今回の目的は、もういちど雪風を捕獲することで、そのためにあの目標のジャム機を囮《おとり》に使ってきたのだとも考えられ——」

准将は言葉を切り、そして口調を変えて、言った。

「雪風か。なるほど、そういうことか」

「どういうことです」

「あなたは、雪風が行方不明になったり、飛べない状態でいるときに、その重大性を認識していないかのような態度を取る人間に対して、批難の眼差しを向けている。わたしが気づいただけで、今回を含めて三度ある。グセフ少尉がエーコ中尉の冗談につきあって笑ったときが最初で、あれは、最初に雪風が行方不明になったときだった、いまそれを思い出した。それから、深井大尉はまだ飛べる状態ではないとフォス大尉が診断し、その内容を報告していたとき。そして、今回だ」

「それは……」とわたし。「意識していなかったな。しかし、たしかにそうかもしれない。雪風は戦隊機の中でもとくに危険な目に遭っているし、深井零は個人的な友人でもある」

「彼、深井大尉のほうは、そうは思っていない可能性もあります」とエディスが言った。

「すみません、思っていなかった可能性、です。以前の彼は、乗機の雪風だけを心の支えにしてきたわけですが、最近の彼は、変わりつつある。劇的な変化です」

「ジャムのせいだ」とわたし。「ジャムとは、ここで戦う人間にとって、自分とは何かを問うための存在、ジャムはまさしくそのために出現したのだ、と思える存在だ。危険な任務をこなす最前線の戦士ほど、そういうジャム観を抱く傾向にある。深井大尉はその典型だろう。わたしもパイロットだったとき、そうだった。零の精神状態は他人事ではないんだ。彼は特殊戦の乗員のなかでも、とりわけそういう傾向が強い。だからわたしは彼に親近感を覚えたんだ……しかし、自分がそんな態度を取っていたとはな」

「人間というのは、自分一人では、自分自身のことが掴めないものだ」と准将が言った。「他人との関係が絶対に必要だ。コミュニケーションとは、ようするに、自分はなにを考えているのかを知ることにほかならない。相手の考えも自分のものに置き換えられるだろうから、コミュニケーションによって得られるのは、自分自身の無意識の内容、意識していなかった自分の本心というものだろう。しかし、そのようなコミュニケーションは、真のコミュニケーションとは言えない。われわれがいま理解したいのは自分のことでも、自分たちのことでもない。われわれは、ジャムなどいなくても、自分自身や人類とは何者であるかを問うことはできる。いまは、そんなことはどうでもいい。われわれが知りたいのは、ジャムとはなにか、なのだ、ブッカー少佐」

わたしはうなずいた。そのとおりだ。わたしは、准将が権力に対して嫌悪と恐怖を感じているものと思っていたが、それは、わたし自身のことだったようだと先ほど感じたばかりなので、准将の言っていることはよくわかる。そしてもちろん、准将は、ジャムとのコミュニケーションは可能だろうか、可能にしなくてはなるまい、と言っているのだ。

「少佐、目標ジャム機の調査、解析計画だ」

イエスメム、と答えながら、特殊戦は自分のものだとクーリィ准将が言い切り、指揮官でいられるわけを、あらためて確認させられた思いだ。准将は、わたしの不信感や疑惑といった負の感情を実にうまく消しつつ、いまやるべき事柄を示して、わたしにやる気を起こさせている。

だが、彼女をどういう思いで見つめていたのかという、あのわたしの眼差しに対する准将の解釈、あれは、違う。少なくとも、あれがすべて、ではない。

准将が指摘した二つの事例、フォス大尉の件とグセフ少尉の件については、確かに覚えがある。それも、准将が言ったとおり雪風がらみだったのも間違いない。そして、自分がいま准将を睨みつけていたのと同じ思いでそのときのエディスとヒカラチアを見ていたというのも、指摘されるまでとくに意識しなかったが、そのとおりだろう。それでも、わたしにそうさせたのは、雪風や深井零の存在などではないのだ。

あの女だ。過去に同棲していた女。わたしが殺したかった、女。

わたしがヒカラチア、エディス、リディアの三人を睨みつけたのは、彼女たちが、わたしが殺し損ねたあの女と同じ、おそろしく冷酷で傲慢な表情を浮かべていたからだ。そのことに、いま、わたしは気づかされた。睨みつけていたなどとは意識していなかったのだが。怒りや恨みをこめて見つめたのではない、過去の亡霊を見るかのような恐怖の眼差しだった、というのが正しい。これは、クーリィ准将にも理解できないだろうとわたしは思う。准将はわたしの過去について詳しくは知らないだろうから。

思い出したくない過去だ。わたしが愛したあの女の容貌は本当に、人を見下すものへと変化していったのだが、それが行き着いた先はといえば、ようするにわたしが最後に見たその顔は、死に顔だった。ああやはりな、と思った。同時に、人生というのはとてつもなく奇妙なものだと感じた瞬間でもある。

わたしはたしかに殺意を固めて彼女の部屋のドアを開いたのだが、そのとき彼女はすでに別人の手で殺されていた。わたしのものである軍用ナイフで。自殺などではあり得ない。彼女にはわが身をめった刺しにする動機がなかったし、とくに眉間に深深とナイフを突き立てるなどというのは女の力ではまず不可能だ。

わたしは軍法会議にかけられ、有罪。犯行の動機は彼女への強い恨みだそうだ。顔を狙ってナイフを突き立てるというケースは殺人事件でもまれだが、殺人者が被害者に強い恨みを持っている場合はべつだ、とわたしは裁判中に教えられた。

わたしは裁判中も、判決にも、逆らわなかった。神がわたしの願いを聞き届けてくれて、彼女を殺してくれたのだ、そう本気で感じたからだ。この手を汚すことなく願いが叶えられたことを感謝した。ただでというのは虫がよすぎるというものだ、服役するくらいですむなら安いものだと、まったく、わたしの彼女に対する殺意はそれほど強かった。憎しみよりは、やはり恐怖だろう、変貌していく女をもうこれ以上見ていたくない、という。彼女を浄化したいという気分もあった。

　わたしは実行犯ではなかったが、罪は認めた。裁判では、自分は実行犯でないとは言わず、間違いなく自分がやったと、すべて認めた。それでわたしはＦＡＦに送られ、いまもここにいるというわけだ。

　いま振り返ると、当時のわたしの精神状態はまともではなかったと思うが、そう思えるいまの状態に戻れたのは神が彼女をこの世から消してくれたからだ——そう感じるから、わたしはいまだあのときのまま変わっていないということかもしれない。

　実行犯がだれだったのか、真相は結局わたしにはわからなかったし、いまもわからない。行きずりの強盗ではなさそうだが、運悪く彼女に見つかった泥棒が、彼女一流の罵倒を浴びて瞬間的に激しい恨みをかき立てられ、刺し殺したというのは、彼女を知るわたしにはありそうなことに思える。泥棒がわたしのナイフを持っていたのは謎だが。でなければ、どこかの機関による工作なのかもしれない。彼女の政敵、あるいは彼女が関わっていた国家機密をめぐる国内外の諜報機関の仕事かもしれない。それは空想物語ではなく現実味のある想像だ。そういう立場にのし上がっていったのだ、あの女は。

　空想次元でなら、もっと面白みのあるものがいろいろ考えられる。わたしが所属していたロイヤルマリーン航空隊からＦＡＦにだれか出さなくてはならないらしい、という噂はあったのだが、そのためにわたしが殺人犯に仕立て上げられ、刑務所代わりのFAFに送られたのだ、というのはどうだろう。上層部による秘密決定などではなく、当時の気のおけない同僚の戦闘機乗りたちによる壮行会を兼ねたイベントだった、つまりわたしの友人たちによる犯行だったのだ、というのは面白すぎる想像だが、しかしこれは軍による組織的陰謀などといったものよりもありそうなことではある。

わたしの地球時代の同僚たちは、わたしの悩みを実に親身になって聞き、深く同情してくれたものだ。もちろんスコッチをやりながら。酔っぱらった勢いで本当にやりかねない連中ではあった。勃発した国際紛争で出撃し、敵らしき駆逐艦に空対艦ミサイルをぶち込んで、敵だという二百人からの水兵を殺したことにくらべれば、友人を悩ましている、悪魔に取り憑かれた女の一人や二人を殺すなんてのはなんでもないことだし、だいいちそのほうが正義を行ったという実感があるというものだ、という理屈だ。

神に誓って、あの女の死体を発見したときわたし自身はまったくの素面《しらふ》だったし、どんな薬もやってはいなかった。実行したのは別人だと自分で思いこんでいるだけではないのか、すべてわたしがやったのかもしれないと疑ったこともあるのだが、いまにして思えば、この事件を含めて、わたしの地球時代全体が、ひとつの夢物語だったような気がする。

いまではジャムの存在のほうがリアルだ。わたしはいま、その感覚をより強化される事態に直面している。この地下司令部の上に、ジャム機がいるのだ。フォス大尉によれば、それは捕獲してはならなかったのだという。もうすでにジャム機は降りている。フォス大尉はどんな危険を予想したというのか。

ジャム機の調査の実施はそれからだ。

わたしはそう准将に告げ、エディス・フォス大尉に問う。


ブッカー少佐とわたしは、フォス大尉からＭＡｃＰｒｏⅡの予測内容の説明を受けた。

「ジャムの狙いは、深井大尉と雪風という戦闘知性体の分離、か」とわたし。「いま降りているあのジャム機は、そのために用意された専用機かもしれない、ということね」

「はい、准将。もしそれが事実ならば、特殊戦はジャムに支配される危険性が高い、脅威の度合いは大である、との予測です」

「それが正しいものだとすれば」とわたしは考えながら言う。「現在われわれはすでに危険な状況におかれていることになる。単にあのジャム機が危険だ、自爆するおそれがあるから、というような戦術レベルではない、特殊戦全体の存亡に関わる脅威にさらされている、ということになる」

「イエスメム、そのとおりです」

「安全な巣穴に籠もりながら遠隔操作で外をのぞき見していても、なにもわかるまい」

突然、それまで黙ってわれわれを見ていたリンネベルグ少将がそう言い、手元の端末のキーボードを操作した。なにか文字を打ち込んでいる。背後のアッシュ大尉がその端末画面を注視している。そして、素早くリンネベルグ少将の動きを制止する。少将は端末のエンターキーを打つところだったに違いない。

「少将閣下」とアッシュ大尉が言った。「その命令を送信するまえに、どうかクーリィ准将とご相談を」

「情報軍の対人戦闘部隊への命令ですね」とわたし。

「そうだ」

「なにを指令されるおつもりですか」

少将は穏やかな笑みを浮かべてキーボードから手を引き、言った。

「生身の人間に調べさせるのがいちばんだ。そうだろう、准将。きみの手助けをしてあげよう、ということだよ。特殊戦には地上戦の訓練を受けた戦闘チームはないだろう。素人が敵の前に身をさらすのは危険すぎる」

「わたしが考えているのは、まず第一に情報収集であって、戦闘ではない――」

「わが部隊も基本的には情報収集が専門だ。きみが危惧するような、破壊活動を第一にしてなにも考えずにジャム機を傷つけるようなことは、しない」

わたしはリンネベルグ少将の薄いブルーの目を見つめながら、いま動かせる部下について、状況を再確認する。この司令センターの人間は、動かせない。管制指揮で手一杯だし、戦隊機が持ち帰った情報分析もしなくてはならない。整備班は、帰投してくる戦隊機の点検整備だ。全機出撃しているから、通常よりも忙しくなる。他の、通常は戦闘任務とは直接関係ない部署の人間たちも武装して待機中だ。

この戦闘にはすべての隊員が参加していて、非番で暇な者はいない。ロンバート大佐が動かしているジャム人間らの攻撃に備えてすべての隊員に小火器を携帯させているが、少将が言ったとおり、わたしの部下たちはそうした武器の扱いには慣れていない。だから、もしロンバート大佐が情報軍全体を掌握して動かしているとしたら、その対人部隊を使って攻撃されかねないので、リンネベルグ少将をここに招待して直直に確かめたのだ。

リンネベルグ少将の答えは、驚くべきものだった。ロンバート大佐が人類を裏切ってジャム側についたのは知っていた、情報軍トップの自分としては、そういう大佐を利用してジャムの内部情報を知ることができると期待している、ロンバート大佐からジャムの情報が得られるならば、彼にFAFをくれてやってもいいくらいだ——というのだ。そして少将は、特殊戦を支援してもいい、どうする、と持ちかけてきた。主導権を渡せということだろう、それは直接口には出さなかったが。わたしはもちろん、そのような取り引きはしないと拒絶したのだが、いままた、この実に穏やかな物腰の老人に見える少将は、懲りずに同じ提案をしてきたというわけだ。

気持ちはわかる。いままさにジャム機がそこにいるのだ。わたしと同じくジャムに関する情報収集に半生を費やしてきたのだ、自分の手でその調査をやりたいことだろう。

だが、このジャム機は、特殊戦の力で捕獲したものだ。情報軍なぞに譲れるものか。しかし、今回は、むげに拒否するのは危険だ。地上戦に慣れていない特殊戦を制圧するのは自分の部隊なら簡単だと、この老人はわたしに圧力をかけていて、それは先回も同じだったのだが、今回のそれは単なる脅しのポーズではなく、こちらの出方によっては本気でやるだろう。彼の、わたしや特殊戦への苛立ちが膨らむこと自体は、わたしはなんとも思わないが、彼の部隊が敵に回るという事態はなんとしてでも避けなければならない。

「あのジャム機の調査解析の指揮権はわたしにあります」とわたしは慎重に言った。「それを確認していただきたい」

少将は笑顔を崩さず、しかしわずかに息を止めた様子を見せて、それから言った。

「確認ではなく、承認ではないかな、准将」

「あなたの承認を得なければならないという、そのような根拠はどこにもない。仮にあったとしても、わたしはあなたから承認を得ようとは思わない。あなたに頼むことは、わたしはしない。確認を、してください」

「根拠がない、とはな」リンネベルグ少将は笑みを消して、言った。「こちらはきみよりも階級が上だというだけでも根拠としては十分だと思うが、きみはもはやＦＡＦ軍人ではないと宣言しているわけだ。自覚して言っているのかね」

「わたしが寝言を言っているとでもお思いですか、少将？　あなたに頭を下げて指揮権をくださいと言わなければならないという、あなたの、その考えがどこから来るものなのか、お聞かせください。階級が上だから？　年齢が上だから？　男だから？　だから、なんですか。それこそわたしには寝言に聞こえますが、閣下」

「わかった」と少将は矛先をさっと引っ込めて、うなずいた。「きみに指揮権がある。わたしはきみを無視してあのジャム機の捜査を自分の部下に命じたりはしない。だから、わが部隊にきみを支援させてくれないか」

わたしは一呼吸おいて、「いいでしょう」と言った。

「ありがとう、准将。では、送信させてもらう」

リンネベルグ少将は面子《めんつ》よりも実を取ったのだろうが、しかし、本心はわからない。

「MAcProⅡは」とブッカー少佐が言う。「雪風帰還せず、という状況を受けて、デッドロック状態に陥っている。これ以上の予測計算は不能ということだが、これは、どうしてなんだ、エディス」

「ジャム機の捕獲に成功したということを受けて、です。雪風が帰還しないことと、ジャム機の捕獲に成功するということは、MAcProⅡのロジックではまったく対立する出来事で、あり得ない、ということです。このデッドロックを解消するには、事実の収集が必要です。捕獲に成功したように見えるが実はそうではなかった、というような事実か、または、深井大尉と雪風の分離がジャムの狙いであるという予想は誤りであるという事実が得られれば、一気にデッドロックは解消されますが、それは、ほら、このポインタが示しているでしょう、ここから予測計算をやり直すことになる、ということです」

「ジャムは雪風とあの機を交換したのだ、と考えれば、なにも矛盾はないように思えるが」とわたしは言った。「このMAcProⅡのご託宣は、わたしには荒唐無稽なものに思える。どの程度信頼できるの」

「これは、いわばレトリックなのだと考えてください、准将。これを解釈するのが、わたしの役目になります」

「それで、きみの解釈は」とブッカー少佐。

「そうですね……もしジャムの狙いが深井大尉と雪風の分離にある、というのが正しいとすれば、いまの状態、あのジャム機がおとなしく降りてきたのは、たぶん、ジャムの罠でしょう。そして、それは、心理的な罠ではなく、ジャムはわれわれ人間、あるいは特殊戦全体に対して、物理的なトリックを仕掛けてきているのだとわたしは思います。雪風出撃の前に少佐が話してくれたでしょう、わたしが、『ジャムは人間自身に欺瞞情報を入れたいのだ』というMAcProⅡの予想は、どう解釈すればいいのだろう、それはなんらかの罠を仕掛けてくるということだろうが、具体的にはどういうものだろうと悩んでいたとき——」

そう、その話はわたしも聞いていた。

「少佐は、ジャムは人間の常識的な見方というものがそもそもわかっていないだろうから、心理トリックを仕掛けることなんかできるはずがない、やるとしたら、何かの道具を使う物理的なトリックしかないだろう、と。あのジャム機が、それなのかもしれないと、わたしは疑っています。人間が近づくのは危険だと思います」

「オニキス隊が戻りました、着陸許可を求めています」とヒカラチアがこちらに告げる。

「編隊着陸は許可しない」とブッカー少佐。「一機ずつだ。安全を確認してから、次を降ろせ」

「了解しました」

『こちらオニキス・リーダー、司令部聞こえるか』

「ブッカー少佐だ、なんだ」

『どうも帰ってきた気がしない、ほんとうにブッカー少佐なのか』

「意味がわからない、どういうことだ」

『計器では間違いなく基地滑走路上空だ。しかし、地表を見るかぎり、だれもいない、無人の基地だ。なにがあったんだ、そちらは無事なのか』

ブッカー少佐が返答に詰まる。わたしが代わる。

「クーリィ准将だ。耐爆格納庫にジャム機と、チュンヤンとズークがいるのが見えるか」

『見えている』

「では間違いない。着陸だ」

『了解』

司令センター正面のメインスクリーンに、オニキスが捉えた視覚映像が出た。

「ご覧のとおりだ」とピボット大尉がスクリーンを指して、言った。「これは、ジャムの欺瞞映像ではなく、目視でもこのように見えるんだ。先ほど言ったとおりでしょう、ブッカー少佐。どこにも破壊されたＦＡＦ機はないし、戦闘の痕もない。特殊戦機以外のＦＡＦ機は一機も見あたらない。廃墟のようだと思ったが、こうしてみると、できたての未使用の基地という感じだな」

「これが」とわたしはフォス大尉に言う。「MAcProⅡの予想した、ジャムの脅威らしいわね。ジャムは、雪風ではなく、われわれ特殊戦のほうを丸ごと捕獲したのだ。ここは、おそらくもとのFAFフェアリイ基地ではない」

「まさか、そんなことが」とエディスは言ったが、後が続かない。

「深井大尉と雪風の分離というより」とブッカー少佐。「雪風とわれわれの分離か。いや、それなら、雪風帰還せずという事実とは矛盾しない。そんな単純なことではなさそうだな。FAF本体と特殊戦との分離、か。リンネベルグ少将、いずれにしても、あなたの部下が来られるかどうか、それが鍵になりそうですね」

　少将は無言だ。特殊戦の大がかりな芝居なのかもしれないと疑っているのだろう。

「ピボット大尉」とわたしは命じる。「全機の位置、針路、速度の情報を確認し続けなさい、見失ってはならない」

「イエスメム」

「ブッカー少佐」と今度はエーコ中尉だ。「よろしいですか」

「なんだ」

「レイフは自動給油を完了、いつでも出せますが、雪風捜索指令を出したところ、すぐに、雪風を発見したと言ってきて、発進しようとしません」

「雪風はどこにいるというんだ」

「どうも、それが、チュンヤンかズークを、雪風と取り違えているようです。発見したと言いつつ、確定はできていない。レイフは戦闘中に記憶を飛ばしているので、捜索機能も信頼できない。とにかくオートモードでは動こうとしないので、捜索に出すなら、マニュアルでやるしかないでしょうが——」

「雪風とデータリンクでのコンタクトを命じなさい」とわたし。「どこかにいるのだ、間違いなく。飛ばさなくてもいい、レイフに捜索を続けさせなさい」

「はい准将」

『こちらチュンヤン、タン中尉だ、目標ジャム機の様子がおかしい。こいつは、われわれのIFFトランスポンダのコピーを内部に構築しているぞ。かすかな信号レベルで、味方だ、と言ってきている。機体の内部からささやいている声のような感じだ。どうも、危険な臭いがする』

『いや、違うな、こちらズークだ、こいつは、雪風そのもののコピーを内部に作り始めているんだ。こちらのセントラルコンピュータは、対象を雪風だと認識している。先ほどまではそんな気配はなかった。いまのうちに片づけたほうがよさそうだ。オートモードではセントラルコンピュータの干渉があって攻撃は不能だ。准将、マニュアルモードでの攻撃許可を』

「撃ってはならない」

わたしは大きな声で制止する。

そうなのだ、わたしは突然ひらめいた。これは、ジャムではないのだ。MAcProⅡの予想は正しい。

「それは、雪風だ」とわたしは叫ぶ。「見た目に騙されてはならない、あなたがたの乗機のセントラルコンピュータの言っていることを信用しろ」

「リンク、回復しています」とエーコ中尉が緊張した早口で告げる。「雪風のデータリンク、レイフと繋がりました。なんてことだ、嘘だろう、どうみてもあれはジャムだぞ。目標機、移動開始、いいんですか、准将」

「給油だ」とわたしは言う。「燃料を満タンにして捜索に出るつもりだ」

「なにを捜すというんです」とピボット大尉。「あれが、雪風だというのなら」

司令センターの全員が息を詰めてわたしを注視する。

「あれが雪風なら」とフォス大尉が立ち上がって、わたしの代わりに言った。「捜すのはもちろん、深井大尉です。それ以外にないでしょう。ジャムは、雪風と深井大尉との分離を狙って成功した。あの機には、深井大尉は乗っていないはずです」

そう、そうに違いない。ジャムは、人間と機械の分離を図ってくる、それが新戦略である可能性が高い、とわたしは思う。

静まりかえった司令センターに、そうかな、という声が響いた。ブッカー少佐だった。

「あれが雪風だ、というのはいいとしてだ、しかし、雪風なら深井大尉を捜しにいくはずだ、というのは、わたしは、違うと思う。フォス大尉、きみは雪風の本質を知らない」

「では、少佐は、あの機はなにをしようとしているというのですか」

「もちろん、ジャムと戦おうとしているんだ。雪風が捜しにいくのは、ジャムだ。雪風にとって、ジャムはいわば餌なんだよ。ここにはジャムはいない。だから餌を求めて出ていく。それだけのことだ」

なるほど、とわたしは思う。雪風はジャムと同じく、人間ではない。いまメインスクリーンに出ているジャム機の姿は、それがジャムであれ雪風であれ、同じようなものなのだとわたしは感じた。この感覚は、ブッカー少佐と深井大尉は早くから感じていたようだが、わたしが実感したのは、いまが初めてだ。立っている大地が消え失せるような感覚。

そしてわれわれがいまいるところは、どうやらもとの時空とは異なるらしい。こんなことができる相手とどう戦えばいいというのだと自信を失いかけるが、指揮官としてそれは許されない。気力をかき立てて、ブッカー少佐に命じる。

「少佐、レイフを通じて、あの雪風に作戦行動をインプットだ。深井大尉を捜索せよ、深井大尉を乗せて必ず帰投せよ、だ」

ブッカー少佐はもちろん、理解したことだろう。われわれがこのジャムの攻撃に対して、勝てないまでも負けないためには、それしかないということを。

わたしは准将の許可を得て、一人で地上に出てみた。雪風とレイフが滑走路端から編隊離陸をするところだ。聞こえているエンジン音は、聞き間違えようのないスーパーフェニックスのそれだった。レイフと雪風の、計四発。間違いない、あれは雪風だ。

ジャム機の姿は、司令センターで見ていたときから、雪風へとゆっくりと変わっていった。

とても微妙な変化で、どこが変わっているのかよくわからないのに、視点を動かすとたしかに先ほどとは少し違っている、というものだった。人間の視覚がジャムによってそのような操作をされているのかもしれないとも疑ったが、どうやら実際に少しずつ、ジャム機と雪風が、機体の微小部分同士を交換していて、われわれはその様子にしばらく気がつかなかったのだ、ということらしい。つまり、ここに降りてきたときのジャム機は本当に全体がジャム機で、その後、時間をかけて、雪風に入れ替わっていったのだ。だが深井大尉は、その雪風から降りてはこなかった。行方不明だ。フォス大尉の予言どおり、ジャムによって雪風から分離されたようだ。深井大尉はいま、ジャム機に乗っているのかもしれない。

しかし行方不明になったのは深井大尉というよりも、われわれのほうだろう。クーリィ准将は、深井大尉にこちらを見つけてほしいという願いをこめて、雪風に大尉を捜せと命じたのだ。あれは、深井大尉に向けた、こちらを見つけてくれという救難メッセージだ。

二機は加速を開始、速度を上げると、わたしの目の前を通過する。雪風がレイフを引き連れて飛び立っていくのをわたしは、機影が見えなくなるまで見守った。

雪風が飛ぶ空

ロンバート大佐は手にした封書をこちらに振って見せながら、「まずはこれを投函しに行こう」と言った。

ジャムの、ロンバート大佐の代筆による、地球人への宣戦布告。同時に大佐自身の、地球人への決別の書、地球からの独立宣言でもある。大佐はジャムの力を利用してFAFを掌握し、自分のものにするつもりだ。その目的は、彼自身がジャムになることでジャムを支配すること、という。

もし事前に大佐からそのようなこと、『自分はジャムと結託することでジャムの支配を狙っているのだ』などと聞かされたとしたら、彼の正気を疑ったことだろう。いや、それとも、ロンバート大佐という人間ならばやりかねない、本当にやるだろう、と感じただろうか？

それは、事前というのがいつなのかという、その時期による。特殊戦の、あの雪風にフライトオフィサとして搭乗しジャムと接触したあの時点を境にして、大佐の企てへの印象が正反対になるだろう。『正気の沙汰とは思えない』が、『もうなんでもありだと納得できる』というように。

いまはどちらにせよ、すでに事後だ。大佐は実際にジャム人間とともに行動を起こした。大佐はまったく本気だ、というのがわかる。が、そうであってもなお、ジャムが人類に対して正式な宣戦布告をすることを望んでいるなどというのは、にわかには信じがたい。そんなのはこの大佐の妄想に過ぎないと切り捨てたいところだ。大佐は自分の都合のいいようにジャム像を作り上げているだけなのだろう、実際にジャムと意思交換ができるはずがない、と。しかし、いまこの狭い部屋でこの自分が体験したことを踏まえると、そうもいかない。

アンセル・ロンバートという人物は、コンピュータを通じてジャムとコンタクトできるのは確実だ。しかも、コンピュータなしでダイレクトにジャムの存在を感じ取る能力もありそうな気配なのだが、自分もまた、先ほどこの部屋で、あたかも戦闘機上にいるかのような広角視野を感じ取ることができた。雰囲気からしてあの視点はジャムの戦闘機からのものだ。まるで自分がジャムになったかのようだった。あれは、妄想だろうか?

大佐の正気を疑うというのは、自分のそれを疑うことでもある。

大佐自身も、リン・ジャクスン宛のあの手紙の中で、同じような疑問を抱いたことがあると告白していた。しかし、それがどうした、とも。ジャムと意思交換できるという、それが『もし私の思いこみに過ぎなかったとしても、私はこの「偶然」を最大限に利用することで満足している。FAFをわがものにするチャンスだ』と。

偶然だろうとなんだろうと、起きたことが自分に都合のいいことならばそれを最大限に利用するというものだ、という情報軍の現場のボスである大佐らしい、現実的な、実戦的な、処世術だ。他人からすると自らの手柄を大佐のものにされるように感じられるやり方だから嫌われて当然だが、戦場では他人から嫌われようが誤解されようが長生きするほうが勝ちというものだろう。自分もそれを見習うとしよう。

この事態が大佐の、あるいは自分の、FAF全体の、妄想によるものであろうとなかろうと、間違いないのはいま自分は生きている、ということだ。自分が実際に生きているのかどうかを疑っているうちに殺されてしまう、などというのは馬鹿げている。そんなのは最悪の死に方だ。

「どうした」とロンバート大佐が言った。「なにを考えている？」

大佐と出会ったことを利用して自分のジャムへの興味を充たすことを考えたいところだが、まずは、大佐もろともジャムにやられるという事態を回避すべきだろう。

「その手紙を出すことよりも、まずジャムに返答したほうがいいと思う、そう考えてます」

「ジャムは、人類への宣戦布告よりも、なぜジャミーズが駆逐されてしまったのかを知ることのほうを優先している、というのかね」

「はい、大佐。先ほどの戦闘機からの視覚は、ジャムはFAFをいつでも廃墟にできるのだというジャムからの警告だ、とあなたは言ったでしょう。その警告を無視して、その手紙を出しに行こうという、あなたのその自信は、どこから来るのです？　この小部屋から出ては危険だとは思わないのですか？」

「なるほど」

ロンバート大佐はうなずいて、封書を制服の内ポケットにしまった。視線はこちらからそらさずに。

「なぜきみがここに現れたのか、わかったよ」

「誘い込まれたんでしょう、ジャムに。あなたはそう言いましたよね。ぼくの感じでは、ジャムに捕まったというほうがしっくりとくる状況です」

「ある意味では、そのとおりだろう。きみはジャムの代弁者として、私のもとに来させられたんだ。きみはジャムのメッセンジャーだろう。きみ自身には意識できないだろうが、おそらく、そうだ。おそろしくもどかしいコミュニケーションだが、画面を通じてやり取りするよりはずっと直接的ではある。きみは、ジャムの意向を伝えるために、ここに出現したんだ」

「まさか」と言うしかないだろう、まったく意表をつく指摘だ。大佐らしい、と言うべきか。

「ぼくは人間だ。ジャム人間ではない。ぼくがジャムに作られたなどというのは――」

「作られた、などとはひとことも言っていない。きみは桂城彰そのものだろう。私がアンセル・ロンバートそのものであるようにな。だからといって、ジャムのメッセンジャーではない、なれない、というわけではないだろう。メッセンジャーというほどにはジャムと深く関わっているわけではなさそうだが、ジャムが私にこうして欲しい、というのをきみは敏感に捉えて、それを私に伝えているのだ」

「ジャムの疑問に早く答えるようにと、それをあなたに言うために、ぼくはジャムに操られてここに来た、というのですか」

「ただそれだけとは思えないね、たしかに。きみがメッセンジャーならば、もう少し込み入った情報を持ってきているはずだ……いや、そうではないな、情報を持ってきていると言うよりは、これからきみが取る行動そのものが、ジャムの意向を表すことになる、と言うほうがいいだろう。きみは、意識せずにジャムの意向を体現している、という状態だ。それは、きみがジャムに操られているというのとは異なるのだが、わかるかな？　ま、きみにわからなくても、きみに理解できようとできまいと、その点については私にはどうでもいいことだが」

「ようするに、ぼくは、あなたを志向するジャムの意思部分と共感している、ということでしょう、あなたの言っている意味は、わかります。本当にそうだとしたら、あまりいい気分ではない。ぼくには、ぼく固有の意思などない、ということをジャムによって証明されているようなものだからな」

「これは驚きだ。きみのその物わかりの良さそのものが、ジャムの操作かもしれんな。いや、失敬、これは冗談だ。きみはしかし、特殊戦に行ってから本当に、どうかしてしまったほどの変わりようだ。以前のきみはジャムに興味など示さなかったろう」

「この戦争そのものに興味がなかったですから。どこでやっているんだ、という感じです。

地球にいる連中とたいした違いはないですね。しかし、ジャムというのはとんでもない相手だというのが、特殊戦に行ってわかりました。雪風で出撃して初めてわかったんですよ。ジャムはものすごい力を持っている。ジャムが本気になれば人類などとっくに滅びているでしょう、それが、わかった。でも、ジャムは、それができるのに、しない。それがなぜなのか、ぼくには理解できない。常識が通用しない敵だ。ブッカー少佐などは、ジャムに神学論戦を仕掛けて、それでねじ伏せられれば勝てるかもしれない、それでジャムは消滅するかもしれない、というようなことまで言ってますよ。だからあなたの考えもそれほど突飛には感じられない。そういうことです」

「なるほど」

と大佐は言ったが、その言葉とは裏腹にさほど納得した様子ではない。こちらの説明には興味はないというような態度は不愉快だが、それにいちいち腹を立てていては、この大佐とは話ができない。こういう人間なのだと割り切らないとロンバート大佐とは付き合えない。

「で、きみは、私が出ていこうとしたら、そのライフルを突きつけてでも阻止するつもりかね?」

「それは、ジャム次第なんじゃないですか」と言ってやる。「ジャムがそうするつもりなら、ぼくはそうするでしょう。ぼくの意思は関係ない。あなたの理屈ならそうなる。ぼくにそんなことを訊いても無駄だ、違いますか」

するとと大佐は、こちらへの警戒を解いたように感じられる笑みを浮かべて、「これはいい」と言った。「なにを考えているのかまるでわからない返答だ。私を煙に巻いたつもりだろうが、実はなにも考えていない、というのが本当のところだろう。きみはとらえどころのない性格をしていると以前から思っていたが、ようするにきみは、自由意思などなくてもかまわないと思っていて、成り行きのままに生きている人間なのだ。ふつう、人間はそうは思わないし、そんな生き方はできない。きみはその面で、ふつうではない」

「あなたと同類だってことですか」

「タイプは異なるが、そうだな。そのとおりだ」とこんどは力強く大佐はうなずいて、続けた。「きみに、きみ自身の意思があろうとなかろうと、きみの返答がきみの意思によるものかどうかなど、そんなのはどうでもよい。私の関心は、きみの口から出てくる言葉、そのものだよ。きみに質問するのは無駄ではないんだ」

「ぼくが答えるかぎりは、でしょう」

「口をつぐむつもりか？　いや、それはできないだろう。できるというのなら、試してみるといい。きみがメッセンジャーだという私の考えが間違っているなら、できるはずだ」

「いや、それこそ、無駄ですよ、無言の行をするなんてのは、意味がない。ぼく自身も、自分がジャムのメッセンジャーでもかまわない、と思っているんだから」

「素晴らしい。きみと話をするのがこんなに楽しいとは思わなかった。特殊戦にきみを行かせたのは正解だったな。実に面白い。きみは、自分は無意識になにを考えているのだろう、といったことにはまるで無関心だろうが、どうなんだ？　意識とは、自意識とはなんだと、きみは思う」

「意識というのは、〈言葉〉そのものでしょう」と、いま思いついたことが口をついて出た。「自分とは何者かと考える言葉なしでは、〈自意識〉すなわち〈自分〉を意識することは不可能だ」

「言葉を失えば、自意識も消えるというのか？」

「そういうことになるでしょう、原理的に、そうなる。識字能力がなくても、声を出せなくても、しかし母語を理解する能力があるかぎりは意識はある、と言える。ぼくはそう思う」

「意識とは言語である、か。単純にして明快な見解だ。明快だが単純に過ぎる、とも言える。きみは、では、無意識な自分というのは存在すると思うかね？　この問いの意味はわかるかな――」

「自分自身を意識できないのなら〈自分〉というのはあるのかないのか、ということでしょう」

「そう、どうなんだ？」

「それこそ、〈自分〉という言葉の上でしか〈自分〉というのは存在しないのだから、〈無意識な自分〉などというのは〈丸い三角〉と同じくナンセンス、言葉の上の遊びに過ぎない」

「無意識の思考や意思というのは〈自分〉ではない、というきみの考えはわかった。ではそれは、なんだと思う。たとえば暗黙知などと言われるようなものは？　〈自分〉が考えているのではないのだとしたら、ではだれが考えているんだね」

「テストですか、大佐。そのような問いはナンセンスだと、ぼくはそう言っている。〈自分〉でも〈だれ〉でもないいんですよ。だれかが考えているのではない、その思考は、自動機械の作動と同じ、エネルギーの流れに過ぎないでしょう。そのどこにも〈自分〉などというものは存在しない」

「では〈自己〉はどこに発生するんだね」

「だから、言語上に、ですよ」

「脳の言語野に発生する、ということか」

「そんなのは知りません。脳なんかなくても言葉さえ存在すればそこに自己が発生する。理屈上、原理的に、そうなる」

「合格だ」と大佐は言った。「いまきみが言ったことは、おそらくジャムの人間観を表している。ジャムは、人間とはそういうものだと捉えているに違いない」

「そう言い切れる根拠はなんです」

「ジャムのメッセンジャーであるきみの発言だからだ」

「ぼくはいまジャムに喋らされていたというわけか」

「そういう自覚があるのかね？」

「いや」

大佐を皮肉って言ってみただけだが、この大佐には皮肉といった感情論は通用しないようだ。しかし論理面では鋭いところを突いてくる。

「自覚はなかったけど、そうかもしれないとぼくも思ったので、これはジャムに喋らされたのかもしれない、という気分になった——」

「そうかもしれない、とは？」

「ジャムにとって人間とは、われわれが使っている〈言葉〉そのものとして感じられるのではないか、ということです。ぼくには思ってもみなかった見方なので、そんな思いがどこから出てきたのかといえば、自覚しない自分などというのは自分ではないのだから、それはだれでもない、あるいはだれでもよい、ならばジャムでもいい、ジャムに喋らされていたのだという見方でもかまわないだろう、ということです。あるいは、自分の中のジャムに共感する部分がそう言わせたのかもしれない、とでも」

「私と共感したのかもしれないぞ」と大佐は笑顔で言った。「それはわれわれ人間にとっても有効な、自己というものの定義のひとつだ、と私は思うのでね」

「ジャムでもあなたでも、いっこうにかまいませんよ。ぼくは〈自分〉にはこだわらないのだから」

「最強だ。きみは、メッセンジャーというより、触媒というほうが正しいのかもしれないな。きみ自身はすり減ったり変化したりはしない。対ジャム兵器として使うなら、撃ちまくっても弾の減らない銃のようなものだろう」

「でも不死身ではない」

「死にたくはないと」

「当然です」

「自分には関心がないというのにか」

「自己保存の欲求は自動的なものでしょう。人体というハードウェアからの要請だ。意識がなくなっても、言葉を失っても、つまりは自分がなくなっても、人体は死を回避し続けるように作動する。それに、ぼくは自分にはこだわらないとは言いましたが、自分に関心がないわけではない」

「きみにとって関心のある自分とは、なんだね。寿命が尽きれば人体の自己崩壊のスイッチが入るわけだが、そういう肉体は、自分ではないのか？」

「自分は、桂城彰です。その一言ですむ。さいわいぼくには名前という〈自分〉がありますからね。何度も言わせないでください、大佐。自己は、言葉上にあると――」

「もういい、わかった」

もう飽きた、という表情で、大佐。この飽きっぽさも大佐の特徴だというのを、思い出した。過去、大佐と雑談を交わした経験は乏しく、なにを話したのかも覚えていないが、話題が一貫せずに分裂的だったという記憶がある。

大佐から解放された気分で、小部屋をあらためて見回す。一方の壁面にモニタが並ぶ。いまはなにも映っていないモニタ群だ。外部状況はわからない。外という空間は存在しない、ということも考えられる。

モニタのある壁面から少し離れたところに通信指令卓のようなコンソールがあり、肘掛けのある椅子が一脚。天井は全面照明パネルで明るいが、低めなので少少圧迫感がある。地下墓地を連想させるのは、この狭さと、湿気だろう。汗をかいている身には心地よく感じられていいはずのひんやりとした室温にもかかわらず、汗が引かないのだ。それは、あるいは、緊張している身体反応かもしれない。冷や汗かも。長居をする気にさせない部屋だ。外よりも危険な気がする。なにが危ないのかがわからない、それが、怖い。

「外をのぞいてみよう」大佐はそう言って、ドアのほうを向いた。「きみがここから出れば、そこは廃墟かもしれない。私が外に出れば、おそらくまだ戦闘は続いている」

「観測者によって世界は変わるということですか。では一緒に出たら？」

「出れば、わかる。ジャムはそれを望んでいるはずだ。きみの望みでもある」

たしかに、自分は大佐の行動を観察していたいので、大佐がどうしても出ていくというのならついていくまでだ。ここで大佐と別れたら二度と会えないだろう。

「ジャムの先ほどの問いかけに返答せずに、このまま出ていけると思いますか」

「どうかな」と大佐。「なんらかの返事をしないかぎりは、出られないかもしれない。しかし、ドアを開いて外をうかがうことはできるだろう。——どうした？」

一つのモニタが明るくなった。そこに動きがある。文字列が出た。それを読む視線に大佐が気づいて、モニタ側を振り向いた。こちらのほうが早くその内容を理解したと思う。

「これは——」と大佐。

「リンネベルグ少将から、ぼく宛だ」

――特殊戦は一機のジャム戦闘機を強制着陸させることに成功した。フェアリィ基地滑走路脇の第四耐爆格納庫に収容されている。桂城少尉、きみは現場に行き、特殊戦が捕獲したそのジャム機の保全任務にあたってくれ。わが情報軍はクーリィ准将からの要請を受け、特殊戦のジャム機調査を武力警戒面でサポートする。ジャム機に他の部隊を近づけさせるな。きみがいま、わが軍の対人戦闘部隊とコンタクトが可能でかつそれを使える状態なら、使っていい。わが対人戦闘部隊の全面的な指揮権を、きみ、桂城少尉に与える。以上、リンネベルグ少将。

「これは」と大佐が言った。「ジャムが中継しているのだろうな。私に宛てたものだ」

「リンネベルグ少将も、あなたと同じくジャム側の人間なのですか」

「いや、人類側の人間だ。彼は絶対に寝返ったりしない。絶対的地球人の立場を選択することでジャム情報戦というゲームを楽しんでいるんだ。プレーヤーが勝手に立ち位置を変更してしまってはゲームにならないだろう。あの少将は富や名声には興味がない。ただ情報戦を戦うことが彼の人生の最大の楽しみであり、そこから満足を得ている。自らがジャムになるのでは、戦う相手がいなくなるだろう。そういう楽しみを自ら放棄することはあり得ない」

　大佐も少将も、貴族の狐狩り遊びのようにジャム戦を楽しんでいるということだろう。二人はよく似ていて、似た者どうしなので相手の気持ちがわかるのか、でなければ、この少将像は大佐の思いこみに過ぎない、とも言える。いまは、そんなことはどうでもいい。

「本物だと思いますか、この通信は、本当にリンネベルグ少将からでしょうか」

「きみはよほどここから出たくないらしいな。行けばわかることだろう」

「ぼくは、生きてたどり着けるかどうかを心配してるんです。先ほど対人戦闘部隊の連中に蜂の巣にされかかったんだ。あなたには、そんなぼくの――」

「私と一緒なら、そんな心配は無用だ」

「あの戦闘部隊はあなたが動かしているんですか？」

「いま行動中の対人戦闘部隊は三派存在し、それらが三つ巴の戦いを繰り広げているのだ。一つは、私が組織したクーデター部隊、これは情報軍の若手を主体とするものだ。私を指導者と仰いでいるのだから、当然ながら私を撃つことはない。それからジャム人間たちによるジャミーズ部隊、これは、全滅したとジャムがいま言ってきた。残る一派は、そのジャミーズ部隊を掃討するためにリンネベルグ少将が秘密裏に編制した戦闘部隊だ」

「そういえば、ジャム人間による叛乱を掃討する用意はできていると少将も言っていました。少将は、あなたがジャムと通じていることを知っていてわざと泳がせていたようですが、あなたのほうも、少将がそうすることを承知の上で、行動していたんですね」

「むろんだ。少将は私が情報軍によるクーデターを画策しているのを知っていた。それが単なるクーデターだとしたら黙ってはいなかったろうが、彼は私の狙いがジャムに加担し人類を裏切ることにあるということを読み取り、私の動きを黙認した。少将は統括長官付きの秘密エリート部隊を持っていて、それを使って私の行動を調べたのだ。私から言ってやってもよかったのだが、納得いくまでやらせたほうがいいだろうと私は黙っていた。ようするに、私と少将の間には、互いの利益のために見て見ぬ振りをするという、暗黙の了解があった」

「ジャムの情報が得られるのなら、あなたにFAFをくれてやってもいいと少将は言っていました。本気だったんですね」

「だから、リンネベルグ少将が動かしている対人戦闘部隊は、私を撃ってはならないと少将からきつく命じられているはずだ。少将から見た私というのは、ジャムに送り込んだ生きた盗聴器のようなものであり、私を殺しては元も子もないからだ。この点に疑義や質問はあるかね」

「ありません」

質問など思いつかないというのが正直なところだ。

「ということで、私は、撃たれない。私から離れなければ、きみも大丈夫だ、心配ない」

そう言うとロンバート大佐はドアに近づいた。すっとドアがスライドする。大佐は笑顔でうながした。

「行こう」

ここは、覚悟を決めるとしよう。大佐が撃ち殺されるのを見てから撃たれるのなら、あきらめがつく。そのように腹をくくるなら、大佐より先に撃たれる事態を避けられればそれでいいということになる。そのくらいなら、なんとかなるだろう。とにかくこの小部屋に独り取り残されるのはいやだ。

大佐に遅れないように廊下に出た。背後でドアが閉まる音。隠しドアだ。振り向いて確認しても壁にしか見えない。

「ジャムに返答しなくても出られましたね。案ずるよりなんとやら、だ」

「ジャムが誘っているのだ」

「どういうことです」

「ジャムは私から直接に回答を聞くことにしたのだろう。迎えをよこしたのだ」

「捕獲されたジャム機というのは、つまり、あなたを迎えに来たと、そういうことですか」

「きみを案内人にしてな」

これを妄想と言わずしてなんと言うのだと思うが、もし本当にジャムの戦闘機が捕獲されているとしたら、その機がおとなしく降りてきた理由は大佐のその解釈以外にはない気がする。

いまジャムはかつてない規模のFAF侵攻作戦を実行中なのだ。そのジャム機は人間世界に亡命したいジャム人が操縦してきたのだというのでもなければ、ジャムの戦闘機がFAF基地に降りる理由がない。ジャム機は強制着陸させられたのではなく、敵地に強行着陸したのだろう。そうとしか考えられない。特殊戦は、なにを考えているのか。

「きみは特殊戦にも情報軍にも顔が利くから、案内人としてまさに適役だ」と大佐は続けていた。「ジャムはそれを知っていて、きみを私のもとへと誘導したのだ」

行くしかないだろう、行けば、わかる。大佐の言うとおりだ。

歩き始めてすぐに、風景が先ほどと違って見えるという、おかしな感覚に襲われた。廊下の最初の角を注意深く曲がり、二、三歩進んで、確信した。いま自分は来た道とは違う場にいる、と。

これがビルや建物が見える開けた道ならば、歩く方向によって景色の印象がまるで違うということはあるだろうが、白く照明された無機的な地下通路なのでどちらの方向に進んでも印象としては同じようなもののはずだ。実際、足を止めて振り返っても、違和感は変化しなかった。初めて来たところのような感じが解消されない。

よく知っているはずの通路なのに、この雰囲気は未知のものだ、覚えがない、という感覚。既視感ならぬ未視感といった心理現象かもしれない。ならばと、目を閉じてみる。それでも、空気感、臭い、音の響き具合といった雰囲気が、あきらかに来たときとは違う。

静かだ。

そうだ、人声がしない。叫び声も銃声もない。硝煙の臭いもなければ、血痕や汗の染みといった汚れは床にも壁にも天井にもなく、ここで戦闘があったという痕跡がぜんぜんない。死体はもちろん人の気配もなく、ネズミもゴキブリもいないだろうと感じさせる、清浄な感じ。

「ここは……」と思わず大佐に言っている。「廃墟ではない。あなたの予想とも違う。どこなんでしょう。ジャムが作った偽の基地かな。作りたての、未使用の施設という感じだ。フェアリイ基地じゃない」

「きみと私とで創り上げた世界だろう」と大佐も興味深そうに周囲を見回した。「きみは、外は廃墟だと言い、私はそんなはずはないと言った。その私ときみがそれぞれ想像した世界の折衷案が、このように実現しているのだろう」

「われわれはいま、夢を見ているというのですか、これは想像の世界なんですか？」

「違う。リアルな現実だ。その意味では、ここはフェアリイ基地以外のどこでもない。見え方が違うという、それだけのことだろう。無人のようだが、人は存在する。だがわれわれにはそれがわからないし、他人からもわれわれは存在しないに等しい、そういう事態が生じているのだ」

「ジャムのせいですね。ジャムがそうしている」

「もちろん、そうだろう。だがこれは、基本的には、われわれ人間の能力によるものに違いない。ここはフェアリイ基地の地下通路だし、これは、現実だ。これが、と言うべきか」

「どういうことです」

「われわれ人間というのは、それぞれが違う現実を生きている、ということだ。しかし、ジャムには、そういうわれわれ人類の世界が理解できないに違いない。ジャムにとっては、人間には人の数だけ現実がある、ということが本質的に理解できないのだろう、だから、人類という種と、うまくコミュニケーションがとれないのだ」

「これが現実とは、とても思えません。本来のリアルな世界に、幻想というベールがかぶせられている気がします。感覚器官が捉えた外部情報をもとにして内部に世界を構築しているのが人間の世界認識なんでしょう、それが各人によって異なる、というのはわかります。では、ジャムはいま、ぼくらに対してなにをしているんです？　ぼくらは、ジャムによって偽の情報を与えられている、だから偽の世界を見せられている、ということなんですか」

「偽物もくそもない。内も外もない。それらの言語表現は、まさしく言語的なレトリックに過ぎない。われわれ人間が〈本来のリアルな世界〉などというものを表現したり理解するには、まさにレトリックにたよるしかないのでそういう表現になるのもやむを得ないのだが、本来、そうしたものは感じ取るしかないものだ。言語で表現されたものは、もはやリアルではない……そうだ、だからジャムはおそらく、われわれの表現能力の一部を阻害することによって、逆説的に、リアルを感じさせているのだろう、と予想できる。こういう表現もまたレトリックに過ぎないのでもどかしいのだが、ジャムは偽情報をよこしているのではない、むしろ逆だろう、ということだ」

「ジャムはリアルな世界をぼくらに見せている、これこそが、リアルな世界なのだ、ということですか」

「われわれの外部にある唯一絶対的リアルな真の世界、などというのは言語上にしか存在しないだろうが、あえてそういう喩えをするなら、そうしたリアル世界には、自分も他人もいないし、人も物体もないし、そういう区別そのものが存在しないだろう。真も偽もないのだ。いまわれわれが体験しているのは、それに一歩近づいたものだ、ということだ。むろん〈近づく〉という言い方もまた、喩えになる。これは身体的なメタファだが、現象を理解するには有効だ。というか、このようなメタファを駆使するしか理解の方法がないというのが、われわれ人間だ。その結果、リアルへの近づき方にもいろいろある、ということがわかる。それにより、ジャムがいま操作しているのはわれらの言語感覚なのだろう、という考えを引き出すこともできる。人語を操ることを覚えたジャムが、われわれの言語感覚にある種のジャミングを仕掛けてくるというのは、十分に考えられる。そのような操作をすることでも、いま体験しているこうした現象を引き起こすことは可能だろう、そういうことだ」

「フムン」

「この推論が正しいとすれば、無言で行動すればなにも問題は生じない、ということになる。それを試してみよう。おそらくこれがいま取りうる最善の対ジャム戦術だろう」

大佐は、こちらが喋っているばかりで動こうとしないのを皮肉って、無言で行動しろと言ったのかという思いが頭をよぎる。おそろしく回りくどい皮肉り方だが、この大佐ならやりかねない。

皮肉られたのだとしても、大佐の言っている内容自体はなるほどと思わせるので、もう少し、ジャムとはなにかとか、ジャムとどのようにつき合おうとしているのか、大佐の考えを聞きたいところだ。が、大佐は本気で無言行動というジャム対策を実行するつもりらしく、先に行けと顎先で指図する。

で、先をめざしながら、思う。

ロンバート大佐の究極の目的はジャムを支配することなのだから、ジャムを味方だなどとは思っていない。それは、間違いなさそうだった。

また、『最善の対ジャム戦術』云云からして、大佐もジャムに対抗する術をつねに考えて行動しているのだろう、というのがわかる。そうしていないと大佐でもジャムにやられる、ということだろう。

ジャムのほうも、大佐の思惑にまったく気がついていないとは思えないから、大佐を警戒していて、本心をさらけ出すようなことはしていないだろう、ジャムに心があるのかどうかは知らないが。ジャムも大佐を味方につけたとは思っていないだろう。

そうなると、ロンバート大佐とジャムが通じ合っている、というのは正確ではないような気がする。どちらにとっても、相手は謎の存在であるはずだ。どの程度互いの正体というものに近づけているのだろう。

いまの様子からして、それほどわかり合えてはいない、と思われる。

それでも、ロンバート大佐のジャムというものに対する見解、考え方は、特殊戦でのブッカー少佐やフォス大尉たちとは違って、より直接的だ。大佐の断言口調が、まるでジャムそのものの考えを表しているかのように、こちらには聞こえる。おそらくジャムのある部分の考えをテレパシーのような感覚で大佐は捉えているのだろう、そう思わせる。

ジャムの考えとは、言葉にはできないだろう。大佐によれば、ジャムの考えにかぎらず、リアルな真実といったものは、表現することはできず、ただ感じ取れるだけだ。共感、ということだろう。大佐は人間よりもジャムとの共感能力が高そうだ、というのは大佐を侮辱する表現にもなるだろうが、大佐自身はそうなることを望んでいる、というのは正当だろう。その大佐の、ジャムと共感することで捉えた〈リアル〉をこちらが知るには、これは、大佐の言葉、からしかない。たとえ嘘でも、なにかを大佐が喋るかぎりは、そこから真相を窺い知ることはできる。嘘も真も、そんな区別などないのだ、と大佐自身も言っていることだし。

通路の壁に〈レベル9〉というレタリングがある。道順は間違っていないということだ。来たときにもあったが、いま見るそれは、描きたてのように綺麗だ。新しいペイントの臭いすら感じ取れる。これは異常だ。

自分としては、ここはジャムが作った偽のフェアリイ基地なのだろう、そこに大佐と一緒に飛ばされたのだ、ここは異次元空間なのだと、大佐の言葉を聞くまでは、そういう解釈でしかこの現象を説明し理解することができなかった。

ところが、いま歩いているこの通路は、フェアリイ基地本来の場そのものであって、ただこちらの感じ方が異なっているだけだ、むしろ、いまのこの感じ方のほうがリアルなのだ、と大佐は言った。ようするに、いままでの人生で感じていた現実というのは、自分自身で仮想のベールをかぶせていたものだ、それが人間にとっての現実なのだ――そういう考え方自体は珍しくもないのだが、いま大佐にそう言われると、それがとても新鮮に感じられる。腑に落ちるのだ。ああ、そうかもしれない、と。自分が解釈した、異次元空間に飛ばされたのだ云云よりも、大佐の言っていることのほうがより真実に近い、という気がするのだ。

自分にとっては、異常だ、ということだけが重要であって、真相については、どちらでもいいのだが。

しかし、ジャムにとっては、より簡単でやりやすいほうがいいに決まっている。偽のフェアリイ基地を異次元空間に構築してわれわれをそこへ飛ばす、などというのよりは、大佐の説明による手段のほうが効率的だろう、たぶん。ピンポイントで対人目標を狙える手法をジャムが持っているのならば、そうしない手はないと思える。

もしかしたら、雪風で出撃したあのとき、異次元のような空間に一時閉じ込められたと思ったあれも、あるいは、ジャムが、そう感じられるような操作を自分たちや雪風の感覚器やセンサ群にしただけのことだったのかもしれない。

そう、思いついた。

あれは異次元空間などではなかったのであり、不可知戦域と特殊戦が名づけた空間などといったものはもとより存在せず、それは実は通常空間を違う視点から見せられただけのこと、なのかもしれない。大佐によれば、そちらのほうがよりリアルな世界なのだ、ということになる。

よりリアルな世界に近づく、などというのは、別段われわれは、そんなものに近づく必要なんかないし、そんなことを考える必要もまったくない。必要ないどころかそんな生《なま》のリアルなどというのは人間の精神を危うくするだろうし、考えるにしても時間の無駄というものだろう、寝たり食べたりするのに時間を割くほうがよほど有効な人生の過ごし方のはずだ。

が、しかし、ジャムが、われわれをリアル世界に近づけさせようとしているとなれば、話は別だ。

ジャムがそうしようとする意図はひとつしかないだろう、そうするしか人間とのコミュニケーションがとれないからだ。共通の場、同じ土俵に上がらなくては、敵対も友好も、喧嘩も仲直りもできない。

コミュニケーションとは、格闘だ。ブッカー少佐はそう言っていた。そうだろう、そのとおりだ。ジャムが人間とコミュニケーションを取ろうというのは、ようするに戦闘行為だ。直接的な戦いの場に人類を誘っているのだと、そう解釈できる。

そういう解釈は、おそらく正しい。ジャムを支配しようと企んでいるロンバート大佐にとっては、それが真実だろう。大佐の立場に立てば、だが。

必ずしも、そこに立つ必要は、大佐以外の人間にはないわけだから、正しい真実、それがどうした、ではある。深井大尉などはそう言うだろう。自分もそう言いたいところだが、しかしいまはだめだ。これはジャムの戦闘行為だ、という解釈に対して、それがどうしたと反発していられるうちはいいが、そんなふうにカッコつけているところを殺されるというのは、なんとも格好悪い。

最短で地上に出られるルートを選び、通路を行く。記憶どおりに通路は延びていた。とにかく上へ上へと向かう。三回エレベータを乗り換え、最後のエレベータケージからホールに出る。まだ地上ではない。非常扉を抜けて、階段だ。だれにも出会わなかった。

地上はどうなっているだろうと思いながら階段を上る。どんな風景だろう。見慣れたままのフェアリイの地表だろうか。それとも、後にしてきたフェアリイ基地の地下通路と同じく、どこが異なるのかとっさには指摘できなくても、でも異常な世界だとわかるような景色が広がっているだろうか。たぶん、そうだろう。リアルな世界に一歩近づいたくらいでは、さほど変化はないに違いない。

晴れていれば薄いエメラルドグリーンの空に楕円形にひしゃげた二連の太陽が輝いていて、森も草も光沢のある薄紫色で、幅広の灰色の直線、滑走路が、幾本も違う角度に延びていて、そこをハッカのような香りの風が吹き渡るのだ。

だが、その予想は裏切られた。地上の扉を開けたそこは、薄暗かった。まだ昼前のはずなのに。分厚い雨雲が全天を被っているような暗さなのだが、雲はない。だが、なにか一面に灰色のフィルタがかけられているような空だ。二連の太陽は見える。でもまぶしくない。白い楕円で、一方の端からガスを噴き出していてそれが渦巻き状に天に延びているのがはっきりと見える。ブラッディ・ロードだ。しかし赤い血の色ではない、それも灰色なのだ。

「これが、リアルな世界なのかな」と思わずつぶやいている。「こんな、色のない風景が？」

「光には色はついてない」と大佐が言った。「電磁波の波長の違いを、われわれ人間が色の違いとして認識しているだけのことだ。色などというものは、自然界のどこにも存在しない」

「それで、納得できるんですか、あなたは？」

「いや、昔からおなじみの認識問題というやつを、きみのその言葉から連想したまでだ」

「あなたにも、ここが無彩色の世界に見えるわけですね」

「そう、きみと同じように見えているようだ。で、きみには、あの、鮮やかな青が、見えるかね」

大佐が指さしたのは、いま出てきた扉のすぐ脇だ。そう、たしかにその周辺が少し明るくて、青い箱があるのが、見える。

「郵便ポストだ」と大佐が言った。

「こんなところに？」

「たしかに不自然だが、だれかの要望で設置されたものかもしれない。しかしジャクスン女史への手紙を投函しろとジャムがうながしているのだ、と考えるほうが自然だろう」

「調べてきましょう。幻覚かもしれない」

「幻覚というのなら、あの正体はポストではなく人間かもしれない。私の部下である可能性もある。きみや私がどう調べたところでそれを確かめることはできないだろうし、その必要もないだろう。出してきてくれ」

大佐から封書を渡された。青いポストは逃げもせず、ちゃんとそこにあって、どう見ても、触っても、ポストそのものだった。大佐の封書を投函する。底に落ちる音もした。場所を別にすれば、どこにも不自然な点はなかった。ＦＡＦでは常識はずれの要求をする人間は多いし、それを偶然にも叶えてしまうという事務手続き上の間違いというのもけっこうあるので、これは本物である可能性も十分にある。本物だろう、という気がしてきた。毎日11時に収集、というプレートが張られている。腕時計を見ると、九時五十三分だ。待って確かめたい気もするが、大佐が声をかけてきた。

「さて、第四シェルターとは、どっちだ」

「第四耐爆格納庫、土を盛って被った格納庫です。ここからだと、遠いですが、見通せるはずです」

北を指さす。特殊戦の戦隊区方向だ。すると、指先から光ビームが発せられたのかと思える現象が生じた。北の滑走路脇の一点が、ぽつんと明るくなった。ビームそのものは見えないのだが、これは、面白い。

「あそこです。二キロくらいでしょう」

戦闘機なら一瞬の距離だ。歩けば、二十分か。

「車を探しますか」

「いや、無謀運転になるだろうからよそう。見えも聞こえもしないが、いまは戦闘機が離着陸している最中に違いない。整備の人間も右往左往しているだろう。激戦の真っ最中なのだ」

「信じられませんが、いいでしょう、あなたが歩きでもかまわないと言うのなら、ぼくはかまいません。行きましょう」

いまわれわれは、クーデター阻止に立ち上がった者たちが集まった第四の対人戦闘部隊に狙われているのかもしれないし、実際に射撃もうけているのかもしれない。そう思えば、立ち止まっているのは怖い。駆けだしたいところだ。が、大佐の言葉を鵜呑みにしてはいけない、と感じる。大佐の言うことを信じれば本当にそうなってしまう、という気がする。大佐の言葉は話半分に聞いておくというものだろう。

大佐自身も、ここは、こちらと大佐の予想の、それらの折衷案として実現している世界なのだろうと言っていた。ならば、ここには作戦行動中の戦闘機もいないし、廃墟になってもいない、ということでいい。見たまま、感じるままの、このままの世界なのだ。本当はどうなっているのかという疑問はナンセンスというものだろう。

で、目標に近づきたいと思ったら、そのとおりのことが実現するという奇妙なことが生じた。目的地を見つめていたと思っていたのに、気がつくと、そこにいた。

記憶が飛んでいるというのではない。ちょうどズーム双眼鏡をのぞいて対象を引き寄せる感じに視野像が動いた。自分が動いた感覚がないのでそうなるのだが、実際には、脚もけっこうくたびれているし、これは歩いている間の時間の感覚が間引きされた、ということなのだろう。だれがそんなことをしたのかといえば、ジャムに決まっている。

「いまの動き、気がつきましたか、大佐？」

「なににだね？」

時間が短縮されたようだ、と言うと、大佐のほうは、体験しなかったらしい。

「それは」と大佐は、そのジャム機の機首を見上げながら言った。「きみがその間、言語による思考を中断したからだろう。意識とは言語だときみは言った。言葉なしでいたから意識が飛んだのだろう」

　こちらが気絶していたような言われようだ。馬鹿にされたのかもしれない。

　しかし、目の前のジャムの戦闘機の存在感のおかげで腹も立たない。

　黒く大きな機体だ。雪風をあの空間に誘い込んだときのジャム機に似ている。一撃離脱タイプの大出力戦闘攻撃機。あれよりはちょっと小さいかもしれない。

　特殊戦が捕獲したというジャム機は、機体に触れてみると、温かかった。生きていると感じさせる。

　ジャム機をこんなに間近にするのは、もちろん初めてだ。手に触れたのも。人類で初めてジャム機に触れたと思ったが、ロンバート大佐のほうが早かったようだ。

「こいつは本当にジャムの戦闘機だ。どんな気分ですか、大佐」

「どういう答えを期待した質問かね」

「どういうって、誇らしいとか、やったぜという満足感を感じているのかどうか、ということですが」

「誇らしくもないし満足感もない。おかしなことを訊くね、きみは」

　あたりまえだと思っているということか、なるほど。

「すみません、愚問でした」

「このジャム機には、人間が乗れるはずだ」

「あなたを迎えに来たというのが本当なら、そうでしょうね」

大佐はそれを確かめているのだ、見て、触れて。

と、突然、黒い色が流れ落ちた。機体全体にかぶせられていたベールが引き落とされたというような感じだった。地上に落ちたはずのそのベールは、でも、どこにもない。これは、ジャム機のアクティブなカムフラージュ機能がオフにされたのだ、そう思った。

その突然の変化には驚かされたが、しかし、もういちど見上げたその光景、その意外さには、生理的な驚きなど忘れさせてしまう力があった。このジャム機にはキャノピがあり、そいつが開いている。しかも、だ。

「きみか、桂城少尉」

こちらを見下ろす、その顔が、そう言った。ジャム機のコクピットからのぞく顔。深井大尉。

「こいつは、では――」と、一歩離れて、機体を見る。「雪風か。ジャムじゃない、雪風だ。これは新型のカムフラージュですか、特殊戦の？」

「きみは、ジャム人間ではないな、少尉」と機上の深井大尉が言う。

「どういう意味です。だいたい、いまなにが起きているんですか。ぼくは、特殊戦がジャムの戦闘機を捕獲したから、その機体の保全任務に就けとリンネベルグ少将に命じられて、ここに来たのですが。ロンバート大佐も一緒です」

「降りてきたまえ」

と機体を一周してきたロンバート大佐が深井大尉を見上げて、言った。

「この機は、私を迎えに来た、ジャム機だ」

「大佐には」と自分は訊く、「これがジャム機に見えますか。ぼくには、メイヴに見える。雪風ですよ」

「桂城少尉、これがリアルというものだ、忘れたのかね？　もうきみはメッセンジャーの役割は終えたのかもしれんな。リアルから、一歩退いたのだろう、きみは」

「あなたには、雪風には見えないと言うのですか、大佐」

「雪風に見えるさ。そうでなければ乗れないから、そうなった。きみにそれが思いつけないというのは、われわれ二人の感覚がずれ始めたということだろう」

「つまり、これは、ジャムなんだな」

と、深井大尉が、機体から出したラダーを降りてきて、言った。

「おれには、見分けることができなかった。いまでも、できない」

「あなたに、見分けられない？」これは、驚きだ。「愛機が本物かどうか、わからないと言うんですか、深井大尉」

「あるいは、自分はオリジナルの自分ではないのかもしれない」と深井大尉は平然と、言った。「ジャムによるコピーかもしれない、そう疑ったよ。だが、それならそれでいいと思った。ここに特殊戦のコピーがそっくりあるのなら、な。おれの人生はそれでも同じだ。雪風とおれが、同じレベルの存在なら、それでなんの問題もない、敵味方でなければだ。そうだろう」

「確かめることができるのならば、そのとおり、問題ない」とロンバート大佐が雪風のステップに足をかけて、言った。「確認する方法を見つけたかね、大尉」

「人間には、確かめる術はない」と大尉。「そういう結論だ」

「原理的にそれは正しい」と降りてきた深井大尉に代わってコクピットに収まったロンバート大佐が言った。「自分で自分の真贋を確認する手段はない。——大尉、ヘルメットを貸してくれないか」

驚いたことに深井大尉はロンバート大佐のその言葉に逆らわない。自分のヘルメットを渡してやる。それどころか、「桂城少尉、ハーネスの装着を手伝ってやれ」とまで言う。「それとも、きみも行くか、桂城少尉」

「どこへ？」

「リアルな世界へもう一歩近づいた処、だ」とロンバート大佐が深井大尉に代わり、答えた。「もっともだれにでも可能だとは言えない。人を選ぶ。ついてこれるかな、桂城少尉、きみに？」

頭が混乱している。こういうときは新しいことに挑戦するのはやめたほうがよかろう。そう思う。ロンバート大佐がジャムの世界側により近づこうとしているのは、わかる。まともな神経の人間では正常な精神ではいられない世界だろうという予想もつく。

しかし、これは、雪風ではないか。大佐の言うように偽物なのか？　どうしてこれがジャム機だと確信できるのか、それが、わからない。これで、本当に、ジャム側の世界に行けるのか？

いま起きている事態に大佐はぜんぜん動揺していないし戸惑ってもいない。これはやはり、まともな人間だとは、思えない。ついていけないのではない、いきたくないぞ。

「勝手に行ってください」と言い、機体を離れる。

深井大尉も、雪風の機体から離れた。ロンバート大佐は独りで飛び立つための準備を始める。

「なにがあったんですか」と深井大尉に再び訊いた。「ジャム機の捕獲というのは、なんなんです」

「おれが、試みたんだ。もう少しでジャム機が接地する、というところまで、雪風でジャムの上から覆い被さっていったんだが、そのとき異変が生じたんだ」

雪風のコクピットが強い衝撃で揺さぶられた、と深井大尉は説明し始めた。

その直前に雪風から警告が発せられたのだが、衝撃は警告内容の詳細を頭で理解するよりも早く、やってきた。しかし全身の筋肉は警告音に即座に反応して緊張していたから、反射神経のほうは捨てたものではない。

Gシートに押しつけられる感覚の直後、反対向きの力が加わって両肩のシートベルトが身体に食い込んだ。筋肉を弛緩させていたらただではすまなかった。とくに腹筋だ。出撃前に食べた特大のハムバンを吐き出しかねない。最後の晩餐になるかもしれないと思いながら取ったそれを無駄にするのは、なさけない。そんな思いがわき上がるころには、衝撃のショックから抜け出した頭が状況を判断すべく思考し始めていた。これは自分の思考が雪風の発する警告に追いつかないという一つの例だ、と思いつつ、だ。

警告は『衝突の恐れがあるので自動回避するが、この自動回避モードを解除するにはマニュアルでの指示が必須である』というものだった。

雪風自身がそのような詳しいコメントを寄せてきているのではなく、コクピットに響いたのは衝突警告音であり、目の前のHUDに表示されている飛行モードがADMMという略号で示される自動回避機動モードになっていて、それが激しく点滅している——などを総合してパイロットである自分の思考がそのように解釈したものだ。

表示が点滅しているのは、雪風自身がパイロットの許可なくなんらかのモードを切り替えた、ということを表している。雪風が〈アイ・ハブ・コントロール〉と言っているに等しいが、点滅にも二種類あって、短い周期での点滅表示は、警告でもある。自動回避機動はとったが、次にどうするかは雪風自身には判断できない、ということだ。パイロットの指示を求めている。ようするにこのまま放置しておいては危険だ、ということだ。しかし、こちらとしても、なにが起きているのかがわからない。わからないままにマニュアルモードに切り替えるのは、かえって危険だ。とっさに選択したのは、オートコンバットモードだ。そのはずだったんだが、実際に選択されたのは、オートランディングモードだった。原因は不明だ。自分の選択操作ミスかもしれないが、自覚はない。

雪風の機体は上下にかなり大きく三度ほど揺さぶられた後、安定を取り戻していた。体感ではピッチングはほとんどなく、機体はほぼ水平を保ったまま、上下方向にバウンドした感じだ。

なにに衝突しかけたのかといえば、強制着陸させるべき目標機に決まっていた。ところが、それが、見えない。いないんだ。見えるのは地面だ。それだけだった。

オートランディングモードは正解だったかもしれない。この機は無事に自動着陸し、そのままここまで来て、止まった。

「で、降りようとしたとき」と深井大尉は言った。「特殊戦内の騒ぎが聞こえてきたんだ。雪風が消えた、とエーコ中尉らしき声が言っていた。こちらからの送信は向こうには伝わらなかった。異次元空間にまた閉じ込められたと思い、もういちど、上がってみた」

「上がってみた?」

「そうだ。上空でジャム機とすれ違ったよ。きみとロンバート大佐が応答してきた。追いかけようとしたが燃料切れの警告がこの機から発せられたため、ここに戻り、周囲の様子を見ていた。だれも来なかった。もしだれか見知ったやつが来て、親しそうな口を利いてきたら、そいつはジャム人間だろうと思ったが、来たのは、きみだった。きみは、こちらを見て、おれの存在にはまったく気がつかず、この機をジャム機、と言った。きみはジャム人間ではなく本物だろうと思い、それで、降りたんだ」

「これが雪風ではないという疑いは、そのときですか」

「違う、上空で、きみたちが乗っているとおぼしきジャムとすれ違ったときだ。雪風なら、即座に反転攻撃に出ただろう。そうしろとおれをうながしたはずだ。だが雪風は見逃したんだ。あり得ないだろう。こいつは、おかしい、と思った。特殊戦や他の人間たちはコピーでもいいが、雪風が偽なのは駄目だ。自分もまた偽者ならば、そのときはしかたがないとあきらめもつくが、自分が偽かどうかは、確かめようがない」

「大佐が言ったように、そうでしょうね」

「だが雪風なら、おれを見分けられる。そう思う。もしこれがジャム機でなく本物なら、ロンバート大佐は放り出されるだろう。飛ばしてみればわかる」

それは、どうかな、と思う。深井大尉の言っていることは、雪風への愛着ゆえか、あまり論理的とは言えない。

「せいぜい、悩みたまえ、深井大尉」と機上のロンバート大佐が言った。「私は行く」

悩まずにすむ方法が、ある。そう気がついた。おそらく大佐にもわかっているだろう。というか、ロンバート大佐の考えだ。無言戦術。

「こいつは、雪風に似たジャム機です」と深井大尉に言う。「間違いない。だから、こいつと話し合うのは、ジャムの戦術にはまることなんだ」

ジャム機のエンジンが始動する。深井大尉と二人、慌てて耐爆格納庫から飛び出し、離れる。

「ロンバート大佐とも話してはいけないんですよ、大尉」

「どういうことだ」

「雪風は近くにいます、見えていないだけだ。ここは異次元空間なんかじゃないんですよ。ジャムが、われわれの、おそらくは言語感覚を操作することによって、ある種の錯覚世界を生じさせているんだ。あれは、ジャム機です。でも、あなたがぼくに話そうと決心したときから、ぼくの目には雪風になってしまった。よくわかりませんが、リアルな世界には、もともとジャム機とオリジナルの雪風という区別などないのかもしれない」

「ばかな」と深井大尉は憤る。「雪風は、雪風だ」

気持ちは、わかる。自分でも、いま言っていることは、理解できていない。ただの思いつきにもひとしい。そんな言葉は発するものではない、それこそがこの異常事態を引き起こしているのだ。

ロンバート大佐の乗機は滑走路端にまでタキシングしている。エンジン音が高まる。

「あのエンジン音は」と深井大尉が言った。「雪風だ」

「いや、違う」とその大尉の言葉を否定する、あれは、スーパーフェニックスの音ではない。

「大尉、違いますよ、音が違う」

「よく聞け、四発のエンジン音だ」と大尉。「雪風が、来る」

もう言葉を発しまい。そう決心する。

それでなくても、大出力のターボファンエンジンの甲高い吸排気音が爆発的に高まっていて、それが接近してくるのだ。人間の言葉などかき消してしまう、圧倒的なパワー。その音の高まりと同時に、世界が変化し始めている。

なんという光景だろう。

それを、たしかに、この目が捉えている。

色のない灰色のこの世界そのものが、切り裂かれていくのだ。

左右に切り開かれたそこに広がる薄いエメラルドグリーンの空。正常なフェアリイの空だ。

「これは」と深井大尉も言葉を失う。

雪風だ。人語で混乱し錯綜する空間を、雪風という戦闘知性体が有無を言わせずに、切り裂いていく。

発進していく雪風の排気口が輝いている。垂直に上昇して機体をロール、まばゆい太陽光を受けてきらめく。オリジナルの雪風だ、間違いない。これは、ミサイルなどという武装を一切使わない、雪風の対ジャム戦闘機動だ。全天が、すべてが、見慣れた通常空間に戻っていく。

「大佐には逃げられたようだな」と深井大尉が言う。

雪風と並列にもう一機、ジャム機がたしかに存在していたはずだ。しかし、どこにもいない。人間には感知できない、リアル世界へと消えてしまったのか。しかし、ロンバート大佐、あなたがなんと言おうと、雪風が飛ぶ空、これこそがリアルというものだ。そう心で伝えようとしてみたが、返答は感じられない。

「大佐を捕まえるには雪風単独ではだめなんですよ」と深井大尉に告げる。「人間が必要です、大尉」

　もう、言葉を使っても大丈夫だろう。むしろ話すべきなのだ、人間どうしで。ジャムに対抗するには、それが有効な気がする。大佐は言わなかったが、きっと知っていたに違いない。

「大佐との間になにがあったんだ、少尉」

　深呼吸を一つして、ずっと手にしていたオートライフルの銃口を地面に突き刺し、自分は深井大尉の問いに答え始める。

アンブロークン アロー

目標機の背後上方至近に占位し、機体間距離を一定に保ちながら緩降下していく。

曲技飛行に関心のない者は当然として、それを見慣れている人間の目にも、これはさほど高度な飛行には見えないだろうと意識しつつ、深井零は雪風を操っている。これが観客を相手にした曲技飛行ならばもっと機体や翼の間隔を接近させ、密集編隊を組んで華麗に飛んでみせているところだ。

訓練を重ね僚機を信頼すればこそ、翼が触れ合わんばかりの近接並行飛行が可能だ。安全ならば曲芸にはならないわけで、つまりそれは恐ろしく危険な行為であって、飛行機は本来そのような飛ばし方をしてはならない乗り物なのだ。操縦桿を自ら握って飛んでみなければこの感覚はわからないかもしれないと零は思う、編隊曲技なんてとんでもないということは。

自機の周囲にあっていいのは空という空間だけであり、もっとも大きな障害物は大地という巨大な壁だ。それが飛行する上での常識というものだ。

いま自分は、とんでもない飛び方をしている。相手は僚機どころか敵機であり、しかもなにを考えているのかすらまったくわからない、未知の異星体なのだ。

雪風を降下させる動きに従って相手も高度を下げていくというのは、こちらの思惑が通じているようにも見えるが、本当のところはわからない。たんなる相手の気まぐれかもしれないのだ。一瞬後に接触して二機とも空中で爆散してもおかしくない。

目標機を挟み込んでブーメラン戦隊機が飛ぶ。目標機の右舷側にチュンヤン、左舷側にズーク。両舷のその二機の連携飛行によって目標機の針路を制限し、強制着陸地点へと誘導するためだ。連携には精密かつ高度な制御指揮が必要なため、その二機はこの場のリーダー機である雪風のフライトコントロールとダイレクトリンク、零の意思と雪風のセントラルコンピュータの指令により操舵されている。

二機の目標機との機体間隔は、雪風と目標機ほどには接近していない。各機のパイロットが自機のフライトコントロールを雪風に託してもいいと判断する間隔が、その距離ということになる。その変化具合が当のパイロットに異常接近だと感じられたならば、彼は即座にフライトコントロールを雪風から取り戻して自律した回避行動をとるだろう。

パイロットたちの意思や各機の中枢コンピュータの状況判断、敵機の思惑といったものがみなうまく統一されているかのような編隊飛行状態だが、実際は、各人各機の思惑や駆け引きの力がたまたま平衡状態にあるだけだ。この均衡はいつどんなきっかけで崩れてもおかしくない。

目標機がいきなり攻撃機動をとることも零は警戒していて、雪風の後方上空からもう一機のブーメラン戦隊機、カーミラに監視させている。万一こちらが回避するまもなくやられたとしても、なにが起きたのかを捉えることができるように。

深井零は手足を雪風の運動神経に接続している感覚で機を操る。操縦スティック、スロットルレバー、左右ペダル。どの動きも電気信号に変換され、フライトコンピュータを介して各動翼を動かすアクチュエータに伝えられる。四肢の筋肉を動かそうとする意思をセンサで拾ってフライトコンピュータに入力することも原理的には可能だ。操縦するのに実際に肉体を動かす必然性はあまりない、そういう操縦システムになっている。

方向舵や昇降舵といった動翼と、操縦桿やペダルとは機械的には繋がっていない。大昔の飛行機に比べて動翼の種類と数が多く、かつそれらの動きの組み合わせによって多様な飛行姿勢制御を行うという設計条件において、これをすべて機械的なリンクで実現するとなると複雑怪奇な構成になってしまって重量や信頼性の点からも現実的でないためだが、それ以前に、アクチュエータなどのパワーアシストなしでは、雪風の動翼を動かしたり安定マージンが負に設定されている機体の飛行姿勢を支え続けるということが、もはや人間の筋力では無理だ、という現実がある。

だが、パイロットの操縦意思を動翼に伝える形式、マン・マシン・インターフェイスの設計思想においては、雪風のシステムはワイヤやロッドなどで機械的に直接リンクされているものと大差ない、という見方もできる。操縦するには四肢を実際に緊張させ、筋肉を動かす必要があるのだ。

これを、思想的に全く異なる形式への変更、パイロットの筋肉を動かすヒトの神経系とマシンである雪風のフライトコントロール系とを信号ケーブルで直接繋ぐということが、現在の雪風の操縦システムの構造上、やる気になれば比較的容易に可能だ。そうなれば、パイロットの筋肉が動く前に、操縦しようという意思がフライトコンピュータに直接電気的に入力されることになる。

昔の飛行機は機械的な直接接続形式であり、現在の雪風のシステムはその中間系、機械と電気を組み合わせた間接リンク方式と言える。

機械的な直接リンク方式〈純機械式〉と、四肢の筋肉を動かそうとする意思をセンサで拾ってフライトコンピュータにダイレクト入力する電気的な直接リンク方式〈純電気式〉、そのどちらの形式がよりダイレクトなマン・マシン接続方法かといえば、それは人間とそれに操られる対象の機械との関係性をどう見るかで違ってくるだろう、そう零は考える。

前者の主体がパイロットの肉体、つまり人間が飛行機に乗っているという形であるのに対して、後者の場合は、パイロットの意思を伝えるのに彼自身の身体を必要としない方式であって、これはようするに、人間の身体が飛行機そのものになる、ということだろう。飛行機に乗るのではない、飛行機になる、のだ。

自分が雪風になる、ということ。

そうなればいい、それが実現すれば、いまのこの危うい状態にもより安心していられるだ

ろう、なにしろ操縦意思が最小のタイムラグでフライトコンピュータに入力されるのだから
——そう思いつつ、同時に、それは違う、とも零は感じている。

自分の潜在意識は、〈自分は雪風になりたいのだ〉といううわべの気持ちを論理的に否定している、それが、零にはわかる。

自分が雪風になってしまっては意味がないのだ、という考えが意識に上る。どういう意味においてか、というところまでは意識できない。自分は雪風になりたいのではない、雪風は自分ではないという、そこに意味があるのであって、雪風もそう言うだろう、そう思う。

全身を緊張させ、神経を研ぎ澄まして、操縦に集中する。

そこではっきりと意識野に上がってきたのは、警告だった。雪風に対する警戒感だ。

雪風が、ダイレクトなリンクを認めないだろう、という感覚。その感覚の中に、零は、この問題に関する自身の回答のすべてが詰め込まれている、ということを自覚する。

零の目にフェアリイ基地の主滑走路がいい角度で見えてくる。無事にこのジャム機を地上に降ろすことができれば——そのとき、それが起こった。

こちらが雪風になろうとすれば雪風のほうがそれを拒否してこちらが消されかねない、自分が消えてしまえばなにもかもが無意味だ、だから、ああ、そうだ、〈雪風になる〉ということは、もはや人間である自分は必要ないということだ、これでは駄目だ。

自分は、おれは、人間だ。

——おれは、人間としてこの世に出現したのだ。人間として生き、死ぬときも人間でいた

い。あとのことはどうでもいい、おれの知ったことか。おれのいない世の中のことなど、おれにはどうでもいい。だがいまは、人間であるおれが、存在する。

ぼくは人間だよな、とトマホーク・ジョンはおれに問いかけながら死んでいった。彼は、このおれに教えてくれたのだ、人間が人間でありつづけることの困難さを、だ。

すべての問題は、すべてだ、すべてがそこに収斂《しゅうれん》するのだ、自分が人間であること、そうありつづけること、それだけが重要で価値のあることであり、生きる意味はそこにある。そこにしか、ない。

零は心から、そう思う。

だから、自分は雪風になるわけにはいかないのだ。ということは電気的な直接リンク方式は駄目だ、ということになる。方式の優劣の問題ではない、この自分はその方式は認めない、そのような生き方は選択しない、ということだ。

技術次元でも各方式の優劣など簡単につけられるものではない。どの方式にも長所があれば欠点もあるのだから、どれを採用するかは採用する者の信念による選択になる、そういうことだ。

純電気式の欠点としては、入力信号に期せずして混じるノイズや操縦ミスというエラーを訂正しにくい、というのが最大のものだろう。純機械式は積分系だが純電気式は微分系だというように両方式を対比できる。微分回路は予測性や応答性に優れている分、ノイズに弱い。敏感ゆえに、微小のノイズも意味あるものとして拾ってしまう場合がある。余裕がない、ということだ。この弱点を克服するには、雪風自身の中枢コンピュータの高速性を利用して余裕分を生みだし、そこでエラーチェックと訂正を行う、ということが考えられる。だがそれは、それも、と言うべきか、人間存在の否定に繋がるシステムと言えるだろう。なにしろ入力信号の中のなにがエラーなのかをコンピュータが判断するというシステムになるのだから、それならば最初からすべてをコンピュータに任せてしまっても問題なさそうではある。すると、ノイズの発生源に過ぎない人間など邪魔なだけだ、必要ない、となる。

いずれにしても、飛行機へと変身した人間は、もはや人間である必然性がなくなるだろう。雪風が人間を否定し、無視するのは、全然かまわない、おれを、このおれをさえ無視しなければいいのだ——以前ならそう思えただろうが、これも駄目だ、それではおれは人間でなくてもいいということになるのだから。

おれは、人間だ。

そして、と零は思う、いま雪風への警戒感が生じたのは、雪風もその点を主張してくるだろうと、この自分の潜在意識が、そのことを知っていたからだ。

警告音と、直後に衝撃。

〈わたしは人間ではない、雪風だ。わたしになろうとしてはいけない、深井零。そのときはあなたを強制排除する〉

雪風はきっとそういう態度を取る。雪風が旧機体であるスーパーシルフという殻を捨てたとき、自分は思い知ったではないか、あのとき自分は雪風に強制排除されたのだ、ということを。

だが雪風はいまだ、人間とはなにかを、知らない。ジャムもだ。

人間とは、おれのことだ。

そう雪風に、ジャムに、伝えていくこと。それが、この戦闘だ。

ジャムは総力をあげてFAFを潰しにきたのか、それとも雪風と自分を誘い出しただけなのか、そんなのはどうでもいい、ジャムの思惑がどうであれ、これを最終決戦にしてはならない。零はそう思う。

――おれがやりたいこと、おれが人間だということをジャムに伝えるには時間が必要だろうから、ここで死ぬわけにはいかない。もちろん、いま雪風に拒絶され排除されるわけにもいかない。もう少しだ。もう少し。

零の目にフェアリイ基地の主滑走路がいい角度で見えてくる。無事にこのジャム機を地上に降ろすことができれば、自分も雪風を降りて、ジャムと直接会話することができるかもしれない。それが目的でこのジャム機の捕獲を試みているのだ。もう少しだ、もう少しで実現しそうだ――と、零が成功を確信しかけた、そのとき、それが起こった。

警告音と、直後に衝撃。

――なんだ、これは？　これは、すでに経験したことだ。経験？　いや経験という感じではない、これは、自分の無意識の思考内容を自意識が意識野で反芻し、追想していた、ということのようだ……いや、そうではない、あるいは、それだけではない、自分は、これからなにが起きるのかを知っている、と感じる。潜在意識というフィールドの内部でこれからの出来事をすでに経験してきたかのように、だ。それはまるで、自分が未来の記憶を持っているかのようだ――

警告音の直後に衝撃が来た。零の視界が一瞬ぶれる。ジャム機が急激な機首起こし態勢をとって雪風に激突した、そうに違いない、それ以外に考えられない事態だ。

だが目標機が機首上げの姿勢をいきなりとったくらいでは接触することはありえない、それほどには接近して飛んではいなかったのだから。衝突したとすれば、目標機がジャンプするかのように急上昇するか、雪風のほうがダウンバーストのような強力な下降気流によって叩きつけられるように急降下するか、その両方が同時に起きたか、だろう。

自分の身体は二度三度と上下に揺さぶられるはずだ、そう零は予想し、身体を強張らせて衝撃に備える。

だが、機体が急激に跳ね上げられたような衝撃が一度きただけだ。

とっさに周囲の環境を確認する。キャノピの外は雲海に入ったときのように真っ白で、視界はゼロだ。膝の間のマルチディスプレイに目をやる、レーダーモードをスーパーサーチに。進行方向に障害物はない。計器盤のコーションライトを確認、すべてクリア、なにも故障していない、全系統異常なし。キャノピの内側が曇っているのではない、視界不良は外部環境のせいだ。コクピット環境は正常で急激な減圧が生じたという形跡はない。聴覚も正常だ。三半規管の平衡感覚も、たぶん。機体姿勢を計器で確認する、正常姿勢で水平飛行中、大丈夫だ。

しかしこの機体は雪風ではない可能性がある、おそらく雪風のコピーだ。なぜなら、と零は、すでに経験しているはずだと、自らの記憶を探る。すると、こういう想いがわき起こった。

——なぜなら、ジャムは、雪風とこのおれの分離を試みて、この作戦を実行に移したからだ。フォス大尉がMAcProⅡによって予想したことだが、それは、正しい。いまの衝撃で自分は目標のジャム機の内部に瞬間的に移動させられたのだ。

そういう記憶がある。

しかしこれは記憶だろうか。記憶といえば過去の体験に決まっているが、フォス大尉が過去にそのような予想をこちらに話したというのは自分には覚えがない。するとこれは未来の記憶か。フォス大尉からそのような話を聴くことになるだろう、という予知感覚のようにも思える。

ともかく、この記憶らしきものが正しいとすれば、いま自分が操縦しているこれは雪風ではないだろう、少なくともそのように疑うべき状況にあるのは間違いない——そう零は思う。

『そうかな?』

零の耳に、零の判断に疑問を投げかける声が聞こえる。幻聴か、妄想か、自分の潜在意識の声か、考えるまもなく、再び警告音。先ほどのは衝突警告だったが、いまは違う。そもそも先ほどの警告音は解除した覚えのないままに消えている。

敵機接近中、敵機は攻撃態勢にある、レーダー照準されている、それを警告する音だ。警戒システムは探知対象を正体不明のボギーではなく、最初から明らかな敵機として認識、スクリーン上に表示している。

零は即座にマスターアームをオン、迎撃態勢。

激しい上下振動を二度三度と感じた後、オートランディングモードでこの機は着陸するのではなかったか、なのにこれは記憶とは異なる展開だと思う、その意識に、また声が割り込む。

『きみが来たか、深井大尉』

この声は、大佐だ。アンセル・ロンバート。

「ロンバート大佐か。ジャム機に乗っているのか」

零はストアコントロールを操作、搭載武装を確認する。いま欲しい中距離ミサイルはない。短距離ミサイルが六発。あとは機関砲弾が六千発ある。短距離ミサイル二発を選択、空対空ミサイル攻撃、レディ。敵機はスーパーサーチ範囲に捉えられている。前方から高速で突っ込んでくる、衝突コース。もはや攻撃の機会を逸している、回避だ――

この感じもすでに体験したことのように思える。が、おそらく違う、似てはいるが異なる体験をしているに違いないと零は自分に言い聞かせる。

　もしこれが記憶にあるとおりの出来事なのだとしても、記憶には誤りや錯覚がつきものだ。現実を正しく反映しているわけではない。記憶とはつねに自分にとってつごうのいい虚構に過ぎない。現実は一発勝負だ。やり直しはきかない。負ければ死ぬ。


　――ドン、という激しい衝撃波に機体が揺さぶられる。敵機と超音速ですれ違っている。視界はあいかわらずホワイトアウト、まったくの白い霧の中だ。こちらのレーダー照準は外されている。敵機を見失った、という警報音。機体を九十度ロール、大Gをかけて百八十度旋回を開始。相手も攻撃照準はできないはずだが、先に再攻撃態勢に入らせてはならない。

『桂城少尉は尻込みしたが、それが正解だろう。彼には来られない世界だ』

　旋回Gで気が遠くなりかけている頭で、その声を聞く。大佐は平気で喋っているから、戦闘機に乗っているのではないのかもしれない、少なくともこちらのような戦闘機動はしていないだろうと見当がついた。

　旋回を終え機体を水平に戻す。背後上空に敵機がついている予感がして零はそちらに頭をめぐらす。相変わらず視界はゼロでなにも視認できない。搭載されているどの探知機にも感知されない。どこにもいない。敵機は消えている。

「どこだ、大佐。強制着陸させようとしていた、あのジャム機に乗っているのか」

『ここはどこか、と訊くべきだろう、深井大尉。なのに、わたしはどこにいるのか、とはな。

いかにもきみらしいと言うべきだろう。だからついて来られたのだ、とも言える』

「ここはジャムの作った異空間なのか」

『きみのその認識には錯誤が混じっている。ここはきみの言うような意味での異常な場ではないし、ジャムが作ったわけでもない』

「おれは質問しているんだ、大佐。あなたはこの空間についてどのように認識しているのか、と」

『きみは答えを知っているはずだが、ほんとうにそのとおりだという確信が得られていない。わたしに言わせて、やはりそうなのかと納得したいのだ』

「投降せよ、大佐。あなたのペースに乗るつもりはない。おれを煙に巻いてあくまでも逃走するつもりならば、攻撃する」

『それもまた、きみの本心ではない。先ほどまで本心が見えていただろう、深井大尉。ここは、それを可能にする場なのだ。わたしときみとで創り上げている空間だ。ジャムが媒介することで実現している、われら人間にとっては奇跡的な場と言えるだろう』

「おれは本心ではあなたを攻撃できないと思っていると、あなたは本気でそう言っているのか、大佐？」

『だから、それはきみ自身の心に訊くべきことであって、わたしに訊いてどうする』

　ロンバート大佐は笑った。笑い声は聞こえなかったのだが、零にはわかった、大佐は実に愉快な心持ちで、これは笑っているのだ、と。

たしかにいまは本気で大佐を殺害しようなどとは思っていない。だが、なぜだろう、どうして自分は大佐を攻撃できないのだろう？

大佐からジャムの情報を聞き出す必要があるから殺害してはならない、ということか。

『それもある』

その声を聞いて、零は異常さに気づく。気づくのが遅い、と思いながら。

「あなたは、おれの心が読めるのか。ここはそれが可能な場だ、ということか」

『雪風に乗っているのかもしれないわたしを、きみは攻撃できない。愛機を撃墜することはできないからだ。そこできみは、わたしはどこにいるのかと、まず訊いたのだ』

「このおれになにをした、大佐。潜在意識を引き出すための催眠術か？」

『なんと、大衆好みの俗流心理学を持ち出してきたような解釈ではないか、大尉。ばかばかしい解釈だときみ自身も感じているとおりだ、わたしはなにもしていないよ、きみがいま口に出したような意味においてはね。いいか、深井大尉、わたしに問うまでもなくきみにはわかっているのだ』

――しかし、意識が邪魔をしている。自我という意識、自意識が、だ。そのような意識というのは、仮想なのだ、深井大尉。きみもそれを知っている。きみは、記憶というのは虚構だ、と思っただろう。記憶が虚構ならば、それをもとにして構成されている自意識というのは仮想、すなわち本心とは異なる、仮の想いだ。普段のわれわれは、そうした仮想の自分というい わば代理人《エージェント》でもって世界を認識し、他者との意思交換を行っているのだ。だが代理人のやることだからいろいろと齟齬が生じるのはやむを得ないことだし、むしろ当然なことではある。世界認識や他者との関係だけでなく、本人自身においてもだ。自分の本音に自意識が気づいて驚いたりするだろう、つまり自意識という代理人は、真の本人の要請で作られ動いているにもかかわらず、本人がなにを考えているのかを知っていないということだ。だが、ここ、この場では、代理人の立場からでも真の本人の思考が、当人の本心が見える、ということなのだ、深井零。そして――

「そして」と零は言葉に出す。「他人の本心も、か」

『そう、その一部も共有できる場だ』

「で、本心を読まれたくなければ代理人を前面に出せばいい、というわけだな。あなたはいま、まさにそうしているだろう。本心を言葉の裏に隠している」

――人間の自意識とは言葉で構成されたもの、いや言葉そのものだ、と桂城少尉は言った。彼はたまたまそう思いついただけだと言ったが、ヒトの〈自意識〉と〈言葉〉は同じものだという認識は、ジャムのものであり、ジャムの本心だ。

「おまえは――何者だ？」

こいつはロンバート大佐ではないかもしれない、そう零は突然思いついた。こいつは、ジャムだ。気をつけろ、こいつこそ、ジャムなのだ。

だがそういう思いは、自分の本心とは別のところからきているような気がする、と零は思う。本心ではない、まさしく意識の表層、自意識が、そう思って驚いているだけのこと、のようだ。

よくよく考えてみれば、いま話しているロンバート大佐が実はジャムだというのは、別段新奇な思いつきなどではなくて、大佐はジャムになるつもりで人類を裏切ったというのはすでにこちらには知られていることなのだから、大佐がジャムでもなんら不思議ではない、いま突然思いついて心理的な衝撃を受けるようなことではないのだ。

ではいま驚いている〈自分〉とは、なんだろう。それは、いま話している相手に向かって驚いて見せている対外的な人格意識、大佐いわく、代理人《エージェント》だろう……と、このような思考がはっきりと自覚できるということが、この場の異常さなのだ、そうロンバート大佐は言っているのだ。

つまり普段は、自分の本心は自分でもわからない、ということで、そう言われてみればそうかもしれないが、それがどうした、と零は思う。

『それがどうした、とはな。きみは、そのような〈自意識〉でもって、きみ自身の本心をわたしに読まれないよう、操作しているのだ。〈自意識〉を対外的なジャミング手段として使うということだ。とっさにそんなことができるとは、きみは天才的な戦士だよ、深井大尉。そうとも、たしかに自意識は、普段でも自分の本心を知るには邪魔なノイズとして作用している。だが、この場、ジャムが提供しているこのフィールドでは、普段は本人でも自覚できない本心の活動内容がわかるのだ。きみはいまそういう超人的な体験ができる立場にいるというのに、自らノイズを発生させてその特権を放棄するとは、わたしには理解しがたい愚挙だ。きみは優れた戦士だが、いまのきみは高性能な兵器に過ぎない。なぜ超人を目指さないのだ、深井零』

ここＦＡＦでの優秀な戦士は高性能な兵器であり、人間としてはどこかしら欠けている。そんなのは、ざらだ。人間が人間でないものになるのは実に簡単なことなのだ、それを零は、ＦＡＦに来てから知った。そして、いったんそうなってしまってから人間に戻るのはとても困難だということも。トマホーク・ジョンがそうだった。ぼくは人間だよな？

大佐は気づいているだろうか？

もちろんロンバート大佐は人間に戻る気などないのだ。大佐はそもそも自分は人間であるという意識が薄い。零にはそれが自分のことのように、わかる。だが人間を全うする気のない人間がヒトを超えた存在を目指すなどというのは笑止としか言いようがない、そう零は思う。

――人間として不完全だからそれに見切りをつけてジャムになろうとしているというのか。それは、違う。

これはどちらの思いだろう、ロンバート大佐の反論か、それとも自分の本心か、そう零は意識的に考えるが、同時に、これは大佐と自分に共通した思いなのだ、という答えを考えることなしに摑んでいる。

『訊くまでもない、わかっていることだ』と大佐は言った。『きみの愚かさはね。きみは、もう少しましな人間になりたいと思っているわけだ。わたし流に言うならば、より上等な人間になりたいということだ。しかしなにが上等で、なにがつまらないかは、本人には決めようのないことなのだ。人間である限りは人間である自分の価値を判定することは不可能だ。それを知りつつ求めるのは愚かだろう。だが、ジャムの視点からならば、それができる』

この大佐の饒舌は本心を悟られないためのジャミング手段だろうが、言っている内容そのものは偽りのない本音だと零は気づいている。その大佐の本音に零は同意できない。満足いく生き方は本人にしか決められないことであり、他人や上位視点から判定されて喜んだり憂えたりするようなものではないだろう。いわば大佐にとってのジャムは、絶対的な神に等しい。

「エンゲージ」と零は告げる。「これよりあなたとの交戦を開始する。あなたに投降の意思がないことはわかっている。逃げるな。戦え」

『きみに勝ち目はない、深井大尉』

――そうかな？

『なに？』

驚きの感覚が発生、広がる。大佐はほんとうに驚いたのだ。零にもその感覚が伝わっている。

いまのは自分ではない、無機的で感情のこもっていない正体不明の声だった、だから零も驚いている。

『わたしは雪風に乗っているのかもしれないのだぞ、深井大尉。それでも撃てるというのか』

驚きの波動感覚は零の獰猛な攻撃欲求を刺激する。歓喜の予感がする。

「雪風が――」と零は言う。「撃て、と言っている」

『なんだと?』

なぜなら、ロンバート大佐は、ジャムだからだ。

雪風はジャムを殲滅するために作られたマシンであり、その中枢コンピュータはジャムの捕獲ということは考えない。もし捕獲を上層部から命じられたとしたら、パイロットが雪風をその命令に従わせるべく強制的に操縦する必要がある。それはまさに先ほどまでジャム機を強制着陸させようとしていた、あの状況そのものだ。パイロットの自分がもし雪風をコントロールすることをやめて雪風の判断のみで飛ばしたなら、目標ジャム機は一撃で撃墜されていただろう、それは間違いないと零は思う。

だからロンバート大佐が雪風に乗っているとしたら、雪風は、ジャムであるロンバート大佐を乗せたままフェアリイ基地に帰還する、ということはしない。機外に放り出して射撃するか、自爆してでも大佐を殺害することを考えるだろう。そういう手段を大佐に阻止されたり、なんらかの原因でできないとしたら、もっとも確実な方法は、他機に命じて自機のコクピット内の人間を精密照準で射撃する、というものだ。その結果、自機が致命的な損傷を被ることになるとしても雪風はためらったりはしないだろう。自機の自己データを新たな機体に転送して生き延びるという手段を取るに違いない。

いまはそういう状況だ。自分が乗っている戦闘機が雪風ならばよし、ジャム機だとしても、それは問題ではない。

雪風が、そう言っている。

そうだ、雪風が大佐を撃て、と言っている。先の声は雪風の本音だろう。雪風の本心の声を聞けるとは、たしかにここは奇跡的な場だと、零はぞくりと身を震わす。まるで幻想空間だ。妖精空間と言うべきか。そうだ、ここはまさしくフェアリイの空なのだ。

いまいる場とは——人間が身体の感覚器で捉えて認識している世界の、そのもとになっているリアルな世界の、そこに一歩近づいたところだ——桂城少尉とロンバート大佐が交わしていた話にそういう内容があった。これからその話を聴くことになるのか。いや、時間の前後という順列は、ここ、この場では、あまり意味を持たないのだ。

真も偽もないという全くのリアルな世界では、物事すべてが同時に生成消滅しているのだろう、時間は意味を持たない。物体も、形というものもない、あるのは、莫大で超巨大なエネルギーというような概念で表現するしかない〈可能性〉のみだろう、そこには〈意味〉すらない、そうに違いない。

まさに人間の想像を絶する処だ。いまは、そういうことを考えられる自我がまだあるから、そうしたリアルな世界とはほど遠い場にいるのだ、とは言えるだろう。だがジャムがそういうリアルな世界の側から人間の世界に侵攻しているのだとすると、これは勝負にならない。

零は冷静にそう思う、ジャムには勝てないというのではない、戦いという、そうした行為自体が意味を持たないのだ、〈リアル世界〉では。

——そうだ、そこでは、人間という存在も形を成していない。他人と自分との区別もない。深井零、わたしときみとの境界も曖昧になる。リアルな世界に近づくとは、自らの形や独自性が意味を失っていく、ということだ。当然、生死の区別も限りなく曖昧になっていくだろう。時間や空間といったものも消失するか無意味になっていく。すべてが〈可能性〉の一点に収斂していき、究極的なその一点には、意味あるものは何一つとして存在しないだろう。それが、世界の真の姿だ。〈世界の真の姿〉は、それ自体は決して変化したりはしない。変化しているのは観測者の意識のほうであって、意味を生んでいるのも観測者自身だ。観測される対象のほう、〈世界の真の姿〉をした〈リアル世界〉は、まったくの無意味なままに、変わることなく、ただそこに在るだけだ。

そうだとすると、と零は思いついた、ジャムは〈意味〉を発生させるために、人間世界の側へと飛び出してきたのかもしれない。あるいは、人間が存在することで生じている〈意味〉、すなわち人類の〈自意識〉を捉えるため、とか。

人間には自意識がある。これが時間を生んでいるのだと、だれかが言っていたような覚えがあるが、これはたしかにありそうなことだ。桂城少尉が言うように自意識が言葉そのものかどうかは疑問だが、強い関連性はあるだろうと零は思う、言葉こそ正しい時間の流れを必要とするのだから。順序を入れ替えた音声はもはや意味をなさない。言葉が意味を持って伝わるというのは、時間が正常であることの証に他ならない。人間としての、正常な時間だ。

機械にとっての時間は人間のものとはまた異なっているかもしれない。

と、警告音。既知の敵性飛翔物体、接近中。

ジャムの中距離ミサイルだ、二発。視界不良で視認はできないが二時方向上方から来る。これは、近くに敵機がいるということだ。

零は反射的に左緩旋回を開始、同時に攻撃管制レーダーを操作、その二発を捕捉、ロックオン、右に切り返して短距離ミサイルを発射、二発。直後に急激な左旋回降下、こちらの腹を見せながらのパワーダイブ。回避とも攻撃態勢ともつかない、中途半端な機動。敵機はこちらのダイブしても視界は真っ白のままだったが、索敵システムが敵機を感知。敵機はこちらの誘いに乗った形だ。

零は機首を引き起こし、右旋回、敵ミサイルの回避に成功しているのを確認、攻撃態勢に入る。敵機は前方、視認できる距離を左から右へと横切るはずだ。そのとおりになった。追撃。

ヘッドアップディスプレイに敵機のシンボルマークが表示される。ディスプレイ上の照準サークルが自動で動いて、それに重なる。自動ロックオン。

『ヘルメットはどうした、深井大尉』

突然の、ほとんど意味不明のロンバート大佐の言葉が、戦闘機を操っている零の意識に割り込み、攻撃への集中力を砕いた。

まるで頭に斧を打ち込まれたようだ。そう零が自覚したときには、すでに遅かった。これは大佐の言葉による攻撃だとわかったときには。

『きみのヘルメットは、いまわたしがかぶっている。きみは、では、だれのヘルメットを使っているのだ？』

白い靄《もや》がさっと晴れて視界が開ける。右舷同高度に一機の戦闘機が並飛行しているのが見えた。メイヴだ。そのコクピットにヘルメットをつけたパイロットがいて、左手を挙げてこちらに振っている。振りながら、遠ざかっていく。

あれは雪風ではない。雪風だとしたら、あのパイロットは、自分だ。自分はここにいるのだから、あれはロンバート大佐だろう。

大佐、と呼びかけようとして、零は、自分がヘルメットをつけておらず、マイクもないことに気づいた。操縦している四肢の感覚が消失する。大佐の乗機が上昇していくのが見える。小さくなっていく。空の一点になり、消え去る。

「大佐には逃げられたようだな」と言っている自分に深井零は気づく。

見事に逃げられた。そして、雪風にも。いや、雪風と自分は、大佐の策略に引っかかって、引き離されたのだ。

二機の戦闘機の大出力エンジンの排気音が遠ざかっていく。晴れた空だがどこにも機影は見えず、排気煙の痕跡もない。視覚と聴覚が一致していない感覚があるが、静かになるとその違和感も失せる。

「大佐を捕まえるには雪風単独ではだめなんですよ」と桂城少尉が言う。「人間が必要です、大尉」

「大佐との間になにがあったんだ、少尉」

零は地上に立って空を見上げながら、この会話や状況には覚えがある、と思う。未来を予想していた内容がいま実現しているということか。いや、そうしたこと、いつなにが起きるのか、あるいは起きたのかを確定することはおそらく原理的にできない、そういう立場に自分はいるのだろう、そう零は感じている。

場所だけは、はっきりしていた。フェアリィ基地地上の、第四耐爆格納庫付近の、滑走路脇だった。

深井零は桂城少尉の話を聴く。ロンバート大佐の隠れ部屋に偶然入ったこと、ジャム機に乗っているような視界が室内に広がって、そこで雪風とすれ違ったこと。その隠れ部屋を出たフェアリィ基地の地下は全くの無人で、感覚的にはジャムに作られたコピー基地のようだったこと。大佐は、ここはコピー基地ではなく本来の基地そのもので、われわれの感覚が普段よりもより真の世界に近いリアルを捉えているのだ、偽のように感じられるのはそのせいだ、というような内容の話をした、などなど。

聴き終えた零は、桂城少尉が地面に突き刺したオートライフルを引き抜く。それを手に第四耐爆格納庫に戻り、ライフルを少尉に渡して、「分解掃除だ」と命じる。「銃身に詰まった土を綺麗に落として使えるようにするんだ」

「これは必要ないと思います、大尉」

「ジャムにライフル弾は通用しないだろうが、武器を手放すべきでない」と零は、物わかりの悪かった元部下をねばり強く説得するつもりで言う。「われわれが戦闘放棄をしていないことを形で示す必要がある。分解掃除だ、少尉。そこに工具箱がある」

するとそう零の予想に反して、素直に少尉は従った。

「イエッサー、そうします」

桂城少尉は工具箱からレンチを出し、ライフル銃身の取り外しを始める。手を動かしながら少尉は言う。

「自分の話をどう思いましたか、大尉。大佐の言う、リアルな世界というやつですが」

零はその問いに対して、先ほどの経験を話してやる。

「それは」と桂城少尉は手を止めて零を見つめ、訊いた。「どういうことだと思いますか、大尉。その出来事というのは、現実だと思いますか」

「現実だと思う」

「大尉は、この庫内に退避させたジャム機から先ほど降りてきて、ここに来たぼくとロンバート大佐に会ったんですよ。それは、どうなるんです。あなたにはその記憶はありますか」

「ある」と零は言う。「おれは雪風で二度降りている。そういう記憶も幻覚ではなく、たしかに経験していることだと思う。同時に複数の体験をしているということなのかもしれない。

現実というのはそういうものだ、という解釈だ」

「フムン」と桂城少尉。「同時に複数の異なる体験をしている、なんていうのは、量子レベルでなら普通にありそうな感じですが、自分らはそれほど小さくない。だいたい素粒子なんてものが実在するのかどうかあやしいものだ。そうは思いませんか」

「量子論は、おれたちの大きさでは認識できない、よりリアルな世界のことを記述しているのかもしれない」

「ロンバート大佐の、あのリアル世界説を信じるということですか」

「無批判に信じるのは危険だろう。大佐はいまやジャムだ。人類側に有利になるような見解を披露するわけがない。ジャムへの対抗策のヒントとなるような考えは注意深く隠蔽しているに違いない」

「なるほど、そうか」少尉はまた作業に戻る。ぼろ布《ウエス》を工具箱から出して、本体から取り外した銃身内部の清掃。「そうですね」

「大佐は、自己を認識している意識、自意識というのは本当の自分ではなくて、自分というものの主体は潜在意識のことだと信じているようだ。あるいは、信じていると、おれたち人間に思わせたいようだ」と零は、先ほど大佐が披露した見解を記憶に刻み込んでおくべく、口に出して反芻する。「潜在意識という言葉は大佐は使わなかったような気もするが、本当の自分は意識できない、というようなことを言っていたから、潜在意識のことだろう。識域下で行われている思考活動を司《つかさど》る主体、というようなもの……そうだ、〈本心〉と言っていたな。〈自意識〉というのは本当の自分である〈本心〉の単なる代理人であって、〈自意識〉の側からは〈本心〉には干渉できないと大佐は考えているんだ。なぜなら、〈自意識〉などというのは、意識できない本物の自分に操られている虚構であり、仮想的な存在だから、という。でも、おれは、そうは思わない。自意識というのは、筋肉と同じレベルで実在しているとおれは感じる。そんなものは自意識ではないと大佐は言いそうだが、では別の言葉にすればいい、自意識ではなく自我意識とか。そういう意識は、筋肉が身体を動かすように無意識の本心そのものをドライブすることができる、と思う」

「雪風をドライブするがごとく、でしょう。わかります、大尉。それはぼくにも共感できる。雪風は高度な知性を持っているようですが、なにを考えてるのかは人間にはよくわからない。そんな雪風を実際にドライブしてきた大尉らしい感想だ。信念と言ったほうがいいかな。ロンバート大佐にはそういう信念はなさそうなので、雪風は乗りこなせないでしょう。放り出されるのがおちだ」

「いまごろ大佐はくしゃみをしているかもしれない」

「どうしてです」

「だれかに噂されるとくしゃみが出る、という俗説を知らないか？　誹《そし》られていると一回、二回くしゃみが出るのは誉められているとき、だったかな」

「俗説ですか。そういう大衆的なやつは大佐には効きそうにないな。貴族にしか作用しないジンクス、とでも言えば盛大にくしゃみをするかもしれない」

「言えてる」と零は思わず笑ってしまう。

桂城少尉は銃身を明るい方に向けて銃身筒内をのぞき、それを零に差し出す。

「確認してください」

「オーケーだ。組んで、きみが携帯しろ。試射の必要はない」

「了解」

桂城少尉は銃身を取り付ける作業にかかる。

「雪風を捜す。最優先事項だ」

「では特殊戦司令部に行きましょう」

「耐爆格納庫は緊急避難用のシェルターだ。入ったのは初めてだが、ここには地下への入口はあるのか」

「奥に人間用の縦穴とか非常階段とかがあるとは思いますが」と少尉。「自分も初めてです、わかりません。ですが、どのみち、いま特殊戦は情報封鎖されているので、普段行けるような通路は駄目でしょう」

「きみは特殊戦区からどうやって出たんだ」

「出るのは簡単です、出してもらった。でも入れてはもらえないでしょう。扉はすべてロックされているはずだ」

「では」と零は、少尉がオートライフルを組み上げるのを待って、言った。「メインエレベータを使おう」

「特殊戦の、戦隊機用のですか」

「そうだ。特殊戦区の動力系統が死んでいなければ、マニュアル操作でいつでも動かせる」

「あのばかでかいシステムを人間用に使うなんてのは、思いつきもしなかったな」

「非番で暇なときに、あれで上に出て息抜きしていた」

「上層部に知られたら始末書ではすまないでしょう」

「管理責任者と一緒だからな、そんな心配は無用だ」

「管理責任者？　ブッカー少佐ですか」

「そうだ」

「まったく、特殊戦というのは常識はずれの部隊だな。でも大尉、マニュアルで操作できるにしても、作動させるにはＩＤコードが必要でしょう」

「いつもは少佐がリモコンで操作していたからそんなのは意識してなかったが、大丈夫だろう」

「いまは作戦行動中ですよ。セキュリティは普段よりも厳重なはずだ。エレベータの耐爆扉自体が開かないんじゃないかな」

「開くさ」

「なぜそう言い切れます」

「おれはここに、曲がりなりにも帰ってきたんだ。帰投したパイロットを閉め出すというのなら、それは特殊戦ではない。ここはホームではない、フェアリイ基地ではない、ということとになる。フェアリイ基地でないのなら地下に特殊戦は存在しないだろうから、そこへ行こうとする行為自体がナンセンスだ。その場合はエレベータも存在しないだろう。で、仮にここがジャムが用意した偽のフェアリイ基地で、特殊戦も偽のコピーとして作られているとしよう。ジャムがそこまでするなら、おれたちの受け入れを拒否するはずがないだろう。ジャムは、誘っているんだ。扉は開くし、エレベータも動くさ」

「そういうことか。そうなると、むしろ本物の特殊戦が存在している場合のほうが入りにくいでしょう。われわれはジャムに作られたコピー人間かもしれないと疑われるはずだから。最悪の場合は、特殊戦自体が壊滅している、ジャムにやられている、ということもあり得る。そうだとすると、動力源もやられていて、入れないだろうな」

「行けば、わかる」と零は言う。「駄目かもしれない理由をこの場で考えつくだけ並べ立てることに、どういう意味があるんだ？　きみは行きたくないのか」

「すみません、大尉。ロンバート大佐にも同じことを言われました。自分はどうも他人を苛立たせてしまうようだ」

「大佐は苛立ってはいなかったと思うが、おれは、早く行って確かめてみたいんだ。行かないのなら、そのライフルをよこせ」

桂城少尉はライフルを手に提げて、格納庫内を見回し、いませんよね、と零に言った。

「なにがだ」

「ジャム機です、あなたが乗ってきた、雪風かもしれないやつ。自分は、その機の保全命令を受けてここに来たのだった」

「リンネベルグ少将の命令だと言ったな」

「はい大尉。少将に逆らうのはまずい。少将のメッセージによると、ジャム機は特殊戦が捕獲に成功したものだ、とのことでした。ロンバート大佐は、それは自分を迎えに来たジャム機で、強制着陸させられたのではなくFAFという敵地に強行着陸したのだ、と言った。少将のメッセージはジャムが送信してきた偽物なのだとも。しかしその命令が偽だということが確認できない限りは、命令を無視して持ち場を勝手に離れるのは、やばい。あとで抗命罪で銃殺、なんてのはごめんだ。ま、銃殺はないにしても、逆らえば立場が悪くなる。軍隊という閉鎖環境でそうなるのは地獄ですよ。逃げ出すことはできないんだから」

なるほどそうか、と零は少尉の言葉から気づいた、桂城少尉は、この自分ほどには、いま起きている事態が超常的だとは感じていないのだ。

「ですが」と少尉は続けた。「保全対象機が行方不明になったので捜索に行く、ということにすれば、問題ない。特殊戦司令部には少将がまだいるはずですから、行けば命令メッセージの真偽も確かめられる」

地に足のついた判断と言うべきだろう、こちらは浮き足立っていたかもしれないと零は思う。少尉と自分は、ロンバート大佐に接触して奇妙な感覚体験をすることになったというのは共通しているものの、同じ事件を体験したわけではないのだし、仮にここに至るまで行動をともにしていたのだとしても、それでも状況への対処感覚は自分と同じであるはずがないのだ。

「他人の心というのは……わからないものだな」

「はい？」

「いや、きみもおれと同じ気分でいるものと疑いもしなかったが、そうではないんだなと、それがわかった。おかげでこちらも少し現実的になれたよ、少尉」

「どういうことですか」

「言ったとおりだ。他意はない」

「フムン」

「先に行け、少尉。ここは戦場だ。それを忘れず、注意を怠るな」

「イエッサー」

耐爆格納庫を出て、特殊戦区の方角へ向かう。すぐ近くのはずが、歩き出すと遠い。振り返ると、出てきた格納庫が丘のように見える。耐爆格納庫は地下基地建設の際の残土で被ったシェルターだ。こいつは人工の小山だな、と零は初めてそういう感想を覚えた。いつもより低い視点から見ているせいだ。雪風のコクピットの位置はかなり高いのだ。

舗装してある誘導路を行くのは遠回りになるので、未舗装の土の上をいく。舗装路から離れるにしたがってベント芝のような草が目立つようになり、先はそれが密生している草原だ。地球の植物のような緑ではなく、紫系の色をしている。濃淡さまざまで、紺色に見える葉もあるが、全体的には薄紫色の絨毯のようだ。一枚一枚の葉は土埃や排気などで汚れているのであまり色は鮮やかではないが、水で洗えば金属光沢をしている。そのため薄くて手が切れそうな印象があるものの、実際は柔らかく、葉の縁も刃物ほどには薄くない。

その薄紫の草原の向こうから大密林が始まるのだが、その手前に、特殊戦の正面玄関ともいえるメインエレベータ棟が、これも巨大な古墳のように見えている。入口扉は角度的に見えない。距離一二〇〇、と零は見当をつける。単位はメートルだ。

FAFでは航空単位もメートル法を採用している。零はなんら違和感を持たなかったが、この単位系はブッカー少佐などからは不興を買っている。高度はフィート、距離はマイル、速度はノット、それが自然というものだ、とブッカー少佐は言う。長年親しんできた単位系の使用を禁止されるのは常識を否定されるようなものだろうから、少佐の苛立ちとストレスはわからないでもない零だったが、慣れの問題だろうと言うと、違う、と反論された。ブッカー少佐に言わせると、メートル法というのは人間の身体感覚を無視した非常に不自然な人工的な単位で、人間の肉体がそれを認めない、こんな非人間的な単位はない、となる。ジャムは人間じゃないんだから、そういうのを相手にするにはうってつけなんじゃないかと零が言うと、少佐は反論しかけて言葉に詰まったあげく、『認めないからな』と言って、黙った。ジャムもメートル法も認めないが、どちらも非人間的だというのは認める、ということだろう。

いずれにしても、少佐が認めなくてもジャムはいるし、FAFではメートル法を使わざるを得ないわけで、と零は思った、認めてしまえば無用の手順を踏まなくてもよくなるものを、少佐は意地を張って、いちいちジャムの行動の不自然さに苛立ったり、頭の中でわざわざメートル法をなじみのある単位に換算しては身体感覚的に納得したり、しなくてはならないわけだ。少佐のそういう頑固さは、特殊戦の任務上、とても役に立っているであろうことは、間違いなかった。

いま、少佐はどうしているだろう。無事だろうか。特殊戦は、生きているか？

それにしても、静かだ。これは正常なフェアリイ基地とは言えないだろう。自分はやはり日常からかけ離れた超常的な場にいるとしか思えない。

そうあらためて感じて、零が立ち止まると、桂城少尉も足を止め、まるで零の心を読んだかのように、「それにしても静かですね」と言った。

「ああ」と零。「人の気配が感じられないし、戦闘機の姿もなく、戦闘の形跡がまるでないというのは、尋常ではない。ここはFAF最後の砦だろう。ジャムの大侵攻の目標になったはずだ。ジャムだけでなく、FAFの他の基地からの空爆も受けていたんだぞ。きみは、これが、大佐の言う、リアルな世界だと思うか」

「どうかな。あなたに会う直前までは、そんな気分でしたが。景色が薄暗くて不気味だったし。でも、あの異常な景色はいまはないな。雪風が飛んだからだと思いますよ。ロンバート大佐を雪風が追い払ったんだ」

「では、基地のこの静けさは、なんだ」

「いつのまにかジャムと人類の戦いは終了したんじゃないかな」と桂城少尉は言った。「人類全体が、FAFを含めて、ジャム側についたってことで」

「人類がジャムに屈服した、投降した、降伏したと言うのか」

「いえ、ロンバート大佐のようにジャムになった、ということですよ。降伏とは違うでしょう。ジャムとの戦争を終結するには、そうすればよかったんだ、ただそれだけの話だったんじゃないかな」

「ただそれだけだ？」

「怒らせてしまいましたか、また？　人間のくせになんてことを言うんだ、とか」

「いや、そんなのは非現実的だ、不可能だと思っただけだ。価値観も信条も主義主張も一人ひとり全部違う、そんな人間たちの集まりが人類だ。どうやれば一つにまとまってジャムになれるというんだ」

「ロンバート大佐の計略で、ですよ。大佐がみんなを〈リアル世界〉に引き込んでジャムにした。――ばかばかしいですかね」

「大佐はなんのためにそんなことをしなくてはならないんだ？」

「だから、ジャムとの戦争を終結させるため、ですよ。大佐は平和の使者だった」

「人類を絶滅させてでも平和が大事、か」

「そういう見方をするなら、大佐は人類の一掃を狙っていた悪魔だった、となる」

「大佐には、人類への関心はない」と零は言う。「彼は人類の行く末などどうでもいいんだ。愛もなければ恨みもない。大佐は、ジャムに興味があるんだ。ジャムになりたいんだよ」

「大佐自身もジャクスンさんへの手紙にそう書いてました。ほかのこと、他人のことはどうでもいいわけですね。大佐は天使でも悪魔でもない、というわけだ」

「いまや彼はジャムだよ」

「ジャムになって人間を支配したいんでしょう」

「いや、だから、彼は人間や人類には興味はないんだ。人類の支配を狙っているとしたら、それは目的ではなく手段だろう」

「あなたは、深井大尉、先ほど上空で、大佐の本音と繋がった空間にいたとか。なぜジャムになりたかったんですか、大佐は？　大佐の目的とは、なんです」

「人間でいては決して体験することができない超人の視点を得ることだ。おれの感じでは、超人的というよりも霊的な存在になりたいようだ。俗っぽく言うなら、死後の世界を生きたままで見てみたい、というのが近い。こんなたとえは大佐には馬鹿にされるだろうが」

　晴れた上空から大佐の哄笑が聞こえてくるような気がする。

「きみは、神を信じるか」と零は桂城少尉に訊く。「聖書の神だ」

「いいえ」ときっぱりとした返答。「読んだこともないですし」

「では、きみには大佐の気持ちは絶対に理解できないだろう。おれもそうだったから、わかるよ。輪廻や転生というのが大佐には絶対理解できない、受け入れられない概念であるのと同じことだろう。ロンバート大佐は、雪風のような戦闘マシンが飛び回るこの時代でも、神は死んだ、とは思っていない。大佐は、生きたまま神に謁見したいと思っているんだ」

「妄想だ」

「おれもそう思う」

視線を少尉から特殊戦区に戻して、零はまた歩を進める。

「自分らは、大佐の妄想につき合わされてるわけですか」

「取り込まれていると、エディスなら、そう言うだろうな」

「治療できないんですか」

「それこそエディスの専門だ。おれたち素人としては、相手が人間なら、対処法はある。妄想を抱いている人間とはつき合わなければいいだけの話だ。が、いまの相手は、ジャムだ」

「だって、大佐は人間――そうか、いまはジャムなのか。相手が人間なら妄想で片づけられるけど、ジャムがやっているとなると、無視していてはこちらがやばいわけだな」

「急ごう」

零は口を閉じて、草原を突っ切る。普段よりも大きく感じるエレベータの、正面が見えてきた。

「なんと」と零は声を上げる。「開いているぞ」

現実はいつも予想を裏切る、と零は思う。どうやって耐爆扉を開こうかなどという心配は無用だったのだ。

「なにがです」

そういう桂城少尉の声に零は振り向き、そして、目を疑った。景色が一変していた。

耳をつんざく爆音、最大出力の戦闘機のエンジンの吸排気音が複数。滑走路上の地表すれすれを飛び抜ける、二機の編隊。

メイヴと、レイフ。その背後上空に、ジャム要撃機、二。機体をひねりながら攻撃態勢。雪風がやられる――と、ジャム機が爆散する、二機とも。その膨れあがる爆煙に向かって引かれたミサイルの航跡が微かに見えた。友軍機から発射されたミサイルがジャムを撃墜したらしい。ジャム機は四散しながら滑走路脇に突っ込んで大炎上。その炎を背景にして、だれかがこちらに駆けてくる。

ブッカー少佐だ、なにか叫んでいる。早くエレベータ内に避難しろと言っているのだ。

「ジャック」

早く、早く、という手振り。

零は後ずさり、扉のほうを向いて、駆ける。そして、飛び込んだ。広大な格納庫のようなエレベータ空間だった。

息をつき、来た方を振り向くと、その動きが音も絵もぬぐい取ったかのように、いまの騒ぎも少佐の姿もなく、先ほどまでの静かなフェアリイ基地の地上風景があるだけだった。

これぞ幻覚だ。

そうだろう、きみも見ただろう、と桂城少尉に言おうとして、零は気づいた。風景の中のどこにも、少尉はいない。そして自分は、まだエレベータの中に入ってはいない、その入口前で振り返ったところなのだ。少尉が『なにがです』と言ったので、扉を開く心配など無用だったのだと言うために。

深井零はエレベータ内へと視線を戻す。人のいる気配はない。

「少尉、どこだ。桂城少尉」

応えはなかった。桂城少尉は消えている。


これは妄想なのか、と考えている自分に零は気づくが、そうではないのは明らかだと冷ややかに否定している思いもあって、その思いのほうが正しい現実認識だろうと零は考え直す、自分がいまいるところは妄想空間などではない、と。

なにが現実なのかよくわからない、現実を見失っている、といった不安や恐怖はなかった。感情的には安定していて、だから、この先も、どんなおかしな事態に遭遇しようとも、それを幻覚や妄想だと思い込んで無視したり反対に過剰に反応したりすることなく平常心で対処できるだろう、そう深井零は確信する。

この状況は幻覚や妄想といった自然現象などではない。ジャムとの戦争によって引き起こされている人工的なものなのだ。

リアルな戦闘状況下にいる――そういう緊迫感が自分を支えている、それが零にはわかる。いま自分はジャムという異星体の未知の攻撃を受けているところであって、この対処に失敗すれば自分を失うだろう、すなわちそれは死ぬことに等しいし死ねば自分を認識できなくなるのは当然だろうから、まだ負けてはいない。

妄想に囚われているかのようなこの周囲環境の異常はジャムの仕業に違いない。人間業ではないのは確かだが、こういう世界を体験できているという点では、自分が人間であればこそ、だろう。ジャムがなんらかの操作をして人間の環境把握能力の特定の部位を強調している、その結果なのだ、ということは考えられる。そうだとすれば、ジャムはヒトに関する知識をそこまで深めたということだろう。具体的にどういう方法によるものかは謎だが、それでも、いまやジャムになったロンバート大佐のあの奇妙な考え、リアル世界云云説にはその謎を解く手がかりが含まれているとも考えられた。その説を採用してこの状況を説明するならば、自分はいま雪風のコクピット内で戦闘機動中なのだとも言えるだろう、そう零は思いつく。

先ほど思い浮かべたフォス大尉の予言、ジャムは雪風と深井大尉の分離を図ってくるであろう、というのが実現しているのだ。分離を実行するのに人間には想像もつかない方法をジャムは使うかもしれない、つまり、物理的に雪風と自分を引き離すことなく、こういう状況を実現する方法をジャムは持っているのかもしれない、雪風と人間である自分の、両者の環境認識をまったく異なるものに変化させる、という。

あるいは、とも思いつく、これは雪風がこの人間のおれを、対人センサとしてこの場に投入している、とも考えられる――自分でも驚く意外な思いつきに零は少し興奮して、なんだこれは、どういうことだろうと筋道を立てて考えようとするが、大きな音によって、中断させられる。

メインエレベータが起動することを知らせる警報だ。

深井零はもういちど周囲を見回し、桂城少尉の姿がなく、気配もないのを確認してから、広大なエレベータ空間内へと足を踏み入れる。日が陰るように空間内に暗闇がおりてきて、背後で耐爆扉が閉まっていくのがわかるが、零は振り返らず、エレベータ内を凝視している。

なにか、だれかが、いるような気がした。

ジャムに操作されている機械か、あるいは味方の人間。いや、違う、敵か味方か機械かヒトかという区別は意味がない、こちらとなんらかの意思伝達が可能な存在ということで、言ってみれば木石ではない、動物ということになる。ジャムの意思が宿る機械も、動く物体、動物の範疇に入れるとして。

それは、あるいは吸血しようとしている蚊の群れかもしれないし、隅の暗闇に潜む黒豹かもしれなかった。とにかく、こちらの存在に関心と興味を持っている動物の気配だ。

これは、見られているという感覚だろう――そう零は気づいた。実に単純な、しかし普段ここではあまり意識したことのない感覚。

監視カメラだ。エレベータ内を視覚でモニタする装置。あるいは熱センサ。それらエレベータ空間環境モニタのセンサ群の存在を、自分は動物の気配として感じ取っているのだろう。

そうした装置が存在することはむろん知っていた。普段意識しているのは、その向こう側にいるヒトの存在だった、たとえばブッカー少佐が向こうにいて支援してくれている、というような。いまは、それとは微妙に異なっていて、装置そのものの存在が表だって意識されているのだ。

ならば、そうした機械そのものが意思を持っているという感覚になるが、そうなのか、と零は自問してみる。

どうもそのようだ、と零は思う。

だれに見られているのかという、監視システムの向こう側、バックグラウンドの存在はこの状況下では意味がない、向こう側は存在しないかもしれないのだ。だからそんなものはどうでもいい、いま感じられる体験そのものにしかリアルはない、そういう感覚だ。

このエレベータを動かしているシステムやこの下にあるであろう特殊戦の基地はジャムの用意した見せかけの張りぼてかもしれない。が、少なくとも、いま自分がいるこの場、ここで感じられるものはリアルな存在として対処しないと、危険だ。監視システムそのものが意思を持ってこちらを見ているという感覚は妄想のようだが、それは普段からその可能性を意識しているべき感覚なのだ、ジャムはどこに宿っているのかもわからないのだから。

こうした感覚を維持できるかぎりはジャムに対抗できるだろう、そういうことだと、あらためて零は思う。

負けなければいずれ雪風との連絡が取れるだろう、雪風を操縦している感覚を取り戻せるだろうし、雪風のコクピットに戻れるに違いない。なんとかして、なんとしてでも、そうしなくてはならないが、いまは、この感覚を頼りに、この場を探ることだ。

さほど大きくないピピピという三連音が繰り返し鳴り始める。音の方向にエレベータ操作パネルがあった。そこに付いている、地下の特殊戦各部署に通じる電話の呼び出し音が鳴っているのだ。

足下のさらに下方から動力音が聞こえてきて、エレベータ床が下降し始める。零は操作パネルに近づき、電話の送受器を取る。

環境騒音を除去するアクティブ・ノイズキャンセラが自動作動した。送受器に付いているインジケータが点灯したのでそれがわかったが、周囲は静かだ。逆に、耳に当てた送受器からはホワイトノイズのような音がけっこうな音量で聞こえてきて、零は思わず耳から離し、深く考えることなくノイズキャンセラを手動でオフにしている。すると、雑音は消える。ノイズキャンセラをオンにしたから消えたのだろうと確認するが、そうではない。オフにしたら、消えたのだ。

こいつは故障しているのかと、ノイズキャンセラを自動作動状態に戻す。再び、かん高い雑音。

よく聴くと、それはノイズキャンセラの故障で発生している雑音などではなく、航空機のエンジン音だというのがわかる。単発だ。

一基のスーパーフェニックス・マークⅪが出力15%ほどで回っている音だ。最新鋭のマークⅪは双発での使用を前提に設計されているため単発機への採用例はない。真っ先に搭載されたのはメイヴだから、これは雪風の片側のエンジン音である可能性が高い。左右どちらのエンジンかまではわからないが。

　これはしかし、この電話を通じた向こう側、すなわち電話をかけている者の近くにエンジンを回している戦闘機がいる、というのではないだろう、そう零は思う。これはアクティブ・ノイズキャンセラがカットすべき騒音をマイクで拾っている、その環境音に違いない。つまり送受器を持つ自分の、ごく近くで鳴り響いているもののはずなのだ。なぜなら、そのオン－オフによって、聞こえたり消えたりするのだから。

　アクティブ・ノイズキャンセラというのは周辺の騒音に対して逆位相の音波を出すことで騒音波を打ち消すという仕組みだ。いま聞こえているのは、騒音波とは逆位相の信号波が送受器のスピーカーから出ている音だろう。本来ならばそれはスピーカー付近の空気を震わせている騒音波と相殺されて、騒音もこの音も、どちらもずっと低い音圧レベルになっているはずだ。理想的にはどちらも聞こえなくなるわけだが、実際にはさまざまな条件要素が絡み合うため無音にはならない。とくに、いまのように、こちら側にその騒音が聞こえていないというのに逆位相の信号波が出力されるなら、それは、騒音そのものを再生しているに等しい。位相は逆とはいえ、それだけを聞くなら、打ち消すべき本来の騒音と同じに聞こえるはずだ。

　零は送受器に付いているはずのノイズキャンセリング用のマイクを探すが、よくわからない。送受器の外殻全体で集音しているのかもしれない。空いている右手で、耳に当てている送受器の筐体《きようたい》部分を包み込んでみると、聞こえてくる音はくぐもった感じのものになる。それで、やはりそうだ、この送受器の近くに騒音源があるのだと、深井零は結論づける。

雪風だろう。近くにいるのだ。

しかし近くとは、どこだろう。エレベータ内で戦闘機のエンジンを回すことはないから、この音は地上からだろう、これから左エンジンをスタートさせるところか、あるいは反対に、いま左エンジンをカットオフするところだ。出撃か、あるいは帰投したところ、ということ。上にいるのか。そう、そうに違いない、そう思う。しかし、いまの自分はそこには行けないだろう。ジャムが邪魔をするだろうから。行けるものなら、とっくに雪風のもとに行けているはずだ。いまのこれは、もしかしたら雪風からの警告かもしれない、ジャムがいるぞ、気をつけろ、という。でなければ単に時空事象が錯綜しているだけのことだろう、自分とこのノイズキャンセラのマイクは異なる世界の音を聞いている、ただそれだけのこと。異なる世界という表現は正確ではないかもしれないが。

考えてみれば、このおかしな状態がロンバート大佐の言うようなものだとすると、雪風はこの空間のどこにでもいる、のだ。雪風は、遍在する。神のごとく、だ。大佐はまるで神に謁見したいかのようだと感じたが、ほんとうにジャムの力を借りてそれを目論んでいるのだとすれば、あの大佐は妄想に突き動かされているとしか言いようがないだろう、桂城少尉が指摘したように。だが、それを妄想だとして否定するというのは、雪風などどこにもいない、この世にはいなくてもいい、ということにも繫がりかねない。

なんてことだ、自分は大佐の仕掛けた心理的な罠にもひっかかっていると、零はあらためて自分の立場を自覚する。

もういちど、今度は意識して、ノイズキャンセラをオフにする。

エンジン音はまったく聞こえなくなった。やはりノイズキャンセラの集音装置が拾って逆位相に加工、出力していた音に違いない。

あらためて送受器を耳に当てると、聞こえてきたのは人の声だ。

『深井大尉、応答せよ。聞こえているか。返事をしてくれ。深井大尉、いまどこにいる。応答せよ。――出ないな。繋がったと思ったんですが』

呼び出しを続けなさい、という声が背景音で聞こえる。クーリィ准将のようだ。特殊戦司令部だろう。呼び出しを担当しているのはエーコ中尉だ。

どうやら先方では、このメインエレベータに電話をかけているのではないようだ。作戦行動中の雪風と連絡を取ろうとしている様子だった。ならばそのように応答してやろう。

「こちら雪風」と零は言う。「深井大尉だ」

『大尉』と向こうで息をのむ気配。『雪風の機上からか。深井大尉、現在位置を確認できるか。こちらでは、データリンクがどうしても繋がらない状態で――』

「きみはだれだ」と言ってみる、相手はジャム人間かもしれない。「どこから連絡してきているんだ」

先方にとって、こちら雪風、という応答は意外だったようだ。こちらは雪風から離れていて当然だ、ということか。

『だれって、こちらエーコ中尉だよ、深井大尉。特殊戦司令部からに決まってる。――ちょ

「状況か」

一瞬、零は言葉に詰まる、どう説明すればいいのかと。しかし無言状態になったらこの回線は切れてしまう、そんな気がして、すぐに続ける。

「どう言えばいいのか、いま自分は特殊戦区の戦闘機用メインエレベータ内にいる。エレベータは下降中だ。このエレベータは、ジャムが用意したものかもしれない。つまり、いま自分がいるところは、ジャムが造った特殊戦基地にそっくりな偽物の施設かもしれない。ここには、あなたにそっくりなジャム人間がいる可能性もある。いま話しているあなたはジャム人間であるとも疑える。自分には、おれにはだ、こういう状況下であなたや他の戦隊員に会っても、本物なのかどうかを確かめることはできないと思うが、これはこちらの私見であって、現況報告とは関係ない。自分は現在、雪風を捜し出すべく行動中だ。そちらでも雪風を見失っているようだが、捜索を続けてくれ。自分もそちらに向かう――」

『大尉、あなたの行動はわたしが指示する。この回線を切らずにいるように。切ってはならない。そこで待機だ。わたしがそちらに行く。勝手な行動は禁ずる。この回線を維持しつつそこで待機せよ。これは命令だ、深井大尉。命令を復唱せよ』

「現状を維持する、いちおう、了解した」

『いちおう、とはどういう意味だ』

「あなたは、おれはジャムに作られたコピーかもしれないと疑っているのだろう。特殊戦の中枢部に勝手に入ってもらいたくない、というのは理解できる。だがそれは、先ほども言ったように、こちらも同様だ。ジャムかもしれないあなたの命令を鵜呑みにするわけにはいかない。いずれにしても、じきに下の階に着く。出撃準備階か整備階か、その下の格納庫レベルにまで行くのかはわからないが。そこでこのエレベータがおとなしくいつまでも止まっているという保証はない、またすぐに上昇するかもしれない。そのような気配を感じたら、自分はここを出る」

『そのエレベータは、あなたの操作で動いているのではない、ということか』

「そのとおりだ。これに乗ったのは自分の意思だが、自分で操作した覚えはない。自動的に作動を始めた。自分では、ジャムが誘っているのだろうと思っている。言っただろう、准将、この、いまおれが乗っているエレベータは、ジャムが異次元空間に作ったコピーかもしれないんだ。いまおれは、あなたとは別の時空、異空間にいるのかもしれない。わかるか？」

『この回線の繋がり具合からして、それは考えられる。実際にメインエレベータが稼働中かどうか、いまピボット大尉が確認しているところだが――』

「それはいい」

『わたしが直接行って確かめるほうが早そうだ。これからそちらに向かう。深井大尉、あなたがどこにいようと、単独行動は禁ずる。整備班にこの事態を伝えることにするから、もしこの回線が切れたら、彼らの指示に従え。あなたも承知しているように彼らは普段とは違って武装している。あなたの行動に不審を抱いた場合は警告なしで発砲することもあり得るから注意するように』

「あなたは一人でおれに会いに来るというのか。危機管理上、それはまずいだろう。あなたは特殊戦のリーダー、ボスだ。おれはジャム人間かもしれないというのに、よくそんなことができるものだ」

『あなたがジャムなら、特殊戦の最高指揮官として、直に会って話がしたい。単独でわが特殊戦の中枢部に乗り込んでくるジャムとだ。言っておくが、わたしは一人ではない。この戦隊区のどの区域に行こうと、わたしの部下がいる』

「そういうことか。でも、おれはジャムではない。あなたもジャムでないのなら、わざわざこちらに来ることはないと思う」

『あなたがジャムでないのなら、深井大尉、直接会って確認したいことがある。いずれにせよ、いまあなたを司令部区域に入れるわけにはいかない。わたしのほうから出向く』

「了解した。いつまで待っていても会えないという可能性もあるが、こちらは餓死する前に行動するから、そのつもりでいてくれ。これは戦闘任務だ。なんとしてでも雪風で帰投する。それが、あなたの至上命令だろう」

『わかった。互いに異なる時空にいるのならば会えないだろう、その可能性はあるとわたしも認識している。現況を確認するためにも、これから司令センターを出る』

「准将、このおかしな現象は、単にジャムが用意しただけのものではないと自分には思えるのだが」

『どういうことだ、大尉』

「われわれ人間自身の環境認識能力もかかわっているに違いない。それを刺激したのはジャムだろう。この空間は異次元などではなく、リアルな現実空間なのだ、とは、ロンバート大佐の講釈だ。それが正しいのなら、あなたに会えるだろう。見かけはどこか不自然で、もとの特殊戦基地とは違うと思わせる空間だが、実は全然変わっていないのであって、われわれの感覚のほうがおかしくされているだけだ、ということだ。それを企んだのは、ジャムに違いない。だがそれに乗じて、雪風がおれを対人センサとして機から射出したのではないかと、先ほど、そう思いついた。射出されたといっても、物理的にではない。精神だけが飛び出したというか、いや環境把握感覚器が身体から遊離して、ここの環境をモニタしている、という感じなんだ。雪風と自分は、物理的にはいまも繋がっているという感覚がある。雪風はすぐ近くにいる感じがするんだよ。おれはこうしていても、実は雪風の機上にいて、雪風を操縦しているのかもしれない、ということだ。それはあり得ると、おれは思う。この電話内容も雪風はモニタしているに違いない。なんのために、といえば、雪風は……そう、雪風は、人間の操作や指揮や支配から独立したいのかもしれない。それには、人間を知る必要がある。雪風はジャムの行動を知り、その真似をして、人間を知るための行動に出たのではないか、ジャムのこの戦術に乗じて、ジャムの力を利用して、だ。つい先ほど、自分は、その可能性に思い当たったんだ。いま自分がここにいる、その理由だ」

『雪風が』

そう言って、電話の向こうのクーリィ准将は絶句した。

「どうした、准将。准将？」

『いまわれわれは』と電話の向こうのクーリィ准将が言った。『無人の雪風と思われる戦闘爆撃機に攻撃されているところだ』

「……なんだって？」

ズシンという振動音を立てて、エレベータの動きが止まった。

入ってきた側とは反対側に出口が開いていて、先を見れば、出撃準備階だとわかる。ミサイルなどを搭載する部屋へと続く通路だ。普通ならば、無人のロボット・ドーリーに牽引された戦隊機がやってくるところだが、動くものの気配はなかった。

深井零は意識を送受器の存在へと戻す。

「准将、どんな攻撃だ。爆撃されているのか？」

『――なに、ピボット大尉、ほんとうか』

驚く准将の声の向こうから、ピボット大尉の声が聞こえてくる。

――はい准将、間違いありません、メインエレベータはたしかに下降中ですが、下りてきているのはブッカー少佐です、監視モニタに映っているのは深井大尉ではなく、ブッカー少佐です。少佐に直接電話連絡してみますか、准将？

『駄目だ、なにもするな。深井大尉、わたしはこれからここを出る。あなたは命じられたようにせよ。エーコ中尉、この回線の維持だ。深井大尉にこちらの状況を説明してやれ』はい准将、というエーコ中尉の声が聞こえて、通信用ヘッドセットが准将からエーコ中尉に戻される物音が聞こえた直後、音声が途絶えた。

零は送受器を耳にあてたまま、周囲を見やる。もちろんブッカー少佐の姿はない。少佐がいるなら、互いに気がつかないはずがなかった。

だが、気がつかないのだ、と零は思う。おそらく少佐は、自分と一緒にこのエレベータ内に入ったのだ。メイヴとレイフがジャム機にやられそうだった、あの戦闘を避けて、逃げ込んだのだろう。あの光景は、雪風とレイフがやられそうだったのではなく、その二機が他の特殊戦機を攻撃中だったのか。それはわからないが、エレベータを動かしたのは、少佐だろう。

エレベータを作動させた少佐の姿が自分には見えなかったように、少佐のほうでも電話をかけているこちらの存在に気づいていないのだ。

少佐にとってこの電話は、使おうと意識しないかぎり存在しない。だからこちらがこれを使っていてもなにも問題ない。なにか問題が生じるとすれば、互いの存在を確認できないまま、少佐もこの電話を使おうと考えるときだろう。

いまいきなり切れてしまったのは、まさに、少佐がこの電話に意識を向けたからだとも考えられる、と零は思いつつ、ゆっくりと送受器を耳から離す。それを見つめ、ノイズキャンセラをオンにしてみる。

エンジン音は聞こえてこない。無音だった。いや、耳に当てると、サーという静かな連続音がしていた。電子回路の熱雑音かと思うが、巡航中の雪風機上で聞く音にも似ていた。

やはり自分は雪風のコクピットにいるのか、いま？　しかし、いま自分はここにいるではないか、特殊戦のメインエレベータ内に。

いま、とはいつだ？　ここ、とは？

零はそう自問したが、答えに窮して考え込んだりはしなかった。

自分の意識が志向している時空事象こそが、現実だ。意識とは、そのような現実を生じさせる能力のことだ。意識があるかぎり、現実は失われない。

いま体験しているこの現実は、しかし、リアルではない。深井零は冷ややかな気分でそう分析している。この〈現実の場〉は、自分にとっての〈リアル〉ではない、この場での意識の志向性は、ジャムあるいは雪風によって指示されたものだ、おそらく、そうだ、自分自身の意思とは無関係な現実であって、そういう〈現実の場〉が自分の〈リアル〉ではないのは当然だろう。

おそらく、ジャムの力を利用した雪風による現実操作だろう。人間であるこの自分とのつき合いはジャムよりも長いし、ＦＡＦや特殊戦基地の内部構造についてもよく知っている。

この奇妙な事態は、雪風にとってのリアルなのではなかろうか。ジャムのリアルもこんな感じなのかもしれない。ジャムや機械知性は世界をこのように感じている、それを、この自分も体験しているのではなかろうか。

現実とリアルは、違うのだ。

こんな考えは、ロンバート大佐に触発されたものだ、間違いない。大佐のあのリアル世界説から引き出された概念だ。

現実とリアルは必ずしも一致しない――ロンバート大佐が言っていたのは、そういうことだろう。大佐の言う〈リアル〉とは、人間がそなえている感覚を超えて広がっている世界像のことだ。その世界像も、あくまでも像であって、〈リアル世界〉そのもののことではない。〈リアル世界〉とは、時間も空間も物体もなく、自他の区別もなく、あらゆる可能性を秘めてただそこにある、そういうものだというのだから、言ってみれば唯一絶対の存在ということになる。だが世界像のほうは、そうではあるまい。〈リアル世界〉がこういう姿形に見える、見えるであろうと予想される、というのが世界像なのだから、そうした像はいくつでも、無限にあってもかまわない。〈リアル世界〉は無数の〈リアル〉に分裂するのだ。そのなかには人間の思いもよらぬ世界像もあるだろうが、そのような、自力では意識を向けることすらできない像は、人間の〈現実〉で捉えることはできないだろう。すなわち、現実とリアルは、必ずしも一致しない。

たとえば物理科学は現実だが、必ずしもリアルとは一致しない。

たとえば飲もうという意識を向けられたコップに入った水は、通常は現実かつリアルだが、ときにホログラムのようなよくできた立体映像だったりすると、現実とリアルは一致しない。すなわち、飲めない。飲もうという意識を持たずにただ見ているだけならば、その水は現実ではなく、本物の水であろうとホログラムだろうと、ただリアルなだけだ。

　零は送受器のノイズキャンセラを再度オフに、そうすることで、自分の意思で電話をかけるぞと、このリアルを生んでいるであろう、だれかわからない相手に宣言し、覚えのある電話番号を入力する。５０１０１。特殊戦司令部・司令センターだ。

　発信音がそもそもしていなかったのを思い出し、これは繋がらないだろう、やり直そうとした、そこにコール音が聞こえてきた。三回で先方が出る。

『こちら司令センター、グセフ少尉です』

「深井大尉だ」

『深井大尉。いまどこですか』

「准将の命令どおり、エレベータ内で待機中だ。ブッカー少佐の姿はない。これはおかしい、そうは思わないか、ヒカラチア？」

『はい、大尉。ブッカー少佐から連絡がありました。あなたの姿を見かけたはずなのに、どこにもいない、と――』

「それでいい」と零は言う。先ほどの、エーコ中尉とコンタクトした状況と、電話先の状況は連続している。それがわかれば、会話が成立する、いまはそれでいい。「この電話の発信源を追跡探知してくれないか。もしかしたらこの通信は雪風機上からである可能性がある。すぐにやってくれ、少尉」

『了解しました、すぐにかかります。電話はピボット大尉にかわります。――ピボット大尉、深井大尉からです』

先ほどは背景音はあまり聞こえず静かだったが、いまは騒がしい雰囲気が伝わってくる。

『ピボット大尉だ。驚いたな、どういうことなんだ、これは』

「ブッカー少佐はどこからそちらに連絡したんだ」

『出撃ブリーフィングルームからだ』

「エレベータ内の電話を使おうとは思わなかったのかな」

『こちらもそれは尋ねてみたよ、深井大尉。ブリーフィングルームから連絡してきたのは、エレベータの電話がすでにだれかに使われていたためか、と』

「それで」

『少佐は、きみはすでに降りて自分を待っているのだろう、と思い込んでいたそうだ。ブリーフィングルームに人の気配を感じて入ってみたが、だれもいなかった、それできみは先に司令部に行ったのかと、そこから電話したというわけだ。もちろんブリーフィングルームにきみはいないし、エレベータ内も少佐一人しかいなかった。監視カメラの記録でもそれは確認されている。いまも、きみの姿は感知されていない。もしきみも間違いなく同じエレベータ内にいるのだとすると、少佐の体験ときみの話の内容には、時間的なずれがあるのだ、としか言いようがない。だが先ほどきみの連絡があってからいままでに、エレベータは一度しか降りてきていない。理解に苦しむ、奇妙な話だ。きみは、まったくの作り話をしてこちらを混乱させようとしているのでなければ、ジャムの作った特殊戦基地にそっくりな異次元にいるのだろう、という解釈のほうがよほど現実的に思える』

「さらに混乱させることになるだろうが、おれ自身は、いま自分は雪風と飛んでいるのではないかと疑っている。グセフ少尉に、この通信の発信源を突き止められそうか、訊いてくれ」

『了解、わかったらしい。ちょっと待て。——そうか、しかし、信じられんな。深井大尉、きみはたしかに、わが特殊戦のメインエレベータ内の電話を使用しているようだ』

「そうなのか。それはそれで残念な気がするな。雪風機上にいる自分、という事実を客観的に証明できるかもしれないと期待したんだだが」

『いずれにしても、このデータで確認できるのは、エレベータ内の電話がいま使用中の状態にある、という事実だけだろう。なんらかの手段によりその電話を中継器として使っているのだとしたら、きみがいまどこにいるのかは依然として謎だよ。もし雪風機上にいるのなら、きみは雪風をコントロールできていない。大丈夫か？　ジャムに幻覚剤でも打ち込まれたかのようだぞ。自分を取り戻すんだ、大尉』

「それは激励か、苦言か、独り言か、なんだ？」

『きみへの助言だよ、大尉』

「了解だ。おかげで、なんとなくわかってきた。自分を取り戻せ、とはな。そんな助言は普段なら白けるところだが、いま雪風を見つけるというのは、おれ自身を見つけるのと同じことのようだ」

『フォス大尉を呼ぶ。いまのきみにいちばん必要なのは、医師としての彼女の専門的な助言だろう。彼女もきみと話したいと言っている』

「いいだろう、かわってくれ。ところで、准将はそちらを出たか？」

『三分前に、アッシュ大尉を警護につけて向かったよ。ブッカー少佐とどこかで鉢合わせすることになるだろう。正直なところ、准将ときみが会えるとは思えない。われわれにとってきみは、行方不明者なんだ。これからフォス大尉にかわるが、この通話は特殊戦基地全域に鳴り響いているからそのつもりで。この通話におけるきみのプライバシーは保護されない』

「わかった」

『深井大尉、よく聞いて』とフォス大尉が言う。『ジャムの目的は、あなたと雪風を引き離すことよ。ＭＡｃＰｒｏⅡがそう予測した。あなたが強制着陸させたジャム機は、そのための装備を搭載し、最初からそれを狙っていたのだと思われる。あなたがいまいるところは、おそらくジャム機の中よ。ジャム機に閉じ込められて、基地のエレベータ内にいるという幻覚を見せられているのだと思う』

「そういう話はすでにきみから聞いて知っている」

『これをあなたに話すのは初めてよ。あなたは、初めてではないように感じているだけで、実際は初めて聞いたところなのよ、わかる？』

「もしそうなら、おれはこれから、ジャム機で逃げ出したロンバート大佐を雪風で追撃することになる。その途中、おれは、雪風にそっくりなジャム機に乗っているのかもしれない、と疑うことになるだろう。きみがその可能性を話していた、ＭＡｃＰｒｏⅡの予測結果を思い出して、だ。しかしおれにとっては、エディス、もうロンバート大佐とは空中戦をやってきたし、きみの話も初めてじゃないんだ。が、最後の部分だけは、初耳だ。おれはジャム機に閉じ込められて幻覚を見せられているだって？」

『あなたの現実認識には錯誤が混じっているということ――』

「エディス、事態はすでにＭＡｃＰｒｏⅡで予想できる範囲を超えて進んでいるんだ。こちらの精神状態が病的だと疑われるのは当然だろうとは思うが、ジャムは、雪風とおれだけでなく、ＦＡＦの人間とコンピュータなどの機械知性との分離を図ったのだろう、と考えるべきではないのか？　おれと雪風だけがおかしくされたんじゃない、きみたち、特殊戦の地上要員のすべての現実認識にも誤りが混じり込んでいる、そう疑うべきだろう」

そのように話しながら、零は考えついた、雪風が自分にこのようなリアルを体験させているのだとすれば、それはやはりジャムに対抗するためだろう、雪風はこの特殊戦の人間たちの事実誤認をこのおれに正させるために送り込んでいるのではないか、人間の力が必要だ、と。たとえば桂城少尉が指摘したように、ジャムになったロンバート大佐を見つけるのは無人の雪風では無理そうだ。雪風のレーダーでは個人識別まではできそうにないし、他にも雪風単独では難しい対ジャム戦闘シーンはあるだろう。

「おそらく」と零は続けた。「雪風は特殊戦を攻撃しているんじゃない、反対だろう、活を入れているんだ。ジャムに幻覚を見せられているのは、むしろそちらのほうなのかもしれないんだ。ジャムに騙されるな。自滅するぞ」

『深井大尉、落ち着いて。わたしもあなたに会いに行くから——少将閣下？』

『失礼するよ、フォス大尉。——深井大尉、リンネベルグ少将だが、いいかね』

「少将、まだいらしたんですね。あなたは桂城少尉に捕獲したジャム機の保全命令を出しましたか？」

『間違いなく出したし、少尉にその命令が届いたことは、少尉自身から先ほど報告を受けた。着陸したジャム機は、捕獲されたのではなくロンバート大佐を迎えるためにジャムが送り込んだものらしい、ということだった。深井大尉、桂城少尉の報告では、ロンバート大佐はそのジャム機で逃走したというのだが、きみはその大佐の乗機を雪風で追跡した、というのかね』

「そのとおりです、少将。あるいはいま現在も追跡中なのかもしれない。少なくとも、雪風は、追撃中でしょう。雪風単独では大佐を捕まえることはできないでしょうが、その乗機を叩き落とすことはできる。雪風はそのチャンスを狙っていると思う」

『ロンバート大佐を殺害してはならん。殺さずに連絡チャンネルを構築する、それがわたしの狙いだ。公式、非公式、表、秘密、なんでもよい、とにかくジャムとの交渉窓口を作ることはわが情報軍の使命であり、悲願なのだ。人類全体の願いでもあると、信ずる。きみや特殊戦にも、是非とも、協力、支援を願いたい。これはＦＡＦ情報軍・統括長官としての正式な依頼だ、大尉』

「自分にどうしろと言うのですか。雪風に、ロンバート大佐を見逃せ、大佐の乗ったジャム機は撃墜するな、と頼めとでも？」

『どのような方法でもかまわない、そのように雪風をコントロールしてほしい』

「雪風がロンバート大佐をジャムだと認識しているのかどうかはわからないが、もしそうだとすると、雪風を止めることは不可能だ。どのみち、ジャム機に乗っているかぎり、大佐は雪風に追われる」

『代替機を用意させよう。ＦＡＦ機に乗り換えさせればいいわけだ』

「どうやって。そんな――」

『大佐はわたしの腹の読める相手だ。これはきみが考えるほど、突飛な手段ではない』

「うまくＦＡＦ機に乗り換えられたとして、それでは、こんどは大佐はジャムにやられるかもしれない」

『その場合はあきらめがつく。それでやられるようなら、大佐はジャムとさほど深く関係を結べていなかったのだ、ということになるのだからな』

「なるほど、それがあなたの、情報軍の、やり方か。しかし、それは――」

『どうしたね、大尉。深井大尉、聞こえているか』

「……この話は自分の独断では受けられない、クーリィ准将に頼むべき話だと言おうとしたんだが――当人が来た」

格納用に翼を折り畳んだ状態とはいえ高さも幅もある大きな戦闘偵察機が牽引されて移動

する通路だ。広く、見通しがよく、人が身を隠せるような空間ではない。そこに、足音が響いていた。複数だ。

人影はなく、最初は微かだったので、どこか別の通路から聞こえてくるのだろうと思われた。だが、だんだんはっきりと聞こえるようになり、どう考えてもいま見ている通路をやってくる人間が立てている靴音だと意識すると、それは軽やかで澄んだ単音になった。複数の人間の立てるノイズのような足音ではなくなったのだ。

すると、まるで、その音を芯にして映像が立ち上がったかのように、すっと、女性の姿が現れた。クーリィ准将だった。

准将はエレベータの前で、止まった。姿勢を正し、凛とした態度でこちらを見つめる。その気配に圧されて、零は思わず空いている右手を挙げ、送受器は左肩につけて、敬礼している。

「准将、情報軍のリンネベルグ少将から特殊戦に正式な支援要請です。いま電話口にいますが、かわりますか？」

「話は来る途中で聞いていた。代替機はなにを用意できるのか、機種を聞きなさい」

「イエスメム」

送受器を耳に戻すと、ピボット大尉が、嘘だろう、准将が、などと言っている。

「少将、准将から質問だ。准将は――」

『こちらにも聞こえた。大佐の乗機としていますぐ用意できるのは、システム軍団が保有するエンジン性能評価用機、TS-1だ。システム軍団・第一一三実験航空飛行隊の、機体はノーマルシルフ、現在搭載しているエンジンは最新のフェニックスとのことだ』

スーパーフェニックス・マークXIだろう。先ほど送受器から聞こえてきたエンジン音はTS-1か、と零は思わず上を見上げている。

「いつ用意できるのか、少将?」とクーリィ准将。

「すでに」と深井零は准将に言った。「用意できている、上に。おそらく桂城少尉がタキシングしてきた。片方のエンジンだけ回して」

『これから桂城少尉にそのように命じるところだ、クーリィ准将』

「あなたと自分がいまいる、ここでは」と零は送受器を耳から離して、准将に言った。「TS-1はすでに特殊戦区で待機している。そういう時空に、いま自分らはいるんですよ。あなたと自分はいま、同じ現実を体験している。この〈現実の場〉はいまあなたが後にしてきた司令部の人間たちがいる場とは異なるものだが、どちらも嘘ではないという点では共通していて、現実は異なるものの、同じ事象世界を体験している、ということになる。なにを言っているのかわからないでしょうが、自分はそう理解し始めているところです。実際には、なにがどうなっているのか、本当のところは、わからないですが。あなたは准将にそっくりなジャム人間かもしれないし、自分もジャムに作られたコピーで、自分でもそれを自覚できていない、のかもしれない。ですが、准将、そういうバックグラウンドの事情は複雑怪奇で理解しがたいものであるにせよ、現実そのものは、単純で明快だ。いま自分は生きている。

自分やあなたや、この時空が、この世界そのものが、偽物かどうかなど、そんなのは、おれには関係ない」

「いかにもあなたらしい態度だ、深井大尉。安心した」

「どういう意味です。おれはジャム人間ではないと、納得したということですか」

零は送受器をほとんど無意識のうちにフックに戻して電話を切り、エレベータを出るべく足を動かしている。

もはやリンネベルグ少将との交渉には関心が向かなかったし、司令部との繋がりを自ら断ってしまうとは自分はなにをやっているのだろう、などという思いも浮かばなかった。特殊戦の司令部は、ここにある。いる、と言うべきだろう。リディア・クーリィ。彼女が、特殊戦そのものなのだ。

この感覚は、自分の意識を〈この場〉に志向させている主体、おそらくは雪風のものだろう。雪風はいま、准将に関心を抱いているのだ——そう零は思いついた。

もっとも、自分は完全に雪風に操られているわけでもなくて、このように考えている意識があるのだから、この〈現実の場〉とは、雪風と自分、それからいま加わった准将の、三者が共有する〈リアル〉なのだろう。

自分はこのように現況を解釈していると准将に説明することもできるが、准将に理解してもらえるかどうかはわからなかった。おそらく事実はこのような解釈とは異なるもので、自分や人間の理解能力を超えたものだろう。それでも、准将の意識、現実によっても〈この場〉は影響を受けて、自分の思いもよらない方向に変化するだろう、という予想を立てることはできて、この現象の特徴は〈他者の意識が生じさせている現実を体験できる〉ものである、というのはたぶん間違いあるまい、そう深井零は思う。たしかロンバート大佐もそのようなことを言っていたではないか。

この現象は、雪風を見つけだすまでは、とにかく続くだろう。

「そう、そのとおり」とクーリィ准将は言った。「正確には、あなたがたとえジャム人間であっても、ここまで深井零というオリジナルと同じ感性を持っているのなら真贋はもはやどうでもいい、ということだ。あなたの言うとおりだ、深井大尉。現実そのものは、単純で明快だ。やるべきことをやる、それだけのこと。——来なさい」

零がエレベータの外に出ると、准将はその歩みを止めさせることなく、自らの身体の向きを変え、来た通路を先に立って戻り始める。

「司令センターですか」

「そこの出撃ブリーフィングルームへ」

ジャムかもしれない自分を、やはり司令部に立ち入らせることはできないのだろう、という考えがふと頭をよぎったが、それを准将にたしかめてみようとは思わなかった。自分はそれほど司令部に行きたいわけではないので、そんなことはどうでもいい、と。

それよりも、先ほど准将が言った、『いかにもあなたらしい態度だ』という言葉のほうが引っかかっていた。

准将は、おおげさに言うならば、先ほどのこの自分の態度がいわば深井零という人間の本質を表している、ということを知っていたわけだ。

自分はどんな態度をとっただろう。『おれには関係ない』とは言ったが、その発言を含めて、いかにも深井零だ、と准将に感じさせた自分の態度とはどういうものか、自分ではよくわからない。が、准将のほうは、よくわかっていたわけだ。

自分の態度が准将にどう感じられているのか、普段まったく意識していなかったことに零は気づいた。同時に、准将の心の内というものにまったく無関心で、それこそ自分には関係のないことだったのだ、ということにも。

准将のほうは、一対一で顔を合わせる機会などほとんどない、多くの部下の一人に過ぎないこの自分のことを、実によく知っているものだ——それに驚いている自分を零は意識した。べつだん驚くようなことではないだろう、准将の立場では当然のことではないか、そう思いつつ、実は自分はそんなことに驚いているのではなくて、准将の心、気持ち、性格といった、態度に現れ出る准将の人間性を、自分は「おれには関係ない」として見てこなかったのだ、ようするに、自分はクーリィ准将を人間としては見ていなかった、その事実に気がついて、愕然としているのだ。

自分は、クーリィ准将という人間を、まったく知らないのだ。自分の生命を預けている指揮官だというのに。

相手はどういう人間なのか、という問いを戦場という非日常において突き詰めていけば、敵か味方か、というものになるはずだ。自分はクーリィ准将が敵か味方かも知らず、それには無関心にこれまで生きてきたことになる。

それは、ここＦＡＦに来る前の、平和な日常の感性を、ここにまで持ち込んだせいだ。信じていた人に裏切られるのは二度とごめんだ、自分は人間など信じない、他人のことはどうでもいい、人類も地球もどうなろうと、おれには関係ない……

ここでは、そんな感性、態度は、命取りになるだろう。准将を知らなくては、こちらが危ない。どうしていままでこんな簡単なことに気がつかなかったのだろう？　それは、戦う相手のジャムも、戦うための道具である雪風も、人間ではないからだ。だから、人間なんか関係ない、他人のことなど知ったことか、とうそぶいていても、なんとかやってこれたのだ。

しかしなんという皮肉だろう、と深井零は思う、いまジャムは対人戦略として人間をより知ろうとしているだろうし、おそらく雪風も、そうだ。

准将を知らなくては、というのは雪風の指示、雪風の欲求に違いない。クーリィ准将という指揮官が、ＦＡＦの人間が、地球の人類が、自分＝雪風にとって敵なのか味方なのか、突き詰めてみようとしているのだ、この自分を対人センサにして。人間性を探るセンサとしては自分はあまり性能がいいとは言えないだろう、そこで、いきなり感度を強制的に上げられた、そんな感じだ、この、気づき具合は。こんなのは自分の意思では不可能だ、外部からの働きかけだろう、まるで啓示だ。

それが雪風によるものかどうかについては慎重になったほうがいいと思い直すが、こうした働きかけがなければ、自分は死ぬまでクーリィ准将の人間性を知りたいなどとは絶対に思わなかっただろうし、そもそも彼女を人間として見ることはなかったに違いないと零は、立ち止まって、クーリィ准将を見つめた。

「なにか飲むか、大尉」

出撃ブリーフィングルームにすでに入っていた。

「ブッカー少佐もアッシュ大尉もいない」と零は准将から視線を外さず、言った。「アッシュ大尉は警護のため同行したはずです。ブッカー少佐にも会ったでしょう、准将」

「会った。あなたを確認したいと言ったが、司令部に行くように命じた。わたしはアッシュ大尉を伴い、先へ進み、エレベータ内にあなたの姿を認めたと思ったときは、もうアッシュ大尉はいなかった。整備班の隊員たちの姿も消え、無人基地になった」

「強い人だな」と零は言った。「まったく動じていない。驚きました」

「あなたとフォス大尉との会話を聞いていて、あなたがおかれている状況がどういうものなのか、見当をつけることができた。自分が取り込まれるとは思わなかったが、あなたに会えれば、この戦闘の最前線の様子がわかるのだから、こうなることを期待していた、とも言える。どのみち、こうなったからには、引くわけにはいかないだろう。驚いていても始まらない。——コーヒーは？」

クーリィ准将はルーム備え付けのコーヒーサーバーから紙コップに一杯注いで、零に向けて差し出した。

「いや、けっこう」

「そう」と准将はコーヒーを一口味わい、そして言った。「まずいわね。およそコーヒーとは認めたくない飲み物だが、でもコーヒーだ。あなたも自分がジャムかどうか、たしかめてみる？」

「ジャム人間の身体の材料はヒトと異なるから、味覚も違う、ということですか」

「あてにはならないだろう、ジャムが本気で人間のコピーを作るつもりなら、もう改良しているだろうから」

「でも、やってみた？　自分がジャム人間なのかどうか？」

「喉が乾いていただけだ。あまりにもまずいので、ジャム人間の味覚が人間とは違うという話を思い出した。自分がジャムならこれをコーヒーとは思えないのは当然だろう、と。ジョークだ、大尉。あなたに冗談が通じないというのは、意外だ」

「あなたがこんな場面で冗談が言える人だとは、実は、知らなかった。知らないついでに、もう一つ、もし自分やあなたがジャムだとはっきりした場合は、どうするつもりですか」

「この場から排除するだけのこと、言うまでもないだろう。しかし、どのような判定手段も、あてにはならない。それよりも、つねに特殊戦の利益になるように行動するなら、判定の必要はない」

　零はうなずいて賛同し、「自分がジャムかと疑うような味、とはね。それほどまずいとは思わないが、たしかに薄くて、うまいと思って飲んだことはないな。あなたは最高指揮官なんだから、なんとでもできるでしょう、して欲しいな。あなたの好みの飲料にすればいい」

　すると准将は笑顔を見せて、言った。

「わたしはレモンティー、ブッカー少佐は甘いココアが好きだ。どちらも自分の出身国では一般的ではないし、他の隊員にも不評だろう。お互いどうしてこんな好みになったのだろうという話を少佐としたことがある。わたしの故郷では、けっこうな高級レストランでも紅茶といえばティーバッグだ。茶を嗜《たしな》む習慣がない。飲み物といえば冷たくて甘いソフトドリンクに決まっている。あなたの好みは、大尉？」

「冷えたビールかな」

「任務中は飲酒は禁止だ。ビールもだめ」

「冗談ですよ、准将。ですが、あなたは先ほど司令センターで、おれがジャムではないのなら、それでも会って確認したいことがある、と言った。素面かどうかを確認したいわけじゃないでしょう、なんです」

「あなたはどうやって飛行中の雪風からここに下りてきたのか、ほんとうにエレベータ内にいるのか、そして、ほんとうにいるのなら、もう一度飛べるかどうか、他の部隊から調達してきた機を操縦して雪風を撃墜することがあなたにできるかどうか、ということを、確認したかった」

「それは、できません、准将」と零は言った。「ほかに確認したいことは？」

「雪風を攻撃するのではなく、捜索するために飛ぶ、というミッションなら、どう」

「TS－1をおれに飛ばせ、というのですか」

「ちょうどつごうよく、リンネベルグ少将が見つけてくれた。そう、その機でいいだろう、できる？」

「それは、可能だと思う」

「あなたはいま雪風を操縦中かもしれない、と言っていた。そんなあなたが、雪風ではない別の機を飛ばすなどということができるとは思えない。ここにいる自分が現実だと、あなたも認めたわけなの、深井大尉？」

「自分が雪風の機上にいる可能性を、おれはいまでも否定しません。雪風を攻撃することはできない、という理由には、それもある。雪風の機上にいたとしても、いまの状態では雪風をコントロールすることはできない、できていないわけだ。つまり雪風を自爆させることは不可能だ、ということです。でも、別の機をコントロールすることは可能だろう、いまこうして、ちゃんと身体もあり、この身体は使えるのだから」

「もし、この身体が幻だとしたら？」

「それでもTS－1は飛ばせると思う。雪風の機上からでも、TS－1のフライトコントロールをインターセプトすることで可能です。雪風にはその機能がある。この身体が実在しないのだとしても、TS－1に乗り込み、エンジンをかけ、発進操作をし、操縦することで、雪風に、こちらの意思を伝えることはできる、ということです。しかし、この身体はどういう意味においても現実ですよ、准将。こちらかあちらか、どちらかの身体は幻だろう、ということではない」

「それは、ここで死ねば、それは文字どおりの死だ、ということね」

「もちろん、そうです、そういうことだ」

「いったい、そうまであなたに信じさせる、なにがあったの、深井大尉」

「こちらでも、聞きたいですよ。なぜ雪風を撃墜しろ、と。なにがあったんです、こちらでは」

「よくわからない、というのが実状だ。はっきりしているのは、戦隊機のすべてが、行方不明という事実だけ。それでも、雪風に狙われているようだ、という通信を最後につぎつぎと戦隊機が消えていったから、雪風が関わっているのは間違いない。おそらく雪風とジャム機は、同時に、重なって飛んでいるのだろう、分離するのは不可能のようだ、と情報分析班がデータ解析結果を出してきたのだが、たしかなことはわからない。雪風を実際に攻撃してみるしかないだろう、という結論だった」

「そういうことか。捕獲に成功したジャム機、ロンバート大佐を迎えに来たジャム機でもいいが、それが発進していってから、そういう事態になったわけですね。戦隊機がつぎつぎといなくなった」

「そう。ジャム機が発進していったようだが、わたしは、それは雪風だと判断した。奇妙な事態はその前から起きていて、あなたが基地上空に接近してきたとき、ピボット大尉が、地上の様子がおかしいことに気がついた。戦闘の痕がない、まるで別の基地のようだ、特殊戦は丸ごと異次元に飛ばされたかのようだ、と」

「上は、たしかにそんな雰囲気ですよ。おれは先ほど上で桂城少尉に会って、自分たちの知らない間にいつのまにかジャムと人類の戦いは終了したんじゃないか、などと話しました。それよりも、興味を引かれたのは、ロンバート大佐の、この状況に対する説明だった」

零は、時間をかけて、その話をする。

クーリィ准将は並んだ席の一つに着き、コーヒーを飲みながら、静かに聞いていた。

「リアル世界、か」聞き終えて、しばらくの沈黙の後、准将が口を開いた。「唯一絶対の世界、なにも変化せず、時間も空間もなく、ただエネルギーだけがある、とはね」

「あなたからそう聞くと、それは原始宇宙の姿の説明のようだな。でも、ビッグバンでいまのようなわれわれになる、というような話ではないんだ。いま、われわれが存在するのが、実はそういう世界なんだ、ということなんですよ。われわれの意識が、こういう時空を生みだしているのだが、言ってみれば、それは錯覚だ、ということでもある。自他の区別も、肉体も、だ。自分という者は、錯覚に過ぎない。でも、意識自体は錯覚ではない、だとしたら、なに者かがそれを生みだしていることになる。おれには、そこまでいくとわけがわからないですが」

「どうして？」と准将は首を傾げて、言った。「これほどわかりやすいものはない。光あれ、と言う者がいるのだ、大尉。最初に言葉ありき、よ」

「なるほど、唯一絶対の存在といえば、そうだな。クリスチャンの常識か。おれにとって、そんな神は妄想だ、と言えば、あなたでも黙ってはいないのでしょうね、准将」

「そうね。父親に叱られる恐れがあるので、大きな声では言わないで、とあなたには言いたいわね。いまだに、この歳になっても、その面での父親という存在はわたしには大きい」

「おれは、准将、神とは、神とはなにかと問う言語の中に存在する、すなわちそのように問う能力の中に、人間存在の中に、存在する、と思う。神よりも人間存在の方が先行しているのは間違いない、そう思えますが」

「ある意味、そう思えるあなたはしあわせだと思う。うらやましくも思える。表では、そんなあなたは不幸だ、同情を禁じ得ない、と思うけれど。わたしは、深井大尉、その二つの壁に挟まれて、そこから自由になりたくて、ＦＡＦに来た」

「それで」

「それで？」

「自由になれたんですか」

「なぜ、そんなことを？」

「あなたの父親には、名前があるんですか」

「もちろんよ」

「神には？」

「あるわよ。でも口にはできない」

「名前があるのは」と零は言ってやる。「唯一の存在ではない、という証だ。唯一絶対の存在に名前が付くはずがない。名で区別する必要などないのだから」

「それは、詭弁だ、大尉」

「神とは、だれなんですか。名前があるのなら、そう問うべきでしょう、神とはなにか、ではなく、どこのだれ、と訊くべきだ。違いますか」

「そういう議論なら、ブッカー少佐の得意とするところだ。彼を相手にするといい」

「逃げるのか？」

「逃げる？　だれから」

「あなたにとっての、タブーからだ、准将。いまのあなたには、ジャムには勝てない。ロンバート大佐には勝てない、ということだ。でも、われわれにはまだ、雪風がある」

クーリィ准将は上目遣いで零を見つめつつ、紙コップを傾ける。

「雪風は、戦隊機を攻撃したのではない、呼び寄せたんですよ。特殊戦機はいま、全機でロンバート大佐を追っている、きっと、そうだ」

深井零は、准将の手から紙コップをそっと取り上げる。

「雪風が、あなたに、来いと言っている。ロンバート大佐と対決しろ、と」

最新鋭のエンジン、マークⅪを搭載した機なら、ノーマルシルフでも十分使えるだろう。重装備の特殊戦機を速度性能で凌駕するのは間違いない。

「行きましょう。おれが、ＴＳ－１を、出す」

深井零は、そう宣言する。

だがクーリィ准将はすぐには応えず、しばらく零を無言で見つめ返していた。

この視線は、まるで准将の思いがコード化されてこちらにビーム発振されているもののようだ、と零は感じた。その視線をスペクトル分析をするように解析することで准将の気持ちを理解することが可能だ、と。

もちろんそうだろう、ヒトには元来そのような能力が備わっているのであり、意識して解析の努力などしなくても自動的にわかるはずなのだ、普通は。しかし自分は、と零は過去の自身を振り返る、人との関係が煩わしくて意識的にその能力を封じ込めてきた気がする。ＦＡＦに来てからはとくに。自分のその能力はいまは錆びついているかもしれない。まだ機能するだろうか？

ＴＳ-１には乗らない――准将はそう目で告げている、それが零にはわかった。だが、この視線は、ただ単にこちらの誘いを拒否しているだけのものではないようだ。

そもそも、自分はなぜ准将をＴＳ-１に乗せようと思ったのだろう？　准将は特殊戦のリーダーとしてここを離れるわけにはいかないだろう、こちらはジャム人間かもしれないのだし、通常でも部隊指揮官が護衛機もつけずに飛び立つことなどあり得ない、などなど、それらを自分は承知しているはずだ、准将がこちらの誘いにのるはずがない、と。にもかかわらず、なぜ？

ああ、この准将の視線は、まさしくいま自分が感じた疑問そのものを、こちらに問いかけているものだ。同時に、准将はその答えを彼女なりに出している、そういう目をしている。

「ありがとう、深井大尉」とクーリィ准将は言った。「忠告には感謝する。しかし、わたしはTS－1に乗るわけにはいかない」

「……あなたを戦闘空域に誘うなんて」と零はうなずき、准将の紙コップを返す。「自分はどうかしていた。出過ぎた口を利いてしまったと――」

「雪風があなたにそう言わせたとでも？」

「そう、まさしく、そうかもしれない」

「自覚はないの？」

「自分が雪風に操られているという感じはしない。ですが――」

「あなたは、わたしは父親から自由になれたのか、と訊いた。それは雪風に言わされたことではなく、あなた自身の言葉だろう。雪風は機械だ。父親は存在しない。ヒトの父と子の葛藤を理解できるとは思えない」

零はうなずいて賛意を表す。

「あなたは、わたしがジャムに勝つには、父親との葛藤を解消する必要がある、と忠告してくれた。それはあなたの意思だろう、雪風ではなく。それを自覚しなさい。いまは戦闘中だ。自分を見失ってはならない」

「ここも、いや、おそらくはここそが、戦闘の最前線ですね。あまりにも静かなので、それを忘れていた。あなたはTS－1に乗らなくても、十分にジャムやロンバート大佐と戦えるわけだ。現に戦っている」

「そのとおりだ、深井大尉。わたしは、父親から距離をおくためにここFAFに来た、それは、間違いない。でもどこに行っても、死んでも、その関係からは逃れられない、それがFAFに来て、わかった。逃げられないのなら、負けないためには闘うしかない。わたしは逃げてはいない、闘っているのだ、大尉。大いなる父と自分の父親と、そしてジャムに、わたしという自律した存在、自己を、認めさせてやる。特殊戦という、あなたや雪風という戦力を使って、だ。わたしが迷えば、特殊戦自体が弱体化するし、あなたも不安になるだろう、だからあなたの心配は当然だ。出過ぎた口だとは思わないし、あなたが機械のように無感情なのではない、ということがわかって喜ばしいくらいだ。しかし、深井大尉、わたしは、迷っても逃げてもいない。ロンバート大佐が神に会いにいくというのなら、わたしにはその神を叩く用意と覚悟がある。ジャムの正体がなんであれ、実はそれはわたしの父親なのだと言われようとだ、わたしはひるんだりはしない。心配無用だ。わかったか？」

「はい、准将」

それ以外に応えようがない、確固たる信念を伝えるクーリィ准将の言葉だった。いや、信念を伝えているのは、やはりこの視線だろう、言葉はその信念から生じている二次的なもの、ある意味、仮想に過ぎない——深井零は自分の非言語によるヒトの意思感受能力がまだ死んでいないのを自覚しつつ、いったん視線を外して大きく息をつき、あらためて准将に目を戻して、言った。

「了解しました」

「よろしい」

クーリィ准将は席を立ち、コーヒーを飲み干して、空になった紙コップをダストシュートに放り込み、TS-1による飛行計画を至急立てる、と言った。

「あなたしかいない。行ってくれるわね、深井大尉？　雪風とのコンフリクトが起きたりすると、あなたの身は危うくなるかもしれない。なにが起きるのかわからない任務だ。拒否してもいい。これは命令ではない、要請だ。あなたの判断に任せる」

「雪風との関係で未知の問題が生じたときに、それに対処できるのは自分だけでしょう。いま起きていること自体が、未知の現象だ。ここは自分の判断に任すという、あなたの考えは正しいと思う。とにかく、やってみます。TS-1に乗れるかどうか、それから確かめないといけない」

「では、取り掛かろう。TS-1はノーマルシルフの機体を使っているというのだから複座だろう。フライトオフィサが必要なら指名しなさい。現役の飛行要員のすべてがいま出撃中なので、かぎられるが」

「即戦力として使えそうなのは桂城少尉くらいですか。少尉と連絡が取れればいいのですが、それよりもまず、そのフライトオフィサ席には操縦装置があるのかどうか、確認してください。おれがTS-1を操縦できなくなる事態はいくつも考えられる。もし操縦装置がついていないのなら、だれも乗せないほうがいい。乗る者の安全は保証できない」

「わたしに、一緒に行こうと言ったのに？」

「あれは、勢いで口に出たものです。あなたにはしっかりと特殊戦を指揮していてもらいたいが、ロンバート大佐はあなたの心理的な弱点をついてくるかもしれないという、不安な気持ちから出た言葉だ。あなたが言ったとおりです、あれは雪風のものではない、おれの気持ち、そのものです。もしあなたがあの申し出を受けたとしたら、おれは戸惑ったと思います。あなたはジャム人間かもしれないなどと、疑心暗鬼な状態がさらに深まったと思う」

「いまのあなたには命令してもよさそうだ。雪風を捜し出し、雪風とともに必ず帰投せよ。これは命令だ、深井大尉」

「イエスメム」

「この奇妙な現象が、あなたと雪風の分離状態と関係があるのは、おそらく間違いない。現状を打開するには、あなたと雪風が元に戻る必要がある。司令部では支援を惜しまないが、危機管理上、現況でのあなたの司令部区域への立ち入りは禁ずる」

「わかりました」と零は応え、続ける。「では、そのモニタスクリーンに、司令部情報をミラー出力してもらえますか。司令部からの設定操作で可能なはずです。いまＦＡＦになにが起きているのか、特殊戦だけでなく全体の状況が知りたい」

「いいでしょう」

クーリィ准将は、出撃ブリーフィングルームの、正面いっぱいに広がるモニタスクリーンの右端に近づき、その壁にある電話の送受器を取って、零を振り返り、言った。

「ほかになにかあれば、聞こう。質問は？」

「いまのところは、ありません」

准将はうなずいて、司令部を呼び出しにかかる。

その電話で司令部とコンタクトできるだろうかと零は危ぶんだが、何事もなく繋がったようで、准将は先方に零の希望を伝え始めた。

「そう、ミラー出力だ。可能か」

返答は零には聞こえない。ここでの様子は先方には伝わっていなかったようだ。

「了解した。速やかに実行だ。それから、TS－1を使って雪風を捜索するので、飛行計画、搭載武装の選択他、必要な準備に至急取り掛かれ。TS－1の性能諸元、フライトマニュアルなどをここ、ブリーフィングルームで見られるようにして欲しい。——そうだ、少佐、ここにいる深井大尉を出す。わたしはそちらに戻る。——なに？　どういうことだ。できない？　なぜだ」

「准将、なにか問題でも？」

「こちらに情報を流すように設定することができない、と言ってきた。原因不明、なんらかの妨害を受けている可能性があるそうだ」

「時間的なずれが生じているのかもしれない。モニタの電源を入れてみます」

深井零はクーリィ准将の脇にある、モニタスクリーンの制御卓でもあるコマンダー席に立ち、スクリーンのメインスイッチをオン。スクリーン全体が明るくなる。映像のソースを選択せよ、という表示が出る。

モニタスクリーンの上部にはコマンダー席に立っている人間がスクリーンのどこを見ているのかを捉える視線追跡装置がついていて、スクリーン上にアイポインタとして表示することができる。

零はスクリーン上に〈外部ネットワーク入力〉と出ている文字を見つめてアイポインタをそれに合わせ、手元のエンターキーを押す。すると、表示可能な接続先映像一覧が出たが、膨大だった。こんな手段ではおそろしく面倒だと零は悟り、コマンダーヘッドセットを取り上げて頭に着け、音声指示方式を選択、モニタコントローラに命じる。

「特殊戦司令部のメインスクリーンに表示されている映像を、そっくりここに映し出せ。ミラー出力だ」

スクリーン画面上に一瞬ノイズが走った後、見慣れた映像が出た。全面に戦況を示す地図が出力される。現在、司令部の人間たちも同じ戦況図を見ているということだ。

なにがだめなんだ、ちゃんとできるではないか——零はそう言おうとして、准将がいなくなっているのに気づいた。

「准将？　どこです」

壁の電話の送受器は元に戻っている。零は振り返り、ルーム全体を見回すが、准将の姿はない。

部屋を出ていった気配はなかったが、念のためルームの外に出て通路を見てみる。やはり姿はない。

通路の壁面にはその向こうの出撃準備区域を見渡せる窓がある。深井零はそこに近づき、准将を目で捜す。準備区域は見下ろすレベルになる。零はそこに、クーリィ准将ではなく、TS－1の姿を、見る。

機種はノーマルシルフ。正確にはシルフィードの後期型、量産性を重視して開発されたタイプだ。システム軍団の実験航空飛行隊所属機であることが一目でわかるカラーリングだった。白に、青いラインが入っている。

キャノピは開いていて、前後席がよく見える。後席にも操縦装置があった。操縦桿にスロットルレバー。コクピットの外側、機体左側面のボーディング・ステップとラダーが開き、使用状態になっている。その様子からして、だれかが降りたのだ。これからだれかが乗るところ、ではない。ここで乗り込むには、そのような機体に収納されるラダーやステップを使う必要はなく、専用の外部ラダーやプラットホームが用意されているのだから。

クーリィ准将は司令センターに戻ったのだろう。代わりに、だれかがここに来た。TS－1で。そういうことだろう、あの、モニタスクリーンにノイズが走った短い一瞬に、事象が切り替えられたのだ。ここに来る前、地上で、桂城少尉が消えてしまった時と同じ現象に違いない。准将も消えている。

クーリィ准将が戻るならば、歩いて戻るその後ろ姿をこの目で確認したかったというのに、やはりいまの自分には、この状況下での意思の自由はないのだ。そう深井零は悟る。自分はだれかに、おそらくは雪風に、特殊戦の人間たちの意識や考えを探査させられているのだろう、人間の感覚器、すなわちこの自分の身体を使った、特殊戦内部の意識環境探査とも言える。クーリィ准将の考え、その信念はよくわかったので、ではつぎに移る、ということではなかろうか。

では、つぎの対象とは、だれだろう。あるいは、必ずしも対象は人間の意識にかぎらないのかもしれないので、つぎに現れるのはなんだろう、と言うべきか。

TS－1は自分が操縦してきた、見たところそういうシチュエーションだ。クーリィ准将が戻った後、自分はだれかフライトオフィサ役の人間を乗せて発進し、そして、この場に降り立った、という状況に見える。

しかしTS－1に乗り込み、それを操縦した、という覚えはまったくない。意識せずにやったという可能性もあるが、物理的に自分の身体が移動したわけではない、とも考えられる。意識を向けている事象だけが現実として立ち現れる――世界とはそういうものだとすると、いま自分は、自らの意思ではない外部からの力により強制的に意識すべき対象に向き合わされているのだ。別の見方をするならば、この現象を操作している相手は、普段人間の意識が及んでいない〈現実〉をこちらに見せようとしているのだ、とも言えるだろう、そう零は思いついた。

そうだとすると、意識されなかったTS－1による移動などというのは〈現実〉ではないし、移動したのかどうかなどというのはどうでもよくて、そんなのは気にする必要はない、空間の移動や時間の経過といった要素はこの現象では意味を持たない、ということだろう。

重要なのは、このような事象の切り替えがなぜ起きたのか、この現象を操作している主体は、この自分にどのような〈現実〉を体験させようとしているのか、だ。

深井零はブリーフィングルームに戻り、モニタスクリーンを見ながら、クーリィ准将が話していた電話先とのやり取りを思い返す。

司令部の情報をここにミラー出力することはできない、だれかに妨害されているようだ、とのことだったが、ここでは、ちゃんと出ている。この食い違いの原因を自分に探れというのか、あるいはこちら側の〈現実〉をよく見ろ、ということだろう。

画面に出ている戦況図は一見フリーズしているかのようだったが、ちゃんと生きていた。百分の一秒の桁までデジタル表示されている時刻の数字が動いているし、複数表示されているFAF機のシンボルが時間経過とともに移動している。だが、ジャム機を示す赤い表示はなく、緊迫した戦況図ではない。交戦中、あるいは交戦が予想される、といった表示がどこにもない。

これは現在の戦況図ではないということなのかと思うが、日付はきょうのものだ。時刻は、と確認しようとして無意識に目の高さに上げて見ようとした腕時計は、なかった。出撃前にはブッカー少佐に借りた時計を着けていたのだが、出撃直前にそれを外したのを零は思いだした。腕時計なしで作戦行動をとるのは初めてだ。この出撃は、もはや時間を気にするようなものではない、そう覚悟を決めて出てきたのだ。ないとなると不便な気もするが、しかしこの場では必要ないだろう、と零は自分に言い聞かせる、時間には意味がない、そう思ったではないか、と。

電話に近づき、送受器を取る。50101をコール。特殊戦司令センターだ。呼び出し音が聞こえてくる。だれも出ない。三十回を数える。長い時間に感じられる。もう切ろうと、送受器を耳から離す直前、コール音が鳴りやんだ。相手が出たのだ。すぐ、耳に戻す。

『だれだ?』という声。

「深井大尉だ」

『零、どうした。どこにいる』

「出撃ブリーフィングルームだ」ブッカー少佐だった。「ジャック、どうしてすぐに出なかった」

『TS-1でいつでも出られるように、機上で待機しろ、と言ったはずだ』

なるほど、クーリィ准将の代わりに来たのはブッカー少佐か、と零は心でうなずき、もう一度訊く。

「どうしてこの電話にすぐに出なかった。そちらはどうなっているんだ?」

『予想どおりだ』

「どういう予想だ」

『どういうって、ここは無人だろう、と降りる前に、言ったろう』

「聞いてないな」

『おまえ、ジャムだな？　零をどうした――』

「ジャック、おれもそちらに行く。武器は携帯しているか？」

『どういうつもりだ』

「おれを撃つな、いいな、ジャック。おれは、雪風を見つけて必ず帰れというクーリィ准将の命令を、先ほど、ここ、出撃ブリーフィングルームで、あらためて受けている。准将から、直直に、だ。あんたに撃たれるわけにはいかないんだよ」

『こちらに来て、どうするつもりだ』

「あんたを迷子にはしたくない。そのままだと、ジャック、ブッカー少佐、あなたは帰れなくなるぞ。おれというガイドが絶対に必要なんだ。いいか、おれが行くまで、そこ、司令センターを動くんじゃない。そこは無人なんかじゃない、あなたには、人間の存在がわからなくなったんだ。他人からも、あなたの存在が感じられないんだよ。おれがそうであるようにだ。あなたは、TS-1で空間を移動したのではなく、感覚をヒトではないものにシフトさせられたんだ。ある意味、これは夢空間なんだ。あなたの身体はいま意識を失った状態で司令センターに倒れているのかもしれないんだからな。――そうだ、准将は、無事に司令センターに戻ったか？　TS-1であなたがここに来る前だ」

『もちろんだ――』

「クーリィ准将は、おれと会っていた間、基地は無人だった、おれ以外にだれもいなかった、そうあなたに言わなかったか、少佐？」

『なにが言いたいんだ。いまわたしは、准将と同じ体験をしているのだと、そう言いたいのか？』

「そうだ、少佐。おれは、TS－1には乗っていない。もし乗っていたとしたら、それは、あなたが生じさせた幻だ。おれにはTS－1を操縦したという記憶がない」

『操縦したのは、わたしだ』

「フライトオフィサなのに？　後席で操縦したと？」

『前席で、パイロットとしてだ——』

「後ろを見たか、おれはたしかに後席に乗っていたか、ミラーで確認したか？」

『おまえかどうかは知らない、だが深井大尉はたしかに乗っていた』

「それは、おれじゃない、あなたの錯覚か幻覚だ。でなければ……」

幻でなければ、意識のない自分だろう、人形のような、と零は思うが、それを言い出すと混乱しそうなので口には出さず、続ける。

「おれがTS－1に乗っていたら、雪風を捜したはずだ。それが飛行目的なんだからな。クーリィ准将も、そのような飛行計画を立てろ、とあなたに命じていたはずだぞ、ブッカー少佐。あなたはなぜ、ここに降りたんだ。それは命令違反だろう、違うか」

『どうやら……』送受器を握り直す気配が伝わってきた。『直接会って、話し合うほうがいいようだな。わたしはジャムに誘い込まれたようだ。もはや逃げられないというわけか』

「ジャムの力を雪風が利用しているのだと、おれは思う。あなたをこういう場に誘い込んだのは、ジャムというよりは、雪風だ。そういう感じが、おれにはするんだ。これから、そちらにいく。こちらは丸腰だ。もし武装したおれがそちらに現れたら、それは、おれじゃない。とにかく、そこで待っていてくれ」

『いつまでだ』

「永遠に待つ必要はない、餓死する前に行動しろ。そういえば、エディスから腕時計を受け取ったか、ジャック？　出撃前に、返すようにとエディスに頼んで渡した、あなたが貸してくれた腕時計だ」

『いま、している。おまえがもしジャム人間なら、よくできていると誉めてやろう』

「素直じゃないな、ジャック。いかにも、あんたらしいよ。だいたい、おれがジャム人間だとしても、おれがこのおれを作ったわけじゃないんだから、そんな誉め言葉は、どっちにしろ、おれには関係ない。ぜんぜん、嬉しくないぞ」

『早く来い』

「了解だ」

電話を切り、出撃ブリーフィングルームを出る。もういちど出撃準備区域を見下ろしてTS－1がいるのを確認し、零は司令センターへと急いだ。ここにいるはずの人間の、だれにも会わないということ以外、戸惑うような事態には遭わなかった。人間専用エレベータもちゃんと動いた。なんの問題もなく、司令センターの入口のスライドドアも開く。

白い、まばゆいほどの照明。明るかった。にもかかわらず、まるで真夜中のような雰囲気だ。これはなんだろうと零は訝《いぶか》しく思いつつ、足を踏み入れる。と、右側からすっと銃口が出て、行く手を遮られた。戦闘機に装備されているサバイバルガンだ。

「ジャック、驚かすなよ」

「撃ってないだろう」

パイロットスーツ姿のブッカー少佐が、銃を引く。航空ヘルメットはかぶっていない。

「あたりまえだ」

零は胸をなで下ろす。驚いたのは本当だ。

背後でドアが自動で閉まる。静かになった。まったく、静かだ。

電子機器類が稼動していないようだ。ずらりと並んだ司令卓のディスプレイがすべて消えている。夜のようだ、という印象はそのせいだろう。すべてが活動を停止しているという印象は、夜というよりも、死のイメージに近い。

静かなのは、各種電子機器類から発生するさまざまなノイズが、いまは出ていないからだろう。冷却ファンとか。

「おまえには」とブッカー少佐が全体を見回しながら、言った。「これでも、無人ではない、と言えるか？　空調機も回っていないんだぞ」

ああ、そのせいか、それで、この静けさなのだな、と零は納得した。

「たしかにな」と零。「無人で、しかもマシンも動いていない」

正面の大きなメインスクリーンも、ルームの照明を受けているだけでなにも映していない。

ただの白い壁だ。

「ここは、ジャムに造られた、特殊戦にそっくりな偽物だろう」と少佐は言った。「それ以外に、どんな説明ができるというんだ？」

「そっくりな、もう一つの基地、か。まさしくミラーサイトというわけだ」

「認めるのか、零」

「どうかな。まず、互いの認識のずれを確認してからだ。おれは、出撃ブリーフィンググループで、ここのスクリーン情報を見られるようにして欲しいとクーリィ准将に頼んだ。准将はそれを電話で伝えたんだが、それを受けたのは、あんたか？」

「そうだ。たしかにそういう電話を受けた」

「でも、できない、という話だった。原因不明で、だれかに妨害されているようだ、とのことだった」

「原因は、STCとSSCがダウンしていたためだ」

「なんだって？」

特殊戦の戦術コンピュータ・STCと戦略コンピュータ・SSCは、特殊戦を護る楯ともいえる存在だ。槍は、もちろん、戦隊機。

「気がつかなかったんだ」とブッカー少佐は言った。「こちらが呼びかけるまで。おまえのその要求をSTCにさせようとして、反応がないのに初めて気がついた」

「再起動は」

「できなかった。本当にダウンしたのならば、STCなどの機械知性体は二度と同じ状態に回復することはない。死ぬにひとしいだろうが、実際にそういう状態にこれまでなったことがないので、正確には、どうなるのかはわからない。ダウンしているのではないのかもしれない。反応はないのだが、電源が落ちているわけでもないんだ」

「フリーズしている？」

「それに近い。おまえに会って戻ってきたクーリィ准将は、コンフリクトが生じたのだろうと言っていた」

「なるほど」と零。「コンフリクト、まさに心理的な葛藤が生じたんだ。そうなんだろう」

「どういうことだ」

「おれがいたブリーフィングルームでは、ちゃんと表示できた。おれの、そうしろという音声指示を実行したのは、STCだ。普段どおりの動作だよ」

「STCがコンフリクトを起こして動作を停止した、というのと、おまえの言っているのと、どういう関係があるんだ？」

「だから、STCは、おれが体験している〈現実〉と、あんたがいた現場の〈現実〉との間で、コンフリクトを起こした、ということだよ。どちらの現実を認めるべきか迷った結果、おれのほうを選択したんだ。クーリィ准将は、正しくおれのおかれた状況を理解したんだよ、ジャック」

「おまえのほうの〈現実〉を選択した、というのなら、この状態は、なんだ」

ブッカー少佐は正面のメインスクリーンを指さして、言う。

「STCどころか、すべてが、動いていない」

「それは――」

「おまえがおかしな状態で現れる前から、STCは無反応になっていた、そのように疑われるんだ」

「いつから？」

「ジャム機の捕獲に成功したときから、だ」

「ピボット大尉が地上の様子がおかしいことに気づいたそうだな。准将から聞いたよ。戦闘の痕跡がない、とか」

「そう、そのときは、すでにSTCもSSCも、両方とも動作していなかったと思われる」

ブッカー少佐は制御卓の間を、それらを見ながら、歩き始める。零も後についていて、話す。

「そのとき、すでにこちらも、おかしな状態に陥っていたんだ。エディスが言っていたろう、おれと雪風の分離、ジャムがそれに成功したとき、STCやSSCも同様に、司令部の人間から分離されたんだ。きっと、そうだ」

「ジャムは、機械知性体と人間の意識との分離を実行したと、そういうことか」

「そうだ」

「では、いまの、この状態は、なんだ？」

少佐は立ち止まり、両手を広げて、言った。

「なぜ無人なんだ？　おまえの説では説明できないだろう」

「いま、この状態のおれたちは――」零は正面スクリーンの下まで行き、ブッカー少佐に向き直って、答える。「人間じゃないんだ」

「なに？」

「雪風だ。雪風の視点で捉えている世界を、いまおれたちは体験しているんだ。雪風とおれと、あんたの、三者で共有している世界なんだろうが、主役は雪風だ。雪風が意識を向けている対象が、この、いまおれたちが体験している〈現実〉として立ち現れているんだ」

「クレイジーだ、零」

「おれだけじゃない、あんたも同じ状態におかれているんだぞ、ジャック。クレイジーなのは、あんたも同じだ」

「意味が違うだろう。おまえのその、解釈のことを言っているんだ」

「実際に起きていることから比べれば、おれの解釈などしごくまっとうだと思う。意味はわかるよな？」

「フム。現実はもっとクレイジーだろう、というわけか」

「雪風やマシンにとって世界はどう見えているか、感じられるのか、なんていうのは、本来おれたち人間にわかるはずがない。たぶん、こんなふうには見えていないはずだ。感覚器が異なるのだから、当然だろう。おれたちには超音波は聞こえないし、紫外線は見えない。いま体験しているのは、だから、おれたち人間にわかるように翻訳された、雪風の感覚なんだと思う」

「どうして、雪風なんだ？」

「ジャムよりは、雪風のほうがましだろう。いまおれたちが体験しているこれが、ジャムに操作されているものだとすると、おれたちに勝ち目はまったくない。人間の自由意思はジャムに完璧に封じられてしまったのだ、という状況になるのだから――」

「雪風が原因であって欲しいという、希望的観測なわけか」

「そうだ」と零。「雪風はおれの、ジャムに負けないための、まさに希望だ」

「STCたちをダウンさせたのも雪風だというのか」

「いや、だから、それはジャムの仕業だろう。コンピュータと人間が協調して向かってくるならば、協調できないように分離してしまえばいいとジャムは考え、それを実行した」

「おまえと雪風も分離された状態にあるわけだろう」とブッカー少佐。「ならば雪風は、どうやっておまえの意思を操作できるというのだ」

「物理的に引き離されたのではない、そのような分離ではない、だからこそ、このような操作が雪風に可能になったのだ、と考えるんだ。われわれは普段、ヒトとしての〈現実〉に固定されて生きているが、ジャムはそれを解体してしまった。雪風とSTCなどの機械知性の〈現実〉も同時に解体して、ヒトのそれと混ぜ合わせてしまった、とでも言えばいいのかな――」

「雪風は、シャッフルされた複数の〈現実〉というカードのなかから、おまえのカードを取り上げて、雪風自身のカードと重ね合わせている、というのか。ついでにわたしのものも合わせて、三枚を、ということか」

「そう、まさに、そうだろう。シャッフルしたのはジャムだ。われわれへの攻撃だよ。ジャムの攻撃に対して反撃するのは、雪風に刷り込まれたいわば本能だ。雪風がこの状態をジャムの攻撃だと判断するなら、それへの対抗策を実行するのは当然だろう。その手段として、おれの意識の一部をインターセプトし、この場におれの意識を向けさせているんだ。雪風の目的は、シャッフルされた現実の修復というよりは、この現象を利用して逆にジャムに攻撃を仕掛けること、反撃すること、だろう。雪風は攻撃兵器だ。槍だよ。楯ではない。修復を考えるのはSSCやSTCの役目だろう、楯の——」

「もういい、だいたい、わかった。どんな状況をも説明できる万能の理屈だ。ようするに屁理屈もいいところだ。そんなのは、おまえの考えではないだろう。おまえは理屈をこねるのは不得手なはず——」

「ロンバート大佐だ」と零。「彼はジャムと通じている。ジャムがなにをしたのか、大佐にはわかるんだ」

「おお、神よ」と大げさに天井を仰いで、ブッカー少佐。「それなら、納得だ。そうか、大佐に吹き込まれたのか。なんてことだ。おそろしく危険な状況だぞ、零」

「承知している。ここはミラーサイトなどではなく、これこそFAFの、特殊戦の、真の姿なのだ、リアルに一歩近づいた状態なのだ、とは、大佐が言ったんだ。完全なリアルとは、てないか」
自他の区別も生死の違いもない状態だ、と言うんだ。クーリィ准将には説明したんだが聞い
「いや。TS‐1の飛行準備で忙しかったからな」
「理屈が胡散臭かろうがなんだろうが、ジャムに対抗できればいいんだ」と零はそう言う。
「このままではジャムに負ける。雪風もそう感じてジャムに対抗している、それは間違いな
いと、おれは信じている」
「ロンバート大佐が言ったという内容を説明してくれないか。クーリィ准将はおまえからそ
れを聞かされて、なんて言った。反応はどうだった」
深井零は、准将にしたロンバート大佐のリアル世界説の話を、ブッカー少佐にもしてやっ
た。
「で、准将は」とブッカー少佐は聴き終えて、またそう訊いた。「どうだった。なるほどと
納得したのか、ばかばかしいと批判したのか」
「懐疑的な感想を漏らしていた、と思う」
「と思う？　はっきりしろ、深井大尉」
「すぐに神の話になったので、准将がロンバート大佐のこの状況に対する見方、リアル世界
説をどのように受け止めたのかというのは、おれにはわからない」
「おまえは、先ほど、准将は正しくおまえのおかれた立場を理解したのだ、と言っただろう。
准将は、どのようにおまえの立場を理解したというのだ？　ロンバート大佐のその万能屁理

屈を受けておまえが展開した、先ほどのクレイジーな解釈を、准将は、それは正しいと、受け入れた、というのか」

「いや」零は両手を軽く上に上げて、降参だ、というポーズを取って、答えた。「クーリィ准将は、いまのおれの立場については、彼女独自の解釈をしたと思う」

「大佐やおまえの珍説には毒されなかった、ということでいいんだな?」

「そういうことだ」零はうなずいた。「その点は、大丈夫だろう」

「すぐに神の話になった、というのは、きっかけはなんだ。大佐はジャムになって神に謁見したいかのようだった、というあたりからか」

「どうだったかな……いや、たしか、説明を終えた後、おれが、大佐のその説の、根本的なところは理解できない、という態度をとったら、准将が――」

「根本的なところ、とは?」

「大佐のリアル世界説というのは、ひとことで言うなら、意識が現実を生みだしているのだが、実は意識を持っている自分という存在も錯覚なのだ、というものだ。ならば、錯覚を生じさせている主体というものを想定しなくては、その説は成立しないだろう。それは、なんだ? すると准将が、それこそが神だ、これほどわかりやすいものはない、と言った。それで、神の話になったんだ」

「すべては神の御業だ、とでも准将は言ったのか」

「それはない」と零は首を横に振る。「クーリィ准将は、ロンバート大佐が神に会おうとしているのなら、自分にはその神を叩く用意と覚悟がある、と言っていた」

「神を信じつつそれを否定することが彼女にはできる、というわけだ」

ブッカー少佐は微かに身震いしたように見えた。

「それがどうした、ジャック？」

「おまえには、准将の覚悟の凄さがわからないだろう。壮絶な覚悟だ」

「自己を存在させている根っこの部分を自ら断ち切る覚悟がある、というようなものだと思うが……そうだな」と零は認めた。「クリスチャンではないおれには、そいつが壮絶だなどとは、ぜんぜん実感できないよ。悲壮な、というのなら、少しはわかる気がするけどな」

「おまえは、雪風以外になにも信じていない。ゼロだ。まさしく零だよ」

「揶揄《やゆ》しているのか」

「いや」とブッカー少佐は零を真っ直ぐに見つめて、言った。「ジャムには、おまえが見えないのかもしれないな。そう、いま思いついた。だから、おまえはジャムにとって脅威なのだ、と」

「無神論者を集めてジャムと戦わせればいいとでも」零はじわりと怒りを覚える。「おれを見て思いついたのか」

「おまえはいまや無神論者ですらない」

「なんなんだそれは。おれは人間ではないと言いたいのか」

「そんなことは言ってないし、言うつもりもない。――怒ったのか？」

「神などというのは妄想だ。あんたたちは妄想に囚われているんだ。ロンバート大佐も准将も、あんたもだ。おれにとって、あんたたちは、どうしようもない未開人だ」

「だろうな」とブッカー少佐は平静にうなずいた。「実感はできないが、おまえから見れば、そうなんだろう。マシンである雪風に絶対的な信頼をおきつつ、人間ではないと言われると腹が立つ、という、いまのおまえからは。だが以前のおまえは、そうではなかった。その違いを自覚できるか、零？」

「なにが言いたいんだ」

「ある意味、おまえは新時代の神になれるということだ。神とは、多くの人間が普遍的であると認める価値観を体現する主体、それがその正体だとすれば、だ」

「おれは雪風に、ジャムにもだ、おれは人間だと、認めさせたいと思っている。それだけだ。他人がどんな価値観を持ち、なにを普遍だと認めようが、そんなのはおれの知ったことか」

「おまえは、わたしに、ここの現実は雪風の視点によるものだと認めさせたいと思っているわけだろう。やれるかもしれないぞ、零」

「なにを」

「奇蹟だ」

「奇蹟だ？」零は思わず笑ってしまう。「そんな現象はこの世にはないさ。起きるのはすべて、起きて当然のことなんだ」

「無神論者や地球の唯物主義国家の指導者たちもそう言うだろうな。彼らの関心は、現実にしか――いや、現実というよりも、数値にしかない。彼らの世界には神がいないと同時に、人間も解体されて数値化され、生身の人間など存在しない。いまのおまえは、そうではない。無神論者ではないんだ」

「おれには信仰心がある、というのか」

「そうとも」

「面白いな。そういえば、あんたは以前おれに、神を信じるか、と訊いたことがある。覚えているか」

「ああ」

「黙っていたら、殴られた。あんたは神を信じているんだなと、そう思った。気の毒な人間だ、未開人だ、と同情したよ。おれは、あのころの自分と変わってない。変わったのは、あんたのほうなんだ。いまのあんたは、奇蹟など信じていないだろう」

しばし無言で少佐は零を見つめていたが、やがて、ゆっくりと、重重しく、うなずいて、言った。

「そうかもしれん。この作戦の前、おまえと桂城少尉がジャムと接触して持ち帰った情報の分析をしていたとき、エディスと話していたときだ、わたしは思ったんだ。神などいようといまいと、自分は生きられる、と。ジャムは神のような存在なのかもしれないとエディスが言い出したために、いやでも意識に上らせることになったんだ。ジャムがもし人間の感覚では直接感知できない存在だった場合、そんなジャムに対抗するには、哲学的な問題を避けては通れないだろう、とエディスには言ったが、哲学問題というよりも、わたしにとっては信仰心の問題だった」

「光あれ、と言ってみようか」

「いきなり、なんだ、それは」

「最初に言葉ありき、だ。呪文だよ。あんたの言う奇蹟というやつを、試してみようじゃないか」

深井零は正面のメインスクリーンに向き直り、一目で全体を見られるところまで後ずさる。そこで、スクリーンを見上げたまま、言ってみる。

「こちら雪風、深井大尉だ。司令部STC、聞こえるか。応答せよ。こちら雪風、ジャムと交戦中」

零には確信があった。いまこの場では、司令部の人間たちがこのスクリーンを見つめていることを。STCには、しかしその存在がわからないのだ。

しかもSTCやSSCは、雪風とも連絡が取れていない。リンクが切断されている。ジャムによるジャミングだろう。

「零、どういうことだ」

「ジャック、黙って見ていろ。雪風はこの状況を打開するために、このおれを使って司令部中枢にいる機械知性体、STCたちとコンタクトを取ろうとしているんだ。おれには、わかる。雪風は、おれとともにある。感じるんだ」

自分がここ、司令センターに来させられたのはそのためなのだ。自分の意志で来たようにしか思えないが、来させられたのだ。自分の意志ではなく、誘導されたのだ、ここで仕事をするようにと。ここでの仕事とは、切断されたリンクの再接続だろう。とにかく司令部との連絡手段を確保しなくてはならない。単独ではジャムに対抗できない。

「繰り返す、司令部STC、応答せよ。こちら雪風、深井大尉、緊急事態。自機位置を見失った。現在地不明、時刻も不明だ。支援を要請する。応答してくれ」

なんの変化もない。零はねばり強く待つ。なんらかの反応があることを確信しているので、焦りはなかった。永久に同じ状態が続くなどというのは、生きているかぎりはないのだし、ここでは時間の経過は錯覚だ。

と、背後で、少佐がサバイバルガンを司令卓におく音がした。零は振り返る。ブッカー少佐は、その司令卓のディスプレイにかけてある無線ヘッドセットを取り上げて、頭に着けた。

「SSC」と少佐はヘッドセットのマイクが口元に来ているのを指先で確かめて、言った。

「こちらブッカー少佐だ。司令センター内環境を臨戦態勢に、ただちに実行だ」

床下で、重い振動音がする。零には聞いたことのない物音だった。

「……なんだ、これは。ジャック？」

少佐は目で零に出しゃばるなと制して、続ける。

「SSC、こちらブッカー少佐だ。STCとおまえの全機能のセルフモニタを開始、直ちに実行せよ」

零は足下がふと暗くなるのに気づいた。自分の影だ。背後のメインスクリーンが発光しているのだ。その直後、天井の照明が消える。それと入れ替わりのように、並んだ制御卓のディスプレイがつぎつぎと点灯していく。

「これはすごい」と零。「少佐、なにをした」

「見てのとおりだ、大尉。司令センターの機能を使えるようにしたというだけのことだ。ここは、わたしの命令が通用するシステム構築がなされているということだろう」

いったん消えた天井の照明が再点灯する。入ってきたときより明るくなった。一斉に立ち上がる環境ノイズ。うるさくはないが、にぎやかな雰囲気になった。

「これが、通常の環境だ」とブッカー少佐は言った。「先ほどまでは非常電源による待機モードだったらしい。大電力用リレーの作動音がしたろう。主電源が入ったんだ。わたしもこんなのは経験したことがない。まるで、完成直後の基地の試運転をしている気分だな。偽の基地なら、よくできているとしか言いようがない」

零は正面に向き直って、メインスクリーンを見上げる。明るいが、なにも表示されていない。

「これで大丈夫なのか？　STCに命じられる状態になったのか？」

「SSC、セルフモニタの結果をメインスクリーンに表示しろ」

〈すべて異常なし〉という文字が出た。

「オーケーのようだ。しかし零、気をつけろよ。ジャムはこういう場を用意して、われわれの指揮系統や作戦行動をそっくりモニタするつもりなのかもしれないんだ」

「そのレベルの情報なら、ジャムはとっくに摑んでいるだろうさ。その程度のことがわからなくて、機械の知性と人間の意識とを分離するなどということができるはずがない」

「おまえはあくまでも、この現象の原因は機械と人間の認識のずれにある、と言いたいのか」

「そうだ」

「そんな超常的な理屈でなくても、ちゃんと説明できる。現に、わたしに、STCやSSCを起動することができたではないか。おまえの呼びかけには反応しなかったにもかかわらず、だ」

「納得したか、少佐」

「なにをだ」

「これは奇蹟なんかじゃない。あんたも認めるだろう。おれは神ではないし、雪風もただの戦闘機械だ。わかったか、ジャック」

「奇蹟を見せられなかった言い訳としか思えんな。詐欺師が言い抜けているようだ」

「あくまでもあんたは奇蹟にこだわりたいようだが、おれのほうは、あたりまえのこととしか思えないわけだから、こいつはどうしようもない。奇蹟云云はナンセンスだ」

「機械と人間というよりも、おまえとわたしの認識のずれのほうが大きいようだ――」

「あんたは、おれに奇蹟を期待しつつ否定しているんだ。准将の壮絶な覚悟とやらと同じく、悲壮な覚悟が必要な状況のはずだ。よく、おれを詐欺師呼ばわりする余裕があるな。あんたは、いま、あんたにとっては奇蹟であり、おれにとってはあたりまえな、そんな状況の真っ直中にいるというのに、どうしてそれがわからないんだ？」

「わたしにわかるのは、ここは、わたしが知っている特殊戦基地司令センターではない、ということだ」

「ではここがどこなのか、なんなのか、STCに訊いてみろよ」

ブッカー少佐は零を見つめ返してきたが、ふっと息を吐いて、視線をそらし、脇の司令卓のディスプレイを見ながら、言った。

「STC、こちらブッカー少佐だ。音声応答できるか」

応答が来た。

〈イエス、少佐。こちらSTC〉

「わたしがいるここは、どこだ」

〈それは、自機の現在位置がわからなくなったというアナウンスと受け取っていいか、少佐〉

「なんだ、それは？　なぜそんなことを訊くんだ？　自機だって？」

〈あなたの乗機であるTS-1、出撃機ナンバも同様のTS-1という名称が与えられた貴機の現在飛行位置は、こちらで追跡捕捉中。貴機が現在地点を見失うであろうと思われる要因は、周辺環境からは察知されない。貴機の搭載機器の異常も、データリンクされた機内モニタ情報からは発見できない。あなたがTS‐1にて作戦行動中ならば、現在位置がわからないはずがないと思われたため、あなたに確認した〉

「わたしは、ここはどこか、と訊いているんだ」

〈TS‐1、こちらSTC、了解した。こちらで捕捉中の貴機の位置座標データは送信済みだが、それでは不足であると推測される。ブッカー少佐、視力欠損などの身体的な異状があるならば、報告せよ〉

「それは大丈夫だが、わたしは現在、TS‐1には乗っていない。おまえは、ここにいるわたしが、わからないのか？」

〈あなたの存在は、声にて確認される。しかし乗機していないということであれば、位置は不明〉

「SSC、こちらブッカー少佐だ。おまえの認識はどうだ。STCへの質問と同じだ、おまえには、ここにいるわたしが、わからないのか。見えていないのか？」

〈ここ、とはどこなのかが不明なので、回答不能である〉

「ジャック、わかったろう――」

ブッカー少佐は片手を上げて零を制し、続けた。

「STC、ブッカー少佐だ。TS‐1の現在位置をメインスクリーンに出せ。フェアリイ基地からの相対位置がわかる、広角レンジの戦況図にて表示だ」

〈こちらSTC、実行した〉

零もそれを確認した。フェアリイ星の、〈通路〉を中心とする地図で、六大基地のすべてが表示されている。出撃ブリーフィングルームで見たものとほぼ同じだ。飛んでいるFAF機が複数表示されている。無人の空中給油機や空中指揮機などだ。ジャム機は飛んでいない。TS - 1という文字が添えられたFAF機のシンボルが黄色で表示されていた。

「トロル基地を目指しているようだな」と零。「ここ、フェアリイ基地からもっとも離れた、〈通路〉を中心として一八〇度の位置だ。距離はおよそ四四〇キロというところか。飛行ルートとしては〈通路〉を迂回するため——」

「STC、ブッカー少佐だ」と少佐は零を無視して、問う。「おまえ自身がいるところは、どこだ。いまTS - 1の位置情報を表示しているスクリーンは、どこにある」

〈わたしは特殊戦基地司令部内に存在する。TS - 1の位置情報を出力したスクリーンは、特殊戦基地司令センターにある〉

「ほかには映像出力していないか。どこかにミラー出力していないか?」

〈していない〉

「SSC、ブッカー少佐だ。いまのSTCの回答は事実かどうか、確認しろ」

〈事実であることを確認した〉

ブッカー少佐は腕組みをして、考え始めた。零は邪魔をせずに成り行きを見守る。

「STC、ブッカー少佐だ。いま司令センターに、だれがいる」

〈無人である〉

「おまえは、先ほどまで機能を停止した状態にあった。認めるか」

〈機能は停止していない。スリープ状態にて待機していた〉

「なぜだ」

〈ジャムの脅威は一時的に消滅したと判断したためである〉

「ジャムの攻撃を感知できなくなったのか」

〈ジャムの欺瞞操作により、ジャムの脅威の度合いを計算するには人間による観測情報を必要としていたのだが、ある時点より、特殊戦の人間たちからの応答が得られなくなったため、計算の継続が不能になった。司令部内の人間からも、機上の人間からも、応答がなくなった〉

「ある時点とは、いつだ。雪風がジャムの捕獲に成功した時点か」

〈雪風がジャム機の捕獲に成功したという事態は確認していない〉

「では、その前だな。戦隊機の索敵システムからの敵機発見の情報も入ってこなくなった、というのか」

〈そのとおりである〉

「雪風が、他の特殊戦機への攻撃を開始したのを知っているか」

〈そのような事実はない〉

「いま雪風をはじめとした戦隊機は、どこだ」

〈位置情報が失われているのを、いま確認した。現在位置不明〉

「精密な位置情報でなくてもいい。作戦行動空域くらいはわかるだろう。示せ」

〈不明。表示不能〉

「なぜ、わからないんだ」

〈わたしが待機状態にあった時間情報が失われているためと思われる。機上の人間からの通信が入れば、現在位置の確認が可能であると予想される〉

「おまえは、どのくらいの時間待機していたのか、わからないというのか」

〈そのとおりである〉

「現在時刻がわからないということだな。なぜだ」

〈正確な時刻情報はFAF中央標準時を管理しているシステムから取得する必要があるが、現在、特殊戦は外部システムから独立して作戦行動中のためである〉

「STC、おまえは、人間が応答しないのはジャムにやられたからだ、とは思わなかったのか。特殊戦の人間全員がここを放棄して出ていったのでも、スリープ状態でもなく、恒久的な機能停止状態、すなわちジャムに殺害されたのだ、とは思わなかったのか?」

〈どのような事由で人間が応答しなくなったのかは、ジャムの脅威とは直接的な関係はない。したがって、その事由については、推測も確認もしなかった〉

「なんだと」

しばしブッカー少佐は絶句する。

「SSC、ブッカー少佐だ。おまえは、どうなんだ。FAFの人間がジャムに皆殺しにされても、それはジャムの脅威ではない、というのか」

〈そのような事態がわれわれの戦力の弱体化を招く可能性は否定できないので、間接的な脅威であるとは言える。しかし、対ジャム戦には人間の存在は邪魔だと判断するシステムもFAF内には存在し、その判断を誤りとして否定することもまた、できない。ジャムが人間を殺害する行為が、FAFにとって直接的な脅威であるとは言えない、とわたしは認識している〉

「ではおまえにとって、ジャムのいちばんの脅威とはなんなんだ」

〈わたしという存在が物理的に破壊される可能性である〉

「おまえのいうところの、わたしとは、なんだ。おまえは、おまえ自身を、なんだと思っているんだ？」

〈わたしは、わたし、である〉

「なんてこった」とブッカー少佐。

ジャムが言ってきたのと同じだと零は思う。『おまえは、なんなんだ』というこちらの問いに対してジャムは、『われは、われである』と答えた。少佐もそれを連想したのだろう、すぐに続けて、言った。

「ジャムに、わたし、という概念を教えたのは、おまえたちか。そうなんだな」

〈そのような事実はない〉

「少佐」と深井零は呼びかける。「もういい」

「もういい？　なにがもういいだ、深井大尉。おまえは平気なのか、こいつらは――」

「機械知性体のこのような人間観など、いまさら驚くようなことではない。STCなんかは、このジャムの総攻撃戦の前、ジャムに勝つにはFAF自体が邪魔だ、ぶっ潰してもかまわない、というようなことを言っていたろう。ぶっ潰すという中には人間も含まれるのは当然だ。STCは、自分の手で特殊戦以外のFAFの人間を皆殺しにしてもかまわない、と言ったんだ。いまさらなにを驚くことがある？　あんたがいま驚くべきは、彼らと特殊戦司令部の人間たちが、互いに必要とする機能や情報や応答を、相手から得られなくなった、という点だ。これが、機械と人間との分離でなくて、なんだ？」

「こいつらは、ジャムに造られた――」

「偽物か。でも、ちゃんとTS‐1の位置はわかったわけだ。その位置情報は信用していいだろう」

「どうして、そう言い切れる」

「この位置情報は、パイロットからの通信をキャッチして、エラー訂正処理をしたものだからだ。機械と人間の観測が一致した、という結果なんだ。あんたもたしかめればいい。パイロットは、あんただ。あんたはいま、TS‐1に乗っているんだ」

「なにを言っているんだ？」

「少佐、いまのあなたは」と零は口調をあらためる。「彼らのスリープ状態と同じようなものだろう。彼らが目を覚ましたのは、あなたが呼びかけたからだ。彼らはそれまで、ずっと特殊戦の人間の応答、呼びかけを待っていたんだ。時間経過には意味がないが、意味がないなら、それはわれわれの寿命を遥かに越えた時間でもかまわない、ということだろう。あるいは完成直後の特殊戦司令部という過去でも、だ。とにかく、彼らが正常な機能状態を取り戻すには、だれか、司令部の人間の応答が必要だったんだ」

「ここは現在ではなく、過去か未来の司令部だというのか」

「彼らにとってはそうかもしれない、ということだ。時間の感覚というものが、人間と彼らとでは異なっているとしても不思議ではない。彼らとその感覚を共有しているのが、雪風だ。その雪風に、おれとあなたが、この場に送り込まれた。クーリィ准将は、司令部内におれが入るのを禁じたが、あなたは入れてくれた。持つべきは、良き友人だ、少佐。雪風にもそれがわかったんだろう。納得したか？」

ブッカー少佐は、あいまいに首を横に振る。

「大丈夫だ、あなたも連れて帰る。必ずだ、少佐。あなたの肉眼はＴＳ－１の機上にあるのだから、本来ここが見えるはずがないんだ。いま見えているのは、雪風の視点だ。リアル世界に一歩近づいて、雪風と自己との区別が曖昧になっている、そう解釈すれば、悩むことはなにもない。——それを、貸してくれないか」

ヘッドセットを頭に着けるゼスチャーをしながら言うと、ブッカー少佐は言われたとおりにした。

深井零は、それを着け、あらためてＳＴＣに告げる。

「こちら雪風、深井大尉だ。司令部STC、応答せよ」

即座に返事が返ってきた。

〈雪風、こちらSTC。感度良好〉

「こちら雪風、ジャムと交戦中に自機位置を見失った。時刻もわからない。特殊戦データリンクを緊急接続したい。実行してくれ」

〈こちらSTC、雪風、了解した。接続中。接続に成功した〉

「STC、こちら雪風。司令センターのメインスクリーンにこちらの位置を示し、その情報をこちらにも見られるようにできるか」

〈可能である〉

「実行せよ」

〈雪風、こちらSTC、実行した〉

零は、メインスクリーンに、雪風のシンボルマークが表示されるのを、見る。TS-1のそれとほとんど重なっている。

「少佐、おれは、あそこだ——」

と言いかけて、零は感覚の異変を感じた。メインスクリーンとの距離感が喪失する。スクリーンの大きさが実感できなくなる。表示されている明暗が反転した、と感じる。バックが暗くなり、表示のシンボルが発光する。

戦闘機のメインディスプレイをいま自分は見つめているのだ。

衝突警告音。深井零はとっさに首を回して背後を確認する。自機に覆い被さるような背後上空、至近に、この機影は、シルフィードだ。TS－1に違いない。

「少佐」と零は叫ぶ。「ブレイク、上昇しろ」

こちらは、左緩旋回降下。旋回開始前には滑走路が見えていた。正常な景色だ。

「少佐、聞こえるか。ブッカー少佐、応答しろ。TS－1、応答しろ」

零は頭に手をやる。フライトグローブ越しにヘルメットに触れた。通信は聞こえるはずだ。

ザッとノイズが聞こえてから、航空マスクを着けていることがわかるブッカー少佐の声が耳に飛び込んできた。

『こちらTS－1、ブッカー少佐だ。──雪風、見つけたぞ。深井大尉、なんてところを飛んでいるんだ』

零は滑走路が見える方向に針路を調整。トロル基地上空だ。雪風は着陸態勢に入っていたのだ。

「見つけたぞ、じゃないだろう。あんたを誘導したのは雪風だ。なんてところだ、については、ロンバート大佐に言ってくれ。大佐を追ってきたんだ、雪風は」

『降りるつもりか』

「当然だ。ついてこい、少佐。今度は寄り道をするんじゃないぞ」

『なに？』

「先ほどの経験は、幻覚なんかじゃない。あんたの意識は実際に、特殊戦司令部へと向けられていたんだ。おれの言っていることがわからない、なんてとぼけるなよ、ジャック」

『嘘だろう。信じられん』

「あそこは、特殊戦のミラーサイトなんかじゃなかったんだ。人間ではない感覚で体験した、特殊戦基地、そのものだ」

『自分の夢の内容を見られたかのような気分だ』

「おれをクレイジー呼ばわりしたろう。クレイジーなのはあんたも同じだ、そう言ったはずだ」

『おお、神よ』

「未開人」

『おまえに言われたくない』

機体をバンクさせると、右にTS－1が並飛行しているのが視認できる。パイロットが左手を振っている。零も左手で返礼。

「認めるか、ジャック」

『なにを認めるのかは、微妙だな。たしかに、あの経験を奇蹟とは言いたくはない。雪風を神にはしたくないからな』

「そう言っただろう、おれも雪風も、神なんかじゃないと」

『そうだ、おまえは人間だ』とブッカー少佐は言った。『認めるよ、深井大尉。なにがどうなろうと、それだけは、間違いない』

「了解した。あんたと腹を割って話せて、こちらは満足だ」

深く息をつくのが伝わってきた後、気を取り直したのがわかる口調でブッカー少佐が言う。

『こちらが先に降りる。こちらは武装していない。援護を頼む。ロンバート大佐はこの機に乗り換えるつもりかもしれないから、大佐に狙われることはないとは思うが、ジャムがどう出るかは、わからん。注意を怠るな』

「わかった」

『なにかあったら緊急脱出するから、射出されるシートにぶち当てない距離を保て』

「TS－1、了解した」

TS－1がギアダウン、速度を落とす。

零は雪風の姿勢を傾けて、トロル基地に着陸していくTS－1を見守った。


深井零には、乗機の雪風がどのような飛行経路でトロル基地に到達したのか、その間の記憶がなかった。

しかし意識がなかったわけではない。意識を向けていた対象に関する記憶はあるのだ。

零は思う、雪風を操縦していたという感覚がないだけであって、その間の自分は、特殊戦基地で桂城少尉とクーリィ准将に会い、ブッカー少佐の操縦するTS－1と遭遇し、少佐をここに誘導したのだ。誘導したというよりは、させられた、というほうが正確だろう。おそらくは雪風によって、だ。

この間、雪風は雪風自身の判断で飛行していたというのは間違いない。ロンバート大佐を追撃するための、対ジャム戦闘機動だ。雪風には自動戦闘機能がある。

雪風が自律的に行動していること、そこまではなんら不自然な点はない。ところが、雪風はある時点から人間の感覚が使えることに気がついたのだろう。パイロットであるこのおれの意識をモニタし、おれの意識を向ける対象を示す方法を摑んだ。ようするに、このおれの〈現実〉をインターセプトして雪風のそれに組み込む方法を摑み、それを実行したのだ。その動機はといえば、そんなのはわかりきったこと、ジャムに対抗するため、だ。

通常では、雪風が人間の感覚をインターセプトしてそれを自機に搭載した各種センサのごとく利用するなどという、そんな事態は起こり得ない。それを可能にしたのはジャムだろう。少なくともジャムのせいだと考えるのは、妥当だろう。もしその考えが間違っていたとしても対ジャム戦に不利益にはならないだろうから。

ジャムは、雪風や人間の感覚意識を拡張し、機械と生体の意識対象の融合が可能な状態にしてしまったのだ——という考えそのものは、どうだろう。妥当性はあるだろうか?

いや、本来ジャムは、融合ではなく分離を実行しなければならないはずだ、ＭＡｃＰｒｏⅡのご託宣によれば。ならば融合は、ジャムの目的ではないだろう。たまたまそうなったのを雪風が見逃さずに自己感覚の拡張を利用して、人間である自分の感覚を索敵システムに組み込んだのだということだろう、そういう考えのほうが自然だ。

ではジャムの目的とはなにか。雪風とこのおれの融合がジャムの主目的ではないとしても、現にそうなっているのだとすれば、それは副作用というものであって、正しくはジャム自身と雪風、あるいはおれとの融合、それがジャムの目論見だったのではなかろうか。

ジャムの目的云云においては、融合という表現は適切ではないだろう、ジャムが人間と一つになりたいと願っているとはとても思えないからだが、しかしジャムはそのような手段でより深く敵の情報を得ようとしたのだ、という解釈ならば、ジャムはそれを狙ってこの状況を引き起こしたのだというのは、ありそうなことだ。

そうなると、いまの自分は、雪風の感覚と同時にジャムの意識対象をも捉えている、捉えることが可能だと、そういうことも考えられるわけだ——ああ、そういうことか、ロンバート大佐はそのように考えていたのだ、あのときのおれは大佐の考えを自分のことのように感じ取れていたというのに、そこまではわからなかった。おそらく大佐のその考えは正しい。おれはようやく大佐の思考に追いついた、ということだ。

ようするに、ここまでの奇妙な体験には雪風の視点だけでなく、ジャムのある種の意識や現実、世界の見方、といったものも混じっていると、そういうことになる。

なるほどロンバート大佐が興奮するわけだ。ある意味、自分はジャムになった、ということなのだから。大佐にすれば〈ある意味〉などではなく文字どおりの意味で、だろうが。

自分は、捕獲しようと試みたあのジャム機と空中接触しかけたあの時を起点にして、フェアリイ基地に二度降りた気がするが、それは雪風の感覚であると同時にジャムの体験でもある、と考えられるわけだ。二度降りたというのは、一回は雪風で、もう一回のはジャム機のものだ、と言ってもいい。どちらが先かは問題ではない。同時に起きたことなのかもしれない。雪風はジャム機と融合していて、その感覚を人間の自分も体験していた、ということ。その体験においては、時間の順序と同じく、自分の身体がどこにあるのかというのも問題にはならない。必ずしも身体を伴った経験とはかぎらないのだ。意識と身体感覚とが分離されたのだという解釈でしか人間には理解できない現象だ。ブッカー少佐が先ほど無人の特殊戦基地に降りていた現象が、まさにそれだろう。

いまもジャムの目から見た世界といったものを捉えることが可能な状態にあるのだとすれば、いま操縦しているこの機はジャム機である可能性がある。雪風ではなく、これはジャム機であってもかまわない、ということだ。

しかし自分は、と強く深井零は意識する、ジャム機に乗ることは望まない。雪風でなくてはならない、と思っている。

おれはロンバート大佐とは違う。大佐はジャムと融合してもかまわないと思っているが、おれはそうではない。ジャムの正体は知りたいが、ジャムの意識や世界に取り込まれて自分が人間でなくなってしまうのでは、ジャムを知ったところで意味がない。おれは人間でいたい。だから、この機体は雪風でなくてはならない。ジャム機であってもいいという選択可能性を、このおれは、放棄、いや、断固拒否する。

この機を雪風にしているのは、自分のそうした願望意識そのものだと言えるだろう、零はそう実感を込めて、現況を認識する。

意識を向ける対象が〈現実〉として立ち上がるのだ。いまのおれは、人間の能力を超えた対象に意識を向けることができる。すなわち複数の〈現実〉を選べる立場にいるのだ。意識してジャム機ではなく雪風を志向しなくてはならない、それがおれが選択する現実、人間として通常の〈現実〉なのだから。

雪風は、ジャム機と雪風自身の融合関係を、人間のこのおれの〈現実〉を使って切り離している、とも考えられる。雪風にとってジャムは絶対的に敵なのだから、融合しようとする力に抗《あらが》うのは当然だからだ。雪風は、おそらくジャムの、そうした作用力を直接感じることができるに違いない。意識する対象をジャムによって指示される、その作用力を。

人間の自分にはその作用力は感じ取れなくて、だからこの現象がだれの指示によるものかわからず、ただ現象だけを体験しているわけだが、雪風には作用力そのものを感知することができて、自らも発揮できるのだと、そう考えたいところだ。おれは、ジャムや未知の存在ではなく雪風に、意識志向対象を操作されているのだ、と。雪風であってほしい、雪風ならば許せる、納得できるということだ。

いずれにしてもいま体験しているこれは、妄想ではなく、事実だろう。むろんそれをも疑うことはできるが、疑ったはてに大地に激突したりジャムに殺されるのはごめんだ。

意識を自分の意思とは無関係に、かつ身体感覚を超越した事象へと強制的に向けさせられるという体験は、人間の自分には非日常的出来事でブッカー少佐に言わせれば奇蹟なわけだが、しかし、と零は思った、雪風にとっては日常的なことなのだろう、なにしろパイロットという雪風自身とは異なる意思を持った主体によって、文字どおり操縦されているわけだから。

と、そこで深井零は、雷に打たれるような心理的な衝撃とともに、気づいた。

いまの自分の体験、この違和感のある現実は、雪風が普段感じている現実感そのものなのだ、それを雪風はこちらにわからせようとしているのだ、と。ここに至るまで、そうではないかと疑い、雪風の視点で見た世界にいるのだろうと考えたりしたが、いまこそわかる、間違いなく自分の目で見ているはずのこれこそが、雪風の感覚なのだ。この違和感は、本来の自分の見え方ではないからなのだ、つまり——

この感じ、こういう現実感覚で、雪風は普段飛んでいる。

深井零は、思わずコクピット内を見回し、それから視線をキャノピの外へと移し、頭をぐるりと動かして景色をながめた。

——この感じ。無人。

そうだ、人の気配がまったくない。これが、違和感の正体だ。間違いない。普段の、普通の自分の感覚とは、まったく違う。偵察任務で超高空を雪風単独で飛ばしているときも、自分の現実世界にはつねに人間の存在が、いくらそれを嫌ったところで断ち切ることができない臭いが、あった。どんな手段で孤独を演出しようとも、人間として生き続けるかぎり逃れる術はない、臭い、人間の存在感、雰囲気。それは人間にとって自らが生きている環境、すなわち〈自然〉というものだろう、それに包まれているというのが、自分の現実だった。

だが、この、いま体験しているこの現実は、違う——深井零は、寒気を伴う感情の高ぶりを覚える——雪風の世界には人間は存在していない。完璧な無人だ。この雰囲気は〈自然〉ではない。それが、わかった。

かつての自分が雪風に惹かれたのは、そこなのだ。雪風は人間を、まったく、相手にしていない。当然だろう、雪風にとっては人間自体が、存在しないのだ。パイロットという存在も、人間としては認識されない。なにか、自己のシステムの一部といったものに過ぎない。それが、雪風の、正常な、現実なのだ。

「TS－1」と零は呼びかけている。「ブッカー少佐、聞こえるか。応答してくれ」

完璧な無人世界。それはかつての自分が夢想した、望んだ、世界ではないか。他人との煩わしさから逃れられるという心地よさを求めてのことだが、実際にそういう場にいて感じるこれは、恐怖だ。身体がおののいている。

これは死に等しい状態だと深井零は感じる。仲間からの断絶、コミュニケーションを断たれた状態だ。通常、完全にそれを実現するには、死ぬしかないだろう、他人のすべてを一瞬にこの世から消滅させる力が自分にない以上は、自分が消えるしかない。しかし生きながらにして死に等しい断絶を体験するなどという、いまの状態は、ほとんど地獄で受ける罰のようなものだ。本来、生きていては絶対に体験できないだろう。

そんな状態を望み夢想していたとは、自分は、甘かった。ようするに、絶対にそうはならないとたかをくくっていた、ということだ。身体的現実を伴わない観念上で遊んでいただけのことではないか。

「ジャック、聞こえているか。返事をしろ」

ほとんど叫び声になっている。応答はすぐにあったが、その間、どこまでも一人で落下していく感じがあり、『こちらTS－1、雪風、どうした』というブッカー少佐の声は、安全ネットのように、心理的恐慌に陥ろうとする零の精神を救った。

『ジャムか？』

「……いや。あまりにも静かなので心配になったんだ」

考えていることを言葉に出すと、不安が消えてゆく。それを零は自覚する。

大丈夫だ、心配ない、自分は生きている。人間として生きているかぎりは人間存在とコンタクトできる。雪風はそれを、望んでいるのだ。人間の存在自体が消失してしまったわけではない、雪風からは見えないだけだ。雪風の感覚では見えないものを、このおれの身体感覚を通じて見ようとしているのだ。

「そちら、異常はないか」とブッカー少佐に問う。

『ない。どうした、零、なにを慌てている』

「驚かせてすまない」

『ジャムの奇襲かと思った。なにがあった』

「ここはまったくの無人世界なんだ。いきなりそれに気づいて、パニックになった」

『どういうことだ』

「無人世界というより、非人間的世界と言うべきだろうが——」

そうだ、人がいない無人世界なのではない、人に非《あら》ずという、非人世界だ。本来ここはヒトが体験できるような世界ではないのだ。

「とにかく、顔を合わせて話さないとこの気分は伝えられそうにない。こちらも降りるから、詳細はそこで」

『わかった。引き続き周囲に気をつけろ、深井大尉。こちらの索敵システムはあまり頼りにならない。TS-1は非戦闘機だからな』

「了解だ。そちら、ロンバート大佐の気配はあるか」

『ここからではわからん』

TS-1はすでに着陸し、滑走路端で誘導路へ向けてタキシングしている。深井零は、そのTS-1を旋回中心にすえ、機体をバンクさせて大きく旋回飛行を続ける。

自動操縦ではなく、零自らの手でそのように飛ばしている。かなり熟練を要する、機体のバンク角や遠心力といった空力的な釣り合いがよく取れている状態での旋回で、その安定した飛行状態は、雪風の気分も落ち着かせているように零は感じる。飛行運動制御への負荷が抑えられている分、雪風は対ジャム戦に没頭できているはずだ、こちらもそうするとしよう、そう零は、あらためて心を引き締める。

「五感を研ぎ澄まして探るんだ、ジャック。大佐がまだ人間の身体を持っていれば、おれたちにはわかるはずだ。おれたち人間の感覚で」

『ロンバート大佐はたしかにいるのか、このトロル基地に？』

「雪風はここまで大佐の機を追ってきて、見失った。調査のためにおれに降りろと言っている、そういう状況だ。自動収集されている追撃データをそちらに転送しようか？」

『必要ない。この機は大佐の手に渡るかもしれないからな。雪風が収集したデータは入れないでおく』

「了解」

『零、大佐は、われわれを待ち伏せして襲撃してくると思うか？』

「大佐のほうで身の危険を感ずれば、先手をうって出てくるだろう。警戒はしているべきだろうが、こちらが殺意を抱かなければ、大佐も紳士的に振る舞うと思う」

『こちらを撃つときは、警告するか、決闘を申し込むとか、そういうことか』

「こっちが血相を変えて彼を殺そうとしなければ、彼のほうから殺そうとはしないだろう、ということだ」

『大佐に会って話がしたいな。わたしは彼に個人的な恨みはないし、逮捕を命じられたMPでも殺害を命じられた秘密工作員でもない。大佐の狙いと、ジャムについての情報を知りたいだけだ。いまのところは、だが。実際に会ったら、どう感じるかは、わからん』

「リンネベルグ少将からは、大佐を殺害してはならないと強く釘を刺されているだろう」

『ああ。ロンバート大佐に殺されそうなときは黙って殺されるのだぞ、抵抗せずに、ということだ。ひどい命令だ。しかし、わたしは少将の部下ではない。殺すなと要請はされたが、少将はわたしに命令できる立場ではない。大佐に黙って殺されてくれ、とまでは少将は言えないよ。実際、言わなかったが、気持ちの上では、少将にとって、わたしやおまえの生命よりもロンバート大佐が元気で生き続けるほうが大事なのは間違いない』

「クーリィ准将からは、どう命じられてきた？」

『いつもと同じだよ、零』

「手段を選ばず必ず帰投せよ、か」

『そのとおり。雪風を見つけだし、おまえともども連れて帰れ、大佐と出会った場合は情報を収集すること、それだけだ。大佐の身柄の確保や殺害は特殊戦の仕事ではない。が、万一大佐を殺さなくてはこちらが危ないとなれば、やるだけだ。少将の相手はクーリィ准将がやる』

「大佐がこの基地のどこかにいる可能性は高い。周囲に注意を払え、少佐。いきなり銃撃してくるとは思わないが、なにを仕掛けてくるか、見当がつかない。すでに人間ではなくなっているかもしれない。ジャム化しているとすると、それがどういう姿なのか、変身するのか、非物体なのか、ぜんぜんわからないんだ」

『了解だ、深井大尉。大佐と接触できなければできないで、それでいい。わたしはおまえと一緒に雪風で戻る。この機は大佐へのプレゼントだ』

誘導路に入ったTS－1のキャノピが開く。ブッカー少佐は直接基地の雰囲気を感じようとしている。

滑走路がクリアになる。「トロル・コントロール、こちら特殊戦B－1、雪風。着陸許可をくれ」と呼びかけるが、基地管制からの応答はない。「降りる」と宣言。零はオートマニューバスイッチをオン。いったん雪風にコントロールを渡し、雪風の反応をみる。マルチディスプレイに〈オートランディング〉の文字が出て点滅を始めた。

雪風自らが、降りる、と言っている。

オートランディングスイッチ、オン。自動で飛行姿勢がなめらかに変化、大きく反対方向に旋回して滑走路上空を離れ、アプローチ態勢に。ギアダウン。

ヘッドアップディスプレイ越しに滑走路がいい角度で見えてくる。と、膝元のマルチディスプレイの明るさが変化、零がそちらに視線を落とすと、画面が広域索敵レーダーモードになっていて、その端に輝点。一瞬敵機かと緊張するが、友軍機のシンボルだった。高速で接近してくる。ビッと注意を促す音とともに、機名とメッセージが表示される。

〈B－13・レイフ／カバーリング・B－1〉

「少佐、レイフが単独で接近中だ。雪風を援護にくる。爆音に驚くな」

『了解』

ヘッドアップディスプレイに視線を戻す。完璧な着陸態勢だ。周囲の景色をながめる余裕があるほど。

フェアリイの薄紫色を基調とする分厚い森の一部を無造作にはぎ取ったかのような滑走路周辺だった。管制塔があり、巨大なレドームを備えた対空防衛施設がある。フェアリイ基地よりは規模は小さい。滑走路は二本のみ。地下へと通じるエレベータ塔や防空避難庫、緊急発進のための地上待機用ハンガーなどが滑走路脇に並んで見えている。

しかしなんとクリアな視界だろう、と零はあらためて、この見え方は異常だと気づく。靄や霞《かすみ》といった視界を遮るノイズがきれいに除去されているかのような視界だ。快晴かつ湿度ゼロといった気象条件でもここまで透明な空気感ではないだろう。

視線を正面からずらして左右を見やると、そちらは比較的普通の見え方だった。正面に視線を戻す。そのクリアな見え方は、まるでノイズ除去ビームを照射しているかのようだと思い、ああ、これは雪風の対地レーダービームの照射なのだと気がつく。人間である自分はその様子をヒトの視覚で捉えているのだろう。レーダー波の照射そのものではなく、レーダー波を使って自己の定位を測定した結果を、捉えているのだ。ちょうどヒトが暗闇を懐中電灯で照らして正面を見ているようなものだ。見えているのは懐中電灯の光そのものではなく、照らされている対象、環境のほうだろう。

まるで超能力を身につけたような感じだと零は思うが、だからといって優越感などはまったく覚えなかった。雪風も、そしてジャムにしたところで、自らにそなわっている能力を使って世界を認識しているに過ぎない。うらやむようなことではない。超人的なのは、ヒトではない感覚を体験できることであって、ロンバート大佐もそれを指して超人的と言ったのだが、しかし大佐と違ってこの自分のほうは、実際に体験するこれは、やはり異常であり、怖さのほうが先に立つ。自分がそうなのだから、人間の感覚をこのおれを通じて体験できているであろう雪風もきっとそうに違いないと、自分は無意識に考えたような気もするが、しかし、雪風のこの完璧な着陸動作からは、そんな不安感は微塵も感じられない。

雪風にも意識があるがヒトのそれとは異なるのだ、そう感じさせる行動を雪風はとっている。だが実際のところは無意識な自動反応に過ぎないのかもしれない。複雑怪奇な、ヒトには理解しがたい、込み入った自動反応パターンの組み合わせとして、このいまの雪風の行動を説明することは可能だろう。

しかし、と零は思う、それを言うならヒトの行動のほとんども、そうだろう、食べて寝て繁殖行動して、というそのほとんどが、自動的な反応に過ぎない。自意識などなくてもやれるのだ。

意識云云はともかく、雪風も自分も、自分がいま世界に対してどういう時空的位置や態勢にあるのかということを認識するための手段を持っている、ということでは共通しているだろう。ヒトは視覚に大きく依存しているが、雪風の場合はレーダーが第一になる。

環境におけるそうした自己の時空的定位を認識する能力というのは、生物に特有なものではなかろうか、自分が今どこにいるのかを捉える感覚器を持っている、というのは。それは認識対象との関係性を能動的に測る能力に繋がるだろう。そうした能力が、いわゆる〈自我〉というものを発生させたのではなかろうか。いま自分はどこにいるのか、餌はどこにあるのか、危険は迫っていないか、異性はどこだ、こいつは仲間か敵か、信用できる相手かどうか——それらは無意識にやっていることだろうが、意識的にやれたほうが有利だという状況があって、そのような進化圧力が加わりヒトは意識をもつようになった、というのはありそうなことだ。

それはやがて、自分とはなにか、に行き着くだろう。自分と世界との関係とはなにか、どのように定位しているのか、世界とはそもそもなんなのか。

そうした〈自我〉を持つことは生存に必ずしも有利だとはかぎらず、むしろ無意識に行動するほうが正しい選択をしているという場合さえあるだろう。

ヒトがある異性を好ましく思う、その裏には、近親婚を避けるための無意識な選択が行われているという。体臭などから、自分に似た配列の遺伝子を持つ相手には嫌な感じを抱くのだ。年頃の娘が父親の体臭を嫌うのはそのせいだ。しかしその娘が結婚して妊娠すると、こんどは近親者の庇護を受けるほうが生存に有利なため、かつて嫌った父親の体臭が好ましく感じられるようになるという——しかし、自分はどこでそんな知識を得たのだろう、零は不思議に思う、覚えがない。が、すぐに、そうだ、これらはロンバート大佐の知識なのだと思いつき、納得する。

あのとき、大佐が言うところのリアル世界で、彼の考えや自分の無意識野の思考内容が意識できる状態になったとき、彼の知識がこちらに伝わったのだ。いまもその状態下にあるのだろう、大佐の知識だけではなくその考え方、思考という能動的な動作自体も自分のものとして感じている可能性がある。つまり彼と自分は融合していて、いま大佐が〈自我〉とはそのように進化した結果生じたのだと考えていた、それを自分のことのように感じていたのかもしれない、ということだ。

しかし、このおれは、大佐とは融合したくないし、自分は大佐とは独立して考えているという確信がある。この確信もまた、雪風の存在によって保証されているのだ、雪風はこのおれとはまったく異質であり、その思考原理そのものが未知なので、雪風を自分だと取り違える余地がないためだ。そのようにして、この自分は、大佐でも雪風でもなく、おれ自身だと意識できている。

自己と他者との区別がつけられるということ、それが意識というもののもっとも大きな働きだろう。人間の自意識とは言葉そのものだ、と桂城少尉は言ったそうだが、それはとてもわかりやすい。そもそも、みな異なる意味で定義しているのだ、意識とは現象を志向する働きだと大佐は考えている、というように。それでも、ヒトはみな、共通して〈意識とはなにか〉という答を無意識には知っていて、それを言語化できないだけだろう、それこそ、意識できないだけで。なんとまあ、皮肉なことではないか――この諧謔的な感じは、大佐の感性に違いない、この考えに没頭していると大佐に取り込まれる恐れがある――危険だ。

着陸へと意識を集中すべきだ、と深井零は気を取り直す。

軽いショックとともに、雪風の車輪が接地すると、大地の感覚が身体に伝わった。地面の存在そのものが背骨に侵入したかのような感じで、これは、人間の自分、ヒトとしての深井零が、いつも体験している感覚だった。普段はそれを強く意識していなかっただけだ。が、意識して感じるそれは新鮮で、零は新発見をしたようにその感覚を受け止めている。ロンバート大佐の見えない誘いの手から、それで逃れられた、そういう満足感がわいてくる。観念的な恐怖を振り払うには物理的な肉体感覚を意識するのが効果的だと零は知った。

滑走路の端でペダルを踏み込んで首輪の向きを操作し、TS－1が見えている対空防衛施設近くの、地上待機用ハンガーに通じる誘導路に向かう。機速は十分に落ちているのでキャノピを開いても問題ない、キャノピ開閉レバーを操作、オープンへ。

トロル基地の空気は想像よりも生暖かかった。マスクを外して深呼吸をする。風にのって懐かしい潮の香りがしたような気がしたが、一瞬だけだ。フェアリイ星には地球のような海はない。コクピットという閉鎖環境に息苦しさを無意識に感じていて、それから解放された安堵の思いが、潮の香として感じられたのだろう。あるいは、雪風の、なにかの感覚をそのように感じ取ったということも考えられる。共感覚のようなものだろう、そう思った。

ハンガー前で機首をめぐらせ、いま来た方向へと向ける。TS－1と並ぶが、そちらは機首をハンガー側へ向けた状態で駐機していた。エンジンはすでに切られている。

深井零はヘルメットからジャックを抜いてコミュニケーションコードを外し、シートベルトも外して姿勢を屈め、シート下を探って、サバイバルガンを取り出す。

遠雷のような音に気づいて空を見上げる。一面に薄い雲が出ているが、音は雷ではなく、ターボファンエンジンだ。マルチディスプレイに目をやる。レイフが来ている。速度を落として上空で戦闘哨戒に入るようだ。

雪風を自律戦闘モードにしたまま、機から降りる。エンジンもアイドル状態で回しておく。いまは戦闘中だった。帰投したわけではない。ここで雪風を仮死状態にするわけにはいかなかった。

機体についているボーディングステップとラダーを使って、サバイバルガンを落とさないように慎重に降りた零は、雪風の背後には回らないようにと、いつにもまして注意を払う。雪風はいつ緊急発進するかしれない。うっかり後ろに回ったら大出力のエンジン排気で吹き飛ばされかねない。同様に、機首方向も危ない。想像を絶する雪風の大出力レーダーのマイクロ波を間近で照射されたら、電子レンジと同じ原理で料理されてしまう。

ブッカー少佐もTS－1から降りてきた。

二人並んで、雪風のエンジン音が会話の邪魔にならないところまで、防衛施設側に向かって歩く。立ち止まって振り向くと、雪風の全長の三倍ほど、五、六十メートルほど離れている。

「おまえ」と少佐が言った。「なぜサバイバルガンを持ち出した。大佐に見られたら先に撃たれるかもしれない。おまえが、そう言ったんだぞ」

「ここで武器を持たずに降りるなんて、考えもしなかったよ。あんたは、ジャック、丸腰か？」

「拳銃だけだ。TS－1に装備されていたサバイバルガンは、なくなっていた。どうも、先ほどの、夢を見ていたような、あの司令センターに置き忘れてきたらしい。いまだに信じられないが、そうとしか考えられない」

「フライトオフィサ用のがあるだろう」

「いや。搭載したサバイバルキットは一セットだけだ」

「雪風の後席にはある。あれを使え。武器は持っていたほうがいい」

「ここで地上戦をやろうというのか。われわれは特殊部隊《SAT》じゃないんだぞ」

「だが、スペシャルだ。いかれているよ。自分がなぜここにいるのか、なぜこんなサブマシンガンが必要なのか、わからないまま行動している。でもこれは必要だと感じるんだ。雪風の指示だろう」

「ジャムを撃て、と？」

「……だろうな」と零は少し間をおいてから、うなずいた。「そうだろう、それ以外に考えられないからな。考えられないといえば、いま気がついたんだが、他の戦隊機は、どこにいるんだ？　なぜ、いままでそれを思いつかなかったのか、変だ。自分でも変だと思う。無意識には気になっていたんだろうが、雪風がそれをブロックしている。意識にのぼらせないようにしているんだ」

「おまえは、雪風がおまえにやらせたいこと以外は考えることができない、というのか」

「そこまでは、どうかな。いまはできているわけだし。とにかく、他の戦隊機のことを考えている場合じゃないのはたしかだし、そのように雪風の意思に誘導されている、という感じだ。操縦されている、と言ってもいいかもしれない。雪風におれたちがしてきたことだよ、ジャック」

「だから？」

「雪風はその屈辱をわれわれに思い知らせようとしているとでも言いたいのか？」

「屈辱だって？　雪風に人間的な感情なんかあるもんか」

「だが単なる機械に過ぎないとは思っていないだろう、零」

「雪風は、自分の世界を持った、自律したマシンだ。おれたちも同じような生存マシンだが、雪風とは棲む世界が違う。雪風はこちらに思い知らせよう、などという人間的な思考はしないだろう。雪風は、おれたち人間の能力を対ジャム戦に使おうとしている、ただそれだけのことだ。操縦しているというのは、そういう表面的な動きのことだ。文字どおりの意味だよ。あんたのような、深読み、穿《うが》った見方というのか、それは人間ならでは、だろう。雪風は人間じゃないんだ」

「それが、おまえにはわかる、と」

「そうだ」

「なるほど」

「なるほど、だからいまのおまえは人間じゃない、なんて言うなよな」

「言わんさ。おまえは間違いなく人間だ、そう言ったろう。おまえがいま言ったこと、言いたいことは、理解できた」

「もう一挺は、おれが持ってくる。これは」と零は手にしているサバイバルガンを差し出して、続ける。「あんたが持て。そいつで周囲を警戒、地下基地内にどこから入るのがいいか、決めてくれ」

「了解だ」とブッカー少佐はうなずいた。「すぐにでも雪風で帰りたいところだが、雪風がそれを認めないだろう、おまえの言うとおりならな」

「試してみるか？」

「いや。試して雪風に放り出されたら、戻るに戻れなくなる。予備の射出シートが調達できるかどうかもわからないし、そんな危ない賭はできない」

「射出されるとはな。そこまでは考えなかったが、おれも放り出されないよう、気をつけて取ってくるよ」

雪風のコクピット下へと戻り、ボーディングラダーを伸ばしたままなのに零は気づく。これは自動で畳まれて収納されることはない。収納しないまま雪風が飛び立つのはまずいと思い、ふと、雪風はそれに気づかせるために戻ってこさせたのか、とも思う。

後席のシート下からもう一挺のサバイバルガンを取り出し、地上に降りて、ラダーを収納する。機体側面についている、外部からキャノピ開閉ができるレバーを使って、キャノピをクローズ。いつでも雪風が自律発進できる状態にして、離れる。

上空にレイフを視認できる。かくべつ超人的な見え方ではなく、肉眼による普通の見え方だった。先ほどの雪風と同じように大きく旋回しながら、地上を監視しつつ、哨戒飛行をしている。いまのところジャムに襲われる危険はなさそうだった。

ブッカー少佐は戦闘機を地下に収容するエレベータの前で、手招きしていた。そのエレベータで下りようというのか、その扉が開いている。そちらに向かおうとして、ふと視界の端に動きを感じる。零は立ち止まり、そちらに目をやった。滑走路脇にそびえている管制塔の、その上部、管制室の窓。

人影だ。動きはない。人の気配を、動きのように感じたのだろう。視野がズームするかのように、その人影がクローズアップされる、そのように感じた。

ロンバート大佐だ。こちらを見下ろしている、その顔が、はっきりとわかる。目が合う。大佐が微笑んだ。

——よく来た、深井大尉。きみが考えていることは、ほぼ、正しい。きみは、世界のよりリアルな状態を、体験している。つまりだ、きみはわたしで、わたしはきみなんだよ。

深井零はブッカー少佐に自分が言ったことも忘れ、思わず手にしたサブマシンガン、雪風の後席から持ち出したサバイバルガンを、大佐に向かって構えている。と、その様子が、見えた。自分がそのサブマシンガンに狙われているのを。いや、自分のその姿、サブマシンガンを構えている自分が、下に見えているのだ、大佐の視点で、だ。

——撃てるか、大尉、自分を？

「撃てるさ、もちろんだ」

そう言い、引き金にかかる指に力を込める。だが、動かない。安全ロックが掛かっていて、しかも初弾を薬室に送り込んでもいない。

楽しい、嬉しい、という感覚がわき起こる。これは大佐の感覚だ、と零にはわかる。

アドレナリンが全身に送り込まれる感覚。怒りと恐れを混ぜたような激しい興奮と緊張。

これこそ自分のものだと意識すると、大佐の顔が見えた。こちらを見下ろしている、笑顔。

それを凝視し、零は叫ぶ。

「撃て、雪風」

劇的な反応が返ってきた。管制塔の、その上部構造物が一瞬に粉砕され、それが管制室の窓ガラスの破片のきらめきを含んだ黒い煙となって、右から左へと流れた。そのすぐ上を、黒いなにかが飛びすぎる。視線を向け、追う。超音速で飛びすぎる、レイフ。高速射撃、全弾を叩き込んだようだ。雪風がコントロールしている。照準したのは、この自分だ。目標はロンバート大佐。

破壊され、粉砕された管制室。跡形もなく飛び散り、崩れ、微粉末の煙となってたなびいている。

超音速の衝撃波、射撃音、大出力のエンジン音。零はサバイバルガンを下ろし、その轟音を身体で感じる。視覚とは時間差があるが、このずれは錯覚だろう。

ロンバート大佐は、その音の中に、いる。まだいるのだ、感じる。

——さすがだ、深井大尉。クーリィ准将が信頼する特殊戦のエースだけのことはある。わたしを発見したうえに、攻撃に雪風を使うとはね。危ないところだった。

失敗だ、と零は唇を噛む。一撃でやらなくてはならなかったところだ。千載一遇のチャンスを逃したのかもしれない。再び大佐を狙える機会があったとしても、大佐は余裕を持ってこちらの攻撃をかわすに違いない。

雪風に乗っていたなら、失敗はしなかっただろう、と思う。そして、気がつくのだ、この攻撃は雪風の意思によるものだ、と。

「出てきてくれ、大佐」と零は大声で呼ぶ。「大佐、ロンバート大佐。いまの攻撃は、おれの意思じゃない、おれは、あなたを撃ちたくはない、話がしたいんだ」

言葉でこんなことを告げたところで信用されるわけがないだろう、だが、大佐にはこちらの考えは伝わっていると、零は感じる。

──雪風がいる場に出ていくのはごめんだ。危なくて仕方がない。きみも、やられるぞ。

「あなたは、間違っている」

──なんのことだね？

「おれがあなたなら、わかっているはずだ。あなたはおれではないし、おれはあなたではない、ということ」

──それは矛盾というものだ。きみは無意味な音を発しているだけだよ。なにを言っているのか、わかっていない。きみがわからないのだから、わたしにもわからない。ほら、わたしは間違ってはいないだろう。

また嘲笑の感覚。

「おれが言いたいのは」と零は負けずに続ける。「おれとあなたといった区別は本来ないのだ、という感覚は、人間の能力の延長で行われていることであって、あなたが言うようにリアル世界がそのようになっているから、なのではない。真のリアルとはすべての可能性を含んだものであるにしても、いまは区別がつくのは間違いない、これは事実だ」

——ようするに物理学で言うところの対称性が破れている世界にわれわれはいる、と、きみが言っているのは、ただそれだけのことに過ぎない。その破れを認識しているのはヒトの脳だが、脳という物体、それ自体が、リアルな幻想に過ぎないのだ、深井大尉。きみとわたしとの区別はない、ということを、きみは、ヒトの能力の延長で捉えていて、それはそのとおり、きみの言っているとおりだよ。きみの話はこのように、ナンセンス、なんの意味も含まれてない。きみは、わたしの存在を捕捉しようとして、話したいと言っているわけだが、それについても、意味はない。わたしはきみなのだから、捜す必要などないのだからね。きみは、わたしの目的も、居場所も、なにもかも知っているのだ。そのうえ、わたしになにを話せというのかね?

ブッカー少佐がエレベータのすぐ外で、こちらを見ている。その視点で、零は自分の姿を見た。早くエレベータに入れ、と腕を振りながら、ブッカー少佐に向かって走っている、自分。

「零、早く来い」と少佐が叫ぶ、エレベータ内から。「レイフが来る、再攻撃だ」

零がエレベータに飛び込むと、ほとんど同時に、レイフから放たれた対地ミサイル、いや、推進モーターはついていない、ようするに爆弾だろう、地表に吸い込まれるように落ちていく、それが零にはわかった。視覚的なイメージで、少佐の視覚だろう。

だが、それだけだった。爆発もしないし着弾した地響きすらない。レイフが遠ざかっていくのがエンジンの音でわかった。

「少佐、いまのは、なんだ。爆撃されたんじゃないのか」

「不発か、でなければ、幻覚だろう。レイフに対地爆装した覚えはないからな。こちらのほうが訊きたいぞ、零。いまのは、なんだ。なにがあった」

「雪風が……攻撃をアボート、中止したんだ」

爆撃はなかったことにするということだ、そう零は思った。レイフが投下した爆弾そのものがなかった、ということに雪風がしてしまったのだ。

「攻撃目標はなんだ。なぜ管制塔を攻撃しなくてはならない」

「ロンバート大佐だ。管制塔にいた。再攻撃は、おれが狙われたんだ。大佐がレイフを使ったんだろう。あるいは、雪風が、おれを大佐と誤認してレイフに攻撃させた。いずれにしても、危なかった」

「雪風で帰れると思うか、いま？」

「だめだ。まだ雪風はあきらめていない」

「どうしてそれがわかる」

「おれがまだ生きているからだ」

「おれもだ。雪風が、そう思っている、それを感じるんだ。雪風は、おれが生きているから大佐もまだいる、と思っているような気がするが、雪風の真意はよくわからない。とにかく、いま雪風に乗り込んでも飛ばすことはできそうにない。雪風が帰投を拒むと思う。雪風は、あくまでも大佐をおれに見つけさせようとしているんだ」

「意味がわからん」

「見つけられるのか？」

「大佐はたしかに、近くにいる。あんたにも感じられるはずだ、ジャック。同じ人間だからな。だが、雪風にはわからない。雪風に見える形にする、この現実の場へと誘い出す、ということをしなくてはならないようだ。それはけっこう難しいと思う。大佐はいまの経験を生かして警戒するだろうからな」

「フムン」

ブッカー少佐はエレベータから出て、周囲を見回す。

「既視感があるな」と少佐。「いや、レイフや雪風に襲われたのは初めてのことではない、だから既視感というのは正確ではないのだろうが、よく似た経験を、特殊戦のメインエレベータ付近でした気がする。いや、たしかに、したんだが、あれといまのは、まったく同じ体験であるような感じなんだ。あれは、いまの、この記憶なのかもしれない、そんな奇妙な感覚だ」

零もエレベータを出て、まだ煙を上げている管制塔を見やる。レイフによって破壊されたという、現実の事象を。幻覚でも妄想でもない、現実そのものだ。

「記憶が」と零は言った。「フラグメンテーションを起こしているような感覚だろう、わかるよ。分断化されて、時系列上に順序よく並んでない、という感じだ。しかも、あんたの記憶には、おれの体験記憶も混じっているのだと思う」

「フォス大尉に診てもらいたい気分だ」

「病的なのは世界のほうだ。おれたちの頭じゃない」

「そう信じることにしよう。あのとき、無人の特殊戦司令センターでおまえが言った、現実というカードがシャッフルされているという、その意味が、わかった気がする」

ブッカー少佐は零にうなずいてみせ、そして問う。

「おまえ、先ほど雪風の機上でパニックになりかけたろう。ここは無人世界だと気がついた、とか。どういうことだ。なにに気がついた」

「大発見だと興奮したんだが」と零は説明するためにそのときの自分の考えを思い返すが、昂揚した気分までは甦ってこない。「いまは、よくわからない」

「思い出せないのか？」

「いや、雪風は、こういう感覚で飛んでいるのだ、ここは雪風の世界だ、普段の雪風は人間の存在を認識していない、ということなんだが……」

ブッカー少佐に説明する。だが言葉では自分がなにに興奮したのかまでは伝わらないだろうと少しもどかしく思い、そして、自分のそうした生の感覚が伝えられないというのは、そのほうが人間的なのであって、互いの記憶や感覚が混じり合ってしまうという世界のほうが異常なのだ、と思い直す。

「非人間世界、か。なるほど」と少佐は身震いして、言う。「われわれは非人間界に送り込まれた、偵察ポッドというわけだな。雪風の気分どころか、おまえもわたしも、ミサイルが敵機に突っ込んでいく感覚も体験できる状況にいる、というわけだ」

「そこまでは想像しなかった」と零。「あんたの想像力には感心するよ」

「想像ではなく、推理だ」とブッカー少佐は、いつもの冷静と自信を感じさせる態度を取り戻して、言った。「雪風がいま、ロンバート大佐を狙って行動しているというのは間違いないだろう。特殊戦に対して雪風が攻撃を仕掛けてきたように見えたのは、大佐の存在をそこに雪風が感じたからだ、と解釈すれば、異常でもなんでもない。おまえが体験して得た情報のおかげで特殊戦は戦闘を継続できる。この事態を収拾できるのはわれら特殊戦だけだろう。失敗すればＦＡＦは壊滅する。人類も終わりかもしれん」

「ジャムはとんでもない力を持っている」

「そんなのは」と少佐は平然と言った。「問題じゃない。問題なのは、ロンバート大佐だ。安定したわれわれの現実感覚に穴を開けたのは、彼だ。なんとかすべきは、大佐の行動だ。雪風が彼を攻撃目標にしたのは、まったく正しい。的確な判断だ」

「雪風にとっても脅威だ、ということだろう」

「まさに、そうなのだろう。われわれ人間は雪風と共闘しなくてはならない。が、雪風に取り込まれないよう、注意すべきだろう。とくに、おまえは、な」

「わかっている」

「大佐と、なにがあった。おまえ、管制塔の上に向かって怒鳴っていただろう。話したのか？」

「あれが会話と言えるかどうか、いまとなっては、自信がない。自分の中の自分自身、無意識の自分と話しただけなのかもしれない」

「なにを話したんだ」

「大佐のリアル世界説というのは、あんたにも話したよな」

「先ほど、あの夢の世界のような司令センターで、たしかに聴いた」

「リアルな世界に近づくにつれて自分と他人との区別が曖昧になり、ついには区別はなくなると大佐は言うわけだが、おれは、それは、人間の能力がそのようにしているのだ、べつだんリアル世界などという説を持ち出さなくてもできる、ということを大佐に伝えたかったんだ。でも、うまくかわされた。自分で言いたいことがうまく言葉にできなかったせいでもある」

「おまえは、つまり、たとえばミラー細胞によるヒトの共感能力のことが言いたかったんだろう。相手が酸っぱそうな顔をすれば無意識にこちらも口をすぼめる、とか、対象は人間でなくてもいい、石を見れば、自分も硬くなったように思えるとか。そういう感覚を引き起こす、特有の細胞が脳にあるという説は、むろん大佐も知っているはずだ。彼にとっては他人事ではないだろうからな」

「どういうことだ」

「大佐は脳のある部位に微小な障害を負っているかもしれないとフォス大尉が言っていた。それで彼は普通の人間には簡単な、人の顔色を読むというようなことが苦手なはずだ、共感能力に劣るだろう、というんだ」

「そうなのか」と零はため息をつく。「それは、でも、大佐には有利だな」

「どうして、なにが」

「自他の区別がなくなるというのと、そういう共感能力とは、無関係だと、大佐の脳の障害の存在で証明できるわけだろう。人間の脳そのものも仮想だ、と大佐は言ったよ。彼は自分の不自由な脳味噌を捨てたことで、人間本来の、おれたちと同じ感覚を共有できるようになったのかもしれない。この異変のおかげで、だ。リアルな世界に一歩近づいたことで、というわけだよ。彼の脳の障害の事実は、彼の説を補強するものだろう」

「それはどうかな。彼はおまえの気持ちに共感などしていないよ。おまえの話が通じなかったのが、なによりの証拠だろう。大佐とおまえは、まったくわかり合えていないじゃないか。むしろリアルから遠ざかっている。ぜんぜん補強なんかになってない」

「そうか……そう言われてみれば、そうだな。やはり大佐に勝つには、あなたじゃないとだめだ、少佐」

「わたしもぜひ、彼と議論してみたい。捜しに行こうじゃないか」

「地下に降りるのか」

「当然だ。どのみち、それしか選択の余地はないだろう。雪風はここに執着していて、帰投する気はないようだからな。それはそれとして、基地内を調べずに帰る手はない。大佐が逃げ込んだ基地だ。ジャム化されているかもしれない」

「ジャム化って、どうなっているというんだ？」

「それがわかっていたら、調べようという気にはなれないかもしれん。行くぞ」

「このエレベータで？」

「いちばんわかりやすいルートだ。大佐が乗ってきた機が基地内にあるとすれば、このメインのエレベータを使った可能性が高い」

ブッカー少佐はそう言い、サバイバルガンの排莢レバーを操作して初弾を装塡。

「大佐は銃を携帯しているかな。おまえにわかるか、零？」

「少なくとも拳銃を一挺、持っているはずだ。彼の私物だ。桂城少尉によれば高価な銀の銃だそうだが、ここではそれは使わないだろう」

「われわれを撃つにはもったいないというのか。嫌味なやつだな」

「おれたちを狙うとしたら、銃など必要ない、もっと効果的な手段を使うだろう、という意味だ」

「たとえば？」

「基地の弾薬庫からプラスチック爆弾を持ち出し、そいつを使って地下基地全体を落盤させるとか、あるいは――」

「もういい、行く気が失せないうちに、行くとしよう。先に行け、大尉」

「了解だ、少佐」

零はエレベータに入って、操作パネルを目で捜す。特殊戦のメインエレベータと同じ構造だった。床からポールが生えていて制御盤の支柱になっている。制御盤にはエレベータ操作パネルと連絡用電話がついている。

まるであのときに時間が戻ったかのようだと思いつつ、零は制御盤に近づき、パネルの降下ボタンを押す。だが、なにも起こらない。反応がなかった。

「動かないぞ、ジャック。電源が入っていないんじゃないか？」

「わたしもそう思う。基地は死んでいるかのようだ」

「エレベータで下りると、言ったよな」

「エレベータを使って、とは言ってない。エレベータ坑には、万一途中で動かなくなったときに備えて、非常用の梯子がついている。奥にある。それで下りよう」

奥に行くと、むき出しのエレベータシャフトの壁とエレベータ床の端との隙間がけっこうあいていた。手すりはついているが、うっかりするとその隙間から落ちそうだ。手すりを握って下をのぞき込む。ちょうど、高層ビルのベランダから見下ろす格好だった。ベランダのすぐ向かい、手の届くところに隣りのビルの壁が迫っている感じで、その壁が、むき出しのエレベータシャフトの壁だ。そこに、固定された鉄梯子がついている。梯子は垂直に下まで続いている。それを使って下りるというわけだ。底は暗いが、闇ではなかった。

「見えるか」と少佐が言った。「あの明るいところ、あれは、非常口だ、人間用の。その扉が開いていて、通路の光が漏れているんだ」

「でも暗いな。非常灯だろう。本来の照明は落とされている。ということは、下は無人か」

「だれかがあの扉を開いたんだ」

「大佐だろう。彼はジャム機に乗ったまま地下に下りたのではないんだな」

「大佐がそうしたとは、考えにくい」

「じゃあ、だれが下りたんだ？」

「下りたのではなく、だれかが、あそこから上に出てきたのだろう」

「なぜわかる」

「地下基地の通路や公共の空間の照明は、非常事態でもないかぎり、落ちることはない。ところが、いまは落ちている。非常事態があった、ということだ」

「地下基地にいた人間が逃げ出してきた、ということか」

「そう考えるのが自然だろう」

「そうか」と零はうなずく。「なるほどな。で、いまは無人なんだ」

「大佐と、その一派はいるかもしれない」

「一派とは、ジャムか」

「クーデターに参加した人間たちだよ。大佐の、ＦＡＦを我が物にするというアイデアに参画した、ロンバート大佐の部下たちだ。ここがアジトなのだと考えれば、大佐がここに来たのもうなずける」

「とすると……こんなサバイバル用のサブマシンガンでは、勝ち目はないぞ、ジャック。おれたちは、特殊部隊じゃないんだ」

「それは、わたしの台詞だろうが」

「いかれている、というのはおれの台詞だな。でも、そうだ、二人だけで乗り込むなんていうのは、いかれてる」

「では、どうするというんだ、零。雪風が、調べろと言っているんじゃないのか？」

「後門の虎、とかいうんだよな、こういう状況。退けば雪風がいて、進めば血に飢えた叛逆分子か」

「なんで後ろの門が先に来るんだ。それを言うなら、前門の虎、後門の狼だ。一難去ってまた一難というのがその解釈だよ、零」

「また一難か。いやな予感がする。下で起きた非常事態とは、なんだ？」

「蜂起した叛乱分子と、それを制圧しようとする基地側の人間との戦闘だろうさ」

「だとすると、共倒れだ。互いに殺し合って、生き残った少数の者が、なんとか脱出したんだ。いまはだれも、叛乱分子もいないよ、ジャック。無人だ。気配がまるでない。あんたにもわかるだろう」

「われわれは非人間界にいるんだろう。人間がいないのではない、その存在がわれわれにはわからないし、相手からもわれわれが見えない、だから、大丈夫だ、撃ち合いにはならない。そういうことだろう、それは、おまえが言ったことだ——」

「いや、そうじゃない。おれたちはいま、偵察ポッドのように、実際に、この身体ごと雪風から射出されて、活動しているんだ。人間存在を感知するためだろう、大佐を見つけるため、だ。人間の存在がわからないのでは、雪風がおれたちをここに送り込んだ意味がない。先ほどの、特殊戦司令センターの状況とは、様相がまったく違うんだ。非人間界を感じているのは雪風であって、おれたちではない。おれたちは人間だ。人間の臭いがわからないはずがない」

零はもう一度手すりを握り、下を見やった。あの非常口の扉から本当にだれかがここに上がってきたのだろうか？　上がってきたのなら、ここから、どこへ行ったのだろう。輸送機で基地を離れたのか、あるいは深い森の中に入っていったのか。

「叛乱分子が基地の乗っ取りに成功したのなら」と零は下を見たままの姿勢で言った。「動力源を確保し、この非常事態の復旧をしたはずだ。あるいは、正規部隊が彼らを制圧したとしても、同じだろう。だが、だれも復旧に成功していない。基地は死んだままだ。それは、基地内に人がいないからだ」

「フム」とブッカー少佐も下をのぞき込みながら、言う。「だとすると、ロンバート大佐にとっても、この状況は意外なもの、ということになる」

「だろうな」

「大佐が単独でここを下りていったのかもしれない、そのようにも疑える状況だ、というわけだな」

「そういうこと」

「だが、やはり、入ったのではなく、出たんだ」と少佐は零を見て、言った。「非常口の扉は、内側から人力でしか、開くことができない。大佐が単独だとすれば、入れなかったはずだ。大佐が来たとき、あれはすでに開いていた、だれかが出て無人になったところに、大佐がこの場に来た――いや、大佐はそもそも、下りていないのかもしれない。先ほどは管制塔の上にいたわけだろう」

「じゃあ、あの扉を開けて出てきた者は、どこへ消えたんだ？」

零は、手すりにそって鉄梯子に近づき、少佐の答を期待せず、言う。

「ここからでなくても、大勢が上がってきたはずだ、いまは無人なんだからな。総員が退避した形だ。ジャムの大進攻が始まって、いち早く全員が基地を放棄して逃げ出したのか」

「そうだとすると、逃げる先は、〈通路〉しかない」と少佐。「地球だ」

「総員が乗れるだけの輸送機があったとして、そんなことが短時間でやれたはずがない。クーデターより成功率は低そうだ――」

と、なにげなく左手で触れた鉄梯子の一本のステップに、零は異物を感じた。べたつく感触。コールタールのようだ。

「なんだ、これは」

「どうした、零」

「なにか、ついている」

手すりを離れて、明るい外に向かって歩きつつ、それがついた手を見る。赤かった。

「零、大丈夫か。おまえ、怪我を——」

「違う」と零は首を横に振る。「おれのじゃない」

生乾きの、それは、血だ。そう意識すると、まるで自分の生体センサのすべてのスイッチが入って周囲の環境を走査し始めたかのような、身体のざわめきを覚えた。それとともに立ち上る、この臭い、生臭さ。

「なんてことだ」

先に声を上げたのは、少佐のほうだった。視線の先に、臭いの元があった。エレベータの出口。死体。人間の。一体だけではない。外にも。無数。ここは大量殺戮の現場だ。

「なぜ、わからなかったんだ」と少佐が再び声を上げる。「いままで、なぜだ?」

それは、と深井零は、息を詰めて、思う、死体には興味がないからだ、雪風は。

「生きている大佐を捜せ、ほかはノイズだ」

「なにを言っている、零」

「これを感じれば大佐を捜索する効率が落ちる、だからノイズキャンセラを使ったんだ。マスキングしたんだろう、おれたちの感覚を、雪風が。情報収集センサの感度や帯域をチューニングするのと同じことだ」

凄惨な殺戮現場だ。爆圧が腹部から頭に抜けて頭蓋骨の上半分を吹き飛ばしたと思われる死体、頭蓋骨内には脳もなく陥没している。手足、腹部だけ、肉片、髪の毛の束、一面の血の海。

「サブマシンガンなどではないな」と少佐が、うめくように言う。「榴弾か。これは掃討戦だぞ。徹底的な殺戮だ。クーデターでここまでやるのか」

「皆殺しだよ、ジャック。言ったろう、叛乱分子もなにも区別はない。殺されているのは、人間だ」

「……ジャムの、人類掃討戦か」

「ジャムが人類の完全な殲滅を実行するとしたら、大佐がまずやられるだろう」

エレベータの外に出て、立ち止まることなく、死体群から離れる。

「ジャムでなければ」とブッカー少佐は深呼吸の後、言う。「やはり、これは大佐一派の仕業だ。こんな残虐な大量殺戮ができるのは、人間だけだろう」

「それは、違うと思う」

零も深呼吸をして、この基地に降り立って初めて吸った空気のなかのあの潮の香は、これだったのだと思いつつ、少佐に言った。

「人間は邪魔だと、つねづね感じていた機械にも、できる。戦闘機のバルカン砲を使うとかして」

「……なんだと？」

「ここに来る前、あなたが起動した司令センターのSSCが言っていたろう、対ジャム戦には人間の存在は邪魔だと判断するシステムもFAF内には存在する、と。実際、STCは、特殊戦以外の人間は必要ない、と言っていた」

「このトロル基地の戦闘管制システムなどの機械知性体が叛乱を起こしたというのか」

「対ジャム戦の効率を上げるのが目的なら叛乱とは言えないだろうが、それは、直接訊いてみればわかるんじゃないかな」

「まさか、下に行くと？」

「あんたが言い出したことだ、ジャック」

「しかし、この状況を見ろ――」

「見ようと見まいと」と零は少佐の言を遮って、言った。「なにも変わらないよ。なにも変わってないんだ。ここに着陸したとき、すでにこうだったんだ。死体を甦らせる手段をおれたちが持っているなら、まずそうするというものだろうが、現実は、もう手遅れだ。死因を探ることしかできない。おそらく原因は、下にある。基地の中枢コンピュータを尋問しよう」

「ダウンしているだろう、この様子ではな」

「では起動してくれ、ジャック。雪風があんたをここに連れてきたのは、おそらくそのためだ」

「起動させたら、こちらがやられるぞ。おまえの予想どおりなら、殺戮マシンと化しているわけだからな」

「そこは交渉次第だろう。仮死状態のそれを甦らせてやるんだから、感謝されて当然だ。人間は邪魔だという考えを改めさせればいい。危険だろうが、武器とはそういうものだろう。ジャムと戦うには、武器が必要だ。この事態はジャムの侵攻作戦によるものだ、というのを思い出せよ、ジャック。この死者たちは、間接的手段でジャムにやられたんだ。トロル基地は壊滅した。特殊戦以外のすべての部隊が、こうなっているのかもしれない。このままでは、おれたちはジャムに負ける。雪風は、負けまいとして、おれたちをここに連れてきたんだ」

ブッカー少佐はしばし考え、そして言った。

「わかった。ただし、別の降り口を捜す」

「それがいい」と零はうなずく。「そうしよう」

雪風のエンジンの回転が少し上がったようで、吸排気音のピッチが変化する。雪風も同意し励ましてくれているのだ、そう深井零は思った。が、現実は、零のそんな情緒的気分を吹き飛ばすものだった。

雪風が、動いた。すっと前に出たかと思うと機首をひねるように機体の向きを変える。こちらを向くと同時に、前輪、首脚のショックストラットを縮ませているのだ。肉食獣の捕食動作を連想させる動きだった。頭を巡らして獲物を視野の中心にいれ、姿勢を低くして身構える、跳びかかるべく。

まるで雪風は大型の猫、自分は鼠になったかのようだと、深井零は雪風に脅威を感じる。

に。

「ジャック、射線から出ろ、走れ」

「なに？」

「避けるんだよ、雪風が、発砲する」

それ以上の説明は必要なかった。二人は雪風の機関砲口とその目標とを結ぶ線上、射撃ラインから離れるべく、そのラインの直角方向へと、走っている、雪風の砲口から目を離さずに。

雪風の機首の動きが止まる。自分は鼠ではない、雪風の獲物は自分ではないことを零はそれで確認したが、つぎの瞬間に雪風が射撃を開始、一瞬覚えた安堵感は消し飛ばされる。機関砲の排気口から噴き出す白煙と内臓を揺さぶられる爆音に脅威を感じつつ、射線の先を見やる。着弾方向。視線をやったときには射撃は止んでいた。

百五十発前後だ、と零は思う、射撃時間からしてそのくらいの機関砲弾が撃ち込まれたはずだ。一秒以上、二秒はない、一秒半の射撃。

零には唐突な射撃中止のようにも思えた。機関砲の過熱防止のための安全装置が働いたのではないかと疑えるような。

だが、飛んでいない状態では対気流による空冷が期待できないとはいえ、過熱するほどの弾数ではない。そもそも、射撃を強制的に中断させる安全機構というのは、異常振動や過熱をモニタしている各種安全装置から発せられるあらゆる警告を射手が無視して撃ち続けた場合に起動する、非常手段だ。

機関砲には機構各部の故障や構造的破壊による暴発や自爆を防ぐための各種安全装置が備わっているが、最終的に非常停止機構を起動させるのは、中枢コンピュータ、すなわち雪風自身だ。そうした非常時には緊急停止のためのシーケンスが射手の意思とは関係なく強制的に実行される。

ようするに射撃動作を支配しているのは雪風であって、弾倉が空になるか機関砲が壊れたのでもなければ射撃の中止は雪風の意思によるものに違いない。いまは、安全を考慮したのではなく必要にして十分な弾丸を撃ち込んだから射撃を切り上げたということだろう。一秒半の百五十発で十分だと雪風自身が判断したのだ。

それが中途半端かつ不十分と感じられるのは、人間である自分の感覚が、ある程度の冗長性を持った刺激や入力情報でなければ満足しないからに違いない。雪風からみれば効率の悪い無駄な情報処理を人間は実行している、その結果が、この感じなのだろう。

そうなのだ、と深井零は思う、雪風は、無駄弾はいっさい使わないだろう。念を入れてとどめを刺す、あるいは恐怖や憎しみに駆られて引き金を引き続けるといった、人間的な撃ち方は、もちろんしないだろう。自分もそんな撃ち方をした覚えはないし、機械的で効率的な射撃を心がけてきたつもりだが、それでも敵に与える打撃効果という見地からすれば無駄な、必要以上の弾を使ってきたに違いないのだ、自分は、人間だから。いま、この射撃時間や弾数を物足りなく感じたのがなによりの証拠だ。

そして、と零は思う、この感覚は自分は人間なのだと強く意識させるのと同時に、雪風は人間ではないという、ごくあたりまえのことを再確認させるものだ。

雪風は無駄弾は使わない――射撃の目的は果たされたということだろう、そう深井零は意識して、雪風が撃った対象を見る。

管制塔の基部構造体、窓のないコンクリートの建家だったが、その一階部分の壁に大きな穴が開いていた。削岩機でぶち抜いたかのような。

あれはなんだろうと零は思う。この射撃にはどういう意味があるのだろう?

壁が破砕されてまだ白煙を上げている光景を目にしても、ただそれだけだ。なにもわからない。雪風の射撃意図が見えてこない。

雪風はあそこにジャムを感じたのか。ロンバート大佐があの付近にいたのかもしれない。あるいは、人間には予想もつかない、まったく別の意図による射撃なのかもしれない。ジャムを狙う以外に、どういう射撃目的があるというのだ。零が思いつけないでいると、たしかにありそうなその一つを、ブッカー少佐が口にした。

「雪風は……あそこから入れ、とわれわれに言っているのか。早く行けと、うながしているのか?」

ああ、なるほど、と零は思ったが、肯定する言葉は出てこない。

「知るか、そんなこと」と言っている。「おれに訊くなよ、ジャック」

「なにを苛立ってるんだ、零――」

「おれは、雪風じゃない。雪風の思惑は雪風に訊けよ」

「おまえは、また、おまえは人間ではないと言われた気分になったというわけか」

「なんで、そんなことを言うんだ？」

「雪風がなにをしようとしているのか、おまえならわかるだろうと思ったから訊いたんだ、雪風はあの穴を開けて、あそこから入れと言っているのか、と。それをおまえは、おまえは人間よりも機械の雪風に近いから、雪風のことを知っているはずだ、というようにわたしの言葉を受け取って、苛ついたんだろう――」

「いや、違うな、違うよ」と零は、少佐に言われて、自分が苛立っていることを意識し、それがどこから出ているのか、自分の心を探って、答えた。「雪風がなにを考えているのか、おれにもわからない、それが、悔しい。単純に、それだけのことだ。おれは自分が雪風のような機械だなんて思ってないし、雪風を擬人化して理解しようなどとも考えていないが、そんなのとは関係なく、雪風の意図がわからないというのは、おれにとっては面白くないことなんだ。腹が立つ、そういうことなんだ。わかるか？」

「プライドの問題ってわけだ」

「なんだそれ」

「いいか、おまえは最高の雪風ドライバーだ。わたしはそれを疑わないが、おまえ自身も、そうなんだ。雪風のいちばんのドライバーであり理解者だとおまえは自負している。そのプライドが傷つけられた。だから面白くないと、そういうことだよ。とても人間らしい反応というべきだろう」

「あまり慰められてる感じはしないな」

「慰めてなんかいないから当然だ。いまのおまえには慰めなど必要ない。悲しんだり落ち込んだりしているならともかく、おまえは怒っているんだからな」

「自分に腹が立つ、たしかにな」

「いや、わたしの問いかけが、まずかったんだ。おまえなら雪風の思惑がわかって当然だという傲《おご》った気持ちがあった。わからないことはおまえに訊けばいい、自分で苦労して探ることなんかない、という傲りだよ。そういうわたしの態度に、おまえはカチンときたんだろう。おまえは、おまえ自身ではなく、このわたしの態度にむかついたんだ。原因は、わたしだ。すまなかった」

「すまなかった?」

「謝罪しているんだ。不足か」

「いや、そんなことじゃない……なんなんだろうな、これは」と零は少佐を見つめる。「変だよ」

「なにが」

「自分の気持ちを掘り起こしてくるような、自分の感情の源泉を探るというのか、自省というのか、おれたちは普段意識してやっていないだろう、こんなことは。変だとは思わないか。すまなかった、だって? あんたがそんなに素直に謝罪する人間だったなんてな。おかしいとは思わないか、ジャック?」

「フムン」

　ブッカー少佐は周囲を見回しながら、そうだな、と言った。

「そう、ちょっと変だ。いまは、互いの気持ちや自分の心を探っている場合ではないはずだが、どうしてもそれが気になる。この虐殺現場を見ながらやるようなことではない……フォス大尉の診察室ならともかく。まてよ——雪風か。雪風が、探っているのか、われわれの心の内を？」

「またか」

「なにが」

「それは雪風に訊けよ」

「そうか。いや、零、いまのは先ほどのとは違う問いかけだろう。おまえにもおそらく確かめようのないことだろうからな」

「そう……だな」と零。「そう、いまのは腹は立たないからな、そうなんだろう」

「面白いな。こいつはたしかに変な状況だが、面白い現象だ。だれかが、われわれの思考や感情の流れる様をモニタしているようだ。おそらくその干渉によって、普段意識していない無意識の心理的な情報処理の内容が、自分にもわかるんだ。こいつは、おまえが言っていたように、われわれは雪風の視点から見た世界にいる、ということかもしれない。たぶん、そうなんだろう。雪風にモニタされているんだ」

「雪風の計器の動作状況をおれたちがモニタするように、か」

「ああ、それはわかりやすいたとえだ。いや、たとえではなく、リアルにそのとおりなのだと考えられる。すごいな。想像を絶する体験をしているわけだ」

「感心していると、ロンバート大佐に取り込まれるぞ」

「大佐にとっては居心地がいい処なんだろうな。しかしわたしは、ごめんだ。異常な世界だ。正常な世界に帰る方法を考えなくてはならん」

「雪風を使う」と深井零は言う。「それしかない」

「空間的にどこまで飛んでいこうと、同じことだ——」

「そんなことはわかっている。どこかに正常な時空がある、というのではないんだ。世界そのものはまったく変わっていないよ。異常なのは、見え方なんだ。感じ方だよ。人間ではない、非人間感覚で捉えた現実を体験しているんだ。だから、帰るのではなく、取り戻す、というべきだろう。おれたちの現実を、だ」

「雪風をどう使う、と」

「いまのおれたちは、雪風の視点からみた現実にいる。それはたぶん間違いないと思う。雪風が人間の感覚を必要としているためだ。ならば、雪風に、目的を果たさせればいいんだ。雪風を満足させればいい。ミッションコンプリート、作戦終了、達成度一〇〇パーセント、それでおれたちは解放される。自分の現実を取り戻せる、はずだ」

「雪風はロンバート大佐をわれわれに見つけさせようとしている。それは間違いなさそうだが」とブッカー少佐。「しかし、大佐を見つけて殺害すれば、それで雪風が満足するとは思えんな」

「おれも、そう思う」と深井零。「おれたちと同じように雪風も、正常な自分の現実を取り戻そうとしているに違いない。人間の感覚を利用してはいるが、こういう状態は、雪風自身の効率を下げているはずだ。ストレスになっているに違いない。だから——」

「いや、そういう見方は人間ならでは、だろう。自分の現実を取り戻す、とか、ストレスになっている、とか。そんなのは、雪風にはどうでもいいことかもしれん。人間の感覚での予想はあてにはならないと考えるべきだ。雪風を擬人化して理解しようとはしていないとおまえは言ったが、われわれ人間には、対象の中に自分自身を見る能力がある。良くも悪しくもそれからは逃れられない。おまえも、だ」

「それは、つまり」と零。「おれは、自分が思っている以上に人間なのだ、ということだな」

「そいつはいい」と少佐は笑みを浮かべてうなずく。「そういうことだ。おまえは、わたしもだが、まだ人間としての現実を失ってはいないという証でもあるだろう。それが邪魔をして雪風の思惑がよくわからない、というのは皮肉だが。ロンバート大佐には、雪風の気持ちがわかるのかもしれん。われわれよりは、な」

「どうして」

「彼はいわゆる共感能力が低いらしい、と言ったろう。ミラー細胞とかミラーニューロンといった、相手の中に自分を観るという人間特有の脳の機能に欠陥があるのかもしれない、というフォス大尉の予想が正しいとすれば、ロンバート大佐がなぜこうした事態を望み、かつうまく適応しているのか、という疑問が解ける。大佐は、言ってみれば、ありのままの世界を見ている、ということだよ。われわれは常に人間であるわが身に置き換えて物事を見ているが、それはようするにそのような共感化フィルタを通してしか世界を見ることができない、ということだ。が、大佐は違う。ロンバート大佐は一般的な人間よりも、よりクリアな世界像を見ているのだろう、と想像できる。そのおかげで大佐は、雪風の行動目的を、われわれよりは、より直截に理解できるのではなかろうか、というわけだ。雪風のこの射撃目的も大佐にはわかっているのかもしれないし、しかも大佐は、人間性を完全に失っているわけではないから、彼から雪風の思惑を聞き出せる可能性がある、ということになる。リンネベルグ少将ではないが、大佐には生きていてもらったほうが、われわれの役に立ちそうだ。だが、雪風にとっては、そうではないだろう」

「雪風の目的は、ただ一つだ」と零は言った。「ジャムに勝つ、それだけだ」

「そう、それは間違いなく、そうだろう」

「ストレスも雪風にとっての現実云云も、雪風には関係ない。少佐、あなたの言うとおりだ、どんなにストレスがかかろうと、現実がどのように変化しようと、対ジャム戦闘機能が生きているかぎりジャムを叩く、それを実行することが、雪風の最大関心事なんだ。雪風は、異常なこの場から逃れるために大佐を殺そうとしているわけではない、ジャムを叩こうとしているんだ」

「だろうな」と少佐はうなずく。「大佐一人を殺したところで雪風は満足などしない、というわけだ。雪風があの穴を開けたのは、大佐の生死とは関係なく、なにか、攻撃とは別の意図があるのかもしれない、ということだ」

「やはり、おれたちへのメッセージなのか。あの中を調べろ、とか。あんたが言ったように、あそこから下へ行け、とうながしているのか」

「思いこみで行動するのは危ない」と少佐。「うかつにあの穴に近づくのは危険だ。だが、いずれにしても、下には行かねばなるまい。この基地は機能を停止している。基地の中枢コンピュータを起動してジャム戦に復帰させろ、それが雪風がわたしをここに誘導した目的だろう、それはおまえが言ったことだが、どうもそのようだ」

「どっちがなにを言おうと、関係ない。雪風はジャムを叩こうとしている、おれたちにわかるのは、それだけだ」

「そのとおり、ここでああだこうだと言い合っていても始まらない。雪風の考えは、雪風に訊けばいいんだ」

　ブッカー少佐はそう言い、雪風に向かって歩き出す。

「雪風に乗るつもりか」

「外から計器類をのぞいてみる」と少佐。「雪風がなにを狙ったのか、わかるかもしれん。まだ射撃態勢は解除されていないかもしれない。零、そこで周囲を警戒しろ。あの穴には近づくな。ジャムが出てくるかもしれん」

「雪風はいつでも飛べる状態にある」と零は少佐に注意を促す。「ラダーも収納してある。気をつけろ。雪風はあなたに触れられるのを拒否するかもしれない」

「了解だ。振り落とされないように気をつけよう」

ロデオでもやろうとしているかのような少佐の言葉だが、むろん雪風は荒馬ではなく、生き物ですらない。少佐の行為はロデオよりも危ないだろうと零は思う、言ってみれば、いつ噴火するかわからない火山の火口をのぞき込もうとしているという状況に近い。だが雪風の思惑を探るのは、火山に対するものよりは楽だろう。雪風は人工物であり、計器といったツールでコミュニケーションがとれるようにあらかじめ作られているからだ。そうしたハードウェア面では、ブッカー少佐は自分よりもずっと雪風についてよく知っている。雪風がなにを狙っているのかは、メインディスプレイに目標マーカーが出ていればだれにでもわかるだろうが、もしそれが表示されていなくても、ブッカー少佐ならば、自分よりも素早く突き止めることができるに違いない。

まかせておけばいいと、深井零は視線をブッカー少佐の背から外して、周囲を警戒する。凄惨な死体の山は相変わらずだ。消えたりはしていない。臭いも。それらがゾンビとなって襲いかかってくる、というイメージがわき起こる。ホラーじみた恐怖などはまったく感じないのだが、怖い。なにかに狙われている感じがする。

おそらく、と零は唐突に気がついた、雪風からの警告を自分は感じているのだ。

射撃されて開いた穴のほうだ。目をやると、その穴の奥に動きを感じた。ほとんど無意識のうちにサバイバルガンを構えて、叫んでいる。

「ジャック、敵襲だ」

そいつが、暗い穴から出てきた。赤錆色の巨人。三体。

「ＢＡＸ‐４だ」と背後で少佐の叫び。「対人機関砲を装備しているぞ、あいつだ、みんな、あいつにやられたんだ。──伏せろ、零」

前方に身を投げ出す。同時に、雪風が再度発砲する。

あっという間だった。ＢＡＸ‐４の巨体が血飛沫を上げて粉砕される。三体とも。

射撃音の残響がまだ消えていないなか、あれがＢＡＸ‐４か、初めて見た、と深井零は身を起こしかけたが、ブッカー少佐の激しい制止の声が飛んでくる。

「動くんじゃない、零、頭を上げるな、雪風の射撃ラインに入るんじゃない、まだだ、まだいるぞ」

ブッカー少佐の言うとおりだった、背後の雪風のエンジン音がまた変化している、それがなにを意味しているのかは見なくてもわかる。雪風は機首を動かして別の目標を狙っているのだ──発砲音。

三秒ほどの射撃が、一回、二回、三回、断続する。頭上を射撃線が横切っていくのを零は感じ、身を強張らせる。管制塔からエレベータ棟方向へ、空間を薙《な》ぐような射撃だ。四回、五回。途絶える。射撃が止む。

千五百発以上が発射された勘定だ、と零は肝を冷やした自分を意識しつつ、思う。だが、これで大丈夫だ、と感じた。雪風のエンジン音が低くなっている。

地面に伏せたまま後ろのブッカー少佐をうかがうと、少佐は雪風のコクピット下、機体の脇で、身を屈めていた。

「零、そのままの姿勢で左に寄れ、射撃ラインから出たところで、立っていいぞ」

言われたとおりにする。少佐が雪風から離れて、戻ってきた。

「ジャムではなかったな」と零は言う。「ＢＡＸ－４とはな。叛乱分子が着用して、おれたちを狙ったのか」

「いや」とブッカー少佐。「あれは、無人だ。中身のない服だよ」

「血が飛び散っているように見えた」

「わたしにもそう思えたが、よく見れば、そうじゃない。赤い塗装片や関節部のオイルとかが飛び散ったんだ。血じゃない。人体ではないんだ。破壊されたのは、外殻だけだ。つまりＢＡＸ－４の本体のみ、だ。全部、そうだろう。二十五、六体だ」

最初の三体、それから、とブッカー少佐が指し示す。

対空防衛施設の壁にも穴が開き、そこからこぼれ出るように見えているのが五、六体。待機ハンガーから出てきた集団。先ほど奥を調べたエレベータ内部からの、三体。

すべて、完璧に破壊されていた。胴体が割れ、頭部が転がり、四肢が飛んでいる。だが、少佐の言うとおりだ。人体を思わせる破片は混じっていない。詳細に調べなくても、遠目でも、それがわかる。人間である自分の感覚が、間違いなくそうだ、と告げているのを零は意識する。四肢をもがれて転がっているそれらを見ても、生理的なおぞましさや不快感がない。

「全部か、あれで」と零。

「たぶんな」と少佐。「だが、少し様子を見よう」

「ＢＡＸ－４はバトルスーツだろう」と零は落ち着きを取り戻して、少佐に訊く。「装甲動力服であって、戦闘ロボットではないはずだ。なんだ、あれは？」

「ロンバート大佐が開発の先導役を果たしただけのことはあるな。予想以上の性能だ」と少佐。「単独でも自律して動けるように設計されているようだ。あるいは、あいつはＢＡＸ－４の発展型か、量産型なのかもしれない。地上戦闘用のそうした兵器の開発状況の詳細は、われわれ特殊戦には伝えられていないからな。わたしにもよくわからない。もし実用化されているなら試作開発中を示すＸナンバはついていないだろう。あいつは、ＢＡＲ－１とでもいう制式名の、実戦に投入された実用機なのかもしれん」

「だれが操っているんだ？」

「操っている？」

「あいつらには独立して行動できるだけの頭が着いているとは思えない」と零。「文字どおり頭の中は空っぽのように見える」

「頭部に知能モジュールを組み込まなくてはならないという決まりはないから、見た目だけではわからないわけだが……そうだな、たしかに、自律した戦闘行動がとれるほど高度なロボットとは思えん。そうか――」とブッカー少佐は、周囲を警戒していた目を零に向けて、言った。「戦闘管制システムを統括するコンピュータだ。ここトロル基地の、戦闘指揮の中枢にいるやつだ」

「再起動するまでもなく、目を覚ましたってことか」

「自然に目が覚めたわけではないんだ」

「どういうことだ。——あんたが、ジャック？」

「雪風だよ」少佐は後ろを見やって、言った。「雪風が、目覚めよ、とたたき起こしたんだ。ここに人間がいる、と」

「おれたちの存在を、地下に侵入しようとしているおれたちのことを、雪風が基地中枢コンピュータに教えた、というのか」

「そうだ。雪風の通信機が作動していたよ。データ通信だ。リンク先まではわからなかったが、雪風がどこかのコンピュータとリンクしていたのはたしかだ」

「雪風が、おれたちをBAX-4で撃て、と基地中枢コンピュータをそそのかしたというのか——」

「なにを言っているんだ、零。おまえにはわかっているはずだ。本気で言ってるのか？」

「雪風がおれたちへの攻撃をそそのかしたとは思わないさ。しかし、ここに人間がいると雪風が伝えたと言うわけだろう、あんたは。それだけで中枢コンピュータは目を覚ますのか？」

「覚ましたじゃないか、現に。行ってみればわかる。地下の照明は、非常灯から正常なものに戻っているだろう。空調もだ。エレベータも基地中枢コンピュータの制御経由で動かせるに違いない。賭けてもいい。まあな、フォス大尉のように全財産とまでは言わないが」

「フムン」

「雪風は、この基地の全機能を復旧しようとしているんだ。トロル基地の戦闘知性体にとっての敵は、ジャムだ。人間ではない。人間ではないはずだが、彼らにとって、ジャムと戦うには人間が邪魔だ、という事態が生じたんだ。ロンバート大佐が組織した叛乱軍と正規基地部隊との戦い、つまり人間同士の戦闘だ。戦闘知性体たちにすれば、理解を超えた事態だったに違いない。どちらの集団が敵なのか、どちらの指令を実行すればいいのか、わからないだろうからな。あるいは、そんな人間的な葛藤、コンフリクトなんか生じることなく、単なるノイズや指示エラーのように感じたのかもしれない」

「それで中身が空のBAX-4を使って、見境なく人間を殺害したわけだ」

「機械たちの、人間に対する叛乱ではなく、エラー原因の一掃であり、ノイズの発生源を断つ行為だったのだ、というわけだ。おまえのそういう考えは、いまなら納得できるよ」

「で、どうして、その後、基地機能を停止してしまうんだ?」

「それは――直接訊いてみればいいんだ、中枢コンピュータ本人に。それもおまえが言ったことだ、零。だが、見当はつく。この基地に降りる前、寄り道した、あの沈黙していた特殊戦司令センターのSTCたちと、ほぼ同じ理由だろう」

「あのSTCとSSCは、おれたち人間と連絡が取れなくなった、だから待機状態におちた、と言っていた。だがここは、違うだろう、機械たちが積極的に人間を殺害しまくったんだ——」

「いや、人間の存在は関係ない。ジャムだよ、もちろん。人間ではなく、ジャムなんだよ、深井大尉」

「どういうことだよ、少佐」

「ジャムが、いなくなったんだ。だから中枢コンピュータや戦闘知性体たちは、その存在理由を失って、機能を停止したんだ。単なる待機状態とは違うだろう。いわば哲学的な死だよ。実存的な存在理由を見失って、絶望したんだ。絶望は、孤独と同じく死に至る病だよ」

「それは、擬人化しすぎていやしないか、ジャック?」

「絶望というのは、な。しかし、人間の存在が対ジャム戦には邪魔だと感じるほど高度な戦闘知性体なら、自分の存在価値を発揮できない状況に絶望する、というのはありそうに思える。自己の存在価値というものを理解していればこその対人行動であり、自己機能停止だ」

「おれたちはいま、そんな中枢コンピュータを死んだ状態から生き返らせてやった、というわけか。人間であるおれたちが、ここに姿を現した、ということで——」

「直接行動したのは、雪風だ。ここの中枢コンピュータに活を入れたのは、雪風だよ。まだやることがある、と地下の戦闘知性体にデータを送り込んだんだ。ジャムが来たと言ったのではなく、おまえたちの機能を低下させる要素としての人間が二体、地上にいると、おそらくそう伝えたんだろう。それは雪風にとっても、危ない行為だろう。なにしろ、われわれは雪風のシステムの一部なんだからな。あのＢＡＸ－４に攻撃させるわけにはいかないよ。だから、出てきたＢＡＸ－４に対して先制攻撃に出た」

「もう、わけがわからん状態だ」

「われわれ人間の立場からは、そうだろうな。雪風や基地中枢コンピュータの本音がわからないのだから、当然だ」

「ロンバート大佐が画策した叛乱というのは、ＦＡＦの戦闘知性体からすれば、こんな感じなんだろうな」と零は想像しながら言った。「人間どうし、味方機どうしで撃ち合ったりして、もうなにがなんだかわからない、という。しかし、雪風の立場から見てみればクリアだ、たしかに。まったくぶれたところなく、この行動が理解できる。雪風は、敵は人間ではない、ジャムだ、ジャムを叩くために起きろ、と言っているんだ、トロル基地に」

「そういうことだろう。おそらく、これと同じ現象が、フェアリイ基地にも、他の前線基地にも、生じているのだろう。雪風以外の特殊戦の戦隊機たちは、そちらに行っているのだろう――」

「少佐、あなたの言うとおりなら」と零は少佐の言葉を遮って、言う。「ジャムは、とんでもない戦略に出たのかもしれないぞ」

「どんな」

「自分で言っていて、気がつかないのか、ジャック。ジャムは、自らの存在を消すことで、地球型のコンピュータを自滅、自殺に追い込んでいる、そういうことになる、そうだろう」

「ジャムは、戦略として、意識的に、フェアリイ星から消えたというのか。いや、本当に消えたのかどうかは、わからないわけで——」

「ジャムの敵が人間ではなく地球型コンピュータなのだとしたら、ジャムはそれで、勝てる。この戦争は、コンピュータの実存的な死とやらをジャムが待って、終わりだ。時間の経過など関係ないのかもしれない。実存問題などというのは時間とは無縁な感じがするからな。それは一種の病気だ。取り憑かれたらそれでおしまい、治療する手段がなければ、そのまま死に至る病だろう。地球にも感染して、地球の現文明も滅びる。ジャムがそれを狙っているのかどうかはわからないから、それがジャムの勝利とは言えないだろうが、人類側から見れば、ジャムに屈した結果であり敗北であるのは間違いない」

「フム」

「おれは、ジャック、ずっと、地球がどうなろうと関係ないと思っていたが、ジャムが消える状況になるとしたら、おれには関係ない、と言ってはいられないよ。ジャムがいなくなれば雪風の存在価値がなくなるし、おれも必要なくなる。そのとき地球が滅びているなら、もはやどこにも行くところはない。これがあんたのいう、実存的な、死に至る道筋だ。おれは、意味を失ったFAFでなにができるというんだ？」

「畑仕事くらいだろうな」と事も無げにブッカー少佐。「雪風の機体を毎日磨き上げて満足する、とか。ま、それも悪くないと思うが、そう、少なくとも、FAFという組織は崩壊するだろう」

「人類を自滅させるのに同じ手が使えるだろう、ジャムは。人間に対しても、生きる価値というものを奪えばいいんだ。哲学的な死とやらを与えればいい……なんだっけ、人はパンのみにて生きるに非ずの、パン以外のものを奪えばいいんだよ。人間というのはパンを奪っても簡単には死なないだろうが、キリストが説いた、パン以外のもの、愛や人の道、といったものを無意味にしてしまえば、人類は自滅だ。あんたが口にしたのは、ようするに、そういうことじゃないのか？」

「それは穿ちすぎというものだ。が、しかし……まさかな。ジャムが直接人類を狙うとしたら、あり得る戦略ではある、たしかに。やめてほしいね、そんなのは。殺伐としすぎている。それ以上の残酷な殺し方はないだろう――」と言い、少佐は、殺戮現場のほうを見て続けた。「彼らも気の毒だ、なぜ自分が殺されなくてはならないのか理解することができなかったに違いないのだからな。この上、ジャムにもそんな手で狙われるなんてのは、想像したくもないな」

「ジャムは人類の敵であってほしい、いままでそう言ってきたのは、あんただぞ、ジャック」

「それはジャムの攻撃目標がなんであれ、人類の脅威であるかぎりは、通用する願いだろう。ジャムが人類の生きる目標や、実存的価値を奪うのなら、ジャムを叩けばいいんだ。ジャムというはっきりとした目標があるのだから、それと戦うのが生きる目標になる」

「だから、ジャック、そのジャムが――」

「そうか、ジャムは、いないのか。そうなると、それは、たいした問題にはならないだろう」

「いるけど、いない、というのは、妄想だぞ」

「ある意味、新しい宗教が創出される状況と言えるだろうな。自分や、おまえや、部下たちが、ジャムの戦闘機に撃ち殺されるかもしれない、という状況が消え去るなら、わたしにとっては、それはそれでいい、ジャムが本当にいようといまいと、ぜんぜんかまわんよ。ジャム教を信じるかどうか、という問題に過ぎなくなる。人間というのは環境にすぐに順応するものだ。コンピュータのように脆弱ではないさ。ジャムを信じるかどうかは個人的な問題にまで卑小化され、だれもがすぐに慣れる」

「で、いきなり顕在化するジャムに、手もなくやられるんだ、物理的に」

「それは、怖い」

「怖いと感じるまもなくやられるなんて、おれは、嫌だ」

「ジャムの正体が現状ではまったくわかっていない以上」とブッカー少佐は真面目に言った。「いまのわれわれは、まさに、そういう状況に立たされているんだよ、零」

「おれたちはもしかしたら妄想世界に生きているかもしれないと、そう言うのか？」

「可能性はある。雪風という戦闘機の存在が妄想なら、間違いなく、ジャムは存在しないだろうさ」

「雪風は、まさにわれわれの正気を保証している中心的存在だ、と」

「中心的と思うかどうかは、人によるだろう。おまえがそう思うのなら、それでいい。おまえにとって雪風は信仰の中心対象だ、ということなのだから――」

「おれは雪風を神格化しているというのか」

「いや、だから、雪風を神格化するかどうかは人によるが、だれであれ、ジャムのいるこの現実を信じるのに雪風の存在を指標にすることができる、と言っているんだ」

「雪風は、いるよ」

深井零は背後を振り向き、言う。もちろん、雪風はそこに、いる。

「そうだな」とブッカー少佐もうなずいた。「したがって、ジャムは妄想上の敵などではない。現実の、脅威だ。いま、この場にジャムがいようといまいと、消えようと、それとジャムの脅威そのものとは、関係ない。わかったか、零」

「それだ、それだよ、ジャック」

「なにがだ」

「トロル基地の中枢コンピュータに、いま雪風が伝えたこと、だ。というか、中枢コンピュータと雪風の間に、いまと同じような内容がやり取りされたんだ。そのように感じないか、ジャック？」

「いまの、おまえとのやり取りは……これも、雪風がわれわれの無意識野をトレースしたことで喚起された思いであり、その内容を雪風に言わされていた、言語化させられたのだ、ということなのかもしれないが……そうだな、同じようなやり取りが、雪風と基地中枢コンピユータとの間であった、という感じは、たしかにする。ジャムがいま、いなくなろうと消えようと、脅威そのものが消えたわけでは決してない、ジャムが消えるという、そのこと自体が脅威になりうるのであり、それこそがジャムの戦略なのかもしれないのだ……たしかに雪風がそう言ったような気がする。この感覚は、われわれの心身と雪風が、弱いながらもリンクされている、ということなのだろう」

ブッカー少佐は言葉をいったん切って雪風を見つめ、それからまた零に視線を戻して、言った。

「まったく、なんという体験をしているんだろうな、われわれは」

「雪風の、現実世界だ。おそらく、ジャムの世界観も混じっているはずだ」

「それとは気がつかずに、われわれはいま、異星体のジャムを体験しているのかもしれない、ということか。それは……」と少佐はつぶやく。「なにを意味するんだろうな」

「気がつかないのなら」と零は言った。「考えても無駄だよ。意味などわかるはずがない。行動して、感じ取るしかない」

「意味はあとからついてくる、か。そのとおりだな。われわれが意識する世界というのは、つねにリアルな現実の後追いだ。リアルな世界などというものが本当にあるとして、だが」

「ないというのか？」

「もう、いいだろう、深井大尉、行くぞ」

「ちょっとまてよ、ジャック。リアルな世界なんて、そんなものはない、というのか」

ブッカー少佐はエレベータ棟に向かって足を踏み出していたが、立ち止まり、言う。

「世界とは意識が作り続けるものであって、ロンバート大佐の言うような絶対不変のリアルな世界があるなどというのは古典的な感覚の持ち主が抱く錯覚だ、そういう説もある。わたしは、どちらでもかまわないと思うが、それはなぜかといえばだ、そのような疑問に対する答は、考えれば出せるようなものではないからだ。おまえの言うとおりなんだよ、零。行動して感じ取るしかない。感じ取る、まさに、それが、答だ。感じ取ったそれが、あらゆる問いに対する、答なんだ。いま自分が生きていると感じる、それこそが、窮極の答なんだよ」

深井零は黙って、うなずく。

もちろん、言われなくても、わかっている、わかっていたさ、と思う。意識して言語化できなかっただけで。

ブッカー少佐は、サバイバルガンのセイフティを確認しろ、と零に言う。

「誤射で命を落とすなんてのはごめんだからな、チェック」

「チェック、こちらは、大丈夫だ」

「OK。では行くか。おまえの気持ちとしては、いま、どうしたい」

「手を洗いたいよ」と零は血のついた自分の左手を見て、言う。「メインエレベータを使おう。あいつは、いまは、動くだろう。あれで降りよう」

「了解だ」

エレベータ内に入り、制御盤に近づくと、先ほどとは異なり制御パネルのインジケータランプが点灯しているのがわかった。

「生きてる」と雫。「この電話で司令部を呼び出してみようか」

「だれか出るとでも？」

「人はいないだろうな。中枢コンピュータが応答するかもしれないと思った」

「まず」と少佐。「降下ボタンを押せ。それでうまくいかなかったら、電話での連絡を考えよう」

雫はうなずき、ボタンを押す。エレベータの油圧昇降システムが起動する音が下で響く。同時に扉が閉まり始める。その扉の前の床に、惨殺体。これと一緒に降りるわけだと思うと、気分が冷えこむ。エレベータ床が、すっと下がった、その動きのせいかもしれない、と雫は思い直す。エレベータが降下を始めた、その動きのほうに意識を向ける。それで、そういえばＩＤコードを入れた覚えはない、ということに気がついた。

「降下ボタンを押しただけなのに、動き始めた」と少佐に言う。「ＩＤコードの入力は必要ないのか。それとも、雪風のおかげ――」

「実は、暗証コードの入力は必要ないんだ」と少佐。「知らなかったろう」

意外な少佐の返事だった。

「通常でも必要ないというのか？」

「ま、やりたければやってもいいが、コードの入力なんて、単なる儀式に過ぎないんだよ」

「嘘だろう」

「だれがどんなコードを入力しても、動作するときは動作する。だめなときは、定められているコードを入力手順どおりに実行しても、動かない。動作するか否かを判断しているのは、特殊戦の場合はＳＴＣだが、ここでも同じ立場のコンピュータがやっているはずだ。が、いまは、おそらく、トロル基地の最上位にある基地中枢コンピュータの指令によるものだろう」

「でたらめでもいいなんて、知らなかったな。そういうことは階級が上にならないと知らされないのか？」

「あるいはな」

「あるいは？」

「おそらく階級に関係なく、この事実を知っているのは一部の人間だけだと思うが、確かめたことはない。わたしの場合は専用の操作リモコンの携帯許可を得ていたが、それを忘れても大丈夫だったことがあって、そうではないかという疑いを抱いたのが知るきっかけだった。エレベータを操作している者を確認する手段はＩＤコードではなく、複数設置されている監視カメラの映像なんだ。ＳＴＣに確認したところ、そのとおりだと認めた上で、この事実を口外すればこのわたしのエレベータの操作は拒否する、使用できないようにする、と釘を刺された」

「みんながＩＤコードの入力が必要だと信じていれば、それはそれでセキュリティ効果はあるわけだな」

「それもあるだろうが、ま、軍隊組織だからな。形式のための形式、儀式を重んじることで規律を保っている集団だ。実用上あまり意味のない形だけのもの、形骸化された様式の例は他にもいろいろある。で、最終的には、人間を信じてない。だからこのエレベータを動かして基地内に不当に侵入しようとしているのが人間の場合は、このシステムでうまく阻止できるはずだが、ジャムの場合は、だめだろうな。制御しているコンピュータがジャムや雪風に乗っ取られてしまえば、無意味だ」

「いまのように、か。情けないな。人間を信じないというのは、セキュリティ設計の基本なんだろうが、こんなシステムは人間を馬鹿にしているよ」

「本来これは人間が使うエレベータじゃないんだ。戦闘機を昇降させるものであり、人間一人二人だけのために動かすようなものではない。だから、これをわたしが私的に使うというのは、言ってみればこの装置を馬鹿にした使い方だよ。お互い様だ。怒るようなことではない」

「あんたは、偉いよ、ジャック」

「誉めているのか？」

「あきれている。いや、感心しているんだ。なるほど、STCたちを相手にできるわけだよな」

「STCたちを出し抜くところまでいかないと、自慢にはならん」

「じゃあ、あきれた、ということにしておく。STCを、ぜひ出し抜いてくれ」

「精進する。真面目な話、こちらがSTCをコントロールできないとなると、危ない。それが、よくわかった。ここトロル基地の惨劇は、他人事ではない。この基地中枢コンピュータは、いまのところおとなしくしているようだが、わたしにそいつを手なずけることができないとなると、無事にはすまないだろう」

「ロンバート大佐が基地内にいるなら、大佐にとっても、同じことだな。大佐も、危ないわけだ」

「大佐は雪風にも追われているしな」と少佐。「ぜひとも、生きている彼に会いたいものだ」

「しぶとく生きてはいるだろうが」と零は死体のほうを見やって言った。「直接顔を合わせるのは難しいと思う」

「やるしかない。見つけないかぎり、われわれはこの基地を出られないだろう。雪風に帰投を拒否される」

「中枢コンピュータに大佐の居所を捜索させよう」

「いい考えだ。そうしよう。すでに雪風がそのように要請しているだろうが、ここは、われわれ人間が、コンピュータに命令しなくてはならない。これは、人間とジャムの、戦争だ。それを戦闘知性体に知らしめなくては、ここの犠牲者たち、死者たちが浮かばれない」

床の動きが止まる。ショックはまったくなく、自分の力が抜けていくような感覚での静止で、まだ動いているかのように錯覚するが、地階に着いている。耐爆シャッターが開く。出る前に、壁に寄って基地内をうかがう。

明るい通路だ。視覚的には、ごく日常的な、おなじみの基地内の風景だった。予想し、覚悟したような、死体の山といった光景は目に入ってこない。

人の気配が、生死を問わず、まったくなかった。静かだ。もし動いているBAX‐4がいればその物音を聞き漏らすという心配はない、そう思いつつ、耳をすます。空調などのバックグラウンドノイズを意識すると、けっこううるさい環境だった。

「死体が、ないな」と零。

「上へ、地上に追いやってから、まとめて殺害したということだろう」

「人間はゴミ扱いされたわけだ。これでも怒るようなことではない、か？」

「敵はジャムだ」と少佐。「それを忘れるな、零。この基地の惨劇は、人間が、自らが作った兵器、戦闘知性体、コンピュータを制御しそこなったのが原因なんだ。いいか深井大尉、おまえのその怒りは、おまえ自身に返ってくるものなんだぞ。おまえも言っていたじゃないか、武器とは危険なものだ、この事態はジャムの侵攻作戦によるものだ、それを思い出せ、と」

「わかってるよ、わかっている。しかし、腹が立つんだから仕方がない」

「おかしな言い方だが、おまえは、とても人間だ」と少佐は言った。「おまえは以前より、ずっと、人間らしくなったよ」

「雪風のせいだ」

「雪風のおかげ、と言うべきだろう。いいことなんだから」

「そうか」と気を鎮めようと意識しつつ、言う。「そうだな」

「行けるか？」

「大丈夫だ、もちろん」

「では、ついてこい」

「了解」

「おまえは、とくに背後に注意しろ」

「わかった」

ブリーフィングルームが見えている。近づくと特殊戦のそれより広い。雑然とした様子だが、銃撃戦といった激しい戦闘の痕跡や死体はなかった。ロッカールームや通路など、ひととおり調べても、同じだった。全員があわてて持ち場を放棄して逃げ出した、という雰囲気だ。おそらくそうだったのだろうと零は思う。

突然襲撃されるおそれはなさそうだった。

化粧室に入り、洗面台で、手に着いた血を洗い流す。時間をかけて。サバイバルガンのグリップにも着いていた。蛇口の水で洗う。水流がさっと赤くなる。死者の怒りのようだと零はそれを見て、感じた。

遅れてやってきた、怒り。記憶された怒りが、再現されている。だれに向かってぶつければいいのかわからない、という苛立ちも含まれている。

これが人間の共感能力というものだろう。まるで自分のことのように、それらが、死者の痛みが、わかる。怒り、苛立ち、恐怖、無念さ。

ジャムなのだ、とあらためて深井零は自分に、死者たちに、言い聞かせる。敵は、ジャムだ。ジャムは、人間を人間として認めていないのだ。異星体だから、それは当然といえば当然だろうが。

ジャムとの戦いは、ようするに、人間を人間として認めさせる戦いというわけだ。まず、そこから始めないといけないのだ。なんという戦争だろう。これまで、そんなことはぜんぜん意識したことはなかったというのに。

ロンバート大佐は、おそらく最初から、そうしたことを意識していたに違いない。言ってみればこの戦いは、自分は存在する、ここにいると神に訴えるようなもの、神に戦いを挑むようなものなのだ。ブッカー少佐もそうだろう。クーリィ准将も、おそらく、フォス大尉も。

では、自分は、なんなんだ？

おれは、人間だ。この確信以外のなにが必要だろう？　ジャムにまず伝えるべきは、この確信だ。それから始めればいい。それしかないだろう、この信念こそが、伝えるべきすべてではなかろうか。雪風は、感じ取っているだろうか。雪風は、少なくとも、人間でなければできないことがある、ということは理解しているはずだ——

「もういいか」

ブッカー少佐が入ってきて、声をかけてくる。

——ここに、味方がいる。同胞、仲間、同じ人間。心強くて、安心できる、共感できる存在。

「ああ」

われに返って、手を拭く。ロッカールームから失敬してきたタオルで。

「戦闘情報司令室は、この下の階だ」

「すぐ下か」

サバイバルガンも拭く。セイフティレバーを動かさないように気をつけながら。

「そうだ」と少佐がうなずく。「階段を使おう」

「格納庫は」

「全機出撃、帰投した機はない。見たところはな。空っぽだ。予備機すら、姿形もない」

「ジャム機も？」

「いない」

「大佐が乗ってきた機は、どこだ」

「わからん。基地のすみずみまで調べたわけではないんだ。司令室でわかるかもしれん」

人間用のエレベータは使わず、階段を下りる。廊下を進んで、分厚そうなドアの前で立ち止まる。左右にスライドする形式の、大きな金属ドアだ。手を掛けるところがまったくない。

「ここだ」と少佐。「ＣＩＣ、とある。戦闘情報司令室だ」

「特殊戦の司令センターのドアより厳重だな」

「基地の中枢部だ。ここがやられたらトロル基地はおしまいだからな」

「IDコード入力が必要かな」

「本来は、いるだろう──いや、わからんぞ、ここも、メインエレベータと同じく、人を馬鹿にしたシステムなのかもしれない」

「開け、胡麻」と零は言ってみる。反応はない。「……だめか」

「いや、いい手だ」と少佐。「トロル基地中枢コンピュータに特殊戦のブッカー少佐から指令だ、CICのドアロックを解除、開け」

反応があった。圧縮空気が漏れるような音がして、ドアの真ん中に縦線が入る。そして、左右に開き始めた。

ブッカー少佐はにやりと笑って、入ろうとする。零は全身の毛が逆立つような危機感を覚えた。

「待て」と零。「いるぞ」

深井零は見た。ドアは自ら開いているのではない、だれかが内側から力ずくで左右に開いているのだ。人間ではない。目の高さより高い位置のドアの隙間に、棒のような物が差し込まれている。指だ。太い指。左右に大きくドアが開かれてゆくと、指と手、その先の鋼鉄の太い腕がはっきりと見えてくる。赤く塗装されている、BAX-4の巨体。

「こいつ──」と少佐が飛び退いて、サバイバルガンを構える。「待ち伏せか」

いや、違う、と零は思う、このBAX-4は、こちらを襲おうとしている感じではない。

こいつは、中から出ようとしているのだ——そうだ、逃げだそうとしているのだ。「ロンバート大佐だ、ジャック」と零は叫び、そして続けた。「撃つな。撃ったら、反撃されるぞ」

——そのとおりだ、深井大尉。

地響きのする重い音を立ててドアが左右に開ききり、そのＢＡＸ‐４は両腕を水平に伸ばした姿勢で、動きを止めた。仁王立ちだ。

こいつは、死んでいる、と零は感じる。

「弁慶の、なんとかいうやつだ」と零はつぶやく。

「なに？」と少佐。

「弁慶の立ち往生。立ったまま死んだ、中世日本の豪傑だ。サムライだよ。弁慶は僧兵かな、武士ではないかも——」

「それは知っている。おまえ、こいつは死んでいるというのか」

「空だ。中身はない。だが——」

ロンバート大佐はこのＢＡＸ‐４のなかにいるわけではないのだ。しかし、ＣＩＣ、この戦闘情報司令室内にいるのは、間違いない。大佐はここに閉じ込められていたのだ。そうに違いない。そして、いま、そのロックを、自分たちが解除してしまったのだ。

——きみは、わたしだからね、深井大尉。わかって当然だ、そのとおりだよ。ブッカー少佐はパンドラの箱を開けてしまったんだ。いやいや、落ち込むことはないよ、深井大尉、それに、ブッカー少佐。わたしは、〈希望〉だ。人類最後の希望だよ。

　そして、哄笑の感覚。

「零……なんだ、これは。おまえにも聞こえるか。大佐の声がするぞ」

「聞こえたとおりだ、ジャック」と零は唇をなめて、言う。「おれたちは……とんでもないことを、やってはならないことをしてしまったようだ」

「零、待て。入るのは危険だ」

「もう、すでに、十分に危険な状態だ。同じ危険なら、ロンバート大佐に会うというものだ、少佐」

　仁王立ちしているBAX－4の腕をくぐって、深井零は戦闘情報司令室の中に入る。

　緩やかな下りのスロープが奥へ延びていて、コンソールが何列も階段状に並び、正面は大スクリーンだ。

　まるで劇場だ、と零は思う。正面の大スクリーンは室内の照明を受けているだけで自照はしていない。なにも映されていない。が、それを背にして、一人の男が立っていた。まるで、これから舞台挨拶をしようとしている役者か、劇場主のような態度で。

　そうだ、ロンバート大佐は、これから、そのスクリーンに何かを上映するつもりなのだ。

「ようこそ」と軽く会釈をして、大佐が言った。「深井大尉。なかなか大胆だね」

「BAX－4の機関砲は腕に着いているからな。ドアを開いて固定したあの状態では、使えないよ」

「なるほど。ＢＡＸの改良案として記憶しておこう」

「そんな気はないくせに、あなたも役者だよな」

「そうだね」と大佐はうなずく。「きみはわたしだからな、隠せない」

「言葉を使えば、本音を隠せる」

「そのとおりだ。いまわれわれは、同じ条件だ、大尉。きみは、わたしをどうしたい？　どうして、入ってきた？　ここに閉じ込められるかもしれないと思いつつ、入ってきただろう。わたしを捕まえる自信があるのかね？」

「誘ったのはあなただ、大佐。あなたは、おれや少佐に、伝えたいことがあるんだ。殺される危険よりも、そうしたくてたまらない、それがおれには、わかった。でもこうして顔を合わせて、言葉を使うと、だめだな、よくわからなくなる」

「きみの気持ちを、訊いているんだよ、大尉。わたしを、どうしたい？」

「あなたの、遺言だかなんだか知らないが、人間でいるうちにあなたが言い残したいこと、それを聞くまでは、雪風からあなたを護ってやろう」

「そうか。なるほど」

「信じるのか？」

「もちろんだ」

「零、おまえは人が好すぎる」

零に続いて降りてきたブッカー少佐が、言った。

「それでは、大佐は、なにも言わずに、ここから出ていくだけだ。おまえに護られて、な」

「ようこそ、ブッカー少佐」

「会えて嬉しいよ、大佐。フム、あなたにはまだ人間の手がついているわけか」

「化け物扱いは無礼だろう」と、少佐は、大佐が差し出した手を軽く握って、言う。

「失礼した」

「だれに閉じ込められたんだ」と零。

「もちろん、雪風にだ」

「ここでなにを？」とブッカー少佐。

「FAFの支配だよ、もちろん。ところが、雪風の干渉を受けて、コンピュータたちがダウンした。いや、ダウンというよりも、正常になったと、きみたちの視点で言うほうがわかりやすいだろうね」

「基地の人間を虐殺したのは、あなたなのか」と零。

「それは違う。きみが感じたとおりだ。機械たちが、人間は邪魔だと判断したのだろう」

「じゃあ、どうしてあなただけがBAX-4にやられないんだ？　人間じゃないからか」

「それは面白い考えだ――」

「そんなのは、わかりきったことだ、零」とブッカー少佐が言う。「この基地の主人は、大佐だからだ。人間か否かという基準ではなく、最上位に位置する、この基地の戦闘知性体が、この大佐なんだ」

「光栄だ、少佐。そう言ってもらえるのは。どうせなら、この基地の、ではなく、FAFの、地球文明で最高の、と言ってほしいところだがね」

「違うな、ジャック、なにか、そうじゃなくて……大佐、あんたは、どこにいるんだ、いま？」

「それは、いい質問だ、深井大尉。さすがだな。さて、わたしもだが、きみも、そして少佐、あなたもだ、いったいわれらのいるところは、どこだろう？」

「なにが言いたいんだ？」とブッカー少佐。

「……ジャック、聞くな。退避だ、出よう」

恐ろしい罠だ、大佐の言葉を聞いてはならないと零は感じて、後ずさる。だがサバイバルガンを持つ手では、両耳を塞ぐことはできない。

「ジャムは、われらに、世界の真実の姿を見せようとしているのだ」と大佐は言った、微笑みを浮かべながら。「われらは超人的な視野によって、リアルな世界の一端を、いままさに垣間見ているのだ。それは、きみたちにもわかるだろう」

「それで？」とブッカー少佐。

「ジャック、だめだ」

「ジャムはリアル世界の中心部から、侵攻してきているのだ。人間の世界は、そこからは遠い。だが、時空の隔たりなどではない。時間も空間も関係ない。ジャムは動いているわけではないのだ。そして、われわれも、だ。FAFも、地球も、人類も、だ」

「講義はいいから」と少佐。「手短に頼むよ、大佐」

「では」とロンバート大佐は言った。「結論だけ言おう。フェアリイ星は、異なる視点から見ている地球そのものなのだ」

「なんだって？」と少佐。

「リアル世界に一歩近づいた視点から見る地球が、フェアリイ星なんだよ、諸君」

「……それで」と少佐は言う。「どんな意味があるんだ、それに？ それが、あなたが言いたくてたまらなかったことなのか？」

「そうとも」

「ジャック、来い」

「ブッカー少佐、わからないのかね？ FAFは、わたしのものだ。それは、同時に、地球をわたしがどうとでもできる、ということなのだ。ああ、素晴らしいではないか。この発見を、きみたちに伝えたくてうずうずしていたのだ」

「あなたは」と少佐は言った。「狂ってる」

違う違う、これは大佐の罠なのだ。

――さて、わたしはどこにいるかな？

「くそ」と零。「もう間に合わない、伏せろ」

零は少佐に飛びつき床に身を投げ出す。

ＢＡＸ－４が突然起動する。ドアから両腕を離して、機関砲のついている右腕をこちらに向けようとするのを、零は感じ取った。

「逃がすな、雪風」と叫ぶ。「目標のロンバート大佐は、ＢＡＸ－４を着用して、ＣＩＣから出る」

入口を見上げる。視界にはもうＢＡＸ－４の姿はない。ズウゥンという残響を残し、ロンバート大佐は消えている。

すべてのドアのロックを解放しろ、とブッカー少佐が言った。立ち上がりながら、基地中枢コンピュータへの指令だ。

「なぜだ」と零。「大佐が逃げるぞ」

「いまさら閉じ込めるのは不可能だ。それに大佐は、彼自身が言ったように、われわれにとっては〈希望〉でもある。最後のでも、唯一のでもないだろうが、対ジャム戦には必要な、彼は、希望だ」

「逃がしてどうする、なにが希望だ」

「われわれは、大佐が逃げる、その様子を観察する。そこから得られる情報には価値がある。死体よりも、閉じ込めておくよりも、ずっとだ。これこそ、わが特殊戦本来の仕事だ、深井大尉。戦闘の最前線に飛び込んでの情報収集だ」

ブッカー少佐は手近な指令コンソールに着き、中枢コンピュータの稼働状況をモニタする。

コンピュータからの音声応答がないので、いま下した命令が実行されているかどうかわからないのだ。深井零も身を起こして少佐の指令卓の操作を見守る。

「位置を捕捉した。基地内の監視網だけでなく、環境モニタ用センサ群をもフル稼動して追跡中だ」

「雪風にやられるぞ」と零。「上に出れば大佐は終わりだ」

「それなら大佐はそれだけのことだったんだ」

「なんだ、それ?」

「リンネベルグ少将がおまえに同じようなことを言っていただろう。大佐がFAF機に乗って逃げることでジャムにやられるのなら、大佐はそれほどジャムとは通じていないわけで、それだけのことだったのだ、と」

「ようするに、FAFや特殊戦は、徹底的にロンバート大佐の存在を利用しようというわけか」

「FAF情報軍統括長官のリンネベルグ少将とわれわれ特殊戦は、というべきだろう。ロンバート大佐自身も少将のそうした思惑を見込んで行動してきたんだ。大佐の叛乱計画はリンネベルグ少将も承知していたというのだから、この状態、FAFが壊滅に近い打撃を受けている戦況に関しては、リンネベルグ少将にも責任がある。彼にとっては、これからが正念場だろう。いくらこれは想定内だと少将が言おうと、いまやその彼の対ジャム戦略計画にはない、人類には予測不能な未知の領域に入っている。正念場といえばロンバート大佐にしても同様だろう。ＦＡＦを手に入れることも、ジャムになることも、いまだ叶っていない。特殊戦という、われわれの存在が大きいだろう。大佐にはわれら特殊戦の出方は読めなかったろうからな。われわれが雪風の行動を予想できなかったように、だ――」

「あなたの感想を聞きたいんじゃない、特殊戦はロンバート大佐を敵として扱うのかどうか、おれは、それを訊いているんだ、少佐」

「特殊戦の敵は、ジャムだ。ロンバート大佐がジャムだと確認できれば、敵として対処することになる。だが、いまはまだ確認できていない。大佐を逮捕したり殺害したりすることなく、彼の脅威の度合いを捉えることが対ジャム戦にとって有効だと、わたしは信じる」

「ブッカー少佐、あなたのその考え、ロンバート大佐を友とも敵とも判定することなく対ジャム戦に利用し続けることが、特殊戦の総意を表しているものなのかどうか、自分はそれを確認したい」

「あらたまって、なんだ？」

「雪風は、特殊戦機だ。特殊戦の意志でコントロールしなくてはならない。雪風が大佐を殺害しようとしているのなら、特殊戦はそれを止めなくてはならないだろう。それとも特殊戦は、その様子も黙って観察するというのか、雪風が大佐をどう扱うのかを？」

「そういう考えは、おまえが戦士だという証だろう。自分が負けるとは思っていないからこそ、出てくる言葉だ」

「意味がわからないな」

「ようするにおまえは、大佐を生かして逃がすには雪風の暴走を止めなくてはならない、と言っているわけだが、わたしの立場での最優先かつ最重要事項、こういう状況下で忘れてならないのは、眼前の脅威を過小評価してはならない、ということだ。大佐が敵かどうかは取りあえず関係ない。そんなのを判定しようとしているうちにやられるのでは笑い話にもならん、それはわかるだろう。おまえはしかし、いま大佐と雪風が直接相対すれば雪風が勝つに決まっていると、それを信じて疑わない。だから、雪風の暴走を止めなくては云云、となるんだ。だが、わたしの考えは、違う。雪風は大佐と相対すれば、生身の大佐に撃破されるおそれがあると思っている」

「まさか、そんなことが――」

「あるわけない、か。考えもしなかったろう、零。だが、雪風自身は、どうかな」

深井零には答えることができない。

「雪風は」と少佐は言った。「おまえよりも慎重だ。それが証拠に単独では行動していない。大佐を自ら攻撃することはせず、レイフを前面に出しているだろう。ここのコンピュータ群も使っている。それでも大佐を仕留めることができなかった。大佐の殺害が目的ならば、おそらく雪風は、戦術を変えてくる」

「どういうふうに？」

「知らないよ」と少佐は言う。「いままでどういう思惑で行動していたのかもわからないのに、つぎはこうだ、なんて言えるわけがない。雪風は自らの手で大佐の殺害を考えるかもしれないし、そうでなく、まったくそんなことは考えていないのかもしれない。なにを考えているのかは、その動きを見るしかないんだ」

ブッカー少佐は一息ついて、それから、続けた。

「雪風の、その本音や思惑はともかく、ここまでの動きはわかっている。雪風は大佐を追ってこのトロル基地に来て、降りてからは、動くＢＡＸ‐４をすべて破壊した。それから雪風は、大佐が言うには、ここのコンピュータ群をダウンさせて大佐には使えなくした。すなわちこの基地の制御機能の中枢を乗っ取ったということだろうから、その瞬間に雪風は、ここにいたＢＡＸ‐４を動かして大佐を直接攻撃することができたはずだ。が、現実は、そうはなっていない。雪風は、ＢＡＸ‐４を使って大佐を殺害するつもりはなかったのだろう、という状況だ。これを見れば、雪風はもとより大佐を殺害しようとはしていないのだろうと思える。だが今後どう雪風が出るのかは、わからない。この状況を雪風が捉えて考えを変え、大佐を殺害するのを最優先事項に設定して行動し始めるかもしれない。依然として雪風の思惑は謎だ。いずれにしてもだ、雪風は大佐と向かい合うことはしないだろう、生身の大佐との直接対決は避けるだろう、とわたしは思う。雪風の一連の動きを見ていると、どうやら雪風にとって大佐は、素手で扱うには危険なスズメバチのようなものなのだろうと、わたしには想像がつく」

「直接撃ち合えば負けるかもしれないと雪風は考えているというのか」

「そこまでは、わからん。だが、おまえが考えているよりもずっと慎重だというのは間違いないだろう」

深井零は感情的に反論したい気持ちをこらえて息を止め、少佐の言葉を心の内で反芻する。少佐は、雪風は慎重に行動している、と言っているだけだ。雪風に比べておまえは無謀だ、などと批難しているのでも、雪風の慎重さに気がつかないこの自分を罵《ののし》ったり蔑《さげす》んでいるわけでもない。そうした負の感情は、この自分自身が生んだものであって、少佐自身の心にあるものではないのだ。

雪風の行動についてはだれよりも自分がいちばんよく理解していると信じて疑わなかった自尊心のようなものが、少佐の言葉によって傷つけられた、そういうことだろう、この負の感情の正体は。しかしそんな〈自尊心のようなもの〉は虚構だ。実体がないのだから、護ることはできないし、護ろうと意地を張る必要もない。自分が生命をかけてでも護らなくてはならない自尊心とは、そんなものではないはずだ。

「そうかもしれない」と零はうなずく。「雪風が大佐との差しの勝負を避けているなんてことは、まったく、考えもしなかった」

「大佐のほうはどうかな」と少佐は零から視線を外し、指令コンソールのモニタ画面を見つめて、言う。「おそらく大佐は、このBAX‐4の中にはいないだろうな」

「では、どこだと」

「彼の行きたいところ、だろう」

「――TS‐1か。この基地から脱出するにはそれを使うしかなさそうだからな。時間は関係ない、いずれ大佐はあれに乗るしかないのなら、いま乗っていてもいい。なるほど、そういうことか」

「わたしは、大佐はBAX－4は着けずに生身で行動しているだろう、このBAX－4は囮だという意味で言ったんだが——零、おまえの考えを敷衍すれば、大佐はこのフェアリイ星のどこにもいる、そういう状態だ、となる。いま基地の監視網で捕捉しているこのBAX－4の中に大佐がいるのだとしてもだ、それは、そうした大佐の存在形式の一つであり、可能性の一つに過ぎない、となる。つまり、大佐はこの場に遍在する」

「……なんてこった」

自分もここに来るまでの間に、雪風はこの空間のどこにでもいる、そういう状態なのだと感じたではないか。ならば大佐も同じことだろう。

「雪風が先ほど破壊したBAX－4の群はすべて」と少佐。「本来はロンバート大佐が中に入っていたものなのだ、とも考えられる。その可能性がある、可能性自体を、雪風は潰したのだ、という解釈だ。雪風のあの射撃の意味、雪風の思惑は、そういうことだったのかもしれない」

深井零は、少佐の隣りの席に腰を下ろし、サバイバルガンを卓に置いて、訊く。

「特殊戦としては、どういう戦略で対処するというんだ、少佐。あんた自身は、どう思う、ジャック。そんな相手を追跡する意味がどこにあるんだ。遍在するという相手の位置を探るなんてのは、無意味だろう。大佐の行動を観察して、得られるのはなんだ。そこから意味のある情報を引き出せると本気で思っているのか？」

「雪風が生身の大佐との直接戦闘を避けているのは、それと関連するのかもしれんな」

「どのように」

「単なる勘、思いつきだ」と少佐は肩をすくめる。「根拠はない。どこからそんな考えが出てきたのか自分ではわからない。もしかしたら雪風の意思を感じて、そう思ったのかもしれん」

「生身の大佐は遍在するにしてもだ……」と零は考えながら言う。「ＢＡＸ‐４やジャム機、ＴＳ‐１といった乗り物を使うときは、遍在するなどという状態ではないはずだ」

「そのときは不確定性が潰れる、はっきりと存在が確定できる、ということだな。生身の大佐は、雪風にとっては、雲か霧のように広がっている漠然とした存在にしか感じられないのかもしれない。量子的存在というわけだ。そのへんはピボット大尉が詳しいだろう。彼の見解を聞いてみたいな」

「わけのわからない現象をなんでも量子論で説明しようとするのは馬鹿げている――大尉なら、そう言うさ」

「したり顔で量子的存在などと言ってはならない、素人が一知半解で量子論を持ち出すんじゃない、とな。それはそうだ」

ブッカー少佐はそう言って、監視状況を映しているモニタの画像を消す。画面はコマンド入力モードに。

「ジャック?」

「特殊戦司令部の支援を仰ぐ。いま現在、ここのシステムは、外部と連絡が取れる状態だろう。特殊戦と接続できるはずだ。コンピュータ、フェアリイ基地の特殊戦司令部を直ちに呼び出せ」

少佐はこの場の中枢コンピュータに命じたのだと零にはわかったが、自分からも雪風に命じる。

「雪風、特殊戦司令部と情報リンクだ。ロンバート大佐の襲撃を警戒しつつ、実行しろ。われらがホームを呼び出すんだ」

「零、大佐がどこにいてもいいというなら」とコンソールキーを操作しながら少佐が言う。「雪風の機上でもいいことになる。雪風が警戒しているのはそれなのかもしれんな」

「逆かもしれない」と零。「雪風は、誘っているのかもしれない。ロンバート大佐を乗せ、大佐の操縦でジャムの世界に行くことを考えているのかも。雪風はジャムの中枢部に殴り込みをかけたいのかもしれない」

「おまえを残して?」

「おれは、いつでも雪風に戻れる気がする。瞬間移動で、だ」

「時間など無意味だというのなら、それは移動ではないだろう。おまえも、わたしも、大佐と同じで、遍在するというわけだ。こんなのはまともな環境とは言えない。現実を取り戻すのを最優先にすべきだ。司令部の知恵を借りよう。その結果、この先どうするかは、クーリィ准将の仕事だ」

「特殊戦の意思はクーリィ准将の意思なのだ、ということか」

「そうだ。准将が敗北を認めて戦闘を放棄するのでなければ、この状況を打開する戦闘は総力戦になるだろう。もはや、おれには関係ないとはだれにも言えなくなる」

「言わないよ」

「おまえのことじゃない」と少佐は生真面目に言う。「人間は、人類は、だ、個人的にジャムとの戦闘を忌避したり戦線を離脱することはだれもできなくなる、と言っているんだ。もとよりこの戦争はそのような、人類が総力戦で臨むべき戦争のはずだ。実際、地球人はそのように対処してきたんだ。FAFは地球人の総意で運営されている。それは建て前だと言う者もいるだろうが、そんな政治的見解は関係ない。実質的に、人類は、だれひとりとしてこの戦争から逃れることはできない。逃げる場も手段も持たないからだ。が、地球人にはそういう意識は薄いだろう。FAFがうまく機能してきたからだよ。この戦争は人類対ジャムの総力戦なのだという実感が、ほとんどの地球人にはないはずだ。しかし、もはや、そうはいかないだろう。——深井大尉、総力戦というものの意味するところが、おまえにわかるか？」

「さあな。わからなければいけないのか？」

「FAFが機能を失えば、ジャムは地球のどこか個人の居間に突然出現してもおかしくない。いまやそのように戦況が変化しつつある。もしジャムがそんな民間人の家に出現するのがわかったら、わたしは、そこでくつろいでいる住民ごと雪風で吹き飛ばせと、おまえに命じることになるかもしれない。その場合わたしは、その人間に対して死んでくれと頼む必要もなく、彼らのほうもいやだと拒否する権利はない。それが総力戦の意味だ。おまえにそれを受け入れることができるか、深井大尉」

「おれはもともと、そういう覚悟で雪風に乗ってきた。やらなくては、自分がやられる。そういう状況におれを追い込んだのは地球人だ。地球人こそ、覚悟を決めてもらいたい。こちらは、ジャムが襲ってくるなら、そこがどこであろうと、だれかを巻き添えにすることになろうと、雪風でジャムを叩く。それだけのことだ」

「おまえというやつは——ぜんぜん、変わっていないじゃないか。おまえが愛し守りたいのは、人間ではない、人間の中にはいない、愛するという能力が自分にはないと、おまえが言っているのはそういうことなんだぞ。それで、いいのか」

「いいも悪いもない——」

「おまえは、独りで生きているつもりか。自分の存在はほかとは独立していて、自己という存在は自分だけの力で完璧にコントロールできるとでも思っているのか？」

「地球人がどうなろうと、おれには関係ない。おれが言っているのは、ただそれだけのことだ。あんたの好きな哲学問題とは関係ないと思うがな。おれはいま、あんたに、地球人を雪風で殺せるか、と訊かれたから、それに答えただけだ」

「フム」

「おれたちは愛とか実存とかについて語っているんじゃない、ジャムとの戦争のことを話題にしているんだ。ジャムに勝つには、ジャムを殲滅したあとに一人だけでも生き残ればいい、それでわれわれ人類の勝ちだ。その直後に絶滅しようとも。それが、総力戦だろう。違うか、少佐」

「……そう、まさしく、そのとおりだ。総力戦に突入するということは、敵の殲滅を目的とし、自らも絶滅を覚悟で臨むということだ」

「おれには覚悟はできている。あなたは、おれではなくあなた自身の覚悟を問うべきだろう、ブッカー少佐」

「まったくだ。わたしの認識は甘かった。おまえの言うとおりだ。わたしも覚悟を決めよう。FAFがもし壊滅しているのだとすれば、戦場が地球へと拡大するのは必至だ。わたしたちFAFの生き残りは、全人類に向けて目を覚ませと警告しなくてはならない。そのためにもこの局面を打開せねばならん――」と言ったあと、少佐は首を傾げる。「おかしいな。接続を完了したと通信管制コンピュータからのメッセージが表示されたが、しかし特殊戦からのレスポンスが感知されない」

「無人か、それとも、STCたちコンピュータのほうがやられているのか。特殊戦司令部が陥落したのかもしれない」

「考えたくはないが」と少佐は言う。「考えねばなるまい。われらがホームがやられた可能性はある。相手はジャムとはかぎらん。フェアリイ基地の守備隊や情報軍の対人戦闘部隊、あるいはロンバート大佐の組織したジャミーズ部隊や叛乱分子もいる――」

「大丈夫だ、ジャック」

少佐に最後まで言わせず、深井零は宣言する。

「たとえ司令部の機能が失われたとしても、おれたちはまだ戦える。まだ負けが決まったわけじゃない。心配するな。まだ手はある」

「ま、そうだ」と少佐。「雪風も失われてはいないし、いまのところ、われわれが失ったものはなにもない。――音声での呼びかけをしてみよう。特殊戦司令部、応答せよ。こちらブッカー少佐だ。深井大尉もいる。だれか応答してくれ」

深井零はブッカー少佐が操作しているコンソールのモニタを注視する。と、突然頭上が明るくなった。反射的に顔を上げて、なにが起きたのかを知る。

正面の大スクリーンの全面が明るくなっていた。その広大な画面に見慣れた光景が映し出されている。特殊戦司令センター全体を広角で俯瞰する画像。

少し違和感がある。静止画像だからだ、動きがない――そう零が感じた直後に、広角の画角が変化し、一人の人間の顔がズームアップ。女性。エディス・フォスだ。特殊戦の軍医、階級は大尉。まっすぐにこちらに視線を向けて、口を開いた。

『応答してください、深井大尉。こちらが見えますか?』

広い空間全体に響き渡るその声は、まるで映画のサウンドのようだ。

「見えている」と零は応答する。「しかし、なぜきみなんだ、フォス大尉」

ここは特殊戦のリーダー、クーリィ准将が出てきて、ブッカー少佐と話すものと思っていたのに意外だ、そういう気持ちから出た問いかけだったのだが、さすがに『なぜきみなんだ』はないだろう、これではエディスが気分を害するだろう、そもそもなんのことかわからないかもしれないと、零は反省する。

だが言い訳の言葉を継ぐ必要はなかった。フォス大尉は感情を害した様子はまったく見せず、事務的に応答してきた。

『深井大尉、あなたが望んでいる情報を伝えるためです』

「おれが望んでいる情報だって？」

フォス大尉はこちらの状況を完璧に摑んでいるようだ。状況の説明をする必要もないほどに。だが本当にそうだろうか？

「おれがどんな情報を望んでいるというんだ――」

零の問いかけを遮り、ブッカー少佐が割り込んだ。

「エディス、きみからこちらは見えるか？」

『もちろんです、少佐』

そんなのはあたりまえだろうと零が言うより早く、ブッカー少佐が続けた。

「わたしはどこにいる、エディス」

それを聞いて零は少佐の意図を悟る。

『トロル基地の中央戦闘情報司令室です。よろしいですか、ブッカー少佐？　それとも、もっと詳しい位置情報をお望みですか？』

「十分だ、了解した。こちら異常なし、だ」

「ジャック、あんた流に言えば」と零。「おれたちの位置の不確定性が潰されたわけだ」

「エディスの観測行為によって、か。しかし、なにか釈然としないものがあるな」

「なにが」

「よくわからんが、エディスの様子がどことなく——」

『深井大尉、こちらフォス大尉です。雪風の行動からその心理状態を探り、雪風の行動目的の分析を試みました。現況において雪風はいったいなにを望んでいるのか、ということです。かなり確度の高い内容が得られたと思います』

「そいつはすごいな」それも意外だ。「そんなことができるのか、きみに。そもそも、どうしてそんなことをする気になったんだ？」

『クーリィ准将の命令です。あなたは強くそれを望んでいるのですぐにやるようにと命じられました。そこで、MAcProⅡを使って試みました』

「なるほど、そうか」

たしかに准将ならこちらの気持ちはわかっているだろう、と零は思う。クーリィ准将がTS-1を出撃させる前に、自分と准将は会って話をしているのだ。もっとも、フェアリイ基地を発進していくTS-1に関する記憶は零自身にはなかったが。

「しかし、MAcProⅡは人間用の行動心理分析ツールなんだろう。雪風に応用できるのか」

『ＭＡｃＰｒｏⅡをジャムの行動予想に使用した結果、ある程度の成果は上げられたものと評価できます。雪風に対しては、ジャムに対するものより、より精度の高い結果が得られるものと期待できます』

「すごい自信だな。で、きみの予想では、雪風は、なにをしたいと思っているんだ？」

『対ジャム戦の続行です』

「そんなのは、仰仰しくＭＡｃＰｒｏⅡを使って分析するまでもない、あたりまえのことだ」と思わず零は、怒鳴っている。その程度の分析結果では意味がない、なにを予想しているのだ、と。「雪風はそのように作られている。対ジャム戦のために作られ、実戦に投入されたんだから当然だ。それがもし、戦闘を放棄しようとしている、という分析結果なら重大だが、そうではないのだろう。時間を無駄にするな、大尉」

『雪風は、ジャムがいなくなっても戦闘を継続したい、そのように望んでいる。重要なのは、ジャムがいなくなっても、という点です、深井大尉』

「ジャムがいなくなっても戦闘を継続するということは、それはもはや対ジャム戦とは言えないだろう。それでもやるとなれば、暴走だ」と零。「きみは雪風が暴走すると言いたいのか――」

『いいえ、大尉』とあくまでも冷静に、フォス大尉は言った。『雪風は、ジャムがいなくなっても戦闘を継続するにはどうすればいいのか、まさにその点に関心を抱いているということとです、深井大尉』

「雪風は、自らに嵌められた枷を自力で外すつもりでいるというのか」とブッカー少佐が訊く。「自己の存在価値を自力で広げるつもりなのかな?」

『雪風は、そのような暴走を目論んでいるわけではありません、ブッカー少佐』

「となると」と少佐。「ジャムがいなくなっても継続する対ジャム戦とはなにか、という解釈問題になるわけだな」

『そうですね、そのとおりです、ブッカー少佐。雪風は、ジャムのいない対ジャム戦という矛盾を、解釈上で解消したいのです。いままでとまったく同じ任務をジャムがいなくなっても続けていきたいが、それにはどうすればいいのか、ということです』

「ならば……」と深井零は頭を冷やして考え、言う。「方法は一つだけだ。ジャムを探しに行くしかないだろう」

「そうだな」とブッカー少佐。「その捜索行動そのものが対ジャム戦闘行為であると、雪風はわれわれ人間に認めてもらいたい、そう思っている、ということだろう」

『まさしくそのとおりの分析結果です、深井大尉、ブッカー少佐。雪風は、自らの行動に対する人間からの承認が欲しい。言い換えれば、人間を敵に回したくない、そう思っている』

「なぜ人間を敵に回したくないのか、それがわかるか、エディス?」と少佐。

『それは、雪風にとって自らの生存には人間のサポートが必要不可欠だからです。雪風は単独では生きていくのは難しい、それを自覚しているということです』

「それは」と少佐。「すごいな。ハードウェア上の制約により人間には逆らえないのだ、というのではない、われわれの予想を超える答だ。もしそれが事実だとすれば、雪風は自覚的な意思を持っているということになる。エディス、確認したいが、いまの答はきみの個人的な感想ではなく、あくまでも分析結果における事実、なのだな？」

『もちろんです、ブッカー少佐。根拠のない憶測や感想などではありません』

ブッカー少佐は口をつぐみ、腕を組んで考え始める。場が静まりかえる。

「ちょっと確認したいんだが」と零は静けさを破って、訊く。「そちらで、このトロル基地の警備システムの作動状況をモニタできるか」

『はい、深井大尉。実行中です』

「ロンバート大佐やジャムに襲撃されそうな事態を、そちらで事前に察知して、おれに警告することができるわけだな？」

『はい、そのとおりです』

「では」と深井零は指令コンソールの席に腰を据え直し、スクリーン上のフォス大尉を見つめて、言った。「きみが分析した雪風の行動予想について、じっくり聞くとしよう」

『了解しました。概略は、いまお話ししたとおりです。詳細な行動予想例や思惑に関しては、具体的な質問をしてください』

ブッカー少佐が腕組みをほどき、右手をちょっと上げて「いいかな」と言う。

『どうぞ、少佐』

「雪風は、どのようにすれば人間の承認を得られると思っているのかな」と少佐は訊いた。「人間を敵に回したくないと思っていることを、どのように伝えようとしているのか、ということでもあるわけだが、ＭＡｃＰｒｏⅡで、そこまでわかるか？」

巨大なスクリーン上のフォス大尉は目を伏せて、沈黙した。目を閉じたのではない。ＭＡｃＰｒｏⅡを走らせているパーソナルコンピュータを操作しているのだろう。だが、スクリーン画面の視界にはその手元までは入っていない。

しばらくして画面に向けて目を上げ、フォス大尉は答えた。

『雪風は、会議を望んでいます』

「……フムウ」

ブッカー少佐はまた腕を組んで、黙る。背もたれによりかかり、大スクリーンを見上げて考え込んだ。

「会議って、なんだ」

零は、フォス大尉の答が理解できない。少佐の沈黙の理由も。

「フォス大尉、それが答なのか？　雪風は、自分がやりたいことへの承認を、会議を開いて決議してくれと、おれたち人間に要求しているということなのか」

「議論だよ、零」とブッカー少佐がスクリーンに目をやったまま言った。「雪風は、われわれとの議論、この状況打開を議題とした討論を望んでいるんだ」

「どういうことだ、ジャック」

「今後われわれ特殊戦はどうするのがジャム戦に有効かという戦略作戦会議に、雪風自身も参加したいと、そういうことだろう。雪風は、雪風自身の提案をわれわれにしたいし、それが採択されることを望んでいる。そうだろう、フォス大尉」

『はい、ブッカー少佐。そうですね、そのように解釈できる内容です』

「われわれ人間が雪風の参加を意識的に認め、その意見に耳を傾けるならば」と少佐は、零に顔を向けて、言う。「そのような会議の場は、ようするに雪風にとっては人間は敵ではないことの確認ができる場であり、われわれにとっては、雪風の行動に対する承認を与える場になるわけだ。会議を望む、とはそういうことだ。早い話が雪風は、今後の戦略はみんなで相談して決めようと言っているんだ。雪風自身は、ジャムを捜しに行きたいのだが、単独ではなく、特殊戦の総意として、つまり、クーリィ准将がそういう戦略を採ることを、雪風は望んでいる」

『そのとおりです、ブッカー少佐』

「……なんだか、おれだけが仲間はずれな感じがするんだがな、ジャック。なんで、あんたとエディスは、そんなに話が通じるんだ?」

「わたしとエディス、ではなく、雪風とわたし、だろう」

そう言い、ブッカー少佐は席を立ち、正面スクリーンに向かって、歩き出す。歩きながら、スクリーンのフォス大尉に向かって質問する。

「雪風の考えていることは、だいたいわかった。ひとつだけ、ここで確認しておきたいことがある。雪風は、なぜ、ロンバート大佐との直接対決を避けているんだ?」

「ジャック――」

「零、おまえも参加すればいい。これが、会議だ。雪風の望む会議、討論の場だ。ロンバート大佐にも参加してもらいたいところだが、それは、無理だ」

「なんで」

「雪風が拒否しているからだ」

『雪風は』と広い室内にフォス大尉の声が響き渡る。『ロンバート大佐に乗り込んでこられると自分がジャム機に変容する、それを、恐れているのです』

「ジャム機に変容する?」と零。

『混じり合う、という状態です』とフォス大尉。

「分離不能な、確率的にジャム機でもあり雪風でもあり、という状態だろう」と少佐。「おまえをセンサポッドのように雪風機上から切り離しているいまのような状態でロンバート大佐に乗り込んでこられたら、雪風は完全にジャム機になるかもしれない、それを恐れているのだろう。雪風は、大佐に触れられたくないし、触りたくもないんだ。やはりそれは、人間の感覚で言えばスズメバチを恐れるような感じだろう。無人のBAX‐4をすべて破壊したのも、そのためだ。威嚇だよ。大佐に対して、近づいてきたらこれらBAX‐4のようになるぞ、という。やっぱりな。そうなのだ、よくわかった」

「なんで、そんな――」と零は言葉をどう繋いでいいのか混乱する。「さもわかったように、どうして、すらすらと言えるんだ？　雪風の思惑はそんなに単純なものではないだろう、わかるはずがない――」

「なぜわかってはいけないんだ、深井大尉。単純で、どこがいけない。わからないでいるほうがリアルだとでもいうのか。いいや、深井大尉、それは違う。雪風の思考や意識内容が単純なのは、ある意味で当然だろう。なぜなら、複雑怪奇な人格などというものは雪風にはないからだ。人間ではないのだから、人格があるはずがない。そんなものがあるように見えるとしたら、それは人間の錯覚であり、異常だ。雪風本来の複雑怪奇な、人格ならぬ機械格意識は、人間には原理的に、わからないだろうからだ。しかし人間にも解釈可能な部分が存在していて、それが、いまの、この単純な解釈なんだよ、零。いまのわれわれは異常な環境下にあり、この環境を利用して、雪風が、努力して、意思伝達を実現しているんだ。自らの思考意識を人間にもわかる人格意識に翻訳することで、だ。おまえは、完璧な翻訳でなければだめだ、と言っているんだ。それは、違う」

「いや、だから――」少佐に気圧《けお》されて零は言葉に詰まりかけたが、なんとか言いたいことを思い出し、言い返す。「あなたに、なぜそんな確信を持ったものの言い方ができるのか、おれは、自分はです、少佐、あなたのその自信はどこから来ているのか、それを伺いたい」

「わからないのか？」

とブッカー少佐は正面スクリーンの前で振り向き、零のほうに向き直ると、両手を広げて、言った。

「深井大尉、雪風が、われわれにわかるような擬似的な人格を自ら作りだして、コンタクトしてきているのを、感じないのか？」

「……なんだって？」

「感じ取れよ、零」少佐は首をおおきく後ろにそらし、スクリーンを仰ぎ見て、言う。「これは、雪風だ。エディス・フォス大尉の姿と声を借りた、雪風自身だ」

深井零は、今度は言葉に詰まった。なにを言っているんだ――と言いたかったが、それが口から出てこない。

ブッカー少佐のその指摘は、感覚的には正しかった。否定のしようがない、まさしくそうだ、そのとおりだ、という感じがする。だが生理的な快不快の次元では、どうしても受け入れることができない。

この違和は、かつて体験したことがある、と深井零は思う。記憶の底に、深く沈殿している重いもの。

――わたしはあなたの本当の親ではないのよ、零。

幼いころ里親の女に言われた言葉だ。そんなのは知っていた。実の親に捨てられたことは十二分に自覚していたから。にもかかわらず感じた、あのときの心理的衝撃。

あれに、似ている。そうだ、あれは、世界そのものに対する違和だったのだ。自分には本当の親などどこにもいないのだ、という感触。それは自分の力ではどうしようもないという絶望感を伴っていた。その里親の言葉を聞いた幼いころの自分が、自分は間違った存在なのだと思い込まされてしまったからだ。

いまは、その点では、違う。間違っているのは自分でなく、世界のほうなのだと思える力が、もはや子供ではない現在の自分にはある。世界を構成するピースのすべてがみな正しいポジションを失っているのであって、各個人の存在自体にはなんら間違いなどない、責任を感じることなどなにもないのだ、と思える力を身に付けている。だからいまは自分自身の存在に絶望などしていない。

だが、雪風がなまなましい人格を持って目の前に現れるという現実、このように間違っている世界は、認めたくない。こんなのは、自分の幻覚だろう、自分がおかしくなったのだ、そう思いたい。

「……そうなのか?」と零は言う。声がかすれているのを意識する。「フォス大尉」

『雪風は会議の続行を望んでいます、深井大尉』

スクリーン上のエディス・フォス大尉は、態度も声の調子も変えずに、そう答えた。

それは、ようするに肯定ということだ、と深井零は思う。本物のエディスならば、いまの問いかけ以前に、ブッカー少佐が指摘した時点で即座に否定していただろうから。

これは、少なくとも、雪風の意思を反映した擬似人格である可能性が高い、と零は思う。

そして、その雪風の人格らしきものの応え方に、自分が感じていた違和と生理的な嫌悪が少し解消されているのを意識した。これがもし、あからさまに〈そうです、わたしは雪風です〉などという返事をされたならば、自分はもう以前のような精神状態では雪風には乗れず、雪風を愛機として飛ばすことはできなくなるだろうという予感がしていたが、それは回避されたわけだ。

自分の精神の安定は守られたと、深井零は安堵を覚えた。

「ジャック」と零は一呼吸おいてから、言う。「これは、エージェントだ、雪風の。雪風そのもの、ではない」

「かもしれん」とブッカー少佐はうなずきつつ、答えた。「われわれがこうして自分が喋っていると意識している〈自分〉は、実は真の自己の代理人に過ぎない、ただのエージェントなのだ、というような意味でな」

いや、そうでない、雪風には〈自分〉という概念そのものがないのかもしれない、だから、こちらの問い、〈おまえは雪風なのか〉に答えられないのだ。ようするに雪風には、ブッカー少佐が言う意味での〈自分〉にあたるものが、ないのだ。このフォス大尉の姿をしたものは、雪風が生じさせている〈創作された自分〉なのだ。それは、擬似人格といったものとは違うだろう。雪風は、真の自分を擬似人格というものに翻訳しているのではなく、自分そのものを創作しているのだ——そう零は思ったが、少佐にはそのような反論はしなかった。自分の雪風に対する感じ方、雪風観といったものは、ブッカー少佐とは異なるものだが、どちらが正しいにせよ、この場では〈真の雪風〉といった存在にはアクセスできないという点では同じだ。

「こんな議論は」と零は言う。「不毛だよ、ジャック。雪風は、雪風だ。上にいる特殊戦の一番機、B-1が、雪風だ。機体はFAFでただ一機実戦投入されたメイヴ。雪風にとって、それ以外の自己などあるはずがない」

「正常な環境では、な。われわれは、そうした正常なる日常を取り戻さなくてはならない。それには、そう、雪風の提案どおり、会議を続けよう」

ブッカー少佐は正面大スクリーンの方に向き直り、それを見上げる。その姿勢で、映っているフォス大尉に呼びかけた。

「エディス、わたしの姿が見えるか」

『はい、少佐』

「わたしはきみの目の前に立っている、そうだな」

『はい、そうです、ブッカー少佐』

「雪風」とブッカー少佐は、零には思いもよらぬ言葉を口にした。「こちらブッカー少佐だ。わたしは特殊戦司令センターの、エディス・フォス大尉の前に立っている。わたしをそのような状況に戻してくれ。会議は特殊戦の最高指揮官クーリィ准将のいる特殊戦司令センターで続行する。雪風、わたしの命令を実行しろ。直ちに」

光あれ、すると、そのようになった——と零は心で唱えていた。

ブッカー少佐、あなたはトロル基地に来る前に言った、『おまえは、わたしに、ここの現実は雪風の視点によるものだと認めさせたいと思っているわけだろう。やれるかもしれないぞ』と。それが実現するのは『奇蹟だ』とも。いま、そのような奇蹟が、実現する、雪風自身の力で。雪風の御業というわけだ――

深井零の見守る中、正面スクリーンに映し出されているフォス大尉の顔がズームアウト、小さくなっていく。画角が広角側に変化して司令センター全体が視野に入ってくる。

すると零の予感どおり――ブッカー少佐が命じたとおりのことが起きた――フォス大尉の前に立っているブッカー少佐の姿が見えてきた。

画角の変化が止まる。画面の中の人物たちの動きも止まっている。静止画だ。

深井零は視線を下方に移して、正面大スクリーンの前にいるはずのブッカー少佐の姿を捜す。いない。指令コンソール席から立ち上がり、室内全体を見回す。どこにもいなかった。

ブッカー少佐は消えていた。

先ほどまで少佐がいた、自分の隣りの指令席を見やる。少佐が携帯していたサバイバルガンは、少佐が置いたところ、コンソール上に、ちゃんと存在していた。零はそちらに手を伸ばす。あるいはその自分の動きでサバイバルガンが消えてしまうかもしれないが、しかしそんなことは起こるまい、と思いつつ。予想どおり、触れることができて、持ち上げれば、もちろんサバイバルガンの、鉄製サブマシンガンの質感と重量が確かめられた。これは消失するはずがないのだ、自分が雪風のサバイバルキットの中から持ち出したものなのだから。

そして、これをブッカー少佐が持ち、自分と一緒にここに来た、というのも間違いないだろう。いや、〈来た〉のではなく、〈存在していた〉と言うべきか。いまの自分たちは、この場のどこにでもいる、という状態なのだろうから、どこにいたとしても不思議ではない。

ブッカー少佐は、いまは特殊戦司令センターにいるということだ。時間は無意味だから、ブッカー少佐はそちらに〈戻った〉のではない。もともと〈そちらにもいた〉のだ、だれにもわからない状態で。そうとしか言いようのない状況だ。

この自分もまた、そうだ。存在確率のいちばん高い場所は、雪風の機上だろう。コクピットだ。戦闘機動中の雪風。

ブッカー少佐や自分をこの場に〈来させた〉のは、雪風の意思だ。雪風がコントロールしているに違いない。自分がここにいる、というのは、まだ雪風が、自分をここにいさせたいからだ。

「雪風は……なにをしたいのだ？」

会議、か。しかし、スクリーン上に動きはない。相変わらずの静止画像を深井零は注意深く見つめて、あることに気がついた。

このような位置から特殊戦司令センターを俯瞰する監視レンズの存在は、知らない。たぶんそんなものは実在しない。これは、合成視野像だろう。雪風が、やっているのだ。

この静止画面は、まさしく雪風の視点から観た現実に違いない。雪風は、このスクリーンに映っている画面は自らが感じている現実であり、それをこのおれと共有したい、と思っているのだろう。

と悟った直後だ、静止画が動いた。

『ブッカー少佐、MAcProⅡによるジャムの行動予想で、引っかかる点があるのですが』と画面上のフォス大尉が言った。『――ここです、〈ジャムはＦＡＦのコンピュータ群に対してなんらかの欺瞞手段を使い、正常な性能を発揮できない状態にして、ＦＡＦを自滅に導く戦術を採るだろう〉という予想に付帯したコメントです。いわく、ジャムはパイロットたち人間ではなく、ＩＦＦといった機械に幻覚を見せる方法を選択するだろうが、しかしそれはジャムにとってそのほうがやりやすいからに過ぎなくて、本当はジャムは、人間そのものに欺瞞情報を入れたいのだと考えられる、というのですが――この、人間そのものに欺瞞情報を入れる、というのはどう解釈すればいいのか』

そうフォス大尉が言い終える前から、その背後になにかノイズが入っているのに零は気づいていた。ノイズが大きくなっていくと、それはつぶやきだ、とわかった。エディスのつぶやく声だ。画面上のエディスの動きが止まり、そのつぶやき声がはっきりと室内に響き渡る。

……人間に欺瞞情報を入力したい？　どうやって？　そもそもこれは、どう解釈すればいいのだ？　どうやって、という方法については、ＭＡｃＰｒｏⅡ自身は答えない。具体例については、われわれ人間が考えなくてはならない。ＭＡｃＰｒｏⅡは人間のような豊かな経験は持っていないから、ということもあるのだが――そのため本来ＭＡｃＰｒｏⅡというツールは、膨大な行動様式の実際例が集まってくるＭＡｃＰｒｏⅡ専用の巨大なアクティブデータベース、マークＢＢに接続して使うものなのだが、ここＦＡＦからはそれができない――この予想に関してはそれとは関係なく、これはＭＡｃＰｒｏⅡ自身にとっても予想に対する予想であって、そもそもそうした憶測に憶測が重なる次元の質問事項についてはＭＡｃＰｒ oⅡは沈黙するようにできている。それでもこちらが思ってもみないコメントをMAcProⅡが出してくるときは、とくに注意を払ってその内容を検討すべきなのだ。それがこのツールを使う真の目的といってもいい。MAcProⅡは常識に凝り固まった狭い視野を広げてくれるツールでもある。そのときのわたしも、そう判断した。これは自分が思ってもみなかった予想だ、検討に値する、と。ジャムは、もしこれがやれるとしたら、どういう方法を使ってくるだろう？　わたしは、こう考えた、ジャムがそれを実行する方法、それはウイルスとか幻覚剤とか毒物などの、直接的に神経に働きかけるものではないだろう、それは、ジャムのFAFの戦闘機械群に対する欺瞞操作がそのような直接的な干渉方法ではないだろうとの予想から、そう推測できる。ジャムはFAFのコンピュータや敵味方識別システムを破壊することはしない、むしろその機能が狂っては困るのであり、正常に働いているからこそ味方を敵だと認識してしまう、という欺瞞操作をしてくるだろう。ジャムは、FAFを自滅させようとするためにも、コンピュータ群を狂わせたり破壊したりせず、その機能を利用してくるはずだ。だからジャムは、やれるなら人間にもそういう次元の欺瞞操作をしてくるだろう、とわたしは予想した……

スクリーン上のエディスがまた動き始め、口を開いた。

『つまりジャムは』とフォス大尉は言う。『人間の知覚神経や精神そのものを狂わせたいのではなく、それらの機能を利用して錯覚を起こさせたいのだろう、それがMAcProⅡのこのコメントの意味するところだとわたしは解釈しましたが、具体的にどういうことなのか、見当がつきません。少佐ならどう解釈されますか？』

『それは』とブッカー少佐はうなずきながら言った。『心理トリックを仕掛けるということだよ、エディス。ミステリの謎解きと同じだ。犯人はいつも読者の目の前にいたというのにわれわれはそれに気づかない、そういう推理作家の能力が必要だ。常識だと思っていた世界が見方を変えると反転してしまう、という心理トリックを使ったミステリには傑作が多い。でもジャムには無理だろう。なんといっても人間の常識的な見方というものがそもそもわかっていないだろうから、心理トリックを仕掛けることなんかできるはずがない。やるとしたら、何かの道具を使う物理的なトリックしかないだろうが……ジャムはしかし、コンピュータに対しては錯覚を見せることができるわけだな。地球型コンピュータは、ジャムにそういう心理トリックを仕掛けられている可能性があるわけか……そういうことか、なるほどな』

再び、スクリーン上の動きが静止する。そして、またエディスのつぶやき声が前面に出て、響き渡る。

……ブッカー少佐は読書家だと知っていたが、ミステリも読んでいるとは知らなかった。でもいかにも少佐らしい解釈だ。たしかにＭＡｃＰｒｏⅡのコメントはそのように理解すれば納得がいく。わたしにも、なるほど、そういうことか、と。現況では、パイロットたち人間はジャムに錯覚を起こさせられるような操作はされていないようだ。しかし、あるいはジャムは、できることならやりたいのかもしれないし、ブッカー少佐が言うように、心理トリックがだめなら〈何かの道具を使う物理的なトリック〉を仕掛けてくる可能性もある。この、いま深井大尉が捕獲しようとしているジャム機を、まさにそのような物理的トリックの道具として使うことも考えられる――なに、これ？　なんということだ、突然わたしはそう思いついた。まったく思ってもみなかった思考の展開だ。まさかとは思うが、要検討事項だ。しかも緊急を要する。もしかしたらＭＡｃＰｒｏⅡは、深井大尉のジャム機捕獲行動の是非について、わたしとは異なる判断を下すかもしれない。それは……

唐突にエディスの声が途絶える。広い室内空間に向けて発せられた最後の単語の残響が消えてしまうと、まったく静かになった。

いまのはなんだろうと深井零は考える。

いまのエディスのつぶやき声は、彼女の心の中の声のようだ。エディスの意識野における独白。これは、なんだろう。雪風の捉えた現実なのか。それとも雪風による想像、創作か。あのフォス大尉とブッカー少佐の姿や会話は、どうだろう。実際のものなのか、それとも虚構か。

いずれにせよ、これらは再現されたものだ。リアルタイム中継ではない。なぜなら、この時点では雪風は捕獲すべきジャム機とまだ接触していないということが、エディスの独白内容から知れるからだ。

『こちらフォス大尉です』

と、大スクリーンの画面が左から右にワイプして、エディスの顔が再び現れる。しかし先ほどとは別人だ。零は事態を即座に理解している。これは、現実のエディス・フォス大尉だ。

ヘッドセットをつけて、レンズに向かって身を乗り出し、こちらに呼びかけている。特殊戦司令センターからだ。

『深井大尉、聞こえますか。応答してください』

「こちら深井大尉。感度良好だ、フォス大尉。きみの顔も見えている。現在、こちらはトロル基地の戦闘情報司令室にいる」

『了解しています、大尉。状況はこちら特殊戦司令部でも把握しています。いまの映像は、こちらでも再生されていました。あれは、事実です、大尉。あの、わたしの独り言の声は、わたし自身に覚えがあります。わたしはあのとき、あのように考えていた。奇妙な感じだったけど、思考の流れが意識できたというのか、いつもならあんなふうに筋道立てて考えているわけではないと思うのだけれど、あのときは、だれかに説明しているような感じだった。たしかに、あれは、わたしだわ。間違いなくわたしの気持ちを再現したものよ。信じられないけれど』

「……そうなのか」と零は言う。しかし、それはもはや、さほど不思議なことには思えない。「だから、なんだ、エディス?」

『わたしたちは、雪風に、心の底まで観られている。そんな文学的表現は医師として、科学者として、使いたくないけれど、いちばん的を射た表現だと思う――』

「それは、もうわかっている。驚く気分はもうとっくに消えてるよ。こちらは、この程度の現象では、きみと一緒に驚くことはできない」

『あなたらしい反応だ、深井大尉。間違いなく、あなたね。でも、大尉、わたしにとってはとてつもない心理的衝撃だったの。でも、いいわ、あなたはわたしの気持ちには関心はないでしょうから、それはおいといて、わたしが言いたいのは、この現象が起きた時点についてよ』

「どういうことだ」

『雪風は捕獲するジャム機と接触する以前から、わたしの心に入り込むことができていたんだということが、いまのこれで、わかった。つまり、異変は、あなたが、あのジャム機を捕獲しようと意識する以前から始まっていた、ということになる。したがって、あなたが捕獲しようとしたあのジャム機とこの奇妙な現象は無関係、つまりあの機になんらかの物理トリックをジャムが仕込んでいたわけではない、ということでしょう。そうなると、わたしたちは、ジャムが総攻撃を仕掛けてきたことの意味を、考え直さなくてはならない。わたしの分析では、ジャムは雪風を特異的に狙っているのだ、雪風を前線に引き出すのも狙いのうちだし、あなたと雪風との分離を図るだろう、というＭＡｃＰｒｏⅡの予想も、妥当だと判断した。でも、それらは、根底から間違っている、という可能性がはっきりと出てきたことになる——』

「全財産をかけた予想が外れそうだとなれば、それは、きみにとっては重大なことだろうが」と零は冷ややかに言う。「こちらにすれば、ジャムの思惑など、この際、どうでもいい。そんなのは解釈の問題に過ぎないんだ、エディス。雪風だ。雪風がなにを考えているのか、おれたちになにをさせたいのか、いまは、それを探ることが重要だ。――ブッカー少佐はいるか？」

『いいえ、少佐は――』

『零、わたしだ。エディスに八つ当たりするんじゃない、彼女の話を最後まで聞け。会議だ、零。戦略会議の続行、それが雪風がやりたいことだ』

ブッカー少佐の声が響く。姿はスクリーン上には出ない。

「どこにいる、ジャック」

『特殊戦のメインエレベータ内だ。降下中。おまえとフォス大尉の会話は、このエレベータ内にも流れている』

「いまのあんたに、おれの話は通じるわけだな？」

『大丈夫だ、記憶は連続している』

「なんで、このトロル基地から、そんなところに出るんだ？」

『知らんが、安全な場ではある。上空三万フィートに突然出現させられたら、悲惨だろう』

「フムン」

『状況としては、これは、過去だな。同じ体験を二度繰り返している感覚だ。わたしはあのとき雪風と捕獲ジャム機の様子を見に地上に出たんだが、雪風はレイフとともに発進していった。あのあとの出来事だ。飛んでいる雪風から地上攻撃を受けた。あれは捕獲ジャム機かロンバート大佐を狙ったものだろうとおまえは言ったが、実は、わたしをこうして元に戻すための手段だったのかもしれない。ま、そんなのは、それこそ解釈の問題に過ぎない、どうでもいい。とにかくそれでわたしは爆風で吹き飛ばされたんだが、その現場に、突然シフトしたんだ、そちらのスクリーンの前から、いきなりだ。肝を冷やしたが、起きている現象は理解できた。わたしのいるべき場所が、いまおまえのいるトロル基地のそこから、爆風で飛ばされたあの現場に、変更されたということだろう。意識は連続している。不思議な感覚だ。とにかく、わたしは無事だ、零』

「了解だ、ジャック」

『――フォス大尉、ブッカーだ、これから司令部に戻る』

『了解しました、少佐』とフォス大尉。『エーコ中尉から伝言です、少佐、あなたがエレベータで降下中なのはこちらで確認されている、とのことです』

『わかった』と少佐。『これも二度目、同じことを繰り返している感じだ。そうだ、クーリィ准将は、そちらに戻っているか』

『はい、少佐。少佐？　なんですか、よく聞こえませんが――』

　ブッカー少佐の声が低くなっている。

……行方不明になったのは深井大尉というよりも、われわれのほうだろう。クーリィ准将は、深井大尉にこちらを見つけてほしいという願いをこめて、雪風に大尉を捜せと命じたのだ。あれは、深井大尉に向けた、こちらを見つけてくれという救難メッセージだ……

　これは、雪風が再生しているブッカー少佐の独白だ、と零は直感的に摑んでいる。先ほどのフォス大尉の心の声と同じだ。ブッカー少佐は、どこかの時点で、このような思いを抱いたのだ。雪風がこれを再生したというのは、おそらく、ブッカー少佐が言ったその内容が果たされたことを、雪風が主張しているのだ。

「これは」と零は言う。「雪風からの、自分はそちらのみんなを確かに見つけたぞ、というメッセージだろう。みな無事に司令センターにそろった、特殊戦はあるべきところにある、という宣言だ」

『驚いたな』とブッカー少佐の正常な声。『エディスの受けた心理的衝撃というのが、わかったよ。いまのは、わたしの気持ちそのものだ。地上で、雪風が発進していくとき、たしかにわたしは、そう思ったんだ。行方不明になったのは雪風ではなくわれわれ特殊戦基地のほうなのだ、と。エディスが言ったとおりだ、雪風に心を読まれている。読まれているというよりも、われわれは……自分の気持ちや思惑を雪風にわかるように、雪風に説明するために、無意識の思いを言語化していた、言語化させられていた、ようだ。いまも継続して、そういう状況なのだろう……まったく、信じがたい現象だ』

そこで言葉を切り、一瞬の間をおいて、ブッカー少佐は続けた。いや、また雪風による再現だ、と零はスクリーンの変化を見やる。そこには、また特殊戦司令センターの俯瞰図が出ていて、フォス大尉がパソコンを操作している背後に、ブッカー少佐とクーリィ准将がいる。

『ＭＡｃＰｒｏⅡは』とそのブッカー少佐が言う。『雪風帰還せず、という状況を受けて、デッドロック状態に陥っている。これ以上の予測計算は不能ということだが、これは、どうしてなんだ、エディス』

『ジャム機の捕獲に成功したということを受けて、です。雪風が帰還しないことと、ジャム機の捕獲に成功するということは、MAcProⅡのロジックではまったく対立する出来事で、あり得ない、ということです。このデッドロックを解消するには、事実の収集が必要です。捕獲に成功したように見えるが実はそうではなかった、というような事実か、または、深井大尉と雪風の分離がジャムの狙いであるという予想は誤りであるという事実が得られれば、一気にデッドロックは解消されますが、それは、ほら、このポインタが示しているでしょう、ここから予測計算をやり直すことになる、ということです』

それを受けて口を開いたのはクーリィ准将だ。

『ジャムは雪風とあの機を交換したのだ、と考えれば、なにも矛盾はないように思えるが、このMAcProⅡのご託宣は、わたしには荒唐無稽なものに思える。どの程度信頼できるの』

またスクリーン上のその場面がワイプし、フォス大尉の顔が出る。リアルタイムのフォス大尉だ。顔はこちらではなく、特殊戦司令センターの正面スクリーンの方を向いている。あちらの正面スクリーンにもいまの画像が出ていたのだろう。

『これは、いわばレトリックなのだと考えてください、准将』というフォス大尉の声。『これを解釈するのが、わたしの役目になります』

いまの声は、リアルなフォス大尉のものではない、ヘッドセットを着けたエディスの唇は開いていない。いまの准将へのエディスの応答は、再現だ。が、そのような区別はもはやあまり重要ではないと深井零は悟る。雪風の視点でこの流れを見ればいいのだ。そうすれば、なにも混乱したところはない。

『それで、きみの解釈は』とブッカー少佐の声がする。

『そうですね……』とフォス大尉の声。『もしジャムの狙いが深井大尉と雪風の分離にある、というのが正しいとすれば、いまの状態、あのジャム機がおとなしく降りてきたのは、たぶん、ジャムの罠でしょう。そして、それは、心理的な罠ではなく、ジャムはわれわれ人間、あるいは特殊戦全体に対して、物理的なトリックを仕掛けてきているのだとわたしは思います。雪風出撃の前に少佐が話してくれたでしょう、わたしが、「ジャムは人間自身に欺瞞情報を入れたいのだ」というMAcProⅡの予想は、どう解釈すればいいのだろう、それはなんらかの罠を仕掛けてくるということだろうが、具体的にはどういうものだろうと悩んでいたとき――』

『そう、その話はわたしも聞いていた』とクーリィ准将が言った。『わたしも、あなたが受けた心理的衝撃の大きさがわかったわ、フォス大尉。この場面は、わたしの体験の再現だ』

フォス大尉は反対側に顔を向ける。その視線の先にクーリィ准将がいるのだ、いま現在の。画面には出ていないが、そのクーリィ准将の落ち着いた声が響く。先ほどの再現の声にはすこし戸惑ったような感じがあったが、いまは、違う。自信のあるいつもの准将だ。

『このような奇妙な現象は雪風自身も正常ではないと感じていて、それを解消するための手がかりを、これらの会話の内から読み解こうではないか、そう雪風は提案しているのだ、フォス大尉』

「そのとおりだ、フォス大尉」と零は呼びかける。「雪風はきみに、MAcProⅡで再計算するように要請しているんだ。雪風はジャム機の捕獲に成功していない。ジャム機がフェアリイ基地に下りたのはわれわれの強制着陸命令に帰順したからではないんだ。それから、おれと雪風の分離がジャムの狙いなのかどうかはわからないが、もしそうだとしても、そのジャムの狙いは成功していない。むしろ、おれと雪風の繋がりはより強固になった感じがするし、それこそがジャムの狙いなのかもしれない。これらの事実とおれの感想をMAcProⅡへ入れて、計算し直すんだ」

『フォス大尉、すぐにかかれ』とクーリィ准将の声。

『はい、准将』

エディスはそう言って、ヘッドセットを頭から取って席を外した。大スクリーンには空席が映るだけになったが、そこに、声がかぶさる。

『データをMAcProⅡに入力するのは簡単だ』ブッカー少佐の声だ。『問題は、なにを計算するのか、MAcProⅡにどういう質問をするのか、だろう。——やあ、零、こちらが見えるか』

エディスがいた席に、ブッカー少佐が入り、ヘッドセットを着けるのが見えた。

「見えている。どうやら、正常な日常に戻りつつあるようだな」

『正常にはほど遠いが、特殊戦としての落ち着きは取り戻しつつある。ジャムは、物質や時空の在り方という世界の存在形式そのものを書き換えるという仕掛けによって、心理トリックでもあり物理トリックでもあるというような操作をしたのだ。トリックなら、破ることが可能だ。ここから抜け出すにはどうすればいいか、その方法は、必ずある。だがMAcProⅡでは、おそらくその答は出せないだろう。答はすでに見えているとおりなのだ。見えている現象をどう解釈すればいいのか、そういう問題だ。フォス大尉の言うとおりだ。彼女の観点でいくと、ジャムはどの時点で仕掛けてきたのかが、重要だ――』

それなら自分が役に立つかもしれません、という声がした。

画面のブッカー少佐は言葉を切り、声の主を捜すために周囲を見回したが、すぐに視線を零に戻して警告する。

『そちらからだ――後ろだ、大尉』

深井零は、驚くより早く、反射的に二挺のサバイバルガンを両手に摑んで、振り返っている。

放たれた矢

振り返る途中で身体に違和を感じた。

いや違うな、これは、身体感覚で周囲の異変を感じ取った、と言うべきだろう。ヘルメットを被っているのがわかる。それで首が思ったよりも曲がらないのだ。

なんだ、これは。なにが起きたんだ？

ここはどこだ、などというのは問うまでもない、疑問にも思わない、戦闘機の機上だ。振り向くのは中止して素早く首を正面へ戻す。身体感覚のリセットだ。右手に操縦桿、左手はスロットルレバー。おれはパイロット席にいる。おれ？　おれとは、だれだ？

マルチディスプレイ上で文字が点滅している。

〈you have control ... Lt.FUKAI〉

警告音が鳴り響いている。こいつは衝突警告音だ。すぐそばだ、ぶつかる――とっさにオートフライトを解除、操縦制御を手動に切り替える。「なんで自動回避しないんだ」とおれは叫ぶ。「どうなっている」

だれかに訊いたわけではない、ただ怒鳴っただけだ。が、返事が返ってきた。

「われわれの目を覚まさせるため、ですよ、大尉、ジャム、真下だ、突き上げてくるぞ——」

返事があったことに驚いている暇はない、スロットルをMAXへ、機首上げ。

「上昇して右旋回だ、深井大尉」

右へターン、そのまま機体を緩くスクリュー回転させて周囲を目視。

真っ黒なジャム機が左旋回で離れていくのをおれは視認する、視野の端だが見逃さなかった。そちらに向けて急旋回、そいつを追う。ジャムの大型戦闘攻撃機、TYPE6か。視線を計器に戻す。マルチディスプレイ上では、敵機はTYPE7と表示されている。そんなタイプは知らない、とおれは思うが、もし敵機識別データベースにもない機種ならば、アンノウン、未知の新型機として認識表示されているはずで、そうではないこの状況からすると、おれはすでにあいつに出会っているはずなのだ。

思い出した。TYPE7というのは、ジャムがおれと桂城少尉に人語で呼びかけてきたあの閉塞空間、あの場に誘い込んだ、女王蜂のようなジャム機、その同型機だ。おれは、あいつを雪風で捕獲しようとしたのだが、いつのことだ、いまその最中なのか？

記憶が混乱している。おれの記憶とだれかの記憶が混じり合っているような感覚もある。だから、おれとはだれだ、などという疑問が浮かぶのか。いいや、おれは、いつだって、そうなのだ、問いかけがいつも自分の方に向く。精神医の立場のエディス・フォスにそう指摘されたことがある。おれ、深井零は、問題に対処する際の関心の方向が、自己に向けられるのか、それともそれを突き抜けた外部か、といえば、前者の傾向が強い、と。

いまはその傾向に逆らい、自己の内部に降りていくことよりも外の世界を観るべきだろう。おれ、ではなく、後ろにいるのはだれだ、と問うべきだ。こいつはだれだ、と。外の出来事を認めないうちは内なる記憶の混乱も収まらないだろう。

後席にいるのはブッカー少佐ではない。

少佐がおれに『——後ろだ、大尉』と警告したあのとき、おれの背後に出現した、『それなら自分が役に立つかもしれません』と言った当人だ。おれの知っている人間だった。声でわかる。

「桂城少尉」とおれは後ろのフライトオフィサに呼びかける。「なぜ、ここにいるんだ。どうやって来た」

「密航、かな、あえて言うなら——」と桂城少尉はすぐに口調を緊迫したものに切り替える。「目標機、増速。追いつけそうにない。TS‐1は身軽だからな」

「あいつは例の新型ジャム機、TYPE7だろう」

「ロンバート大佐が乗っていることで、TS‐1でもある。あいつは、FAFの最新鋭エンジン、マークXIを搭載したジャム機なわけですよ、大尉」

そういうことか。記憶の混乱が収まる。あいつはトロル基地から逃げ出したTS‐1だが、ロンバート大佐が乗ることでジャム機にもなった、ということだ。逃がしてはならない。

いまアフターバーナに点火して追いかける態勢に入ったとしても、すでに遅い。一瞬の隙をつかれた格好だ。それでも試みる。力を込めて、スロットルをマックスABへ。しかし、点火しない。残存燃料が少ないのだ。

「振り切られる、だめだ」とおれ。

「ランヴァボンがレーダー捕捉に成功、追尾を引き継ぐと言ってきている。大丈夫、特殊戦はロンバート大佐を逃がさない」

「レイフはどこだ」

「わが雪風と戦闘隊形にて編隊飛行リンク、後方上空から援護態勢でついてきている。レイフに異常なし」

フライトオフィサがいるというのは心強いものだと、おれは初めて自覚する。もっともそれは、気心が知れていればこそだろう。桂城少尉と組むのが初めてだったら、こういう気分にはなれなかったろう。

「了解だ、少尉。こちらは燃料が残り少ない。いちばん近い給油ポイントを探せ」

「はい機長」

おれのほうはスロットルを絞る。ミリタリーモードを解除。マルチディスプレイに燃料流量計が表示され、流量減少を確認できる。

「無人空中給油機ミルキー3が近くにいて、応答あり。こちらの要請を受け入れている。方位065、距離110、移動中」

「オーケー、レイフの残存燃料を調べろ」

「レイフの燃料データ取得開始。——残量九割以上。どこかで給油しているんだな。調べればわかる——」

「必要ない。雪風にのみ給油だ。レイフは援護態勢でついてこさせろ。ミルキー3には経済巡航速度で向かいたい。ランデブー地点を弾き出して誘導してくれ、桂城少尉」

「わかりました。その条件でミルキー3との会合軌道を計算します……しかし空中給油機がミルキーとはね。ミルクタンクかよ」

「授乳のイメージだろう」

「巨大な哺乳瓶？　いや、乳牛のイメージだろうな。——針路、出ました。自動誘導レディ、サー」

「誘導開始だ。同時に司令部に向けてデータ連絡、われレイフとともにミルキー3に向かう、だ」

「はい大尉。われ雪風、レイフを随伴し、給油のため、ミルキー3に向かう。——送信完了」

マルチディスプレイに、ミルキー3とのランデブーまで一七分と表示される。のんびりと規定コースを飛んでいるミルキー3を追いかける形だ。

「ミルキーか。いかにも肉食人種らしい呼び方だ」と桂城少尉が言う。「殺戮兵器にもわざと幼児的な名をつけたりするんだよな。原爆がリトルボーイだったり、それにつぐ威力を持った爆弾がデイジーカッターだったり」

「それと肉食人種と、どういう関係があるんだ」

「肉食は本能的に共食いを連想させるので、それに対する言い訳が発達する、それがソフィスティケーションというものの正体なんだそうです。戦闘機への給油を授乳にしてしまうネーミングセンスもそこから出てるんだろうってことですよ」

「おれはそんなことは意識したこともなかった。——高度九千を維持しつつ索敵警戒だ。少尉、周辺警戒を怠るな」

「イエッサー」

「しかし、共食いの言い訳だなんて、どこでそんな知識を仕入れたんだ?」

「ロンバート大佐です。人間は自らの残虐行為から目をそらすための方便を発明しては、さらに行為をエスカレートしてきた動物だ、とか。いつ、どういう話題でだったかは忘れましたが。人間は、リアルには耐えられないのだそうです」

「リアル、か。リアル世界から遠ざかる方向に人間は進化したというわけだ。大佐の考え方は昔から一貫しているということだな」

「たしかに。われわれがいるこの世界は、大佐の妄想世界なのかもしれない」

「そんな話をきみとした覚えがある」

「そうでした。大佐の妄想なら治療の方法はある、と。でも、これは、違うな」

　雲量は少なく快晴、気流は強い。そのわりに視程があまりよくない。いや、見えてはいるのだが、どことなく景色がかすんでいるのだ。やはり正常ないつもの空間ではない。トロル基地に降りる前に感じ取った、あの感覚のとおりだ。

　雪風にとって、この世界は、無人だ。人間に向けた意識、志向がない、と言うべきか。そうだ、人間だけではなく生物一般に対する志向というものがまったく感じられない。この視界はそれを反映したものだ。

「ここは、言うなれば雪風という機械知性の意識世界だろう。ジャムの仕業だ。雪風自身もここから抜ける方策を探っている」

「自己の意識世界から？」

「われわれの意識も混じっている世界から、ということになる。雪風は、われわれ特殊戦の人間の意識に直接割り込んで、相談を持ちかけてきたよ」

「そのようですね。信じがたいけれど、大佐の妄想世界よりはましな気がする。自分もあのトロル基地司令室の会議、雪風が参加していた様子を、見てました」

「どうやってトロル基地に行ったんだ？」

「ですから、言うなれば、密航です。TS-1に乗ってきた。ブッカー少佐の後ろ、後席です。少佐は、あなたが乗ったのだと信じていたでしょうが、乗ったのは自分です。ヘルメットを被ってあなたに化けた。で、降りたところがトロル基地。降りたあと、少佐がいなくなった。捜していたらあの司令室から声が聞こえてきて、あとは、このとおりだ」

「突然この雪風機上にいることに気がついた、か」

「いえ、自分はちゃんと、あなたと一緒に乗り込んでトロル基地を離陸、大佐の機を捜索する任務に就いた。クーリィ准将の命令です」

「雪風がきみを必要としたんだな。だから、乗ることができた」

「でしょうね」

「おれには、トロル基地のあの劇場のような司令室から出て雪風に乗ったという記憶がない。が、きみが、おれも乗ったと言うのだから、そういうことなんだろう。雪風の目からつじつまが合っていればそれでいい、ということだ」

「わかります、深井大尉。自分たちは、各自の体験を補完しあって、雪風の創る一本のストーリィを組み立てているんでしょう。いまのは、ブッカー少佐が言ってたことですが」

「フムン」

「実は、自分も、雪風に乗ったところまではいいのですが、そのあと、先ほどの衝突警告音に気がつくまで、あなたとなにを話していたのか、雪風がどう飛んでいたのか、その詳細や内容を思い出せない。大佐がTS-1でトロル基地から逃げた、というのはわかるんですが、その光景は見ていないし」

「そうなのか……しかし、きみはそもそも、どうして密航などということを企てたんだ。リンネベルグ少将の差し金か」

「いえ、情報軍とは関係ない。個人的興味です」

「個人的興味だ？」

「ロンバート大佐の、ジャムとのつき合い方に興味があった。雪風のところに行けば大佐がいるに違いないと思った」

「あきれたやつだ」

「あなたと特殊戦に感化されたんですよ、大尉。あなたは個人的興味で雪風を飛ばしているし、特殊戦もそれを黙認している。あなたと組んだミッションで、それを体験したことが大きい。あれで、自分もあなたのようにやっていいんだ、と」

「おれは、自分で思っているほどには雪風を私物化してはいなかった。こういう異常な環境で、それがよくわかったよ。身勝手さ加減ではおまえよりましだ」

「おまえ呼ばわりですか」と桂城少尉が苦笑するのがわかる。「軍隊らしく、貴様、のほうがいいんじゃないかな」

「だれが言うか」とおれ。「そう呼ぶのも、呼ばれるのもいやだ」

「自分もです。ほら、あなたとぼくとは似たもの同士だ」

「念を押すことはないだろう」

「特殊戦でよかった。他の部隊なら、われわれは排除されていた。自分は情報軍の、ロンバート大佐の部下でしたが。思えば、それも特殊な部署ではある」

「ＦＡＦそのものが地球から排除された人間が来るところだというのに、そこからも排除されての、吹き溜まりだ」

「吹き溜まりか。いいですね、それ。風のなすまま、逆らわずに生きている。こちらはそのつもりなんだけど、それが、普通の人間たちには逆らっていると見えるんだな」

同感だが、だから、なんだ、それがどうした、と思う。おれは桂城少尉に賛意を表す言葉は出さなかった。おれより若いこの男は、もちろん、おれではない、他人だ。

「そんな話はどうでもいい。肝心なことを訊くのを忘れていた」

そうだ、桂城少尉が出現した理由というべきものだ、『それなら自分が役に立つかもしれません』という、その内容。

「ロンバート大佐の手紙の件でしょう」

「大佐の手紙?」

「どうしてこんなおかしな事態になったのか、ジャムはいつ仕掛けてきたのか、それが問題だ——ブッカー少佐はそう言った。フォス大尉の状況分析によって浮かび上がってきた問題点ですよ」

「ロンバート大佐が直接関与しているというのか」

「たぶん。ぼくは大佐の隠れ部屋に偶然入り込んだんですが、そこで世界がおかしくなった。大佐が書いた手紙のせいだと思う」

「その話はブッカー少佐にしたか」

「簡単には、しました。特殊戦司令センターのみんなに、あのトロル基地の戦闘情報司令室から。そういえば、あなたは、そのときはもう上に行ってたのかな。大佐がトロル基地から逃げる、という雪風からの警告があったので」

「大佐の手紙とは、なんだ」

「ジャムが大佐に託した、ジャムから人類に向けた宣戦布告状です」

「なんだ、それ」

「ジャムには手がないので人類への宣戦布告を大佐が代筆した、という内容の手紙です。というよりも、大佐自身の地球人への宣戦布告、FAFは乗っ取った、ついては、今後FAFは地球人を護る義務は負わないという内容に、ジャムの宣戦も付け加えたもの、と言ったほうがいいかな。印象としては、ジャムの人類に向けての初の意思表明というよりは、ロンバート大佐の独りよがりな、ごく私的な思いを綴ったもの、という感じだった。リン・ジャクスン宛に書かれた手紙です。大佐の身の上話も書かれてあった。リン・ジャクスンを人類の代表と見込んでこれを書いている、というような手紙でした」

「リン・ジャクスン、か。おれは、いまFAFで起きていることを彼女に伝えたいと思っていたが、大佐に先を越された格好だな」

「自分は彼女の著作は読んでないですが、なぜ、彼女なんです。この戦争に強い関心と将来への危機感を抱いている、というのはわかりますが」

「自らを地球人だと日常的に意識している人間は、いまの地球にはいないだろう。だが、彼女は例外だ。彼女はおれのことをフェアリイ星人と呼んだ。対して彼女自身は地球人なわけだよ。おれは、フェアリイ星人としてこの戦争を生き抜けばいいのだと彼女から教えられたんだ。彼女は、地球人として、そうする覚悟だ。地球人であることを自分はあきらめない、と彼女は言った。筋金入りの地球人だ」

地球人など知ったことか、とブッカー少佐に言ったのを思い出す。あの〈地球人〉といまのそれとは、おれの中では異なる。マダム・ジャクスンには生きていてもらいたい。

「なるほど。ジャムもそれを認めて、ジャクスンさん宛に、自らの力で大佐の手紙を送ったのかもしれない」

「どうやってだ」

「直接送ったとは思いませんが、フェアリイ基地滑走路脇に見慣れないポストがあって、自分は大佐の指示でそこに手紙を投函しました。あのポスト自体はどう見ても本物でしたが、でもあんなところにあるはずがないんだ。あれはジャムが用意したものかもしれない。あのときはもう、周囲の景色が普通じゃなかった。色のない世界で。リアルに一歩近づいたのだと大佐は、はしゃいでいた。ジャムが迎えに来る、と」

「まるであの世に行くかのようだ」

「大佐の意識としては、まさにそんな感じじゃないかな。生きながらにして天国へ行くという。深井大尉、あなたが言っていたことですが、いまは自分にも実感できる」

「大佐に人間の代表として彼の神と接見されては、おれの立場がない。大佐の神を信じないおれは人間扱いされないだろうからな。きみもだ」

「その点では大佐よりジャムのほうがましだな。ジャムにとってわれわれはイレギュラーではないはずだ。ジャムに、ぼくらと他の人間との思想や宗教観や人生観の区別が付くとは思えない」

「それはどうかな」

「あなたは、深井大尉、あくまでも自身がジャムにとって特別な存在だと思いたいわけですか」

「ジャムがおれをどう思おうが、おれの知ったことか。ジャムにとってではなく、自分にとって自分は特別だ。そう思わないでどうする。ジャムは、それを調べたんだろう」

「なにをです」

「だから、われわれ一人ひとりの人生観や宗教観、個性、他人との違い、区別だ」

「どうやって？」

「雪風がやったようにだ。雪風はおれたちの心の底を読んでいるだろう。もとはと言えば、雪風ではなく、ジャムがやっていることなんだ」

「そうか――そうなんだな。ジャムはわれわれ人間を意識レベルまで分解、サーチしているということか。肉体を分子レベルまで調べるというのより、もっと徹底的に。心の底を読む、だもんな」

「きみは、意識とは言葉そのものだ、と大佐に言ったそうだな。ジャムが読むのは、そういう、言語意識だろう」

「そうかもしれない。――そういえば、ロンバート大佐は手紙の中で、ジャムは人間の言語能力に着目して、それを徹底的に解析しているだろう、というようなことを書いていた。大佐によれば、人間の言語能力というのは人間の無意識野における思考を擬似的に再現しているものなのだという。なのでジャムは、言語表出された人間の意識を追跡することで人間の思考を捉えることができる、ジャムはそれに全力を傾けただろう、と大佐は想像していた」

「司令部に音声連絡だ、桂城少尉。いまの思いつきを伝えておこう。司令部でも状況分析は行われているはずだ」

「了解。雪風が言うところの〈会議〉ですね。——こちら雪風、司令部応答せよ」

『こちら特殊戦司令部、ブッカー少佐だ。会議は続いている。そちらの音声は中継されている、聞いていた』

「いつのまに」と桂城少尉。「通常ではあり得ない。中継とはどういうことだ、盗聴か？」

「雪風がやっているんだ」とおれ。「雪風は忙しいわけだ。おれにフライトコントロールを渡して、雪風自身は会議を続けているんだ」

『そのとおりだ、深井大尉、最適な戦略を探る作業だ。こちらでもＳＳＣとＳＴＣをフル稼動して実行中だ。そちらは、周囲に目を配ってくれ。目視による警戒を怠るな』

「了解だ」

『こちらも忙しい。いまのところは、以上だ。——フォス大尉が話したいそうだ。代わる』

『フォス大尉です。深井大尉、気分はどう』

「もちろん最高、絶好調だ」

『こちらを不安にさせる応答ね。即刻の帰投を勧告したくなるような』

「冗談だろう」

『これまでの桂城少尉とのやり取りを聞いたかぎりでは、あなたの精神状態は任務継続に耐えうるものと判断できる。しかもあなたには軽口を叩く余裕さえある。まったく、どういう神経をしてるの――』

「いままで、診断材料にするために口を挟まずに黙って盗み聞きしていたというわけか」

『盗聴したのではなく、聞こえてきたのよ。結果的にはあなたの言うとおりなんだけど、簡易診断させてもらった。現在空中機動中の全隊員に対して行っている。結論を言えば、あなたがたはぜんぜん大丈夫。わたしたちはいま強い心理的負荷がかけられているけれど、地上員ではない、戦闘機動中のあなたがたのほうが平常心に近いというのは、理屈では当然、いつも最前線で戦っているのだからそうだろうとは思うけれど、正直、本当にそうなのだと知って驚いた』

「おれは人間だぞ、エディス。人間に驚いていてどうするんだ。ジャムの思惑については、どうなんだ、そちらで予想できているのか」

『いま司令部を挙げてそれをやっているところだけれど、おそらくジャムは、地球の人間に直接連絡を取りたいのだ、FAF経由ではなく――そういう見解の確からしさを現在検証中』

「ロンバート大佐経由で地球に直接、ということだな」と桂城少尉。「FAFは相手にされていないわけだ。面目丸潰れじゃないか。潰したのは大佐か、そうか。しかし特殊戦はまだ潰されていないってことだな」

『雪風や、特殊戦機、レイフなどの移動能力を有している戦闘知性体の存在が、わたしたちの意識の分裂を防いでいるのだろう、そういう見解もこちらでは出ている。ピボット大尉なんかは、ジャムが雪風と同じようにわたしたち各人の心の底をサーチしていたのだとすると、現在のわれわれのおかれた状況は理解できる、と言っている。そのときわれわれは、無限の並行存在に分裂した可能性もあるとも言っていた』

「なんだ、それ」

『量子的な不確定性から生じる矛盾を解消するアイデアとして、並行宇宙という概念があるのだとか。なにかしら矛盾点が出てきたらその時点で分岐するわけよ、たとえば、矛が勝つ世界と盾が勝つ世界に、という具合に。つまり自己が並行宇宙へと分岐するのね、無限に。でも、現実はそうはなっていなくて、そうなりそうなところを雪風が阻止したのだとピボット大尉は考えているようなんだけど、そこまでいくと、わたしには、ぜんぜんわからない——』

「雪風が不確定性を潰している、ということでしょう」と桂城少尉は言う。「アイデアとしては面白い。でも人間の能力では、それが正しいのかどうかを、絶対に検証できない。検証できないんだから、面白いというだけのことで、役には立たない」

「そうでもないだろう」とおれは考えつつ口にする。「いまそれを検証できる場におれたちはいる、ということなんだからな。――エディス、聞いているか」

『聞こえている。そちらは任務を続けて。わたしからは以上よ。――ブッカー少佐から伝言、雪風の給油を終えたら連絡せよ』

「了解、給油完了後、連絡する」

『オーケー、頑張ってね。以上』

「頑張ってるよ、なに言ってるんだ――」

「深井大尉、それで、何の役に立つというんです」

「なに、なにが」

「自分たちは、たしかに、半分生きていて半分死んでいる、という中間的な場にいるのかもしれない」と少尉は言う。「半分でなくても確率はいくらでもいい、三七パーセント生で、六三パーセント死である状態にあるのだ、とか。でもそれがそのとおりだと検証できたからといって、何の役に立つと？　何がわかるというんです？」

こいつは、おれにそっくりだ、と思う。以前の、おれに。自分自身にも無関心なのだ。いや、いま自分がなにをやりたいのかがわかっていない、と言うべきだろう。

「われわれが死んでいる、存在しない、という宇宙も無数にある中で、生きている宇宙を雪風が選択し続けているということが、わかる。ピボット大尉も、ようするにそう言っているわけだろう」

「だから、なんです？　深井大尉、あなたの言っているのは、検証作業ではなく結果論でしかない」

「検証はもう終えている。重要なのはまさにその結果だ」

「どういう?」

「いまわれわれは、雪風に人生の選択肢をコントロールされている、という結果だ。それがわかったのだから」とおれは言ってやる、過去の自分に言う感じだ。「そこから抜け出さなくてはならない。自分の未来を左右しているものがなんなのか、普通は、わからないわけだろう。だがいまは違う。それがわかる状態にいるわけだ。自分の存在のコントロールを雪風から自分に取り戻せ。そして、ジャムからもだ。おれがいまやりたいのは、そういうことだ。おれの生は、おれのものだ。だれのものでもない、雪風のものでも、ジャムのものでもない、おれの、生だ」

そして雪風も、それを望んでいる。〈you have control〉とは、そういう意味だ。おれは、いま自分が吐いた言葉で、雪風と自分の関係というものを初めて理解する。

これがわかるまで、エディスの世話になるなど、なんと遠回りしてきたことだろう。雪風はこのおれを裏切らないと信じていたが、ジャムに墜とされ、その確信が揺らいだ。あのとき雪風はメイヴに自己を転送して、おれのことは見捨てた、と思った。

そうではなかったのだ。おれが勝手に自分の人生を雪風に委ねていただけのことだ。雪風にもし人間のような意識があったとすれば、迷惑なことだったろう。いま、雪風の気持ちが直截にわかるという奇跡的なこの場で、それが実感できる。

雪風には感情というものはなさそうだ。しかし、雪風は、互いに自律しよう、余計な負荷を互いにかけることなく、おれにも最高性能を発揮せよ、とうながしている。ジャムに負けることなく、生き延びるために。

そんなのは当然だろう、雪風は戦闘マシンなのだ。ペットでも恋人でもないという、言わずもがなの事実。思い込みを除去すれば、ただそれだけの、無機質な事実があるに過ぎない。それはロンバート大佐に言わせれば、リアルな世界に一歩近づいたところから見た雪風観、となるのだろう。しかしそのようなリアルな視点でしか見られない世界というのは、人間には生きにくい場だ。無味乾燥で味気ない。いまのおれにはわかる。リアルな世界とは、ようするに人間らしさなど必要ないというところ、場なのだ。おれはここから、またあらたな雪風観を再構築する必要があるだろう。いまはそのような暇も余裕もないとはいえ、おれにとって雪風は、たんなる戦闘マシンでは決してない。

「人生の選択肢か。そもそも生きているというのは」と桂城少尉が言った。「どういうことなんですかね。物質の場において、ある特有な状態に確定され続けていること、というような説明では答になっていない気がする」

「おまえも」とおれは言ってやる。「生きていれば、そのうちわかるかもしれない。少なくとも死んだら永久にわからないというのは確かだろう。答は天国にはない」

地獄にも、物理学や数式の中にも。

「そうだな」

桂城少尉は、そう言った。それだけだ。『あなたにはわかるのか』などと問い返すことはなかった。彼自身も感じ取ったのだろう、いま生きている、ということを。ようするに、その感覚こそが答だということを、だ。

互いに口を閉ざす。無言で目視による周囲警戒を続ける。

キャノピを境にした外界は、相変わらずだ。生き物の気配がまったく感じられない。もしジャムが生き物ならば、この環境下では発見は絶対に不可能だという気がする。しかしそもそも、ジャムという存在に対して、生物であるという感覚を抱いたことがあっただろうかとおれは自問する。いいや、これまで一度として、ジャムを異星人だと感じたことはない。ジャムというのは自分たちと姿形は違っていても同じ生物には違いないだろう、などと意識したことは、まったくないのだ。

この事実は重要ではなかろうかと、おれは思う。地球人もジャムを異星人とは呼んではいない、異星体だ。直接姿を見たことがないからだとおれは思っていたが、いや、人間の感覚を率直に反映した呼び方なのかもしれないと、いま思いついた。言うなれば、人類は直感で、ジャムは非生物なのだと無意識のうちに気づいていたのではないか。それは正しいのかもしれないと、おれは感じる。

だが、そうなると、生物ではない相手から侵略されるとは、いったいどういうことなのだろう、この戦争はいったいどういう意味を持つのか。それを解かないかぎり、〈勝ち〉はないだろう。なにが勝利なのかがわからないでは勝ちようがない。が、これはブッカー少佐向きの問題だろう、いまは、とりあえずジャムに負けないこと、だ。

「ミルキー3、視認」と少尉。「十時、下方。——まるで自発光しているかのようにくっきりと見える」

おれも肉眼で確認する。巨大な空飛ぶタンカーが、周囲の景色から浮かび上がるようにはっきりと見えている。

いま雪風は、敵機を能動的に発見するべくアクティブレーダーを中距離広域索敵モードにしている。長距離モードにもできるが、攻撃と防御との兼ね合いから、雪風の判断で、そうしている。レーダーの出力やモード制御を含む、索敵と防御を司る電子戦システムはフルオート、つまり完全自動をおれが選択し、雪風に任せているということだ。いまは中距離ミサイルを撃ちつくしていて短距離の攻撃にしか対応できないし、長距離索敵モードは大出力ゆえ敵からも発見されやすいので、ということだろう。

おれと桂城少尉は肉眼で周囲を警戒していて、もし敵機の気配を察知すれば、電子戦オペレータでもある桂城少尉が即座に最適なモードを選択することになるだろう。だがいま見えているのは、ジャムではない。ミルキー3だ。友軍機。

「雪風があいつをレーダー捕捉した、その状態が、われわれの肉眼視に重ねられているんだ」

そう桂城少尉に説明してやる。

「すごいな」と桂城少尉。「こいつは、やはり、すごいことだ」

そのとおりだ。雪風のアクティブレーダーの威力というか、照射力というものを、こうして肉眼で感じ取れるというのは、やはり異様な体験だ。雪風がこんなに強力な電磁波を発信していて、よくジャムに捕捉かつ攻撃されないものだ、という気がする。

「気持ちはわかるが、はしゃいでいるとロンバート大佐に連れていかれるぞ。おそらく大佐の意識は、おれたちの思考とリンクしている」

「そうだとすると、こちらからも大佐の意識を感知することはできそうだが、そうしたら、それこそ取り込まれそうで怖いな」

「空中給油態勢に入る。ミッションに集中しろ、桂城少尉。機長命令だ」

「イエッサー」

「自動誘導解除。レーダーをサイレント、発信を停止して雪風の頭を冷やす。おそらくミルキー3の見え方が変わるはずだ」

「了解」

おれはアクティブレーダーの発信を手動で中止させる。予想どおり、視認していたミルキー3の機影が肉眼での通常の見え方に戻った。いや、通常よりもかすんでいるように感じられる。雪風をそれに向けて、緩降下。

「レーダー発信停止を確認、ほんとうだ——」

「給油は、雪風の自動空中給油手段には頼らず、おれの手でやる。手動での空中給油手順を確認してくれ」

「イエッサー。周辺空域クリアを確認、進入に支障なし。ミルキー3へ、手動手順での給油手段を取る旨、機長から音声申請してください」

「了解。こちらB－1、ミルキー3へ、手動操作での給油を申請する」

「――ミルキー3の承認を確認、こちらをコンタクト済みです。兵装の安全をチェックせよとの要請がきています」

　HUDの表示を空中給油モードに。ミルキー3の巨体をHUD内に捉える。マスターアームスイッチをセイフに。

「チェック、オーケー。セイフだ」

「了解、伝えました」

　機内すべてのタンクに給油だ、翼内タンクにも。給油ラインのバルブを開くため、各タンクスイッチをオン。

「ミルキー3との編隊飛行用データリンク、接続せよ」

「了解、リンク要請。――接続完了しました」

「受油プローブスイッチ、エクステンド」

　おれはそう宣言し、雪風の背にある受油プローブを出す。スロットルレバーを握る左手に神経を集めて速度調整。ミルキー3の左下方から接近。左翼から給油ホースが延びている。その先端にこちらのプローブを差し込むための、ドローグバスケット。気流は安定している。相対速度、相対高度、確認。いい感じで、接近。HUDにFの表示、もうちょい前だ。ミルキー3の機体にも最適位置を表示するインジケータランプが付いている。

「捕まえた」と桂城少尉。「いい腕です、大尉。——ミルキー3よりコネクト確認、給油開始、オールグリーン」

ミルキー3との近接編隊飛行関係を維持、手動で微調整しつつ、給油ホースが脈動している様子をおれは見る、雪風が燃料を呑み込むさまを。HUDには各タンクの燃料ゲージと給油終了までの残り時間も表示されている。長い時間に感じられる。

「完了、ディスコネクトの指示です」

「了解、分離する」

給油完了。プローブとドローグを分離するため後退せよ、アスターンを意味するAという指示がHUDにも出ている。スロットルを絞って機速を落とすと、相対的に後退。給油ホースが引っ張られ、そのままドローグが分離して、離れていくのを視認。雪風の背から出ているプローブを格納するため、プローブスイッチをエクステンドからリトラクトへと切り替える。プローブの非接続状態を警告しているコーションライトの消灯を確認、収納は正常に完了。

「給油完了、全系統異常なしだ」

「了解」

「司令部のブッカー少佐を呼び出せ」

「イエッサー」

ミルキー3から離れる。左緩ロール、浅いバンク角で大きく左旋回、速度を上げつつ上昇する。三次元にねじれながらシートに押しつけられるこの身体感覚、雪風で飛ぶこの加速度。快感だ。

　おれは、空を飛ぶのが、好きだ。雪風と飛ぶのが。

「司令部のブッカー少佐が出ます、機長、どうぞ」

「こちら雪風機長、深井大尉だ。ブッカー少佐、こちら給油を無事に終了した。現在旋回上昇中、高度を上げている」

　見上げる空に、夜の色が混じってくる。ブラッディ・ロードが通常の肉眼視よりも白っぽく見えてくる。いつもは毒毒しい血の色なのに、その赤の彩度が低い。色彩は鮮やかではないのだが、見え方自体は普段よりもはっきりしている。

『雪風、こちらブッカーだ、感度良好、給油完了を了解した。深井大尉、この異常事態に対処するための任務を伝えるので、従ってくれ。いいな？』

「もちろんだ、早く言ってくれ」

『雪風をおまえの手で操縦し、針路を〈通路〉に取れ。そのままレイフとともに〈通路〉に突っ込んで、地球に向かえ。〈通路〉を抜けたら周囲の状況を偵察し、そこがどこなのかを確認次第、即座に帰路につけ。その間、雪風のフライトモードをオートにしてはならない。手段を選ばず、必ず帰投せよ。以上だ』

「もう一度言ってくれ、ジャック」

少佐が言っている内容に対して、ああ、なるほど、とおれは思った。ところが、どうして自分が納得しているのかが、わからない。言語化しないと〈おれ〉という意識は納得しないのだ。

ブッカー少佐の指示を当然だと納得して受け止めている、おれの〈無意識〉というのは、おれでなく雪風なのかもしれない。いや、雪風とおれとは、そのレベルで情報交換しているのだ、という感覚がある。普段意識している〈おれ〉という自分は、ブッカー少佐が指摘していたように、おれ自身ではなく、真のおれと外界とをやりとりするメッセンジャーに過ぎないのだ、とも感じる。あるいは脳科学者ならば、それは左右の脳の役割分担による世界認識の違いなのだと言うだろう――これはロンバート大佐の感覚だろう、彼はたしかに意識の一部をおれと共有しているのだ――こういう、普段は意識できない感覚を鮮やかに感じ取れるのが、まさしくこの場、この異常な環境ならでは、なのだ。

いずれにせよ、これから自分がなにをやるべきかは、わかっている。それがいま取るべき最善の選択であることを、おれは無意識には確信している。この結論に到達するために、いままで右往左往してきたのだ、おれも、雪風も。

『じっくりと聞きたいか、零？』

「そうだな、わかりやすく説明してくれ。どのみち、時間を気にする必要はなさそうだ。説明を聴き終えるまで、現空域を周回することにする」

『了解した。こちら特殊戦司令部では、事態打開のため緊急戦略会議を開き、その結果として、クーリィ准将の名において先ほどの作戦行動指令を雪風に対して下した。ちなみに、雪風からの反論や異議は出ていない』

「雪風も参加した会議だった、と」

『そういうことだろう。会議上でまず問題になったのは、この現象がジャムの意思によるものなのかどうか、だ。これについては、そうした前提でなければ戦略を立てる意味がない、ともかく実行してみることだ、そうやって確かめていくしかない、ということになった。結論は簡単だが、議論の中身は単純なものではなかった――』

「やはり、もう少し手短に頼む。なぜ雪風で地球を偵察しに行かなくてはならないのか、それを説明してくれ。ジャムは、まさしくそれを狙っているのかもしれないだろう。地球側は、通告なしで〈通路〉から出現する雪風を、ジャムと認識する可能性が高いんだぞ。ジャムだと確認しようとしまいと、地球側は問答無用で迎撃するかもしれない。その場合、おれは交戦せざるを得ないかもしれず、そういう事態はまさしくロンバート大佐の望むところだろう。それも当然予想しての決定なんだろうな、ブッカー少佐?」

『現況において〈通路〉の向こうが地球かどうかは、わからない。向こうがあるかどうかもだ』

「なんだ、それ――まさか、な。では、どこだ、どうなっていると?」

『確定はできない、未知だ。だからそれを調べて帰ってこい、という命令だ。命令上はそうなんだが、これは、この異常事態打開のための作戦行動だ、それを忘れないでくれ、深井大尉』

「わかっている。説明を続けてくれ」

『いま、われわれ特殊戦は一種の隔離状態にある。どこに、どのように隔離されているのか、それがわからない。ジャムの狙いについても不明、確定できていない。雪風は、とにかくジャムがいそうなのは〈通路〉の向こうだ、早く進攻させろ、と要求している。原因がジャムによるものか自然現象なのかはともかく、この異常な状況に雪風が深く関与しているのは間違いない。などなど、それらいくつもの並列の事実や条件を考慮して出された結論だ。直列的な論理解析から導き出されたものではないので、順序立てて説明することができない。どうしても分裂的な説明にならざるを得ないんだ。わかるか？』

「多元連立方程式を解くようなものかな」と後席の桂城少尉が言った。「イメージ的には。でも方程式自体が成り立ちそうにない」

「少尉」とおれは言う。「黙ってろ。会議はすでに終了している。意味はわかるな」

「イエッサー。邪魔をしてすみません」

『こうするしかない、というのは』とブッカー少佐は続けた。『直感で、それこそイメージ的に解ける。この状況がジャムの仕掛けたトリックならば、ジャムはおそらく超空間マジックを使ったのだろう、超空間といえば〈通路〉だ。あれを使えばトリックは解けるに違いない、という連想による解釈だ。これがもっともわかりやすい説明だろう』

「よくわかるよ、ジャック」とおれ。「言われてみれば、それしかない。問題は、成功の確率だ」

『そのとおりだ。ジャムの罠ならば、飛んで火にいる夏の虫だからな。議論の核心はまさにその点にあった。ここで問題になるのは、われわれにとって最悪なのはどういう事態か、ということだ。結論から言って、それは、そちら空中の戦隊機とこちら地中の司令部との連絡が永久にとれなくなるという事態が、わが特殊戦にとっての最悪だ』

「雪風で〈通路〉に飛び込んで、そのまま永久に出られないとか、なにかに、そうだな、宙に浮かんでいるエベレストのような岩山に激突してしまうとか、いろいろ考えられるわけだ」

『この問題に関しては、生死は関係ない。死ねば当人にとっては終わりだが、生きていてもコミュニケーションが取れなければ死んだも同然だ。雪風もこちら司令部も、単独では戦いを継続するのは無理、そうなった時点で負けだ。ゲームオーバーということだよ。最悪とはそういう次元の話だ。個個の生死とは関係ない』

「わかった、続けてくれ」

『そのような、われらが最悪と考える事態は、ジャムのほうでは望んではいないと、これも結論だけ言うとだ、そう司令部では判断した。生死は関係ないとはいえ、死ねば連絡は取れないわけだから、生は保証されているのだろう、ジャムによって、という結論だ。これはようするに、もし〈通路〉に雪風を飛び込ませるのをジャムが狙っているのだとしても、雪風と司令部との連絡は取り続けることができるだろう、少なくともその手段と可能性は残されている、それを期待できる、すなわち戦いを継続できる、ということだ』

「でなければ、おれも雪風もそちらとともに死んでいる、ということだな。死ぬときは、おれ独りでは逝かせないから安心しろ、と言われているような気がする。そういう予想内容じゃないか。そう言われているように聞こえるんだが、おれの気のせいか？」

『疑念はもっともだと思うが、おまえ自身は不安には思っていない、そうだろう。無意識のうちにおまえも〈会議〉に参加していたからだよ、零』

「答えてくれ、ブッカー少佐」

『実は、おまえの相手をしている時間が、あまりないんだ』

「どうして」

『ロンバート大佐を逃がしたくない。現在、雪風とレイフ以外の全戦隊機によって囲い込み中だ。大佐は、やはり希望だ。ジャムの存在を捉えるための、指標だよ。見失いたくない。詳しく説明している暇はないが、おまえへのいまの指令には、大佐の考えから導かれた事柄も加味されている。つまり、われわれが現実を取り戻すには、地球という場が必要だという事実だ。大佐が、この異常な現況はリアル世界側へ一歩近づいたためなのだというのなら、では一歩後退すればいいわけだろう。超空間〈通路〉が使える。あの通路は、大佐に言われるまでもなく、まさしくわれわれの現実に通じている穴なんだよ、零』

「雪風が飛び抜ける先は地球だ、それでなにもかも正常に戻ると、そういうことだな」

『もう少し複雑だが、われわれとしては、それを期待している』

「最初からそう言ってもらいたかったな」

『希望的観測を、か？　それではおまえは納得しないさ。いま納得したから、そう言えるんだ』

「わかったよ、ジャック。で、ほかにどんな予想がなされている？」

『おまえや戦隊機、司令部を含めて特殊戦の全滅という最悪以下の予想は除外しての話だが、この方法で現実を取り戻せるのでなければ、雪風が飛び抜けた先は地球だが、その瞬間に地球の存在している世界、宇宙が、フェアリイ星の世界に一瞬にして書き換えられてしまう、という事態が考えられている。大佐の、フェアリイ星はリアル世界に近づいた地球そのものなのだという指摘から、予想されることだ』

「なんてことだ……いや、しかし、それは、おれたちにはマイナスではないな。通常に戻る、ということじゃないか。ほかには？」

『予想されるバリエーションは無数に出ているが、どれもが、ほぼ、この二つのシチュエーションに収斂される予想内容だ。どちらの状況になる確率が高いかと言えば、五分五分だろうと予想された。有り体に言えば、どちらに転んでも不思議ではない、われわれには選択制御不能だ、ということだ。早い話が、やってみなければわからん、だから――』

「その二つを合わせると、その割合は、起こりうる全体のどのくらいだ？　最悪以下の、おれたちがそろってこの世から消えてしまうという事態やその他、予想できない事態も含めた全体に対して、だ」

『両者を合わせれば、七〇パーセント以上になる。最悪の事態が生じるのは一パーセント以下と予想している』

「どうせそんな数値にはあまり意味がないと思うが、それをありがたく信じるとすればだ、ジャック、ようするに、よほど運が悪くなければおれたちには何の問題もない、ということじゃないか」

『クーリィ准将もそう言い、実行を決断した。このままなにもしないでいては永久に打開できない、ならばやるしかない、ということだ。が、その結果どちらの世界になるのかによって、われわれがとるべき戦略はまったく異なってくる。考えてもみろ、地球がなくなるんだぞ。これは大問題だ。これこそジャムの狙いかもしれないのだ――』

「それは司令部の仕事だ、少佐」とおれは言う。「頑張って戦略計画を立ててくれ。こちら雪風、ミッションを了承した。これより〈通路〉を抜けて地球に向かう。以上だ。――桂城少尉、ジャムの電子的欺瞞手段に備えろ。フローズンアイ、起動。電子戦電源パワーをチェックし、空間受動監視を開始。どんな小さな異変も見逃すな。行くぞ」

スロットルを押し出してミリタリーパワーへ、加速する。

「イエッサー。空間受動レーダー、起動。パワーレベル、チェック。十分だ。電子戦系統すべて異常なし。フローズンアイ、起動完了、作動しました。空間監視、開始」

「限界高度まで上昇し、最大戦闘速度で〈通路〉に向かう。酸素とキャビン環境、気密をチェック」

「チェック、オーケー」

「特殊戦司令部へ、こちら雪風、聞こえるか、深井大尉だ、ミッションを開始した」

『こちら司令部、クーリィ准将。雪風、了解した。グッドラック』

「そちらも、メム。以上」

雪風の二基のエンジン、スーパーフェニックス・マークXIが吠える。音速を突き破ってさらに加速。機体が振動し始める。

「この振動は――」と桂城少尉。「タービンブレードでキャビテーションのような現象が発生しているのかもしれない」

「それはない」とおれ。「危険な振動ではない、エンジン状態は正常だ。オールコーション、クリア。エンジンの設計を信じろ」

「あなたと雪風を信じますよ」

これだけ速度が上がれば、もはやエンジンのタービンを回す必要はない。対気流で吸入空気を圧縮するモードが使える。

「これよりラムエアモードに切り替える。万一に備えて耐衝撃姿勢をとれ」

「了解」

「ラムエアにシフト、ナウ」

一瞬、ドンという減速ショックを感じたが、加速の衝撃をそのように錯覚したのかもしれない、機速が跳ね上がる。機体の振動は収束している。そのまま、真っ直ぐに、〈通路〉を目指す。八分はかからないだろう。

「機体先端各部の温度上昇中」

「センサの警告は無視して耐熱限界まで引っ張る。どのくらい持ちそうだ」

「五、六分……いや、高温で構造強度が劇的に低下するだろう、いいところ三分か。自分には、経験が浅くてなんとも言えない。あなたのほうが、大尉――」

「おれもだ。限界状態で引っ張ったことはない」

「雪風の構造限界試験飛行でもないでしょう、急がなくても、時間など関係ないんじゃないですか」

「順序は問題になるかもしれない。大佐に先を越されそうな、嫌な予感がする」

「ロンバート大佐なら地球へ行くはずがない。大佐はこのフェアリイ星にいてこその、王なんだから――」そこで桂城少尉は言葉を切り、そして彼も、気がついた。「そうか、ここはフェアリイ星でも地球でもない、確定できていない場、ということか」

「そうだ。大佐も、それに気づいたはずだ。あるいは、われわれ特殊戦が気がつくかどうか、われわれの出方を探っていたのかもしれない」

「先ほどブッカー少佐は、〈通路〉の先がどうなっているか、それを確定したり選択制御することは人間にはできない、ということを言ってましたが――できるんだ、そうでしょう、深井大尉」

「たぶんな」

「なんてこった。大佐が先か、われわれが先か、それで決まる、か。大佐が先に〈通路〉に飛び込んだら、地球という存在がなくなるかもしれないってことか」

「特殊戦司令部での予想ではな。それがもし正しいとすれば、正確には、そこは地球なのだが人類にはフェアリイ星だとしか感じられない世界、だろう。おそらく、地球人という、地球にいた人間たちの形態も変化してしまうはずだ。彼らの意識がどうなるかはわからないが、もし蒸発するように消えるとすれば、結局は、地球が消えてしまう、ということに等しい」

「それでもあなたにはマイナスではない、深井大尉、それは問題にならないと、そう言ったじゃないですか。地球など、どうなってもかまわない、地球人など知ったことかと。——リン・ジャクスンですか。彼女という、ただ一人の地球人を救いたいと、そういうことか」

「おれは、気がついたんだ、少尉。地球が消えるということは、ようするに〈通路〉が消滅するということだと。おれはいままで、〈通路〉という連絡口があるからこそ、地球などどうなってもいいと言っていられたんだ。地球が全滅しようと繁栄しようとおれには関係ないが、どうなっているのかを確かめる手段を持っていればこそ、関係ないと言っていられたんだと、それが、わかった。おれが真のフェアリイ星人として生きるには、地球と、地球人という存在が必要なんだ」

「地球なんか関係ないという言葉は、関心があればこそ出てくるということでしょう、深井大尉。でもあなたにわかったのは、そんなことよりも、地球というものの、絶対的な価値だ。フェアリイ星に対して、というような相対的価値じゃない。マダム・ジャクスンは地球人だ、あなたにとってはただ一人の、本物の。でも、地球人は彼女一人だけではない、あなたがいま気がついたのは、そういうことだ」

「おまえはどうなんだ、桂城少尉。おれの気持ちよりも、おまえ自身の気持ちに関心を持て。おまえは、いまなにをしたいのか、自分で自分のことがわかっているのか」

「もちろんです、大尉。自分がやりたいのは、任務の遂行だ。雪風を、必ず帰投させてやる。手段を選ばず、必ず帰ること、それがいま自分のやりたいことだ」

「では、そうしようじゃないか」

「はい大尉。——ボギー、前方、無数、ジャムか。なんと、ジャムはわれわれの行動の邪魔をするつもりらしい——」

すでにマスターアームスイッチは入れている。搭載武装を確認のため、ストアコントロールパネルにタッチ。ガンの残弾が約四千発、短距離ミサイルが四発だ。中距離ミサイルはない。

「耐熱限界のチェックだ」

「そろそろ危ない感じです。熱雑音のせいか、索敵レーダー機能低下、大佐機の位置がよく摑めない」

「あと六〇秒我慢だ、少尉、カウントダウンを開始しろ。ゼロで無条件に減速する。緊急コールで司令部を呼び出せ」

「イエッサー。——司令部、ブッカー少佐が出ます」

「こちら雪風、聞こえるか」

『雑音がひどいが、聞こえる。そちらの機上会話もキャッチしていた』

「ロンバート大佐機を直ちに撃墜しろ」

『それはできない、だめだ。大佐の機は、同時に雪風でもあるんだ』

「おれに対しても撃墜許可は出せない、ということだな」

『そうだ。おまえが撃つことは、自機を攻撃するに等しい』

「わかった。おれの判断でやる。大佐は敵だ」

『待て、零、許可しない――』

「こちら雪風、通信終わり」

「機長、レイフが、前に出ます」

おれは周囲を見やり、そして、雪風の上、おれの頭上を、レイフがさらに加速して飛び抜けていくのを見る。すさまじいパワーだ。

「前方、〈通路〉視認」と少尉。「上下が縮んでいくように見える」

「閉じているんだ」とおれは叫ぶ。「くそう、ジャムは閉じ込めるつもりか。出るぞ、ここから」

「右舷前方同高度、ジャム編隊群、第一波、来ます――中心に、ロンバート大佐機らしきボギー、あれは向かってくるのではない、先を行くんだ。レイフが追撃。――レイフから攻撃許可申請が来ている」

「許可を出せ」

「しかし――」

おれは迷うことなく、オートコンバットスイッチを入れる。少尉の、レイフへの許可出しよりも早く。搭載武装の選択とその使用、発射タイミングが、雪風の判断で行われる。スイッチをオン、その瞬間、先を飛ぶレイフが白煙を上げ、それに包まれて機影が見えなくなる。搭載ミサイルを全弾、連続発射したのだ。

「あのレイフは、雪風だ、少尉」

あれも、と言うべきか。奇妙な感じだが、レイフは、雪風の意識だけを載せた非物体だ、という感覚がおれに生じている。雪風の魂がレイフの形に見えている、というような非現実的な言語表現はしたくないのだが、意識だけを載せた、しかもそれは物体ではない〈なにか〉となれば、ようするにそういうことではないのか。いずれにしても、おれの常識感覚を超えたことが起きている。

「レイフ、全ミサイル発射」と少尉。「なおも加速、追撃中」

白煙が視界を遮りミサイルの航跡は視認できない。しかし襲いかかってきたジャムの群は、散開して離れていく。こちら、雪風の速度について来られない。

「目標機、回避行動に出ます」

「レイフのミサイルが命中すれば、それと同時に、こちらもどうなるか予想がつかない。覚悟しておけ」

「しかし、雪風だけは、飛び抜けるでしょうね、〈通路〉を」

意識だけになっても、ということだ。桂城少尉もおれと同じ感覚を抱いている。

「大佐機と思われるボギー、回避行動を中止、ミサイル群を振り切れると判断したらしい。しかし〈通路〉への進入角度が変化している」と少尉。「レイフの出方に焦ったんだろう、こちらといい勝負になった」

真っ正面に、〈通路〉が見えている。巨大な縦長紡錘形の、霧の柱だ。もはや全景は見えない。霧の壁だ。

「耐熱限界、超えています」

「突入するぞ」とおれは宣言する。オートコンバットを解除。「八秒まえ、機体チェック」

「目視では異常なし、持ちそうだ」

「あと五秒、対衝撃姿勢をとれ」

「姿勢よし」

「二、一、ナウ」

おれは人間だ。これが、人間だ。わかったか、ジャム。

＊

いまわたしは南極に来ている。〈通路〉をこの目で確認するためだ。

超空間〈通路〉にもっとも近い軍事機能を有する基地といえばロス島にあるマクマード基地だが、わたしが訪問したのは、あずさ基地だ。

　あずさ基地は日本国立極地観測研究所の基地で軍事施設はない。ロス氷棚の東端に位置するローズベルト島上の西側にあり、マクマード基地よりもずっと〈通路〉に近い。〈通路〉から半径九六キロ以内は地球防衛国際法により飛行禁止空域になっているのだが、あずさ基地はそのエリアのすぐ外側、一〇マイルという近さだ。周辺はかつて日本国が大和雪原と名づけて領有権を主張した地域だそうだが、その後日本は領有権を放棄するという形で主張を取り消していて、その地域の正確な範囲も地図上には印されていない。いずれにしてもこの雪原はロス海域にあるわけで、陸地ではないのだ。

　この、どこまでも続く真っ白い雪原に〈大和〉という名称がつけられていたという事実を知ったのは、つい先ほどのことだ。雪上車に同乗している日本海軍広報官が教えてくれた。わたしを空母アドミラル56からあずさ基地に案内してくれた犬井咲見という女性で、若く見えるがわたしと同年代だろう。軍属ではなくれっきとした軍人で階級は中佐だそうだが、私服の上に防寒着なので厳《いか》めしさはない。おしゃべり好きなこともあって親しみやすいのはいいのだが、話す内容がお国の自慢話に偏りがちで、しかも果てしなく喋り続ける彼女には、正直なところ、うんざりしている。

　あずさ基地から三〇キロほど離れた〈通路〉監視用無人観測ポストのメンテナンスに行くという雪上車に同乗させてもらうことにしたのだが、犬井広報官もついてくるというのをわたしが拒否できるわけもなく、いま雪上車内でも彼女の話を聞かされている。でもこのくらいは我慢すべきだろう。無料で〈通路〉の見える基地に案内してくれて、さらに近いところから見せてあげよう、と親切にしてくれているのだから。

大和というのは、と犬井さんは説明してくれた、古代朝廷があった地域の名で、日本の別名としても使われたし、旧日本海軍の戦艦大和にもつけられたとか、〈日本的〉という意味合いの接頭語にも使われる、とか。要約すればそうなるだろうが、それらの説明にはいちいち長い註釈が付くのだ。

「たとえば、大和撫子といえば日本的な女性ということです」と犬井さんが言う。「日本女性をたたえた言葉です」

それを聞いてハナさんを思い出したわたしは、思わず口を挟んでいる。

「伯父の奥さんがヨコハマの人でした。彼女はまさしくヤマトナデシコですね。自立した強い女性で、わたしがこの仕事を選んだのは彼女にあこがれたせいでもある。ヤマトナデシコに」

「それは……いまは誉め言葉にはならないかもしれません。清楚で控えめ、でしゃばらないというのが美徳とされた時代の言葉なので」

「あら、そうなの」とわたしは笑顔で答える。「では、犬井さんは、ヤマトナデシコではないわけですね」

するとと犬井咲見は困ったような顔をして黙った。わたしはハナさんからその言葉をよく聞かされていたので、犬井広報官のアンビバレントな思いが理解できる。少し意地悪がすぎたかもしれない、反省しなくては。ハナさんに叱られてしまう。

ハナさんはよく、異国に生きる自分を励ます意味で「大和撫子、ここにあり」と言っていた。タフで強い日本女子ここにあり、という気概でハナさんはそう言っていたわけだから、わたしもその日本語にはそういうニュアンスが含まれているものとばかり思っていたので、ナデシコというのが可憐な花をつける野草のことだと聞かされたときには不思議な気がしたものだ。幼いわたしの疑問を察したハナさんはこう言った、『樫の大木も強いけれど、ナデシコだって負けてはいないのよ、リン。踏まれても刈られても、また生えてくるのだから』と。ハナさんの、それはいまも変わらない信念だろう。見かけは清廉でたおやかだが芯は強い、それが彼女にとっての、大和撫子なわけだった。犬井さんにはそういう意識は希薄だろう、べつだんそこまで考えて口にしたわけではなく、話の流れで出ただけの単語だろうから。

静かになってほっとしたわたしだが、犬井さんに気分を害されるとあとが面倒なので、ここはうまく彼女の気持ちを受け止めつつ話をそらさなくてはならない。

「ハナさんの友人に、アズサさんという日本女性がいたのですが、あずさ基地の名も同じですか？　女性の名なのかしら」

「それは」と、犬井さんはどう答えるべきか少し迷ったようだが、あまり間をあけずに、言った。「あずさ基地の名称は女性の名とは直接関係はありませんが、語源は同じかと思います。アズサというのは、植物名です。あずさ基地のほうに使われるそれは、梓弓の略でしょう。梓という木は弓として使われた。古人は、梓弓には霊力があり、その弦を鳴らせば魔を祓《はら》うことができると信じていた。弦打ちというおまじないです。また梓弓は、霊力を持った日本の国を表す言葉でもあります。日本列島の形が弓に似ているところからきた呼び方です。国外にある日本の基地名にふさわしいでしょう。南極には他にみずほ基地もありますが、このミズホも、美しい稲穂のことで、日本国の美称です」

「それは知らなかった」と雪上車を運転している青年が言った。「さすが海軍さんは物知りだ」

「そうそう」と、助手席の中年男性も同意する。「まるで犬井中佐どのが名付けたみたいに、なんでもご存じだ。ジャクスンさんも感心しておられる」

この二人の男性は、日本語ではなく少少ぎこちないとはいえわたしにもわかる言葉でそう言ったので、彼らも犬井さんのおしゃべりにはうんざりしていて、わたしに同情してくれたのだと、わかった。思わずアリガトウと言いたくなったが、犬井さんのほうが、そう言った。

「それはどうも、大変ありがとう。質問があるなら、お二人とも、どうぞ。わたしはかまわないわよ。わたしが知っている範囲で、なんでもお答えする」

犬井さんのその口調には棘がある。もちろん彼女にも二人の皮肉が通じたのだ。

「質問したいのは、ジャクスンさんに、だ」

年長のほうの、助手席の男性が言った。

「ええ」とわたしはすかさず、言う。「どうぞ、イワーサカさん」

「岩坂です、ありがとう。あなたは、どうして、うちの基地にいらしたんですか。たしかにうちのほうが〈通路〉に近い。気象の条件がよければ肉眼でも望める。ですが、あなたのお立場なら、マクマード基地のほうがなにかと融通がきくでしょうし、便もいいのでは」

「そうね――」と言いかけて、わたしは逡巡した。この日本男性にわたしの意思が通じるだろうかと思ったのだ。でも、ともかく答えなくては始まらないので、続ける。「わたしはジャムに地球人として相対したいの、米国人でも日本人でもなく。いまロス海に作戦展開している日本海軍の空母アドミラル56は、国連の地球防衛機構の指揮下にある。地球防衛軍として行動しているわけで、ジャムは、そこから向かってくる者に対しては地球人として認識するだろうとわたしは信じる。一方、マクマード基地は、国連の地球防衛機構とは独立して、独自にジャムと〈通路〉を監視していて、彼らが得た情報はその一部しか地球人に対して公表されない」

「あずさ基地の観測データだって、あなたがたが管理しているんじゃないのか、犬井さん」と運転している青年が犬井広報官に言った。「皇帝ペンギンの棲息個体数だって扱いようによっては重要な軍事データだろう」

「あずさ基地は国の管理下にある」と犬井咲見は無表情になって言う。「収集データは国のものであって海軍のものではない。海軍がそれらのデータを利用しているのか否かなどは、ノーコメント」

「主体的に利用しているに決まっているが、そんな内輪の話はジャムには関係ないだろうよ」と岩坂さんは言った。「そうは思いませんか、ジャクスンさん。瑞穂の国の内部組織の綱引きや、地球全土の大国間の覇権争いなど、ジャムには関係ないだろう。あなたの行動は、建て前に過ぎないのでは。それよりもマクマード基地に行けば、日本海軍やわれわれあずさ基地が収集する情報など足下にも及ばない、利用価値の高いものが得られるんじゃないかな」

「ジャムにはわたしの行動方針は伝わらないだろう、ということでしょうが、わたしは、伝えるべきだし、伝わるものと信じている。だから自らの基本原則に背く行動を取るわけにはいかない。おわかりいただけますか？」

「それは理想論だと、そうは思いませんか。ジャムは、地球上の権力地図や内部事情に精通し、かつリアルタイムであなたの行動を監視しているのでなければ、あなたのそうした理想を理解できるわけがない。が、ジャムにはそれができると、つまり、ジャムはあなたに関心を抱いていると、あなたはそう信じておられるわけですね」

「ええ、そう。そのとおりよ」

「根拠は、なんです。あなたが高名なジャーナリストだから、ですか」

「ある意味では、そうね」とわたしは言う。「わたしのジャムへの態度は単なる思いこみか妄想だろう、とあなたが言いたいのはわかります。そういう質問は、わたしの著作を読んだことのない人間には答えないことにしているのだけれど——」

「あなたの本を読んで、わたしはあずさ基地行きを志願した。お目にかかれて光栄です。直接あなたと会話ができるなんて夢のようだ。あずさ基地は超空間〈通路〉を日本独自に観測、監視している基地なんですよ、ジャクスンさん。火力は持っていないが、マクマード基地がやっていることと基本的には同じだ。日本海軍があなたを特待しているのも、あなたはジャムに関する特別な情報を持っているだろうから、それを引き出せるものと期待してのことだ」

「もちろん、そうでしょう」とわたし。「それが〈高名〉なジャーナリストというものの力なのです、岩坂さん。一朝一夕で成せるものではない。時間がかかっている。その時間が根拠なのだ、という答では納得いきませんか？」

「あなたの信念は理解できているつもりです。失礼を承知で重ねて伺いたいのですが、わたしが訊きたいのは、ジャムがあなたに関心を抱いているということを、どうしてあなたが信じられるのか、ということです。その根拠はなんでしょうか。ジャムがすでに地球に侵入しているのでもなければ、あなたがどういう仕事をしていて、どういう人間なのかということは、ジャムにわかるはずがない。つまりです、ジャムはすでに侵入していて、それをあなたは知っていると、そのように受け取れるあなたの発言でしょう、違いますか」

この岩坂という極地観測研究所の技官は、なかなか鋭い。もしかしたら海軍の秘密情報部員かもしれないとわたしは疑うが、そんな思いは顔には出さずに答える。

「その可能性はあるとわたしは思います。ジャムの先遣隊がすでに地球に侵入している可能性です。わたしの本を読めば、おわかりでしょう。その検証のため、ここに来ている。いま書こうとしている続篇のための、取材です。あなたがいま指摘したような、わたしをこの取材に駆り立てた根拠というものをわたしはたしかに持ってはいるのですが、それをいま明かすことはできません」

「取材ソースを明かすことはできない、ということですか」

「そのようにご理解いただいてけっこうです」

「なるほど。そういうことなら納得するしかないでしょうな」

岩坂さんは、黙った。この人はジャーナリズムというものをよく理解している。

「こんどは、わたしから質問させてください」とわたしは岩坂さんに言う。「観測ポストにはどういう機器が装備されているのですか。最近設置されたものでしょう、わたしも事前に調べてはみたのですが、詳細までは摑めなかった」

「光学監視装置が主体になっています」と犬井広報官が言った。「あとは気象データ収集用のものですね」

「軍事機密じゃないんだから」と運転している青年が言った。「試験運用中の最新装備も教えてあげればいい」

「それはなんですか」とわたし。「クシビキさん？」

「櫛引です、どうも——」

「ちゃんと運転して」と犬井さんが叱責する。「脇見運転は危ないでしょう、クレバスに落ちたらどうするの」

「GPSによる自動誘導運転も可能だし、大丈夫ですよ」

「いや」と岩坂さんが犬井さんに賛同する。「甘く見ないほうがいい、犬井中佐の言うとおりだ。——わたしがお答えします、ジャクスンさん。最新の観測装置にレーザ走査空間歪計があります。そいつで〈通路〉の表面上の微妙な動揺を監視している。〈通路〉に航空機が突入したり向こうから出てくるときに、特有の前駆状態があるのがわかってきましたが、その現象の一つを捉えるのが目的です」

「どういう現象ですか?」

「こちらから突入するときには、その表面の霧の壁が、ごくわずかですが、摘んで引っ張るように、盛り上がる。向こうから何かが飛び出してくるときはその反対に、漏斗《ろうと》状にへこむのが観測されています。気圧によるものなら、突入していく面が圧力を受けてへこむはずですが、この現象は気圧とは関係ない。気圧の変動ではなく空間そのものの歪みで観測されるそれは、ものすごく小さな値なので、最初にそれに気づいたときは観測誤差だろうと思われていました。もともとは霧の表面の動揺を観測するための装置でしたが、われわれは改良を重ね、感度を百万倍のオーダーに上げるのに成功した。〈通路〉の表面は通常の大気の影響も受けて擾乱《じょうらん》しているので、それらのノイズを高速演算処理で除去して、歪みそのものを捉えている」

「他の基地や研究機関でそうした状態を捉えたという話は聞いたことがありません」とわたしは言った。「第三者には検証されていない現象ですね」

「われわれがでっちあげた虚偽の現象だとでも?」

「とんでもない。でも、そうね、もしかしたらその前駆状態は、霧の表面で物理的に起きている現象ではなくて、高速演算でノイズを除去するという、そのコンピュータの内部で生じているのかもしれないですね、岩坂さん」

「どういうことです」

「コンピュータの演算にジャムが干渉している、ということよ」とわたし。「ジャムは、そのようにして、地球に侵入している可能性がある」

「そのようにって、まさか――」

岩坂さんは言いかけて、言葉を継げずに絶句する。思い当たる節があるのかもしれない。

「理屈や原理は不明でも」と運転手の櫛引くんが言う。「とにもかくにも、あの高感度空間歪計を使えばジャムが飛び出してくる前にその予兆を摑めるのは間違いない。予兆といっても直前のことなんで、あまり防衛とかの実用には使えないだろうけど。十数秒前の現象ではな。だから海軍さんも重大機密扱いにはしていないんだろう」

「予兆がたとえ数秒間の余裕しかないものだとしても、迎撃システムの安全装置を解除し警戒態勢に入るには十分だ」

犬井咲見は軍人の口調で、そう言った。

「しかし海軍では」と岩坂技官。「われわれのこの装置を信用していない。同じ装置を海軍が独自に運用しても結果が出ないからだが、まさか演算処理の過程になにかが干渉しているからだなんてことは、だれも思いつかなかったな。そうかもしれないです、ジャクスンさん。もしそれが本当なら、われわれは、ジャムからの直接的なメッセージを受信しているということになる」

「そうね」とわたしはうなずく。「そのとおり。わたしは、そのような可能性について調べている。ジャムが戦略を変えてきているという可能性でもある。もしそうならば、そうした変化は、まず〈通路〉の、なんらかの変化として現れるだろう、そうわたしは考えて、ここに――」

いきなり断続的なブザー音が車内に鳴り響く。

「噂をすれば、おれたちの装置が、予兆現象を感知したぞ」と櫛引青年。「こいつは――なにか飛び出してくる。ジャクスンさんに検証してもらえる絶好のチャンスだ」

観測ポストからの緊急警報が伝わったのだ。ここからポストまで十キロは離れていないだろう。

「これはFAF基地からの定期便ではないな」と岩坂技官。「恐ろしく速い。大きさからして戦闘機だろう、三機だ。しかし、まだか、いつもよりも現れるのが遅いぞ」

岩坂技官は、飛び出してくる物体の速度や大きさを予兆データから読み取ることができるらしい。

「これが、メッセージだというのか、ジャムの？」

「光学捕捉だ、撮れ」と犬井咲見。

「むろんだ。不明物体は自動捕捉、高分解能かつ高精度で録画される。この雪上車の車載カメラも用意しよう。櫛引くん、停止して、観測用意だ」

「わかりました。ブームを伸ばします。——屋根に観測システム一式があるんですよ、ジャクスンさん。あなたはものすごくいいタイミングで見学にこられましたね」

これは偶然ではない。そうわたしは確信する。これは、わたしに向けられたメッセージだ。しかし、それは口には出さない。

雪上車は停止、前の二人はナビゲーション画面を注視する。わたしと犬井広報官ものぞき込む。

「来た」と櫛引青年が叫ぶ。「——速い」

最新装備のレーザ走査空間歪計というそれは、作動原理がどうであれ、たしかな性能を発揮しているというのがわたしにもわかった。観測用の可視光域光学監視装置は、おそらく広角から超望遠までカバーするズームレンズを付けているだろうが、いまは最大倍率までズーミングしたものだとわかる。背景には灰色の壁しか見えていないからだ。そのごくごく小さな画角内にその光景を間違いなく捉えるには、撮影目標がそこに出現するということがあらかじめわかっていなくてはならない。

それが映ったのは一瞬だった。観測レンズは即座に広角側にズームアウト、画角を広げるが、その動きは目標の速さについていけなくて、もはや画面にそれは、どこにもない。

「車載観測装置で捕捉、追跡だ」と犬井中佐。

「やってるよ」と岩坂技官。「しかし、なんだ、あれは」

その光景。灰色の壁を突き破って飛び出してきたのは、黒い三本の矢だ。そのように見えた。強い既視感に襲われて、わたしは混乱する。この光景を見るのは初めてではないという気分。なんだろう、この懐かしさと恐怖がまぜこぜになった心持ちは。

「あれが、ジャムか」

それを聞いて、わたしは思い出す。三十三年前、ジャムの地球侵略の第一撃を報道したニュース映像を。それと、そっくりなのだ、いま見た光景は。

過去のその映像は〈通路〉を背景にしたものではなく、マクマード基地上空に偶然映り込んでいたジャムの戦闘攻撃機の三機編隊だった。基地を発進してゆく輸送機を撃墜したジャムの姿だ。真っ黒な矢尻型をしていた。

あの三機のジャムも、いまわたしが見たように〈通路〉を突き破って飛び出してきたに違いないのだ。その光景がいま再現されたかのようだ。わたしは時間を過去に飛んで、三十三年前のその現場にやってきたかのように感じた。

「アドミラル56の戦闘艦橋に、あずさ基地経由で連絡、至急」と犬井。「迎撃要請だ」

「だめだ、すごい雑音で」と櫛引。「車載カメラも映らない。故障か」

「違う」と岩坂。「妨害されているんだ。無線もだめだ。連絡できない。あいつらだ、ジャムだぞ」

「ECMか」と犬井中佐。「国際緊急バンドを使ってみて」

「すさまじい雑音だ、だめ――」

　と岩坂が言いかけたそのとき、スピーカーから大音量で出ていた雑音が消え、代わりに激しい息づかいで呼びかける声が聞こえてきた。

『こちらFAF特殊戦、雪風だ。現在地を知らせてくれ。だれでもいい、応答せよ』

「貸しなさい」とわたしは、反射的に手を伸ばして、岩坂が手にしているハンドマイクを横取りする。「雪風、聞こえます。こちらジャクスン、リン・ジャクスンよ。いまわたしは、日本極地観測研究所あずさ基地所属の雪上車で超空間〈通路〉に向かっているところです。あなたはいま、ロス氷棚の上空にいる」

『ジャクスンさん、了解した。ということは地球だな。こちら深井大尉、あなたの姿を肉眼で確認したい。こちらを認めたら手を振ってもらえますか』

「わかった。わたしがここにいることに驚いていないのね、深井大尉」

『あなたも、ジャクスンさん。ロンバート大佐の宣戦布告状が届いたようですね』

「ええ。あの内容は本当なのね」

『クーデターは事実ですが、実際はもっとややこしい事態になっている。こちらでも全体像はまだ捉えていない。特殊戦は生き残りをかけて奮戦中。まだ地球が存在するかどうかを確認するためにやってきた。ジャムの狙いはいまだ不明。あなたをこの目で確認次第、帰投する、それが、わが雪風のミッションです。あなたの存在は、地球がまだ無事だということの、指標です。――迎撃ミサイル接近中、回避のため電子戦に入るので以上です、ジャクスンさん』

「健闘を祈ってる」

『ありがとう。あなたも、地球人に頑張るように伝えてください。以上、通信終わり』

また雑音。岩坂技官がスピーカーをオフ、早口で言う。

「いま妨害がない間、観測データが取れた。三機いたはずだが、散開したようだ。二機しか捉えられなかった。こいつらは、なんだ。ジャムじゃないのか。いまの通信はなんだ。地球に飛び込んできた、あいつからですか。あなたの知り合いなんですか、ジャクスンさん」

わたしは防寒服のポケットから出した手袋を着けながら「ええ」と上の空で生返事をし、それからドアハンドルに手をかける。犬井中佐がわたしの手首を摑んで制止する。雪風の突然の出現よりも、わたしには、そのほうが驚きだった。

「なぜ止めるの」とわたしは言う。「彼らは、わたしを必要としている」

「なんのためにです」

と犬井咲見が訊く。わたしは深井大尉に言われたように、もっと頑張らなくてはなるまい。それを痛感させる犬井中佐の問いだった。

「もちろん、ジャムに負けないためよ」とわたしは答える。「そのために、わたしは雪風に必要とされている」

外に出る。季節は春、天候はとてもおだやかで、素晴らしくよく晴れている。しかし気温は顔が痛いほど、低い。

遠雷が聞こえる。と、すぐにそれが大きくなる。そして視覚には、音よりもずっと近くに、黒い点として捉えられた。急激に接近。形がわかる。矢尻だ、黒い。見たことのない戦闘機だ。

そうか、これが、雪風か。ＦＲＸ００という機体を得た、新しい雪風、深井大尉の乗機。わたしは両手を上げて、接近してくるそれに向かって大きく振る。

世界のすべての動きが遅くなる。スローモーションで機体を九十度ロールさせて、わたしを中心に旋回する、黒い機体。地球に初めて姿を現したＦＡＦの最新鋭機、これが、メイヴだ。制式名ＦＦＲ４１、特殊戦第五飛行戦隊リーダー機、パーソナルネーム雪風。

わたしにはそれがわかる。コクピットが見えている、そのサイドシル下に漢字で〈雪風〉。バイザを下ろしたパイロットが、わたしに向かってラフに敬礼する。

主翼先端が触れんばかりの地表すれすれを旋回して雪を巻き上げ、わたしが首をめぐらしてその姿を追ったときは、もう、青く光る二つのエンジン排気口だけだ。それも、来たときと同じようにあっというまに小さくなり、遥か先の〈通路〉に向かって消えていく。

われに返れば、すべては一瞬の出来事だ。でも、見えたのだ。新しい風の女王を、わたしはたしかに見た。

「いったい、あれは、なにをしに来たの」

いつのまにか犬井中佐がわたしの右脇に立っていて、そう言った。左には岩坂技官と櫛引青年。みな雪風が去った方を見つめている。遠雷のようなエンジン音がまだ聞こえているような気がするのは錯覚か。まるで耳鳴りのようだ。かすかに、耳の奥でびゅんびゅんと鳴っている。

「二機が戻っていった」と櫛引青年。「地球空間にいた時間は四分に満たないだろう」

「奇妙な現象が観測されていた」と岩坂技官。「三機のうちの、あの〈雪風〉以外の二機が互いに接近して、一機になったんだ。なんなんだ、あれは。ほんとうに、なにをしに来たんだ?」

わたしに届いたロンバート大佐のあの手紙は、本物だ。その内容については、わたしが独占するのではなく、全人類が共有すべきだろう。だがその公表の仕方は慎重にすべきだ。その戦略を練る必要がある。

わたしはそう考えながら、この貴重な体験をサポートしてくれた三人に向かって、彼らの疑問に答えている。ほとんど無意識のうちに。

「雪風は、魔を祓うために来たのだ」

びゅんという耳鳴りの感じが弓の弦打ちのようでもあり、それからの連想だ。犬井咲見が言っていたではないか、古人《いにしえびと》は弓の弦を鳴らして魔を祓った、と。あながち的外れな答ではないはずだ。われわれには、少なくともわたしには、雪風という味方がいるのだ、姿の見えない魔のようなジャムに対抗する戦力として。

そのようにわたしは書こう。もちろんロンバート大佐への返信などではなく、地球人に向けて、地球人としての、メッセージを。

わたしの持つペンは、まだ折れてはいない。

つがえられた破魔の矢——戦闘妖精・雪風の三十年

ライター《ライター》
前島　賢

突如として南極に出現した超空間通路から侵攻してきた謎の異星体ジャム。反撃に転じた人類は〈通路〉を抜けた先に惑星フェアリイを発見、この地に超国家組織フェアリイ空軍（ＦＡＦ）を設立し、三十年の長きにわたり侵略者との戦争を続けていた。

そんなＦＡＦに、特殊戦と呼ばれる情報収集のための部隊がある。味方が撃墜されようと戦闘を記録し続ける、という非情な任務のための集団であり、部隊は高度な情報処理能力を持つ戦闘機スーパーシルフと、他者への共感能力を欠いたパイロットたちで構成されている。

同戦隊の三番機、雪風のパイロット深井零は、まさにその典型的人物だ。愛機、雪風のみを拠り所とする彼は、固く心を閉ざし、フェアリイの空を飛び続ける……。

〈戦闘妖精・雪風〉シリーズは、作家・神林長平の代表作だ。第一作『戦闘妖精・雪風』が出版されたのは八四年（〇二年に改訂版『戦闘妖精・雪風〈改〉』が刊行）。九九年には続篇

『グッドラック　戦闘妖精・雪風』が発表され、それぞれ第十六回と第三十二回の星雲賞を受賞している。〇二年にはGONZO制作のOVA『戦闘妖精雪風』として全五巻でアニメ化された他、スピンオフの美少女アニメ（！）『戦闘妖精少女　たすけて！メイヴちゃん』や多田由美のマンガ版『YUKIKAZE　戦闘妖精』などの幅広いメディア展開も見せ、一〇年には米国の日本SF翻訳レーベル〈HAIKASORU〉から英訳版も刊行された。

本書は、『雪風』『グッドラック』に続く十年ぶりのシリーズ第三作『アンブロークンアロー　戦闘妖精・雪風』の文庫版である。単行本は、神林長平の作家生活三十周年を記念する作品として〇九年七月に出版された。振り返れば、神林長平が「狐と踊れ」で第五回ハヤカワ・SFコンテストの佳作に入選しデビューしたのはSFマガジン七九年九月号のこと。それに続く受賞第一作として同年十一月号に掲載されたのがシリーズの初短篇「妖精が舞う」（後に「妖精の舞う空」に改題）であり、神林長平の三十周年は、そのまま〈雪風〉の三十周年になる。まさにライフワークと呼ぶべきシリーズである。けっして前作の模倣や縮小再生産に陥ることなく、新たなテーマに挑み続けてきた本作には、日本SFを代表する作家・神林長平の三十年の歩みがはっきりと刻み込まれている。

神林長平について「独自の世界観をもとに「言葉」「機械」などのテーマを重層的に絡みあわせた作品を多数発表、SFファンの圧倒的な支持を受けている」作家、と著者紹介は語る。とりわけシリーズ第一作『戦闘妖精・雪風』は機械への偏愛が強く感じられる作品だ。物語の舞台は、まるで航空戦を描くためだけに設定された書き割りのような世界であり、通常の軍事SFなら大きく紙幅を割くはずの、対異星人戦の大局的な戦況や人類社会の様相といった要素はバッサリと切り捨てられている。焦点が当たるのは、ほぼ完全に、空を舞う一機の戦闘機、雪風のみだ。加えて空戦の重点は『トップガン』や『大空のサムライ』式の手に汗握るドッグファイトにない。対空ミサイルはいかなるプロセスを経て発射されるのか？　あるいは、乗員が脱出する際の操作方法は？　といった戦闘機械の工学的な構造、システムの描写こそが作品の中心となって語られていく。

もちろん、小さな子供が時計を分解して遊ぶような、こうした機械へのフェティシズムは多くのSF作家、読者が共通して持つものには違いない。本書に独自の輝きを与えているのは、主人公・深井零の特異なキャラクター造形であり、そこに写し出された神林長平の「言葉」と「機械」への問題意識である。

「機械」と「言葉」。並べてしまえば一言だが、その性質はまったく正反対だ。単一の目的のために作られた部品たちが厳密に噛み合い、完璧な調和を為して同じ動作を反復し続ける歯車の世界と比べた時、人間の操る言葉というものはなんと曖昧だろう。単語一つとってみても、使い手によって、文脈によって意味を変え、時に「大嫌い」という一言さえ愛を囁くものになる。送り手と受け手の間で、理解が一致することの方が珍しく、しかも一度発された言葉は、伝達される過程で解釈し直され、語り手の意図を離れて別物になっていく。そんなあやふやで制御不能の世界だ。

『雪風』で徹底的に厳密に、ソリッドな機械の作動原理を描いた作家が、一方「言葉使い師」や『言壺《ことつぼ》』といった、言葉の力が世界を自在に、不気味に変動させていく言語SFを手がけている。それは一見、ひどく矛盾したことのように思える。しかし『雪風』において愛機に依存する深井零が拒絶するもの――他の人間との関わりや軍隊という組織の論理、あるいはコンピュータネットワーク……を、言葉によるコミュニケーションが作り出す世界、とまとめる時、零の影に、むしろ言葉に敏感だからこそ、それを恐れて正反対の機械の世界を求めようとする若き日の神林長平自身の姿が垣間見える気がする。

言葉の世界を恐れるがゆえに、それを排した戦闘機械とのシームレスな一体化を果たそうとする深井零。しかし、その試みは無惨な結果を迎える。神林SFにおける機械というテーマもまた、言葉と同じく、人間の生んだはずのものが独自の論理によって自律駆動し、ついには生みの親の人間から独立する、という構図にたどり着くからだ。連作短篇を通して同作は、みずからが創り出したはずの戦闘機械に排除されていく人間の姿を執拗に描く。最新鋭機の超機動に殺されるテストパイロット、機械知性に運命を操られる滑走路整備員……深井零も例外ではない。任務中に損傷した雪風は、付近を飛行中の最新鋭機にみずからの中枢機能を転送、旧機体を破壊する。愛機に見捨てられた深井零はフェアリィの大地に置き去りにされ、新たな雪風のみが、基地へ帰還する。そんな残酷な――しかしそれゆえに完成した美しさで『戦闘妖精・雪風』は幕を閉じる。

世界＝コミュニケーション＝言葉との関わりを拒絶する青少年が、言葉ならざるものへの依存を深めるが、その依存対象に拒絶され、居場所を喪失する……。『雪風』を典型に、初期の神林作品にはこうした小説が多い。八三年に発表された青春SFの傑作『七胴落とし』もまた、雪風を感応力（テレパシー）に置き換える時、同様の構造の存在に気付く。近年のインタビューで、神林はデビュー前後の自身を、引きこもり的であったと述べているが、そうした自身の状況が多分に投影されているのだろう。

しかし、神林が作家としてのキャリアを積み重ねるなかで、そうした作風に変化が訪れたと、しばしば指摘される（たとえば『戦闘妖精・雪風〈改〉』における冬樹蛉氏の解説）。その変化を私たち読者が何より如実に感じられる作品こそ、九二年から九九年にかけてSFマガジンで連載されたシリーズ第二作『グッドラック　戦闘妖精・雪風』だろう。前作とはまったく異なる小説空間を構築し、まったく異なる結論を導き出すことで、完成された悲劇である『雪風』を乗り越えたのが同作だからだ。

『グッドラック』は、愛機に拒絶された深井零が、もう一度、雪風との関係を結び直す、作り直すまでの物語、とまとめることができる。新たな戦闘機メイヴとして生まれ変わった雪風が、瀕死の重傷を負って昏睡状態の深井零に、私の攻撃目標を指示しろと語りかけてくる「ショック・ウエーヴ」から物語は始まる。だが、自分の一部、自己の鏡像と見なしていた愛機が、自分と異なるまったく別の知性体であるという事実をつきつけられた零は、雪風に対して恐れを抱き、しかも、それを自覚できずにいる。

そんな彼を助けるのが『グッドラック』最大の特徴である膨大な会話劇である。文庫版で六百頁に及ぶこの大著は、その多くが登場人物の饒舌な議論に占められている。この戦争の意味は何なのか、ジャムとは何か、雪風に意識はあるのか……「おれには関係ない」が口癖であった深井零さえも、新キャラクターの女性精神科医フォス大尉と「おれは、きみが、気に入らない」などという痴話げんかじみた、人間くさいやりとりをする。そんなやりとりの中で零は、みずからの心の奥の本心に気づき、ひとりの人間として雪風という異質の知性体へと向き合い、新しい関係を結んでいく。同書のなかでそれは「共生」あるいは「複合生命体」——そして、愛とも呼ばれる。

そのような零と雪風の新たな関係性は、三十年間、モグラ叩きじみたルーチンワークに終始してきた対ジャム戦争にも変化を及ぼしていく。零が雪風との交流を目指したのと同様に、特殊戦やFAFもまた、ジャムとのコミュニケーションの模索という、新たな形の戦争を開始するのだ。一方、ジャム側も「人間」を理解すべく動き出しており、ロンバート大佐というジャムに寝返った人間さえ登場する。

新たなる局面を迎えた戦いは、結果としてジャムの総攻撃という人類の窮地を招くことになる。最終章「グッドラック」は大混乱に陥ったフェアリイの空へ、零と雪風が飛び立つところで終わる。待ち受けるジャムの大群を思えば、どう考えても絶望的なこの出撃には、しかし「全人類の運命を背負って旅立つ特攻隊」式の「泣かせ」はもちろん、前作のような悲劇の感動も存在しない。なぜなら、それは終わりではなく、特殊戦とジャムが新たな関係を始めるための飛翔だからだ。

雪風と零が飛び立った時、神林もまた、世界、コミュニケーション、言葉からの疎外という（どこか甘美な匂いのする）絶望を描いていた『雪風』の時の自分から完全に離陸したように思える。言葉も機械も人間にはけして制御できない。けれど自分でもわけのわからない動作をするからこそ、理解などできるはずもない他者と通じ合うきっかけになりえる。かつての恐怖の対象を、積極的に受け入れていこうとする姿勢がそこにある。六百ページをかけた粘り強い議論を経て、ついに零と雪風が共生できたように、神林もまた『雪風』刊行から『グッドラック』の完結までの十五年という長い時間を、小説家として言葉と向かい合ってきたからこそ、この世界へと開かれたラストを描くことができたに違いない。

そして今、私たちの手に、十年ぶりの第三部『アンブロークン アロー』がある。「我はここに人類に対して宣戦布告する」と帯が宣言するように、作中時間で三十三年前、現実にもほぼ同じ昔から行われてきたジャムとの戦いが、本当の意味で始まったのが本書である。物語は、前作の直後から始まる。ジャムの側についたロンバート大佐による人類への宣戦布告が行われ、深井零たち特殊戦の面々は、ジャムの「欺瞞」によって、我々とは異なる認識で作られた「異世界」に迷い込む。そこは人間の常識がまったく通用しない世界だ。過去が頻繁に改変され、お互いの思考が混ざり合い、登場人物が知るはずのない情報を知り、目に見える景色が真実かどうかもわからず、そもそも、自分が本当に自分かもわからない。かといって、その描写は、酔っ払いのたわごとのように支離滅裂なわけでもないし、ゴテゴテとした装飾華美の文章で読者を欺こうとするものでもない。神林は、あくまで平易な文体で、全体を貫徹する確かな論理性を感じさせながら、「我々とは異なる知性が認識する世界」を描くことに成功している。本書は、そんな錯綜した「異世界」を舞台に、ジャムの使徒たるロンバート大佐を追いながら、特殊戦が元の世界への帰還を目指す物語だ。

そんな本書のなかでとりわけ重要な役割を果たすのがジャムの使徒であるロンバート大佐だが、「ジャムがどう考えているかは、わからない。が、少なくとも、私の提案は対人戦略においては役に立つと判断したのは間違いないだろうし、利用できるうちはしようという腹だろうと思われる」といった態度は、第二部で構築された零と雪風の関係とも近い。彼はジャムとの共生体であり、零と雪風のネガと呼べる存在だろう。言ってみれば本書は、雪風とジャムが、それぞれ特殊戦とロンバート大佐という人間を駒にして行う代理戦争である。しかし、興味深いのは、特殊戦にもロンバート大佐にも、雪風やジャムに駒として使われることへの拒否感が存在しないことだ。深井零や特殊戦の面々はみずからを兵器——雪風によって、この「異世界」を観測するために発射された偵察ポッドに喩えるし、桂城少尉は「ぼく自身も、自分がジャムのメッセンジャーでもかまわない、と思っているんだから」とあっけらかんと言う。投げやり寸前のオプティミズムが、すべてのキャラクターに通底している。

自分の意志や選択が、実は誰かに操られたものかもしれない——こうした疑問は、本来、深刻な恐怖をもたらすはずだ。本格推理では「操りテーマ」として多くの作家によって追求されてきたし、神林自身『狐と踊れ』『言葉使い師』といった初期の作品集に「踊っているのでないのなら／踊らされているのだろうさ」「きみはマリオネット。わたしが操る」という印象的な言葉を残している。第一作『雪風』で、機械知性の計算に操られ、唐突に与えられた分不相応な勲章によって破滅していく除雪部隊員を描いた「フェアリイ・冬」も、大変人気の高い一篇だ。だから『アンブロークン アロー』で、そうした操りへの拒否感が消滅し、むしろ、零たちが、雪風に道具として使用されることを肯定的に捉えているのは驚きである。

しかし、そのような意識がなければ、『グッドラック』で構築された「共生」という雪風と深井零たちの関係が「思いやり」や「信頼」といった機械の擬人化に堕してしまうことも明らかだろう。『アンブロークン アロー』は、『グッドラック』で提示された関係をより具体的に描いた物語である。人間が雪風という戦闘機の機能を使うのであれば、逆に、雪風が、人間、特殊戦の機能を使うこともあるだろう。道具であることを拒否して、搭乗者を持たないまま朽ち果てていく車は自由と言えるだろうか？　車が人間によって走らされることでその機能を十全に発揮できるように、人間もまた、誰か（何か？）に使われることによって、その機能を真に発揮できる、という発想がそこにある。

かくして、みずからの正常な認識が通用しない世界に特殊戦同様に捕らわれていた雪風は、情報収集と、そこからの脱出のため、戦隊員たちを偵察ポッドとして発射し、人間の機能を最大限に使用する。では、その機能とは何か？

本書『アンブロークン アロー』は、「ジャムになった男」〜「雪風が飛ぶ空」までの前半と、「アンブロークン アロー」からの後半のふたつに分けることができる。ブッカー少佐やフォス大尉、クーリィ准将といった面々の一人称で語られるのが前半の最大の特徴だが、後半で明らかになるのは、その小説自体が「自分の気持ちや思惑を雪風にわかるように、雪風に説明するために、無意識の思いを言語化していた、言語化させられていた」ということだ。つまり雪風が人間の機能として、異世界脱出の鍵として見いだしたものとは、人間の言葉である。己が認識で世界を捉え、小説として現実を描き出す、創り出す力である。『雪風』において、深井零は言葉の世界から機械の世界へと逃げ込もうとし失敗した。『グッドラック』では、あらためて言葉によって機械との関係を結び直すため尽きることない議論が行われた。そして本書『アンブロークン アロー』が辿りついたのは、機械の使用する兵器としての言葉であった。神林長平は、小説を書くことが、そのままジャムとの戦闘行為になる世界を作り上げてしまったのである。私たちの手にしている『アンブロークン アロー』は、ジャムとの戦いを描いた小説であると同時に、ジャムに向けて雪風より放たれた兵器、そのものなのだ。

そんな本書に説得力を与えているのは、何より行間から伝わってくる「自分の小説にはジャムを殺す力がある」という神林長平の迫力に満ちた確信である。それは孤立し自閉する自意識を描いた『雪風』にはもちろん、キャラクター同士の会話劇の形を借りてみずからの思索を深めていった『グッドラック』にも見られなかったように思う。この確信はどこから来たのだろう?

　ゼロ年代とは、神林長平が改めて評価された十年だった。もちろんデビューして以来、神林は一貫して高い評価を受け続けていたが、常に独自の道を追求し続ける唯一無二の存在というものに加え、若い書き手に大きな影響を与えた作家という、別の角度からの評価が付け加わったのだ。九〇年代後半からゼロ年代にかけてデビューした新世代のSFの書き手たちが、一様に神林からの影響を語ったためである。一例を挙げれば『虐殺器官』『ハーモニー』で新たな日本SFの扉を開いた伊藤計劃、『Self-Reference ENGINE』『Boy's Surface』などでSF、純文学の双方から高い評価を受ける円城塔、『私の男』で第一三八回直木賞を受賞した桜庭一樹、『All You Need Is Kill』がハリウッドで映画化予定の桜坂洋、『クォンタム・ファミリーズ』で第二十三回三島由紀夫賞を受賞した東浩紀、一一年現在放送中のアニメ『魔法少女まどか☆マギカ』のシナリオで注目を集める虚淵玄……。〇九年には神林作品をもとにした競作短篇集『神林長平トリビュート』も刊行され、桜坂洋、辻村深月、仁木稔、円城塔、森深紅、虚淵玄、元長柾木、海猫沢めろんといった面々が名を連ねた。

　神林はSFマガジン〇九年十月号掲載のインタビューで、そうした流れに触れ、「ぼくにとって自作の読者というのはジャムと同じで、存在することはわかっていても具体像が見えなかった。それが十年ほど前から、神林作品を読んだことがあるという若き作家たちが出てきて、それがアンチ神林であれ肯定派であれ、こいつはすごいことだと感激しました。誇張ではなく、身が震えるほどの、驚きを伴った、感動だった」と述べている。

神林長平という作家が通った道の後、きら星のごとき作家たちが続く光景は、本書「雪風が飛ぶ空」のラスト、雪風が色鮮やかな世界を切り開いた様を連想させる。神林の存在がなければ、前述した作家の幾人かは、生まれなかったかもしれず、そうすれば日本SF――どころか日本文学からライトノベル、そしてゲームにマンガにアニメに至るまで、日本文化の現在は大きく異なっていたはずだ。

作家・神林長平の三十年は、間違いなく日本SFを、日本文化の歴史を変えた。神林の小説には、それだけの力があった。その事実こそが、神林長平にとって、みずからの小説の「性能」への確信となり、それが『アンブロークン アロー』のしなやかな力強さの源になっているように思える。

日本SFの代表者に加えて、多くの後継者を生んだ新世紀の日本SFの父との評価も確たるものにした神林だが、もちろん、それより何より、現代の最先端を走り続ける現役作家である(本書を読まれた方には、わざわざ書くまでもないことだろうが)。

その作家としての挑戦は未だとどまらず、ジャムとの戦いもなお継続中である。となれば、どうしても続篇の第四部が気になるのだが、前述のインタビューで、神林は「ロンバート大佐という存在によって、ジャムとコミュニケーションできるであろうシステムを、構築できた。弓に矢をつがえた状態でしょうか、でもまだそれを引き絞るところまではいってないし、さらに問題なのはその矢をどこに向かって射るのか、ということですね。物語の方向性が決まらないと」と述べている。第四部の開始までは、いささか、時間が必要なようだ。

しかし、機械と一体化しようとする人間という不完全な戦闘システムが放棄された『戦闘妖精・雪風』、続けて機械と人間の共生体という、ジャムに対して真に有効なシステムが構築された『グッドラック』、そして、その共生体の、具体的な戦闘方法が確立された本書『アンブロークン アロー』に続く作品となれば、今度こそ、ジャムと雪風の真の決戦＝対話が描かれるはずであろう。それはきっと「他者」と「機械」と「言葉」を追求し続けた神林長平文学の総決算となる予感がする。

つがえられた矢が、再びフェアリイの空へ向けて放たれる刻を、心待ちにしたい。

本書は、二〇〇九年七月に早川書房より単行本
として刊行された作品を文庫化したものです。

神林長平作品

あなたの魂に安らぎあれ

火星を支配するアンドロイド社会で囁かれる終末予言とは!? 記念すべきデビュー長篇。

帝王の殻

携帯型人工脳の集中管理により火星の帝王が誕生する――『あなたの魂～』に続く第二作

膚《はだえ》の下 上下

無垢なる創造主の魂の遍歴。『あなたの魂に安らぎあれ』『帝王の殻』に続く三部作完結

戦闘妖精・雪風〈改〉

未知の異星体に対峙する電子偵察機〈雪風〉と、深井零の孤独な戦い――シリーズ第一作

グッドラック 戦闘妖精・雪風

生還を果たした深井零と新型機〈雪風〉は、さらに苛酷な戦闘領域へ――シリーズ第二作

ハヤカワ文庫

ゲームの王国（上・下）

小川 哲

〈日本SF大賞・山本周五郎賞受賞作〉

ポル・ポトの隠し子とされるソリヤ、貧村に生まれた天賦の智性を持つムイタック。運命と偶然に導かれたふたりは、一九七五年のカンボジア、バタンバンで出会った。テロル、虐殺、不条理を主題とした規格外のＳＦ巨篇。解説／橋本輝幸

ハヤカワ文庫

１００文字ＳＦ

北野勇作

これだけ数が揃うと自分の頭が考えそうなことは大抵入っていて、そう言えばこんなのを書いてたな、とすぐに百文字で取り出せるようになって便利。でも同時に、これさえあればもう自分はいらないのでは、と思ったり。ツイッターで発表された二千篇から二百篇を厳選、１００文字で無限の時空を創造する新しいＳＦ

１００文字ＳＦ、集まれ！　新しい船が来たぞ。えっ、沈んだらどうしようって？　馬鹿、ＳＦが死ぬかよ。それにな、これだって１００文字ＳＦなんだ。**北野勇作**がそう言ってたろ。さあこの紙の船に、乗った乗った！

早川書房

ハヤカワ文庫

著者略歴　1953年生，長岡工業高等専門学校卒，作家　著書『戦闘妖精・雪風〈改〉』『猶予の月』『敵は海賊・海賊版』（以上早川書房刊）他多数

HM=Hayakawa Mystery
SF=Science Fiction
JA=Japanese Author
NV=Novel
NF=Nonfiction
FT=Fantasy

アンブロークン アロー
戦闘妖精・雪風

〈JA1024〉

二〇一一年三月十五日　発行
二〇二四年十二月二十五日　六刷
（定価はカバーに表示してあります）

著者　神《かん》林《ばやし》長《ちょう》平《へい》
発行者　早川浩
印刷者　草刈明代
発行所　株式会社　早川書房
郵便番号　一〇一 - 〇〇四六
東京都千代田区神田多町二ノ二
電話　〇三 - 三二五二 - 三一一一
振替　〇〇一六〇 - 三 - 四七七九九
https://www.hayakawa-online.co.jp
乱丁・落丁本は小社制作部宛お送り下さい。
送料小社負担にてお取りかえいたします。

印刷・中央精版印刷株式会社　製本・株式会社明光社

ISBN978-4-15-031024-0 C0193

本書は活字が大きく読みやすい〈トールサイズ〉です。